Viel Spaß beim
Erinnern!
Herzlich, Rita König
23.04.2022

Das Buch

Es könnte sein wie bei vielen anderen Pärchen, Mitte der 1970er, in Großburgstein, einer Uni-Stadt in der DDR. Paul und Birgit lieben sich, bekommen ein Kind, ziehen nach Havelfurt und warten auf eine Neubauwohnung.
Doch während Paul sich mit alltäglichen Problemen der sozialistischen Planwirtschaft im Betrieb herumschlägt, beklagt Birgit den empfundenen Stillstand. Dann fällt die Mauer. Euphorisch starten sie in ein neues Leben. Es gibt soviel aufzuholen, die anderen einzuholen, aufwärts soll es nun gehen, doch das geht ihr viel zu langsam. Die Mühen der Ebene haben sie gemeinsam bewältigt, nun will Birgit endlich auf den Berg. Jetzt. Nicht erst nach weiteren Jahrzehnten.

Die Autorin

Rita König (*1962) ist diplomierte Betriebswirtin und lebt in Rathenow/Brandenburg.
Für ihre literarische Arbeit erhielt sie zahlreiche Aufenthaltsstipendien im In- und Ausland. Ihre Erzählungen erschienen in Literaturzeitschriften und Anthologien deutscher Schriftstellerverbände.
Im Oktober 2015 debütierte sie bei Lauinger Verlag | Der Kleine Buch Verlag mit dem Roman *Rot ist schön*.
www.rita-koenig.de

Rita König

Fast schon EIN GANZES LEBEN

ROMAN

MIT GLOSSAR IM ANHANG

Die deutsche Nationalbibliothek verzeichnet diese Publikation in der
Deutschen Nationalbibliografie; detaillierte bibliografische Daten sind im
Internet unter www.dnb.de abrufbar.

© Originalausgabe 2018 Lauinger | Der Kleine Buch Verlag, Karlsruhe
Projektmanagement , Umschlaggestaltung, Satz & Layout: Sonia Lauinger
Lektorat: Martina Leiber M. A., Lektoratsservice, Karlsruhe
Korrektorat: Miriam Bengert
Umschlagabbildung: liebe.de/schlussstrich-trennung-fair
Druck in Europa

Das Werk einschließlich aller seiner Teile ist urheberrechtlich geschützt. Jede
Verwertung außerhalb der engen Grenzen des Urheberrechtsgesetzes (auch
Fotokopien, Mikroverfilmung und Übersetzung) ist ohne Zustimmung des
Verlages unzulässig und strafbar. Dies gilt auch ausdrücklich für die Einspei-
cherung und Verarbeitung in elektronischen Systemen jeder Art und von
jedem Betreiber.

ISBN: 978-3-7650-9132-2

Dieser Titel erscheint auch als E-Book:
ISBN: 978-3-7650-9133-9

www.lauinger-verlag.de
www.derkleinebuchverlag.de
www.rita-koenig.de
www.facebook.com/DerKleineBuchVerlag

Für B*

Teil 1

1. Großburgstein

Am frühen Sonntagabend stand ein junger Mann auf dem Bahnsteig, ans Geländer gelehnt, als wäre er damit verwachsen. Der Novemberwind fuhr durch seine Haare und über das blasse Gesicht eines Stubenhockers, dabei hatte der Sommer von April bis Oktober gedauert. Er schob sich einen »Pfeffi« in den Mund, lutschte ein Loch hinein und kaute den Rest, zwischendurch sog er immer wieder Luft ein, um die Schärfe abzuschwächen. Eine Diesellok verschaffte sich mit dröhnendem Hupen Einlass in den Bahnhof von Großburgstein. Der junge Mann beugte sich vor, seine Unterschenkel berührten einen schwarzen Kunstlederkoffer. Er kniff die Augen zusammen, sei es, weil er eine Brille brauchte, oder aus Angst, jemanden zu verpassen. Dann lehnte er sich wieder zurück. Das Geländer bot Schutz davor, fortgeschoben zu werden, hinauf zum Übergang mit den rußgeschwärzten oder fehlenden Scheiben. Von dort oben hatte er oft auf das Gewirr aus Gleisen geschaut und die Drähte über den E-Loks knistern gehört.

Das Quietschen der Bremsen riss ihn aus seinen Gedanken. Fahrgäste hatten unvorschriftsmäßig die Türen geöffnet, bevor der Zug hielt. Studenten, Campingbeutel, Koffer oder handgenähte Seesäcke an den Körper gepresst, quollen aus den Waggons. Wie der süße Brei, dachte der junge Mann. Es hörte gar nicht wieder auf. Er reckte den Kopf; auf den Zehenspitzen konnte er nicht allzu lange stehen, aber er war groß genug, um über die dunkelgrüne Parka-Menge zu schauen und den karierten Mantel – rot, grün und gelb – sofort zu entdecken. Birgit war ein Farbtupfer, sie allein hastete nicht. Das Gesicht des jungen Mannes bekam nun doch Farbe, das Blut pulsierte schneller, er öffnete den Reißverschluss des Parkas, zupfte am Schal, atmete flacher.

Birgit hielt einen dunkelbraunen Lederkoffer in der Hand, eine Stofftasche über der Schulter. Für den Bruchteil einer Sekunde stockte sie, dann trat sie auf den jungen Mann zu: »Paul? Wartest du auf mich?«

Er nickte, nahm ihr das schwere Gepäckstück ab.

»Danke«, mehr brachte sie nicht heraus. Überrascht und geschmeichelt schritt sie neben ihm her und stellte erstaunt fest, wie vertraut ihr sein Profil bereits war.

Eine junge Frau kam den beiden entgegen. Paul schielte auf die schwarzen Wollhandschuhe um den metallenen Bügel des Kinderwagens und spürte augenblicklich seine kalten Finger.

Birgit machte ihr Platz und ging dann wieder neben Paul.

»Überleg dir genau, was du willst, und dann setze es durch«, hatte die Mutter ihr beigebracht, und sie meinte damit durchaus nicht nur den beruflichen Werdegang. Paul war nicht der erste Junge, der ihr auffiel, aber der erste, den sie formbar fand, und »formbar« verband sie mit den Worten der Mutter. Paul wirkte größer als nach jenem Seminar, als ihn die dritte Fünf und nicht zwei Koffer belastet hatte. Damals hatte sie ihn zum ersten Mal angesprochen.

Abgase mischten sich mit dem Geruch von Braunkohle, den der Wind an den Häuserfronten nach unten drückte. Die Rote Sommerspiere hatte ihre Blätter abgeworfen, die kahlen Zweige begrenzten die großzügigen Rasenflächen vor den Neubauten. Zwischen den Betonplatten des Weges wuchsen Grasbüschel und Vogelmiere, ab und zu Löwenzahn.

Birgit seufzte: »Die Platten stehen hoch, als würden mächtige Wurzeln sie anheben, aber es gibt keine Bäume.«

»Am Kies gespart wahrscheinlich.« Paul blickte auf ihre Stiefel.

»Ich kann gut damit laufen, ich dachte nur … die Koffer.«

Paul schüttelte den Kopf.

Mein Gott, dachte sie, fällt mir denn nichts Besseres ein? Als ob mich der Bau von Gehwegen jemals interessiert hätte. Der Wind pfiff, Birgit schüttelte sich und umklammerte mit steifen Fingern den hochgeschlagenen Jackenkragen. »Dabei ist der Sommer erst seit zwei Wochen vorbei.«
»Wir haben November«, entgegnete Paul. Sonst hielt er den Mund geschlossen; kein Keuchen sollte ihn verraten und Birgit zeigen, dass er alles andere war als eine Sportskanone. Dann musste er doch das Gepäck absetzen, er schwitzte, lockerte den Schal ein wenig, wischte sich die Hände an der Manchesterhose trocken. Birgit drehte sich zu ihm. »Ich könnte dich morgen in die Milchbar einladen. Magst du?«
»Ja, na klar, ich ...«
»Gut.«
Paul nahm die Koffer wieder auf und folgte ihr mit weit ausholenden Schritten.
»Drinnen wird es wieder zu warm sein. Im Westen soll es Regler geben für die Heizungen.« Birgit zwinkerte ihm zu, doch er reagierte nicht darauf. Hoffentlich war er in der Eisdiele gesprächiger; so einsilbig war er ihr gar nicht in Erinnerung gewesen. Sie bogen in eine kleinere Straße ein. Auch hier standen auf beiden Seiten Neubauten, aus den späten Sechzigern, viergeschossig und grau verputzt, genau wie das Wohnheim, das am Ende der Straße mit seinen fünf Stockwerken alles überragte.
Aus einem angekippten Fenster trieb Kohlgeruch über die Straße. »Riecht wie in der Mensa.« Birgit drehte sich zu Paul. »Wie bunt doch der Speisenplan ist: Rotkohl, Grünkohl, Weißkohl.«
»Sauerkraut.«
»Ach ja, vergaß ich.« Sie verzog das Gesicht, wurde langsamer. »Und Möhren und Rote Bete als Sättigungsbeilage.«
Paul war schweigend weitergegangen; Birgit eilte ihm hinterher,

wie nach jenem Seminar vor einigen Wochen.
Sie hatte Block und Stifte hastig in die Stofftasche geworfen, aus Furcht, Paul zu verpassen. Mit einer sie einen Moment lang selbst ängstigenden Energie hatte sie nach seinem Ärmel gegriffen, drehte ihn zu sich und zischte ihm ins Gesicht: »Du willst studieren? Warum paukst du nicht einfach die Definitionen? Grundwiderspruch des Kapitalismus, zum Beispiel, das ist doch ganz einfach: ‚Die Entwicklung des Kapitalismus bestimmender Widerspruch zwischen dem gesellschaftlichen Charakter der Produktion und der privatkapitalistischen Aneignung ihrer Ergebnisse. Antagonistischer Widerspruch. Punkt.' Ist das so schwer?«
»Du?«, war alles, was er herausgebracht hatte; stolz hob sie ihren Kopf noch einen Zentimeter höher und blickte ihm fest in die Augen: »Du hast mehr drauf.«
Damit hatte sie sich umgedreht und war davongegangen. Sie wusste, dass Paul ihr nachschaute.

Im Wohnheim stellte Paul die Koffer auf den Linoleumboden, nahm den Schal ab und stopfte ihn in die Parkatasche. Der Pförtner hatte nur kurz aufgesehen, ihren Gruß mit einem Nicken erwidert und seinen Blick wieder in die Zeitung gesenkt. Es war warm, Birgit öffnete den Mantel und ging mit zügigem Schritt auf die Treppe zu. Vor der vierten Etage stellte Paul seinen Koffer ab und trug Birgits bis zu ihrem Zimmer.
»Morgen Nachmittag, halb vier?«

Paul stand überpünktlich vor dem Wohnheim. Den Schal hatte er nicht zugebunden, obwohl ein scharfer Ostwind blies, er zog den Reißverschluss des Parkas weiter hinunter und schwitzte immer noch. Er hatte sie schon lange beobachtet. Birgit war nicht das

erste Mädchen, das ihm auffiel, aber mit Abstand die Kühlste. Ihr meist gelangweilt wirkender Blick zog ihn an. »Hochnäsig« hieß sie bei den anderen Mädchen, »eingebildet« bei den Jungen, die sich von ihrer Kühle nicht angezogen fühlten, was er nicht verstand, aber erleichtert registrierte.
Mit einigen jüngeren Mädchen war er schon befreundet gewesen. Eine mit langen schwarzen Haaren hatte ihn vor der Disko aufgegabelt und ins Wohnheim gezerrt. Das Doppelstockbett quietschte; an mehr erinnerte er sich nicht und wunderte sich noch Tage später, keine Angst verspürt zu haben, dass eins von den anderen Mädchen plötzlich das Zimmer betreten könnte.
Ein paar Abende verbrachte er mit ihrer Nachfolgerin am nahen, schmutzigen Fluss. Selten nur waren sie für eine kurze Abkühlung ins Wasser gestiegen. »Sommermädchen« hatte sie sich selbst genannt, als hätte sie um das Ende bereits gewusst. Die anderen Gesichter blieben blass, auch wenn er sich ihre Namen ins Gedächtnis rief.
Als Paul Eli von Birgit erzählte, hatte sie wie ein kleines Mädchen gekreischt: »Du bist ja total verknallt!«, dann drückte sie ihn und fragte ihn aus. Schließlich gab sie ihm den Tipp, Birgit zu überraschen.
»Wie denn?«, fragte Paul seine große Schwester.
»Das musst du schon selbst herausfinden.«
»Das ist nicht so leicht wie bei den anderen.«
»Aber sie ist es wert, oder? Also streng dich an!«

»Warum Ökonomie?«, fragte Paul eines Abends.
»Für Architektur hat es nicht gereicht«, antwortete Birgit, und als er sie traurig ansah, lachte sie los. Dann erzählte sie mit fester Stimme, dass Ökonomie die Eltern beruhige. Sie hatte nicht Lebensmitteltechnologie studieren wollen, sie würde ihr Leben

nicht in dem kleinen Dorf verbringen, nicht in der seit Jahrhunderten von der Familie geführten Bäckerei.

Zum Lernen saßen sie in einer Ecke der Bibliothek, hinter Bücherreihen hielten sie sich an den Händen und paukten die Definitionen.

»Was ist das für ein Deutsch?«, fragte Paul, »Schachtelsätze ohne Ende: ‚Die weitere Erhöhung des materiellen und kulturellen Lebensniveaus des Volkes auf der Grundlage eines hohen Entwicklungstempos der sozialistischen Produktion‘, … bla, bla, bla.«

»Vergiss nicht, zu beginnen mit: ‚Gemeinsamer Beschluss des Zentralkomitees der SED, des Bundesvorstandes des FDGB und des Ministerrates der DDR‘.« Birgit erhob sich und dozierte weiter: »Zweifellos werden diese Maßnahmen von der Arbeiterklasse, den Genossenschaftsbauern und nicht zu vergessen uns!, den Angehörigen der Intelligenz, als ein Ansporn empfunden, mit hohen Leistungen im sozialistischen Wettbewerb zur allseitigen Stärkung der DDR beizutragen. Was der VIII. Parteitag beschlossen hat, wird sein!«

»‚Der Wohnungsbau als Kernstück des sozialpolitischen Programms‘, das ist interessant, aber sonst? Bla, bla, bla. Wie machst du das nur?«

»Wie ein Gedicht lernen«, antwortete Birgit, »einfach auswendig.«

»Aber es reimt sich nicht«, erwiderte Paul, das war wie ein Spiel. Manchmal küssten sie sich auch nur oder saßen da, tasteten mit Blicken jeden Zentimeter vom Gesicht des anderen ab, ohne ein Wort zu sagen, bis die große Klingel ertönte, weil die Bibliothekarin schließen wollte.

Birgit begann zu summen, immer neue Liedfetzen fielen ihnen ein, zu denen sie getanzt hatten im Studentenklub.

»In jener Nacht«, hauchte Veronika Fischer in den Kuss hinein, bevor sich die Pärchen beim »Klavier im Fluss« wieder lösten, erstaunt Arme und Beine schüttelten und auf den nächsten langsamen Titel warteten, Paul auf »Am Fenster« von »City«, in der Langfassung, dann glaubte er, Birgit nie mehr loslassen zu müssen, siebzehn Minuten lang, fast schon ein ganzes Leben.

2. Schrecklich romantisch

Als Paul am 2. Adventssonntag aus dem Bahnhofsgebäude trat, winkte Birgit mit ihrem knallroten Schal, den sie sich über die Handschuhe gewickelt hatte. Er zog eines der Vanilleplätzchen aus der Jackentasche – eine große Tüte voll hatte seine Mutter ihm eingepackt – und schob es ihr in den Mund. Dann küsste er sie, ihre Zungen stritten sich um die klebrige Masse, bis sie kichernd voneinander ließen.
»Wohin gehen wir?«, fragte Paul, als Birgit ins Neubaugebiet abbog. Aber sie zog ihn stumm weiter, stoppte nur für einen langen Moment unter dem Durchgang, um ihn erneut zu küssen. Dann standen sie vor einem alten Haus, sie hielt ihm einen riesigen Schlüssel unter die Nase, »Trara!«, und rannte die Treppen hoch.
»Warum hast du mir nichts gesagt?«
»Überraschung!« rief sie, ihre Wangen waren gerötet, er küsste sie wieder und wieder.
»Magst du mit mir hier wohnen?«
Auf ihrem weißen Hals schimmerten Schweißtropfen, der Schal lag auf dem Boden, sie hob ihn auf, mit einer langsamen Bewegung, als wolle sie Paul erst wieder anschauen, wenn er antwortete.
»Und die Miete?«, fragte er. »Fürs Wohnheim sind es nur zehn Mark, das reicht hier sicher nicht.«
»Daran musst du nicht denken«, sagte sie lächelnd, »nur daran,

ob du einziehen willst.«

»Na klar!«

Paul hob sie hoch, trug sie ins Zimmer, ja, dachte Birgit, traumhaft, wunderbar! Sie schmiegte sich an ihn. Verträumt war sie, ganz tief innen, schrecklich romantisch. »Das ist nichts für dich«, hatte ihre Mutter gesagt und ihr die Schmöker aus der Hand gerissen, immer wieder. Dabei wollte sie gar nicht so sein wie die Frauen in den Romanen, sie war klug und stolz, sie würde sich nie so demütigen lassen wie sie, die bis zur vorletzten Seite warten mussten, um erlöst zu werden. Aber träumen durfte man wohl noch? Von einem starken Mann, schönen Kleidern, teurem Parfum.

Nun wohnten sie seit drei Monaten in der Altbauwohnung. Es fühlte sich gut an, den Raum für sich zu haben, eine eigene kleine Küche und sogar eine Toilette, auch wenn sie zum Händewaschen die Spüle benutzen mussten. Sie roch an der neuen »Lux«, von der ihre Mutter zum Einzug zwei Stück mitgebracht hatte: »Alles Gute von Tante Gertrud.« Ein Stück hatte sie zwischen die Pullis gelegt, sie würde es lange dort duften lassen. Sparsam bestrich sie jeden Finger einzeln mit Seifenschaum und legte das Stück behutsam in die Plasteschale zurück. Kein Vergleich mit den Vier-Mann-Zimmern im Wohnheim, der Enge, der Lautstärke und vor allem diesem Gestank. Etagenküche, Nudelwasserschwaden, ah, einmal nur, der Geruch von Spiegeleiern. Mit einer Art Rost überzogene Herdplatten, Nudelwürmer, bräunlich, mit getrocknetem Ketchup, widerlich. Und der Bärtige aus dem fünften Semester – sie konnte sich nicht einmal mehr an seine Augenfarbe erinnern –, aber seinen Tipp für diese Wohnung würde sie nicht vergessen. Zum Glück, dachte sie, Paul legt seine Sachen auf den Stuhl, trocknet ab, er fragt, er ist lieb, er fügt sich. Sie nahm

einen Zeitungsstapel und schnitt sorgfältig alle Artikel aus, die sie für das Seminar brauchten, und summte dabei. Die Reste bündelte sie mit Paketschnur. Montag würden die Pioniere kommen, die Papierstapel abholen und nach leeren Gläsern fragen.
»‚Ham se nich noch Altpapier, Flaschen, Gläser …?'«
Nein, die Gläser tauschte Birgit bei ihren Eltern gegen gefüllte ein, mit Kompott und mit Selbstgeschlachtetem. Das bedruckte Papier dagegen … Paul begann den Refrain mitzubrummen, sie lachte und hielt den Stapel hoch: »‚Planübererfüllung', ‚Ernteschlacht' – wirklich schade, dass diese Wörter sich so gar nicht für ein Lied eignen!«
»‚Sie ham doch sicher 'n paar Flaschen zu stehn? Und wenn noch was drin is, is auch kein Problem …'«
»Nein«, unterbrach Birgit ihn, »haben wir nicht, aber wenn«, sie begann, verhaspelte sich im Text, sang unbeirrt weiter: »Das schütten wir rein in den alten Herrn Boll von der Annahmestelle, denn der alte Herr Boll ist niemals so doll wie die Müllschlucker vor Ihrem Mietshause voll!«
Glucksend ließ sie sich neben Paul auf die Couch fallen, er legte den Arm um sie, als wolle er schunkeln, dann sangen sie den Refrain aus voller Kehle: »‚Ham se nich noch Altpapier, liebe Oma, lieber Opa, klingelingeling, ein Pionier …'«
»Die allein lebende Frau unten im Haus«, sagte Paul, als sie sich beruhigt hatten, »gibt bestimmt Gläser ab. Und Weinflaschen! Damit werden die Pioniere den Handwagen füllen und den Wettbewerb bestimmt gewinnen.«
Ja, dachte Birgit, sie waren manche Nacht davon aufgewacht, dass die Frau lauthals zu singen anfing, bevor es polterte und irgendwann ruhig war. Paul brummte weiter die Melodie vor sich hin, sie schwieg. Wer weiß, was die Frau dazu trieb, Liebeskummer wahrscheinlich. Liebeskummer ist tödlich.

Erst am Vormittag war sie wieder aus dem Umkleideraum geflüchtet. Nicht zum ersten Mal fragte sie sich, weshalb die Mädchen ausgerechnet vor und nach dem Turnen diese erlebten oder erdachten Liebesgeschichten erzählen mussten, die nur in der Phantasie ein gutes Ende nahmen. Es war immer das Gleiche: Die Mädchen himmelten unerreichbare Jungen an und heulten sich in den Schlaf. Und immer liebten die Mädchen mehr als die Jungen. In seltenen, sehr kurzen Momenten beneidete sie solche Mädchen um ihre Energie. Um den Schmerz beneidete Birgit sie nicht. Vor ein paar Jahren hatte sie die tschechische Oper »Rusalka« gesehen. An die Bilder der Rusalka im schneeweißen Hochzeitskleid zwischen roten Rosen dachte sie gern, genauer jedoch erinnerte sie sich an die hohen Töne voller Schmerz. Rusalka, die davon überzeugt war, dass ihre Liebe jeden bösen Zauber besiegen würde. So wie die Mädchen im Umkleideraum. Doch als der Prinz endlich begriff, dass Rusalka die Einzige war, die ihn liebte und die er liebte – was auf der Bühne fast drei Stunden dauerte –, half das gar nicht. Ein letzter Kuss, er starb und sie war wieder allein. Birgit schüttelte sich. Nein. Es tat weh, an diesen Schmerz auch nur zu denken. Ebenso wie an die Familiengeschichte, die vor ihrer Geburt stattgefunden hatte und die sie daher nur unvollständig rekonstruieren konnte. Tante Gertrud, sonst für jeden Klatsch zu haben und äußerst gesprächig, schwieg beharrlich oder speiste Birgit mit Halbsätzen ab, die sie mühsam zu einem Bild zusammensetzte. Birgit erinnerte sich an einen Streit zwischen den Schwestern, aber das war nicht der erste und nicht der letzte Disput zwischen Gertrud und Birgits Mutter, und er war nicht einprägsamer als die anderen. Einzig die Tatsache, dass Birgit sich unter den ausgezogenen Couchtisch verkrochen hatte und dem weiteren Gespräch unbemerkt lauschte, war neu. »Liebe – was ist das schon gegen ein gutes Leben?«, war ein Satz,

der sich seitdem nicht mehr aus ihrem Gedächtnis löschen ließ und unmerklich zu ihrem eigenen Motto geworden war. Wahrscheinlich hatte die Mutter als junges Mädchen versucht, sich umzubringen, und sehr wahrscheinlich wegen eines Mannes. Die Mutter im Nachthemd auf einer Brücke, das leere Tablettenröhrchen noch in der Hand – Birgit sah die Szene nicht nur in Alpträumen vor sich. Auch jetzt drängte sich dieses Bild nach vorn. Sie schmiegte sich an Paul, er streichelte ihren Rücken, seine Finger glitten unter ihr Nicki, öffneten den BH.
»Du wirst mir nie weh tun«, sagte sie leise, als Paul die heruntergefallene Decke vom Boden aufhob und sie behutsam zudeckte.
»Niemals«, antwortete Paul.

Nach dem Abendbrot setzte Birgit sich an die elektrische Nähmaschine, die ihre Eltern zum Einzug mitgebracht hatten.
»Weiß oder blau?«
Er zuckte die Schultern.
»Für die Küchengardinen – was gefällt dir besser?«
»Du«, sagte er, »ohne Bordüre.«
»Bordüre doch nicht, Zackenlitze ist das hier«, sie hielt das schmale weiße Band in die Höhe.
»Und das hier heißt Borte; das blaue ist Baumwoll-Brokat-Borte, ich weiß aber nicht, ob die Nadel das aushält.«
»Dann lieber das weiße, diese Wellen passen doch gut auf den dunkelblauen Vorhang, oder?«
Er beugte sich wieder über den Hefter. Wahrscheinlich übte er gerade die Definitionen. Sie lächelte, während sie den Stoff durch die Finger gleiten ließ und die Spule exakt einstellte. Paul lernte, um ihr zu gefallen, das wiederum gefiel ihr, sehr gut sogar.
»Hast du dich schon gekümmert?«, fragte Birgit, als die Gardine fertig genäht war und sie die Fusseln absammelte. »Warst du da?«

Paul schüttelte den Kopf.

»Du willst nicht tatsächlich achtzehn Monate durch den Schlamm robben?«

Nein. Pauls Mutter hatte in ihrem letzten Brief von Georg und Andreas, seinen Schulkameraden, erzählt, die eingezogen worden waren. Sie verstand nicht, weshalb man die »Jungen« nicht erst das begonnene Haus fertigstellen ließ, weshalb nicht einmal die Geburt von Georgs Tochter dazu taugte, ihn bei der Familie zu belassen, und fragte nach seinen Plänen.

»Ein Schlupfloch«, sagte Birgit, »das ist unsere Chance.«

Paul dachte an die vormilitärische Ausbildung und schüttelte sich. Er hatte Helm und Gasmaske tragen müssen, bis er fürchtete, nie wieder richtig durchatmen zu können, kletterte über hölzerne Hindernisse, riss sich die Hände auf und schaffte die Strecke doch nie in der vorgegebenen Zeit. Abends fielen sie erschöpft auf die ausrangierten Armeebetten. Die Mädchen dagegen wickelten sich Tücher um die Taille und knoteten Gürtel um die ausgewaschenen DRK-Uniformen. Sie malten sich rote Streifen ins Gesicht, hielten sich die Hand vor den Mund und imitierten Indianergeheul. Sie trugen die DRK-Käppis keck und schief aufgesetzt, begutachteten glucksend die mit aufgeklebten Wunden verunstalteten Oberschenkel; nichts von all dem Gelernten nahmen sie ernst. Bei der »Rotlichtbestrahlung«, der »marxistisch-leninistischen Weiterbildung«, war es umgekehrt. Außer Birgit, der die Langeweile im blassen Gesicht geschrieben stand, saßen die Mädchen gebeugt über den Schnellheftern oder aufrecht und aufmerksam. Die Jungen dagegen fläzten sich in den Bankreihen und hingen eigenen Gedanken nach, unterbrochen nur vom häufigen Blick auf die Armbanduhr. Erst bei den darauf folgenden Hilfseinsätzen bei der Kartoffel- oder Rübenernte kamen das Lachen und die Leichtigkeit wieder, schäkerten die

Jungen mit den Mädchen, ließen diese sich gern helfen und belohnten die Jungen am Abend mit Stockkuchenteig oder Kartoffeln, die sie gemeinsam am Lagerfeuer garten.

»Schlupfloch«, flüsterte Paul, atmete tief ein und klopfte an die Tür des Uni-Büros. Er stand verloren in einem riesigen Zimmer, der Schreibtisch meterweit entfernt, und stammelte sein Anliegen. Schlimmer konnte der Frühsport bei der »Fahne« auch nicht sein; er spürte den Schweiß am gesamten Körper, während die Angestellte den Bogen mit aufreizender Langsamkeit in die Maschine zu spannen schien. Über die Brillengläser hinweg sah sie nur kurz hoch, fragte seinen Namen in einem militärischen Ton ab, dem er doch entkommen wollte, tippte das Datum, zog mit einem Ruck den Bogen heraus und knallte den Stempel darunter, dass es im Raum nachhallte. Er verschwand mit dem losen Blatt, legte es erst in den Schnellhefter, nachdem er die Tür von außen geschlossen und erleichtert aufgeatmet hatte.

Genau elf Wochen war es her, dass er in die Dunkelheit geflüstert hatte: »Ich wünsche mir ein Kind.«
»Ich weiß«, hatte Birgit geantwortet und dabei seine blauen Turnhosen nach unten geschoben. Ja, wie er so sehnsuchtsvoll schaut, wie im Film, wie in einem wunderbaren Film, genau so sollte es sein.
Am Morgen danach stand sie vor dem Spiegel und versuchte sich vorzustellen, wie sie mit einer Wölbung aussehen würde, die schmalen Hände auf den Beckenknochen. Paul starrte wie hypnotisiert auf ihren weißen Bauch, sie drehte sich langsam, legte seine Hände auf ihre Brüste und sagte: »Ich liebe dein zwanghaftes Harmoniebedürfnis.«

Erst als Birgit sicher war, schwanger zu sein, schrieb er seiner Mutter, dass er bald Vater werden würde und deshalb versuche, der Aufforderung des Wehrkreiskommandos mit den gesammelten Bescheinigungen zuvorzukommen, sich die Wehrausbildung im Studium anrechnen zu lassen. Die Nationale Volksarmee war mit den geburtenstarken Jahrgängen schlicht überfordert. Die Sätze sprudelten, er konnte kaum stillsitzen, nur für einen Moment hielt er inne und versuchte, sich auszumalen, wie es war, Vater zu sein. Er dachte an die Schwarz-Weiß-Fotos von ihm und seiner Schwester und den Stolz im Blick seines Vaters, den er später vermisste, horchte zur Küche, wo Birgit vor sich hin summte, und schrieb weiter. Nach dem Zukleben ging er zu ihr, küsste ihren Hals und fuhr mit dem Zeigefinger über ihren flachen Bauch. Er nahm das Lied auf, brummte mit, während er sich die Schuhe band, und lief zur Hauptpost, um den Brief dort einzuwerfen, er wollte keine Zeit verlieren. Abends hörte er nicht auf, Birgit zu streicheln und zu küssen, sie wehrte sich lachend, bis er sagte: »Nie will ich weg von dir, nicht einmal für einen Tag!«, da schaute sie ihn ernst an und verstummte. Ihre Augen glänzten.

3. Für immer

Der Februar hatte sich mit Schneematsch verabschiedet. Der März begann milder, doch es goss, und von den Bäumen hörte es nicht auf zu tropfen. Pauls Mutter hatte beim Gastwirt angefragt, ob sie nicht doch den Saal mieten könne, aber Paul war zuversichtlich, dass seine Hochzeit an einem sonnigen Tag stattfinden würde. Der Termin stand fest, unumstößlich, denn Birgit wollte verheiratet sein, bevor jemand die Schwangerschaft bemerken konnte. Auch Birgit glaubte an schönes Wetter; einen Mantel jedenfalls hatte sie nicht kaufen wollen, um ihn über dem Kleid zu tragen. Nur eine Strickjacke erstanden sie gemeinsam, weil es ihnen trotz mehrfachem Suchen nicht geglückt war, eine Bolerojacke aufzutreiben. Zwei Tage vor der Hochzeit klarte der Himmel auf; ein frischer Wind half den Sonnenstrahlen, die Nässe innerhalb weniger Stunden von den Wegen zu wischen.

Auf dem schwarzen Jackett des Standesbeamten prangte das Parteiabzeichen. Seine Stimme war kräftig, aber monoton. Zwischendurch schluckte er. Paul schluckte mit.
Birgit hatte geschnüffelt, als sie den Raum betraten: »Bohnerwachs, wie in der Uni«, aber die dunkelroten Azaleen zwischen den blassen Alpenveilchen lenkten sie von dem ansonsten schmucklosen Raum ab. Mehr als einmal hatte sie Paul erzählt, dass sie als kleines Mädchen davon geträumt hatte, in einer riesigen Kirche zu heiraten, einer, in der die Fenster bunt waren und das Geländer zur Empore vergoldet. Dabei war sie nicht einmal getauft. In ihrem langen Kleid bewegte sie sich graziös und zugleich so natürlich, als hätte sie ihr ganzes bisheriges Leben in solch einem Kleidungsstück verbracht – und als gefiele es ihr, auch weiterhin eine solche Garderobe zu tragen. Zwei Stühle in der ersten Reihe waren für das Brautpaar reserviert. Der weinrote Kunststoffbezug gab mit leisem Seufzen nach, als Paul sich setzte. Von der Wand hinter dem Standesbeamten schaute der Staatsratsvorsitzende jung und freundlich von einem Foto herab. Paul griff nach Birgits Hand, sie warf ihm einen ermutigenden Blick zu. Dann lauschte sie mit leicht nach vorn gestrecktem Kopf der Rede. Sie wirkte konzentriert und nicht halb so nervös wie Paul, der seine Finger unter dem Sitz abwechselnd spreizte und zur Faust ballte. Seine Hände zitterten, als er Birgit den Ring ansteckte. Sie lächelte ihn an und hielt ihre Hand ganz

ruhig. Hinter ihnen schniefte jemand laut auf. Die Musik schniefte auch, doch Paul streckte sich und ging mit Birgit am Arm an den anderen vorbei nach draußen, als wolle er sie nie wieder loslassen. Als könne er sich nur mit Mühe beherrschen, die Treppen nicht hinunterzuspringen und Birgit nicht herumzuwirbeln. Seine Frau, denn das war sie, jetzt und für immer.

Im Garten roch es nach umgebrochener Erde und dem eigens für die Feier gemähten Rasen. Schneeglöckchen, Krokusse und selbst einige Osterglocken blühten, »Frühling, Frühling«, tschilpten die Spatzen über die riesige Tafel hinweg, die Pauls Mutter mit Hilfe der Nachbarn zusammengetragen und mit weißem Leinen bedeckt hatte. Dazwischen kringelten sich Papierschlangen, von Eli mitgebracht. Auch den Türrahmen der Laube hatte sie geschmückt, mit einer Girlande aus Krepp-Papier-Blumen. Drinnen waren Obst- und Streuselkuchen, Frankfurter Kranz und Schwarzwälder Kirschtorte auf gläsernen Tellern angerichtet. Die Fußrohre der beladenen Campingtische hatte Pauls Vater mit Feldsteinen beschwert. Das Gartenhäuschen glich eher einem Schuppen, aber der Raum verfügte über Betonmauern und hatte innen einen ergrauten Anstrich. Neben den Campingtischen standen die weißgestrichenen Hocker vor dem Küchenregal aus Sprelacart, in dem kleinere Gartengeräte und Gummihandschuhe lagerten. Die Wände waren kahl, nur gegenüber der Tür klebten vergilbte Postkarten: »Balatonfüred« am gleichnamigen See, den sie sich als Kinder so vorgestellt hatten wie die Müritz, nur viel größer, der Tschirmer See in der Hohen Tatra, »Štrbské pleso«, Blick von der Fischerbastei zur Donau und eine Ansichtskarte mit den schneebedeckten Gipfeln des Pamirgebirges. Jedes Jahr im Frühjahr gab es an einem Samstag ein großes Aufräumen und Putzen. Der Campingtisch wurde aufgeklappt,

mit einer geblümten Wachstuchdecke verschönert, das Fenster wurde geputzt, das Türschloss geölt und die Gartengeräte um die Ecke unter ein kleines Vordach gestellt. Pauls Mutter wollte wetterunabhängig sein, den gesamten Sommer über, der spätestens im März für sie begann und nicht vor Oktober endete. Sie maß das Jahr nach Gartenzeit und Ruhezeit – und Ruhezeit war für sie dann, wenn es draußen nichts zu tun gab. Pauls Vater hatte manches Mal entgegnet, auch im Winter würde die Arbeit nicht ruhen, und in richtigen Wintern ging er morgens noch vor dem Zähneputzen hinaus und schaufelte mit einem Holzschieber den frisch gefallenen Schnee vom Trottoir.
Das Rascheln der Papierblumen an der Laube klang wie ein vergessenes Kinderlied, der Wind blies sacht und warm. Birgit zog ihre Strickjacke aus, Paul krempelte die Ärmel seines Hemdes hoch und steckte die goldfarbenen Manschettenknöpfe in die Hosentasche. Eli war nicht mitgekommen zur Trauung. Jetzt trat sie aus der Tür, zog sich hastig die Dederonschürze über den Kopf und rannte auf das Brautpaar zu. Sie drückte Paul, boxte ihn. »Wie fühlt man sich als frischgebackener Ehemann?«
Pauls Mutter platzierte die Gäste und Eli zog Paul hinter die Wacholderbüsche.
»Ach Paule«, Eli drückte ihn noch einmal. Er beugte sich über ihr Haar, sog mit einem tiefen Atemzug den Duft ein, als lägen darin all die Jahre der Kindheit, die sie hier, hinter den Büschen, am See, gemeinsam verbracht hatten. Nur Eli sagte »Paule«. Birgit mochte keine Kosenamen. Stark wolle sie sein, und dazu passten keine Verniedlichungen, leise hatte sie das gesagt, auf Widerspruch wartend vielleicht, doch er hatte nur genickt. Birgit sprach sogar Pauls Schwester mit dem vollständigen Namen Edith an, dabei kannten alle anderen sie nur als Eli.
Sie kicherte: »Ich glaube, ich werde nie erwachsen. Ich habe immer

noch Angst, Paps könnte mich beim Rauchen erwischen.«
Eli zog so kräftig an der Zigarette, dass die Glut wie ein kleines Feuer leuchtete. »Und bevor du es von Mutti hörst: Ich lass mich scheiden.« Es sei okay so, sagte sie, er käme nie darüber hinweg, dass sie keine Kinder haben würde. Paul nestelte an seiner Zigarette und fixierte die Büsche.
»Außerdem habe ich meine Kinder, achtundzwanzig sind es dieses Jahr!« Paul nickte erleichtert, sein Gesicht entspannte sich.
»Gewiss hast du es dir gut überlegt«, sagte er zu Eli, »du wusstest ja schon immer genau, was du wolltest. So wie Birgit.«
»Paul?« Birgit schirmte mit einer Hand die Augen ab und schaute zu einer Gästegruppe, die an der Hollywoodschaukel stand. Die Sonnenstrahlen malten Kringel auf ihren Hals. Paul warf die Zigarette auf den Boden und spuckte kräftig aus, als könne er damit den beißenden Tabakgeschmack loswerden. Eli schaute ihn an; zwischen ihren Augen bildete sich eine Falte. »Pass auf dich auf.« Sie holte einen »Pfeffi« aus der Tasche und grinste. Dann gab sie Paul einen Schubs. »Nun geh schon zu deiner Frau.«

»Ich gehe nicht zurück«, sagte Birgit, als sie nach der Klausur am breiten Fluss spazierten. Paul hatte an das Sommermädchen gedacht, daran, dass es Birgit viel zu schmutzig wäre und ob er sie wohl überzeugen könnte, mit ihm nach Mecklenburg zu gehen, wo das Wasser der Seen klar war.
»Nach Mecklenburg möchte ich auch nicht.«
»Wohin willst du dann?«
»Weiß nicht, vielleicht an irgendeinen Ort dazwischen. Havelfurt hört sich gut an.«
»Es wird schwer sein, das Übliche zu durchbrechen.«
»Als Familie nicht. Glaube ich wenigstens.«
»Aber die Betriebe haben uns doch eingeplant, sie rechnen damit,

dass wir nach dem Studium dort anfangen, wozu sonst hätten sie uns delegieren sollen?«
»Du machst dir Gedanken um den Betrieb? Nicht um uns?«
Paul starrte auf das schnell fließende Wasser, kickte einen Stein beiseite. »Ich möchte dahin, wo du bist.« Er holte tief Luft. »Eine märkische Kleinstadt, das ist also dazwischen. Zwischen Mecklenburg und Großburgstein.«
»Brillen werden immer gebraucht. Außerdem werben sie mit Neubauwohnungen, Kaufhallen und Kindergartenplätzen. Werden wir bald nötig haben.« Sie schmiegte sich an ihn.
»Versuchen können wir es.«
»Der Optikbetrieb sucht händeringend Ökonomen. Wir sind bald welche. Was soll da schiefgehen?«
An den Abenden spazierten sie jetzt oft durch das Neubaugebiet Großburgsteins, blickten an den Fensterreihen hoch und Birgit malte sich aus, wie sie die Wohnung einrichten würden. Paul multiplizierte im Kopf und mit dem Gedanken an Eli die Fensterreihen in den Häusern mit den Aufgängen und Stockwerken. Als er laut die Sandkästen zählte, sah Birgit mit einem spöttischen Grinsen zu ihm auf: »Wie viele Kinder wolltest du denn? Eine ganze Fußballmannschaft?«
»Eine halbe?«
Sie drohte ihm, er tat so, als würde er weglaufen, sich ducken unter imaginären Schlägen, dabei rannten sie wie kleine Kinder über den Spielplatz und hielten erst an einer zwischen hochgewachsenen Sträuchern versteckten Bank. Paul fuhr mit einer Hand über die Farbnasen, bevor er sich setzte und Birgit die Beine auf den Latten ablegte, mit dem Rücken an ihn gelehnt. Der Wind wirbelte die weißen Blüten hoch, die wie Schneeflocken tanzten und auf den Gehweg sanken, auf den Rasen und auf Birgits dunkles Haar. Paul lauschte ihren Träumen von einem

gemeinsamen Leben wie früher den Märchen, die Eli ihm vorgelesen hatte. Birgit strich über ihren Bauch und freute sich darauf, zu Hause zu bleiben. »Ich kümmere mich um unsere Tochter und du leitest den Betrieb«, träumte sie laut und Paul antwortete: »Mach das, kümmere dich um unseren Sohn.«

Und dann kam Paul eines Tages später aus der Uni. »Ich habe heute unterschrieben. Bin jetzt Kandidat.«
»Was bist du?«
»Kandidat der Partei. Ich habe den Antrag unterschrieben. Du, ich hab Brötchen mitgebracht, 7er, die magst du doch lieber, der Bäckerwagen kam gerade, ich glaube, sie sind noch warm.«
»Das erzählst du mir hinterher?«
»Du hast doch gesagt, die für 5 Pfennige schmecken dir nicht.«
»Du hättest mich fragen müssen.«
»Ich dachte, du wärst einverstanden. Soll ich die Butter holen?«
»Einverstanden mit der SED? Wenn schon Partei, dann eine, die uns weiterhilft! Die CDU, zum Beispiel.«
»Ich bin doch gar nicht kirchlich erzogen worden.«
»Denkst du auch einmal praktisch? Die CDU stellt die Abgeordneten für Wohnungspolitik! Wir brauchen eine Wohnung!«
»Warum bewirbst du dich dann nicht für die CDU?«
»Ich? In eine Partei gehen? Karriere machen? Nein, nein, Paul, ich werde unsere Tochter großziehen und du machst die Karriere. Das ist dir doch klar, oder?«
Paul stützte sich mit den Händen auf den Tisch aus massivem Holz. Seine Fingerknöchel wurden weiß. Er starrte auf die graue Papiertüte mit dem Konsumemblem. Die Frage hing noch in der Luft. Paul nahm die Brötchentüte vom Tisch, drehte sich langsam zu ihr um: »Und ich besorg die Schrippen. Magst du jetzt?«
»Ich habe Gemüsesuppe gekocht und ich habe schon gegessen.

Steht auf dem Herd.«

Sie atmete aus, sah ihn einen Moment lang schweigend und sehr ernst an und fügte hinzu: »Entscheide so etwas nie wieder allein.«

4. Havelfurt

Vom Bahnhofsvorplatz blickte ein bronzener Mann auf die aus dem Backsteingebäude strömenden Menschen. Rosenblüten in Weiß und Rot säumten den Rasen zu seinen Füßen. Nur Paul sah zum Denkmal, ging mit großen Schritten darauf zu und las die Inschrift auf dem Sockel. Dann wandte er sich zum Taxistand und ließ sich den Weg zum Betrieb beschreiben. Nach den Jugendstilbauten mit einseitigen Türmen und verglasten Loggien wich das Kleinstadtbild der funktionellen Architektur der fünfziger Jahre. Links und rechts der Hauptstraße wuchsen die gleichen Sträucher vor den Neubauten wie überall, parkten Fahrräder in den betonen Ständern vor den Hauseingängen, mit Einkaufsnetzen behangen und nie abgeschlossen. Nach wenigen Minuten war die Stadtmitte erreicht. Sein Dederonhemd klebte, Paul nestelte das Taschentuch aus der Hose, um sich die Schweißtropfen von der Stirn und aus dem Nacken zu wischen. Das Grün vor den Häusern duftete nicht, er roch keinen Sommer, wie eine Glocke lag die Hitze über der Stadt und zwang ihn, flach zu atmen. Auf einem unbefestigten Platz stand ein Eiswagen, Schokoladeneis war seine Lieblingssorte, doch er hatte einen Termin in der Kaderabteilung und trug das helle Hemd, das Birgit ihm hingelegt hatte. Nachher vielleicht, seufzte er.

Das Hauptgebäude des Betriebes war an den meterhohen Säulen vor dem breiten Eingang zu erkennen. Der an einer Seite angesetzte

Fertigungskomplex dagegen schien über sechs Etagen hinweg nur aus Stahl und Fenstern zu bestehen. Paul blickte zur anderen Seite. Schräg gegenüber neoklassizistische Säulen, vor einem Theater. Stalinbau. In den grauen Betonkästen auf dem Platz davor gleißten Blüten in der Sonne, dicht an dicht. Rechts erstreckte sich ein Park. Gepflegte Rhododendronbüsche, Rasen, Bänke und ein Spielplatz mit Klettergerüst. Ein Mädchen und zwei Jungen …
»Pass auf, dass wir gleich eine Wohnung bekommen und nicht nur ein Zimmer«, hatte Birgit ihm mit auf den Weg gegeben, »eine schöne!«, fügte sie leise hinzu: »Denk an das Kleine.«
Stattdessen starrte er auf die Jugendlichen am Klettergerüst und dachte an den Park in seiner mecklenburgischen Heimat. »Star« hieß das begehrte Moped, das Jugendweihegeld hatte gerade so gereicht, 3,4 PS. All die Feldwege und KAP-Straßen um Breithagen herum, Georg, Andreas, John vorneweg, manchmal auch Mädchen, mit »Schwalbe« oder nur mit dem Rad. »Darf ich, ich möchte so gern …« Ja, natürlich, nur nicht gleich, ein bisschen forsch sein, ein wenig auskosten das Betteln. Wie sie die Arme hoben, um den Pferdeschwanz zu binden oder Zöpfe zu flechten, ganz hoch, sodass unterm kurzen Ärmel ein paar blonde oder schwarze Härchen sich zeigten und die Brüste sich hoben, bis einem vor lauter Schauen die Spucke wegblieb. Wie die Mädels sich dann festkrallten, wie wohl das tat, dieses Kneifen in die Seiten, wie süß der Aufschrei. Schmollmund, Lippen schürzen, Kulleraugen, die Wimpern ganz langsam sinken lassen, bis einem das Blut schoss, nach oben und nach unten, bis einem die Zunge schwer wurde, als hätte man in der »Fischerhütte« gerade einen halben Liter »Rostocker Pils« auf ex getrunken und nicht nur eine »Club-Cola«. Eines der Mädchen trug immer ein rotes Kopftuch. Wie ein Rennfahrer scheute sie keinen noch so holprigen Weg. Die Räder ächzten, wenn sie hart auf den Boden schlugen. Ihr

Gesicht wie versteinert. Doch beim Drehen des Zündschlüssels statt angespannter Gesichtsmuskeln fröhliches Lachen.
Das Klettergerüst. Ein Mädchen und zwei Jungen ... Hab ich auch so dagestanden, als John um das Mädchen meiner Träume warb? Milchgesichtig, die »Cabinet« in der Hand. Habe ich damals schon Lunge geraucht? Das Mädchen hier trug einen kurzen Rock. Der blasse Junge neben ihr schnippte die Kippe weg und starrte auf die nackten Beine des Mädchens. Sie sah dem anderen zu, der seine Knie über dem oberen Holm gebeugt hatte. Kopfüber baumelte er. Der Junge steckte sich die nächste Zigarette an. Paul wandte sich den Parkanlagen zu. Er musste zum Termin. Der blasse Junge überholte ihn auf einem klapprigen Damenfahrrad. Dürr sah er aus. So hatte Paul auch ausgesehen. Als er das Mädchen anhimmelte. Das mit dem roten Kopftuch. »Rauchen Sie ruhig weiter«, hatte der Sportlehrer gesagt, »rauchen macht schlank.«

Nur wenige Wochen nach dem Termin in der Kaderabteilung saß Paul auf dem Beifahrersitz des Möbelwagens und holperte über das Kopfsteinpflaster. Sie hielten vor einem dreistöckigen Haus, Paul kletterte aus dem LKW und blieb auf dem Gehweg stehen. Die Farbe der Fensterrahmen blätterte, das Holz darunter war grau wie die gesamte Fassade. Im zweiten Stock sprenkelten helle Flecken die staubigen Scheiben. Paul schaute die Straße hinunter, der Wartburg von Birgits Vater war noch nicht zu sehen, er stemmte sich gegen das breite grau-blau gestrichene Tor und stand im Hausflur. Es roch nach Moder, dabei drückte draußen die Hitze die Stadt klein, noch kleiner, als Paul sie von seinem Besuch in der Kaderabteilung in Erinnerung hatte. Die Stufen waren ausgetreten, der Ölsockel an einigen Stellen abgeplatzt. Am dunkelgrün gestrichenen Geländer schienen gelbe und graue Farbschichten durch, er stieg schnell höher, schloss die Wohnungstür auf und atmete den Geruch frischer Malerfarbe. Die eigenen vier Wände, das war doch etwas ganz anderes als Birgits Altbauwohnung in Großburgstein! Er strich über eine Naht zwischen zwei Tapetenbahnen. Das hier ist auch meins, ein Anfang jedenfalls. Er ging ins Bad, fuhr über das orange-beige Metallgehäuse des Badeofens. Ein Bad, eine Wanne, ja! Insgesamt nur eine kleine Butze, mit Dielen, die vom vielen Bohnern rotbraun schimmerten, Linoleum ohne erkennbares Muster im Flur, der Küche und im Bad. Keine Neubauwohnung wie versprochen, Paul dachte an Birgits Zornesfalten, nachdem sie den Brief der Wohnungskommission gelesen hatte, daran, wie er versucht hatte, sie zu beruhigen, und wie hilflos er sich fühlte, als sie leise weinte. Die Blöcke waren noch gar nicht gebaut. Dabei hatten sie nun ein Kind, einen Sohn, Paul verschlug es immer noch die Sprache, er konnte das Glück nicht in Worte fassen, dass er tatsächlich Vater geworden war.

Der Fahrer des Möbelwagens hämmerte gegen die Wohnungstür. »Kannste mal mit anfassen oder dachteste, ich mach das hier allein?«

Paul beeilte sich, hinunterzulaufen, ein paar Möbel sollten stehen, wenn Birgit kam. Er trug die Einzelteile der Schrankwand hinauf, drei Regalbretter übereinander, eine Schublade in der anderen Hand, die auseinanderzufallen drohte, lehnte alles an die Rückwand im Flur, schnaufte.

»‚Jugendzimmer‘, was? Hat meine Älteste auch.«

Die Schlafcouch trugen sie gemeinsam, Paul entschied sich für die Wand neben dem Kachelofen, nickte zufrieden. Er öffnete das Doppelfenster, sah die Farbspritzer und brachte mit den nächsten Teilen Eimer und Lappen hinauf.

»Soll ich schon mal mit dem Aufbauen beginnen?«, fragte der Fahrer und wischte sich mit einem großen Taschentuch den

Schweiß aus dem Nacken. Ohne auf eine Antwort zu warten, faltete er Reste eines karierten Arbeitshemdes auseinander, entnahm dem Gewirr aus Schraubenziehern und weiteren Lappen Holzkaltleim und einen Hammer und begann, das Schubfach zu reparieren.

»Dann putz ich derweil die Fenster.« Paul füllte in der Spüle der Einbauküche Wasser ein, es lief nur kaltes, an die Sicherungen hätte er zuerst denken müssen, er fluchte vor sich hin. Mit dem Daumennagel kratzte er die Farbreste von der Scheibe, verschmierte dicken Staub, schrubbte vor lauter Eifer den Kitt und alte Farbschichten vom morschen Rahmen.

»Mach nicht so'n Wind hier«, brummte der Fahrer, »sonst kannste die Schrankwand auch gleich noch waschen«, aber sein dröhnendes Lachen entspannte Paul. Er wrang den Lappen aus, wischte die Farbkrümel zusammen und schüttelte sie aus dem Fenster, wie Schneeflocken segelten sie hinaus in die flirrende Hitze.

Paul hatte es nicht weit zur Arbeit, er konnte zu Fuß zu der alten Villa gehen, die zum Betrieb gehörte, vorbei an den Schaufenstern von Spielwarenladen und Fleischerei. An die »Hohe Rippe« für die Gemüsesuppe musste er denken und wenn er Glück hatte – Paul lief das Wasser im Mund zusammen –, gab es frischen Leberkäse; er würde eine Scheibe noch auf der Straße essen. Ins Molkereigeschäft ging Birgit selbst gern, zum Glück, denn der säuerliche Milchgeruch war das Einzige, das ihm bei seinem Sohn aufstieß, er konzentrierte sich auf die »Süße Ecke« mit Backwaren aus dem Kombinat und Imbiss. Punschkuchen hatte er lange nicht mehr gegessen, auf der anderen Straßenseite interessierte ihn nur der Obst- und Gemüsehändler, Kommissionshändler der Handelsorganisation, das merkte er sich, so ein halb Privater, meinte auch Birgit, wäre wichtig. Nach dem

Möbelkaufhaus und der »Milchbar« kam der große Platz vor dem Stalinbau, ein paar Meter weiter dann die Villa und die Materialwirtschaft. Paul stieg in die zweite Etage hinauf, verbat sich, an der Tür des Großraumbüros zu horchen. Sollten sie doch reden, er kannte die Sprüche, »so'n junger Spund, vom Hörsaal direkt auf den Chefsessel, keine Ahnung vom Produktionsbetrieb«, aber er würde das hinbekommen mit der Zeit. Immerhin waren ihm vier Disponenten zugeteilt – vier! – obwohl er so jung war. Vier Angestellte, die auf große Karteikarten Ein- und Abgänge schrieben, den Materialverbrauch kontrollierten und ihn, Paul Kreisig, zu informieren hatten, wenn es eng wurde, wozu sie zu ihm nach oben laufen mussten, in einen Raum, der größer war als sein Wohnzimmer.

Einmal hatte Birgit ihn besucht, Markus schlief unten im Kinderwagen, der Pförtner versprach, auf ihn achtzugeben. Sie tanzte durch den Raum, setzte sich hinter den großen Schreibtisch und zog ihn zu sich heran, bis sie vor lauter Kichern fast mit dem Drehstuhl umgefallen wären. Stolz zeigte er ihr die Mappen und die Ordner und bat die Sekretärin, einen Pfefferminztee zu kochen, nur für Birgit. Diese nickte der Vorzimmerdame zu. Wie die Ehefrau vom Doktor in Breithagen, Eli hatte ihn darauf aufmerksam gemacht und sie hatten dann oft gelacht, wenn diese sich im Konsum mit »Frau Doktor« anreden ließ. Hier lachte Paul nicht, er streckte sich stolz, der Raum beeindruckte Birgit. Nachmittags verließ Paul das Büro pünktlich, verlangsamte am Werksausgang den Schritt und nickte dem Pförtner zu, er wusste nie, wie er ihn ansprechen sollte, der Mann hatte ja noch keinen Feierabend, den er ihm »schön« wünschen konnte. Paul lief schnurstracks nach Hause, unterbrach höchstens, um einzukaufen, schaute pflichtbewusst, aber auch, weil er den rundlichen Verkäufer mit seinen trockenen Bemerkungen mochte, im Obst-

und Gemüseladen vorbei:

»Ham wa nich', is' och aus«, kam genauso emotionslos aus dessen Mund wie der Hinweis: »Tante Amalie hat's och nich' so mit'm Klo, aber morgen …«, während er in eine Dreieckstüte Sauerkraut abwog, »… frühs isses am schlimmsten.«

Vor dem Laden spätestens wurde auch für Paul das Geheimnis gelüftet, morgen wären es Trockenpflaumen, er war nicht sicher, ob Birgit das interessierte, wozu brauchte man als junger Mensch Trockenpflaumen, mal ne Apfelsine, das wär was, bis Weihnachten war es noch so verdammt lange hin.

Wenn er im betriebseigenen Konsum ein Pfund Tomaten oder gar Bananen erstanden hatte, klingelte er an der Wohnungstür, zweimal kurz, und hielt Birgit das Einkaufsnetz unter die Nase. »Trara!«, rief er übermütig und ließ das Netz sinken, sodass ihre Münder sich finden konnten. Den Kuss vom Morgen erinnerte er kaum, die Zahlenkolonnen überdeckten alles, Bleistiftknabbern und Kaffeetrinken löschten Schicht um Schicht der sanften Berührung, die er am Abend erneuern wollte, musste und so lange genoss, bis Markus sich meldete. Zugluft oder ein sechster Sinn, der Kleinkindern eigen ist, Paul konnte es nicht sagen; dass Markus jedoch umgehend reagierte, war nicht zu überhören. Birgit löste sich dann mit einer Heftigkeit von ihm, die ihm wehtat. Paul stellte Eingekauftes auf dem Küchentisch ab, wusch sich die Hände über der Spüle, wobei er sich regelmäßig verbrannte, der Boiler spuckte zuerst kochend heißes Wasser aus, und setzte sich neben das aus Wolldecken gebaute Bett auf die Dielen zu Markus. Wie ein Fremder sah er zu, wie sein Sohn die Finger spreizte und die Hände zu kleinen Fäusten ballte. Er traute sich kaum einmal, ihn hochzunehmen. Birgit entblößte ihre vollen Brüste, sie gehörten jetzt Markus, Paul erschrak, so gierig zog sein Sohn daran. Er ging in die Küche, sah über die Scheibengardinen hinweg aus dem Fenster. Er hörte Markus husten, so gierig, dachte er wieder und trank, den Mund unter dem Hahn, das kalte Wasser in großen Schlucken.

Beim Abendbrot erzählte er von seiner Arbeit, den Disponenten, der Sekretärin, Birgit unterbrach ihn nicht, stand nur auf, um Markus zu beruhigen oder Tee nachzuschenken, und erst, wenn er fragte, berichtete sie davon, wie sie den Tag erlebt hatte. Vormittags schob sie den Kinderwagen durch die Straßen, sie kannte bald mehr Wege und Geschäfte als er. Im Spätherbst dehnte sie die Spaziergänge aus, erkundete die Gartenkolonien am Stadtrand, füllte Einkaufsnetze mit Äpfeln, Pflaumen und Birnen, die ein älterer Herr ihr schenkte.

»Ein paar Reihen Bohnen hat er auch noch«, sagte Birgit und schaute ihn fragend an, »er hat gefragt, ob wir später davon haben wollen.«

»Willst du Bohnen einwecken?«

»Um Gottes willen, Paul, nein, dazu hab ich keine Lust. Nur so ein paar zum Essen.«

»Ja, gern, und wie viel will er dafür haben?«

»Gar nichts. Die Kinder sind weggezogen und seine Frau ist wohl krank. Aber lauter Beete. Das muss so sein, hat er mir erklärt, wegen der Nutzfläche.«

»Wenn Markus größer ist, wäre ein Garten bestimmt schön. Aber vielleicht sollten wir erst einmal auf eine Wohnung sparen.«

»Ja, es ist schön dort. Aber du hast recht. Später. Wenn ich auch Geld verdiene.«

Sie brauchte vorerst nicht arbeiten zu gehen, fünf Monate lang bezahlte der Staat nach der Geburt, das Babyjahr gab es erst für das zweite Kind. An eine andere Wohnung war indes nicht zu denken. Frühestens wenn Markus eingeschult würde, sagte die Mitarbeiterin der Abteilung Wohnungswirtschaft zu Birgit, und sie solle froh sein, ein eigenes Klo zu haben. Der frühe Winter zerrte an ihren Nerven. Selbst wenn die Platte des Kohleherdes in der Küche glühte, klebten die Eisblumen weiter die Scheibengardinen fest. Jeden Abend stellten sie die orangefarbene Plastewanne für den Kleinen zwischen Kachelofen und Couch ins Wohnzimmer. Paul lernte, Markus zu halten, pustete in den Schaum, bis sein Sohn ihn anlachte, und beendete ungern sein Spiel. Birgit fürchtete eine Erkältung, dabei strahlte der Kachelofen viel Wärme ab. Zum Schlafen legten sie Markus in die unbeheizbare Kammer unter dicke Federkissen und ließen die Türen offen. Wenn morgens der Wecker klingelte, hauchten sie sich den Kuss in Reifwolken zu. Paul legte seine Decke über Birgits Füße und heizte den Ofen in der Küche. Er schichtete die Holzscheite kreuzweise übereinander, schob zusammengeknülltes Zeitungspapier darunter und entflammte das Streichholz. Den Kachelofen im Wohnzimmer fütterte er zusätzlich mit Kohlen, hielt einen feuchten Wischlappen fest und schob die Asche Schaufel für Schaufel unter das Tuch. Stellte einen Eimer mit Briketts samt Kohlenzange neben die Metallplatte vor den Kachelofen. Erst danach schaltete er das Radio ein und küsste Birgit auf die zusammengekniffenen Augenlider, bis sie ihr Gesicht ihm entgegenhob und Paul den Geruch ihres Schlafes mitnahm auf den Weg zur Arbeit.

In der Adventszeit fanden sie zum ersten Mal zum Havelsee. Auf dem Eis tummelten sich Familien, mit Schlittschuhen oder Gummistiefeln an den Füßen, die Kinder rutschten auf dem Po. Paul verliebte sich sofort. Ein kleiner See, nicht zu vergleichen mit denen in Mecklenburg, umgeben von Kiefern und einem Ostseestrand. Birgit schob mit den Stiefelspitzen erstaunt die dünne Schneeschicht beiseite. Der Sand war weiß.

5. Der rote Wartburg

In der Woche vor Weihnachten schneite es nicht. Paul hatte vom Büro aus seinen Vater angerufen und ihm mitgeteilt, dass sie nicht nach Mecklenburg kommen würden. Seiner Mutter würde er schreiben, sie würde ihn bestimmt verstehen. Riesige Regentropfen klatschten ans Fenster, Markus schlug die Klapper, Birgit ratterte mit der Nähmaschine unrhythmisch dagegen an. Paul nahm den angefangenen Brief und setzte sich in die Küche. Zum ersten Mal Weihnachten nicht zu Hause. Er drehte den Füller, beschriftete zunächst den Umschlag, holte aus dem Schreibtisch eine 20-Pfennig-Briefmarke, klebte sie darauf. Birgit kam mit Markus auf dem Arm herein.
»Weshalb setzt du dich ins Kalte?«
»Ich weiß nicht, was ich schreiben soll.«
Birgit schaute aus dem Fenster, schaukelte Markus.
»Sag ihr, dass wir nächstes Jahr da sein werden.«
Sie drehte sich um, ging zurück in die warme Wohnstube, Paul blickte ihr nach. Er hatte nicht gewagt, ein solches Versprechen einzufordern. »Nächstes Jahr«, begann er jetzt und die Sätze flossen aus der Metallfeder, bis die Seite vollgeschrieben war und noch eine halbe Rückseite.

Am Nachmittag des Heiligabends schob Paul den mit Reisetasche und zwei Netzen voller Geschenke bepackten Kinderwagen zum Bahnhof, Birgit trug die Umhängetasche und hielt sich mit einer Hand am Griff fest. Der Zug hatte Verspätung, Birgits Vater nahm die Umhängetasche und eilte zum Auto, drehte sich um: »Lange keinen Frühsport gehabt, was? Mutter wartet mit dem Kaffee, dalli, dalli!«
Birgit zuckte zusammen, Paul beschleunigte seinen Schritt.

»Echter Fischkopp, was?«, hatte Birgits Vater bei seinem ersten Besuch spottend gedeutet, »kriegt den Mund nicht auf.«
Paul hatte sich damals nicht zu wehren gewusst; inzwischen war er froh, sich hinter diesem Vorurteil verstecken zu können.

»Also weißt du«, Birgit drehte sich in der mit folkloristischen Motiven bestickten Boleroweste, »dass Tante Gertrud gerade so etwas ausgesucht hat.« Sie hielt sie Paul entgegen: »Sieht aus, als hätten wir es im Krimurlaub gekauft.«
»Das ist jetzt modern«, mischte sich ihre Mutter ein, »auch Kosakenmäntel und Zigeunertücher und Fuchsmützen.«
»Trotzdem«, sagte Birgit, »so eine blaue Steppjacke mit chinesischen Drachen oder Blumen hätte mir besser gefallen. Das habe ich neulich an einer Moderatorin gesehen, das war chic.« Sie legte die Weste wieder unter den Weihnachtsbaum.
»Du bedankst dich aber.«
»Natürlich, Mutter.«
Am Abend schaltete Birgits Mutter den Fernseher an. Bei Pauls Eltern erklang jetzt vom Plattenspieler »Derham im Stübel, do sitzt sich's gut. Do is su haamlich, su still un friedlich, wenn's draußen rüm racht wattern tut ...« Noch vor ein paar Jahren hatte er diese »arzgebirgige« Weihnacht albern gefunden, schließlich hatten schon seine Großeltern in Mecklenburg gelebt, nun aber sehnte er sich danach. Birgits Opa verabschiedete sich noch vor den Nachrichten, er wolle lieber Radio hören, Paul schaute ihm betrübt hinterher. Der Opa ging schief, als trüge er noch den Mehlsack auf dem Rücken.

Sie schliefen zu dritt in Birgits Zimmer, einer Kammer mit schrägen Wänden unterm Dach. Neben dem Fenster klebten eine Plattenhülle an der Wand und zwei Plakate, eins von den Beatles.

Paul wäre gern mit Birgit durch das Dorf gegangen, alles lag so weiß und still da draußen, unberührt, ganz anders als in Havelfurt, endlich hatte es geschneit, er wollte sich mit Birgit im Schnee balgen, wie in Großburgstein, aber Birgit hatte keine Lust.

Nach dem Frühstück am zweiten Feiertag nickte der Opa Paul auffordernd zu und ging mit ihm auf den Hühnerhof, zündete sich eine dicke Zigarre an. Gemeinsam klaubten sie aus den Heunestern die noch warmen Eier, steckten sie sich vorsichtig in die Jackentaschen.

»Pass auf, dass du die Eier nicht zerdrückst, sonst gibt's Schelte.« Birgits Opa hob den Zeigefinger und tauchte ein in die Geschichten seiner Jugendzeit, die er, ohne die Zigarre aus dem Mund zu nehmen, so anschaulich schilderte, dass Paul alles wie in einem Film vor sich sah und hörte: die Wut und Hoffnungslosigkeit in den Schlangen vor den »Stempelstellen«, die nur halb mit Milch gefüllten Blechkannen in den Kinderhänden, schließlich den entscheidenden Satz von Scheidemann: »Der Kaiser hat abgedankt. Die Monarchie ist zusammengebrochen. Es lebe die deutsche Republik!« Als Paul jedoch nachfragte, wie es an der Front gewesen sei, warf der Opa den längst verglimmten Zigarrenstummel auf den Boden, trampelte heftig darauf herum und sagte: »Das willst du nicht wissen, Junge, das will niemand wissen.«

Sie legten die Eier in Plasteschüsseln, für jeden Tag gab es eine andere Farbe, und ließen die Gummistiefel in der Veranda stehen. Am Nachmittag endlich legte Birgit Markus in den Kinderwagen und sie liefen bis zur Dorfkirche und zu einer dicken Eiche, von der Birgit erzählte, dass sich die Jugendlichen früher dort getroffen hatten, dann ging es an der Post und der Apotheke vorbei.

»Mehr gibt es hier nicht, oder willst du dir den Dorfkonsum anschauen?«

Er nutzte aus, dass sie stehengeblieben war, rieb sie mit Schnee ein, nun doch, aber schnell wischte sie sich mit dem Schal das Wasser ab und sah nach Markus, der ruhig schlief, sie hakte sich bei ihm ein.

»Los, nach Hause, es gibt sicher gleich Kaffee.«

Er war noch satt von Entenbraten und Pute, konnte dem duftenden Hefekuchen und Westkaffee aber nicht widerstehen. Birgits Vater kullerte mit Markus auf dem Teppich, die Mutter bedankte sich dafür, dass Paul abtrocknen half. Als Birgit begann, die Geschenke zusammenzupacken, und ihr Vater den gelben Wartburg aus dem Schuppen holte, atmete Paul auf.

Wenige Kilometer vor der Stadtgrenze begann der Motor zu stottern, im Auspuff knallte es, der Wartburg stand. Beim erneuten Drehen des Zündschlüssels hielt Birgit sich die Ohren zu. Ein Zahnarztbohrergeräusch drang aus dem Vorderteil des Wagens, dann war es still. Birgits Vater öffnete die Motorhaube. Paul stieg aus, stellte sich neben ihn. Ein roter Wartburg stoppte, der Fahrer kurbelte das Fenster herunter.

»Kann ich helfen?«

»Ist einfach stehengeblieben.«

Der Fahrer des roten Wartburgs stellte den Motor ab und holte aus dem Kofferraum eine mit Rissen überzogene Ledertasche. Er packte nacheinander Schraubenzieher, eine Pappschachtel mit Glühlampen und zwei in einen Lappen gewickelte Zündkerzen aus. Birgits Vater sah dem Mann zu wie Paul zuvor ihm.

»Nichts zu machen, da reicht mein Werkzeug nicht.«

»Können Sie die Kinder mitnehmen?«

»Wohin müsst ihr?«

»Gorkistraße.«

Er nickte. Paul holte das Gestell des Kinderwagens aus dem Kofferraum, Birgits Vater trug das Oberteil. Ein Trabant hupte.

»Braucht ihr Hilfe?«

»Ich bräuchte jemanden, der mich abschleppt.«

»Bis Neuhavel, wenn Sie ein Seil dabei haben. Ich bring Sie dann gleich zur Werkstatt.«

»Sie wollen doch sicher nach Hause.«

»Ist kein Umweg. Sorgen Sie nur dafür, dass das Seil hält.«

»Macht's gut, Kinder, ich will den nicht warten lassen. Ruf abends bei Neumanns an, ja? Nur, dass Mutti sich nicht sorgt.«

Er drückte Birgit, gab Markus einen Kuss auf die Wange und Paul einen leichten Schlag auf den Oberarm.

»Danke, dass Sie uns mitnehmen«, begann Paul, kaum dass der rote Wartburg sich in Bewegung gesetzt hatte.

»Wir kennen uns vom Sehen.« Der Fahrer blickte ihn an. Paul zuckte die Schultern.

»Du bist neu hier, in der Materialwirtschaft in der alten Villa, stimmt's?«

»Ja, wir sind erst nach dem Studium …«

»Bin in der Produktion, Halle IV. Ich heiß Jürgen. Wenn was ist, kannste ruhig kommen.«

»Danke.«

Vor der Haustür stoppte Jürgen, zog die Handbremse an, stieg aus und schob routiniert das Oberteil auf den Unterbau des Kinderwagens. Dann blickte er an der Hauswand hoch.

»Meld dich bei mir; bist doch sicher Genosse?«

»Kandidat.«

»Schönen Tag noch«, sagte er, fuhr los und hob die Hand, bevor er um die Ecke bog.

»Netter Mann«, sagte Birgit und hob ebenfalls den Arm.

Einmal im Monat brachte Birgits Vater Holzscheite in einem alten Kartoffelsack und zwei Eimer Koks. Paul schichtete die

Scheite neben den Briketts im Keller, tauschte die vollen Eimer gegen leere. Das Holzfeuer wärmte schon beim Knistern. Der Koks fraß das Ofenblech.

»Passt auf, nur ein bisschen zwischen die Briketts«, belehrte Birgits Vater sie, »Kachelöfen sind nicht ausgelegt für Koks. Ist eigentlich verboten. Aber so ein paar Krümel dazwischen, da bleiben die Kacheln länger warm.«

Als sich die ersten Krokusse gelb und dunkelblau aus den Knospen schoben, begann Birgit wieder zu arbeiten. Sie hatte in der Kaderabteilung nach zähem Ringen einen Vertrag für eine Halbtagsbeschäftigung abgeschlossen und brachte Markus morgens in die Krippe.

»PGH«, sagte sie, wenn sie sich abends unterhielten.

»Deine Produktionsgenossenschaft existiert schon seit Ende der Sechziger nicht mehr.«

»Es klingt aber besser als Zweigstelle des Kombinatsbetriebes. Außerdem arbeiten da nicht nur Genossen.«

»Ist doch nur der Schlüssel. Euer Chef ist in der LDPD, Blockpartei, was soll daran anders sein als bei uns?«

»Jetzt sagst du selbst ‚bei uns', sonst bestehst du darauf, dass wir im gleichen Betrieb arbeiten. Schau dir lieber Markus' neue Schuhe an. Gerlinde hat mir den Tipp gegeben, ich bin gleich mittags zum Kinderkaufhaus. Nach Feierabend hätte ich keine mehr abbekommen.«

»Aber Markus kann doch noch gar nicht laufen, weshalb …«

»Weil es heute welche gab, du stellst Fragen.«

»Und wenn es nächste Woche Schulmappen gibt?«

Sie setzte Markus in den Laufzwinger und zog ihm die Schuhe aus.

»Ich bin froh, überhaupt welche bekommen zu haben. Vielleicht sollte ich dich mal wieder einkaufen schicken.«

Sie ging ins Bad, Paul schaute Markus zu, der wie eine Eins saß und mit seinen Fingern spielte. Sie aßen schweigend, bis Paul es nicht mehr aushielt: »Sind schöne Schuhe. Vielleicht wächst er ja rein.«

Birgit antwortete nicht, aber die Zornfalte auf der Stirn verschwand. Erst beim Abtrocknen erzählte er von Jürgen.

»Jürgen?«

»Der uns geholfen hat, Weihnachten.«

»Der nette Mann.«

»Ich war bei ihm in der Meisterbude, er hat von seinen Töchtern erzählt. Und gefragt, ob ich am Montag nach der Versammlung mit ihm in die kleine Kneipe gehe.«

Die Fenster waren undicht, Birgit fluchte beim Putzen, der Kitt bröckelte, verkrümelte sich zwischen den Dielen, und Paul blickte vom kleinen Schreibtisch auf, der in das Jugendzimmermobiliar eingepasst war. Zeichnen konnten sie, seine Hände, auch Kohlen schippen, die in diesem Jahr nicht schwarz, sondern braun gewesen waren, rotbraun wie die Asche, die er eimerweise hinuntertrug und in die stets schon volle Mülltonne kippte. Fenster abdichten konnten sie nicht. Jürgen würde am Montag nach der Parteiversammlung mit einem Topf Kitt vorbeikommen, Jürgen würde das graue Gebrösel herauskratzen und die mitgebrachte Paste hineinstreichen. Birgit würde dennoch nicht aufhören zu fluchen und Decken zwischen die Doppelfenster quetschen, und er, Paul, würde den Staubsauger nehmen und versuchen, die Krümel aus den breiten Zwischenräumen der Dielen zu entfernen, und froh sein, danach mit Jürgen in die kleine Kneipe zu gehen. Wie jeden Montag.

Am 1. Mai stand Birgit am Straßenrand und hob Markus aus dem neuen Sportwagen, als Paul im Block des optischen Betriebes vorbeilief. Von Gleichschritt war nichts mehr zu sehen, die Rufe zum »Aufbau des Sozialismus« ertönten nur vor der Tribüne im Stadtzentrum und drangen nicht einmal als Schall bis hierher. Zwei junge Kollegen trugen das Banner, sie hatte Paul dahinter erst gar nicht gesehen, aber dann war die dicke Hilde in ihren Blick geraten, die auf Herbert einredete, wahrscheinlich tratschte sie wieder. Paul wies nach vorn, sie packte Markus wieder ein und schob den Wagen auf dem Gehweg den schwatzend die gesamte Straße einnehmenden Demonstranten hinterher.

Am Nachmittag wurde das Neubaugebiet eingeweiht. Jürgen und Christel gingen Arm in Arm, Birgit hatte den Sportwagen Paul überlassen, der die kleinen, dicken Reifen über die Sandberge schob. Letzte Woche noch hatte sie sich gefreut, den Kinderwagen ausrangieren zu können, der Frühling rief geradezu nach einem sportlichen Gefährt für Markus, sie war stolz gewesen, genau so einen zu erwischen. »Düne«, hatte Paul gesagt, er strengte sich an, hielt die Lippen geschlossen, wie damals, beim Koffertragen.

»Sind schöne Drei-Raum-Wohnungen dabei. Für kinderreiche Familien sogar dreieinhalb oder vier.«

»Erst einmal reicht eines«, parierte Birgit, »und in der kleinen Butze ist selbst das zu viel.«

Jürgen drehte sich zu Paul. »Bist schließlich ein guter Ökonom und Genosse dazu. Wir tun was für unsere Leute.«

»Ein netter Mann«, flüsterte Birgit und hakte sich bei Paul ein, sie schoben den Wagen gemeinsam ein paar Meter, stießen ihn mit einer letzten Anstrengung durch den Mahlsand auf die Straße.

Lange bevor der Brief der Wohnungskommission im Kasten lag, plante Birgit gedanklich den Umzug. Der Sommer begann kalt und regnerisch, Birgit jedoch summte und war immer beschäftigt. »Wie gut, dass die Wohnungen alle die gleichen Grundrisse haben«, sagte sie zu Paul und präsentierte ihm die Pappe eines Schreibblocks, auf der sie die Zimmer eingezeichnet hatte.

»Aber du weißt doch gar nicht, ob wir überhaupt schon im Herbst dran sind.«

»Dein Jürgen hat es doch versprochen. Ein netter Mann, schon Weihnachten.« Sie zog einen anderen Block hervor, zeigte ihm die Liste.

»Willst du alles neu einrichten? Soviel Geld haben wir nicht.«

Birgit winkte ab. »Tante Gertrud hat Stoff geschickt. Die Gardinen nähe ich selbst. Das ‚Jugendzimmer' kommt zu Markus und wir kaufen eine Schrankwand, ja? Und Auslegware, Vater hat versprochen, etwas beizusteuern. Mehr brauchen wir doch gar nicht.«

»Du meinst, wir bekommen eine Drei-Raum-Wohnung?«

»Ganz bestimmt!«

Sie lachte los, drehte sich, tanzte und zog ihn zu sich. »So ein bisschen werde ich das hier tatsächlich vermissen«, sagte sie leise.

»Wart's ab«, Paul zog sie auf seinen Schoß, »vielleicht dürfen wir noch einen Winter hier frieren.«

»Oh! Du willst stänkern? Das kannst du haben!«

Sie balgten sich, Birgit biss in sein Ohrläppchen, er knuffte sie in die Seite, dann küssten sie sich lange und blieben auf der Couch liegen, bis Markus mit der Klapper wiederholt an sein Gitterbett schlug. Abends holte Paul Holz aus dem Keller, er ließ die Ofentür offen stehen, um den Flammen zuzusehen. Er legte nach, »wir müssen nicht mehr sparen«, nun glaubte er selbst schon daran, er würde morgen gleich zu Jürgen gehen und ihn fragen.

»Ich besorg euch 'nen Urlaubsplatz, da kommt ihr mal raus aus der Butze, was meinst du?«

»So richtig im FDGB-Heim?«
»Privatunterkunft ist auch in Ordnung, oder? In Trusetal war noch was frei, glaub ich. Warte kurz.«
Jürgen schob Paul ein Blatt über den Tisch, auf dem neben der Skizze einer Bohrmaschine etliche Zahlen standen, »Lies mal«, sagte er und holte das Telefon zu sich heran.
Paul vertiefte sich in die Zeichnung.
»Die Zahlen stimmen nicht«, sagte er zu Jürgen, nachdem dieser aufgelegt hatte, »woher hast du die?«
»Ist viel weniger, stimmt's?«
»Ja, aber ...«
»Neuerervorschlag! Aber dazu bräuchte ich bisschen mehr Material, zum Ausprobieren. Soll ja dann auch funktionieren, nicht?«
»Und das willst du von mir haben.«
»Ich will's noch nicht an die große Glocke hängen, bin nicht sicher, ob's stimmig ist. Deswegen. Hab gedacht, du bist nicht so'n sturer Ökonom, du bist eher 'n Kaufmann, du verstehst das.«
»Ich bin Ökonom.«
»Aber einer mit Blick übern Tellerrand. Du denkst nicht nur an die Planvorgaben, du denkst auch darüber nach, ob sie gut sind, wie man's hinkriegen könnte, das imponiert mir. Davon gibt's nicht so viele.«
Er schlug Paul an die Schulter. »Ich hak auch nach, wegen 'ner Wohnung. Aber versprechen kann ich da wirklich nichts.«
»Ach, Jürgen, das ist mir doch klar. Wäre echt toll, wenn wir nach Thüringen fahren können. Und um die Teile kümmere ich mich gleich morgen früh. Versprochen.«

Dann saßen sie im Zug. Jürgen hatte sie bis Berlin chauffiert, sie bekamen keine freien Sitzplätze mehr und saßen auf ihren Koffern im Gang – es war egal. Die anderen warteten auf den

Beginn der Sommerferien, sie hatten sie schon. Draußen war es warm, es regnete ausnahmsweise nicht, der Himmel schmückte sich mit Federwolken, die nur für Momente die Sonne verdeckten. Birgit schmiegte sich an ihn und Markus tapste vom linken auf das rechte Bein und strahlte mit ihm um die Wette. Birgit begann, Markus das Lied vom Wandern vorzusingen. Sie mochte Thüringen. Paul fühlte sich in Mecklenburg viel wohler.

»Weil du dich nicht gern bewegst«, argumentierte Birgit, und er wusste nichts zu erwidern. Vielleicht war es so. In Thüringen ging es immer bergauf und bergab. Er schnaufte, wenn er Markus trug, zum Wandern taugte der Sportwagen nicht, trotz der dicken Reifen, ebenso wenig wie auf dem Mahlsand im Neubaugebiet. Aber Birgit erzählte mit Markus, wenn der auf Pauls Schultern saß, sie nahm ihm das Kind ab, sobald sie rasteten, und lehnte leise und zufrieden summend an seinem Arm. An einem Tag standen sie oben auf dem Wallenberger Turm. Über das Werratal konnte man bis zu den Höhen der Rhön schauen.

»Denkst du manchmal an den Witz«, fragte Paul, »dass die Elbe der längste Fluss der Welt ist?«

»Weil man fünfundsechzig Jahre braucht, um bis zur Mündung zu kommen, ha, ha.«

»Kannst du dir vorstellen, dass das hier mal zu Hessen gehörte?«

»Warum nicht? Schließlich gab es früher auch Kaiser und Könige«, antwortete Birgit nüchtern.

6. Ein bisschen Frieden

Als zum Jahrestag der Republik am 7. Oktober der zweite Bauabschnitt übergeben wurde, war tatsächlich eine Drei-Raum-Wohnung für sie dabei. Paul schleppte mit seinem Schwiegervater die Auslegware nach oben, fünf Meter breit, und dennoch würden sie stückeln müssen, das Wohnzimmer war riesig. Jürgen brachte die Gardinenstangen an, die Schlagbohrmaschine hörte man im gesamten Haus. Der Store für das Balkonfenster passte genau. Exakt hatte Birgit in die nach Westen duftende Gardine alle sechs Zentimeter eine Falte geschlagen und den langen Teil mit einem kurzen für das angrenzende Fenster ergänzt. Die Couch schoben sie in jene Ecke. Den Esstisch aus der Küche stellten sie ebenfalls ins Wohnzimmer, in den schmalen Schlauch hätte er nicht gepasst, dafür strahlte die Einbauküche weiß glänzend über dem Salz-und-Pfeffer-Linoleum.

In der ersten Woche der Herbstferien stand Eli vor der Tür. Sie wuselte durch Pauls Haar, stockte: »Hast du meine Karte nicht bekommen?«
»Nein.«
Birgit kam mit einer vollen Tasche aus dem Schlafzimmer. »Ist Vater schon da?«
»Nein, Eli.«
»Nicht Vater? Aber er wollte doch längst hier sein.«
»Guten Tag erst einmal.« Eli streckte Birgit die Hand hin. »Ich war in Berlin zum Lehrgang, da dachte ich – aber ich kann auch gleich weiterfahren, wenn ihr fort wollt. Habt ihr ein Kursbuch?«
»Nun komm erst mal rein«, Paul zog Eli ins Wohnzimmer und drehte sich zu Birgit um: »Kannst du bitte Kaffeewasser aufsetzen?« Eli wehrte ab.
»Hei Paule, ich will keinen Ärger provozieren. Aber Mutti hat auch gesagt ... – ach, was soll's, ich wollte dich sehen. Und Markus! Wo ist er denn überhaupt?«
»Im kleinen Zimmer. Kämpft wahrscheinlich mit dem Abstand vom Sessel zur Tür. Ohne sich irgendwo festzuhalten, will er par-

tout nicht laufen.«

»Na ja, er ist schon über ein Jahr alt …, aber den besonderen Ehrgeiz hast du ihm wohl vermacht.«

»Spotte du auch noch.«

»Ach was, er läuft doch, siehst du?«

Markus tappte auf Eli zu.

»Na, du kleiner Kreisel? Ich habe dir was mitgebracht. Schau!«

»Birgit, komm doch! Markus läuft!«

Doch Markus hatte sich schon fallen lassen. Birgit drehte sich um und ging wieder hinaus. Es klingelte erneut. Birgits Vater kam in die Stube, gab erst Eli die Hand und boxte dann Paul: »Probleme mit meiner Prinzessin?« Markus streckte die Ärmchen aus, er nahm ihn hoch, bemerkte das Buch und plauderte mit Eli, über Bückware und Beziehungen zu Buchhändlern. Weshalb blieb Birgit in der Küche? Der Kaffee sollte längst durchgelaufen sein. Sie musste es hören, wie unbefangen sich ihr Vater mit Eli unterhielt. Es waren keine tiefschürfenden Gespräche, die sie führten, aber das erwartete er ja gar nicht. Nur, dass seine Frau und seine Schwester sich wie zwei normale Menschen begegneten. Dabei zeigte Birgit sonst jedem Gast stolz die Räume, sie blühte geradezu auf, wenn sie jemanden durch ihr Reich führen konnte. Jedes Zimmer lebte von Birgits Ideen, Gestaltungskünsten und nicht zuletzt von den Westimporten. Ob sie eifersüchtig war? Auf seine Schwester? Dann hätte sie die Wohnung doch gerade vorführen müssen. Der Besuch passte nicht in ihren Plan. Das war es. Nichts weiter.

Das neue Jahr begann mit Minusgraden, wie sich das für einen Winter gehörte, Paul rutschte über eine Pfütze zum Neubau und lief schneller als sonst die Treppen hoch, schnaufte, als Birgit ihm die Tür öffnete.

»‚Es liegt was in der Luft, ein ganz besond'rer Duft!' Komm rein, der Kaffee ist fast durchgelaufen. Wirklich schade, dass es hier nicht einmal mehr den ‚Minol-Pirol' gibt.«

»Werbung ist eben nur dazu da, den Konsum anzukurbeln – und der ‚Konsum' braucht keine Werbung.«

»Nein, also Paul, Konsum und Konsumgenossenschaft, ich glaube, das passt wirklich nicht zusammen.«

»Konsum als Sinn des Lebens – dafür haben die Alten nicht gekämpft, oder? Nimmst du mich auch ohne Westkaffee?«

»Hm«, Birgit verzog den Mund zu einer Schnute, »solange Tante Gertrud den schickt …, ach, komm her, du!«

Die Wochen und Monate vergingen. Ob es Pfingsten kälter war als zu Weihnachten oder im Sommer regnete, störte Paul und Birgit nicht. Wohl redeten sie darüber, dass erstmals ein Pole zum Papst gewählt wurde, über den Sieg der sandinistischen Befreiungsorganisation in Nicaragua und den Einmarsch der Roten Armee in Afghanistan – ihren Alltag bestimmten diese Nachrichten nicht. Dafür gab es die Partei- und Gewerkschaftsversammlungen, die Diskussionen in den Arbeitskollektiven, die bei Paul darin bestanden, dass er sich mit seiner Sekretärin unterhielt – und noch öfter mit Jürgen.

»Wenn es nicht die Rote Armee gewesen wäre, säßen in Afghanistan jetzt die Amerikaner«, beschwor Jürgen ihn, als Paul fragte.

»Ich mein ja nur, im Westen sagen sie das anders.«

»Logisch, nicht? Die sind ja auch scharf auf den Schlafmohn. Außerdem wirst du ja noch aus der Schule wissen, dass Afghanistan an der Grenze zur Turkmenischen Sowjetrepublik liegt.«

»Klar, weiß ich. Und für die Frauen ist es auch gut, wenn die jetzige Regierung sich hält. Es ist nur …«

»Ihr guckt zu viel Westfernsehen, das ist es. Da sagen sie bestimmt nicht, dass die SU dafür sorgt, dass es jetzt die allgemeine Schulbildung gibt. So, wie sie nie gesagt haben, dass Allende allen Kindern eine tägliche Milchration schenkte. Das passt denen eben nicht in den Kram.«

Paul konnte nur nicken, er war ja gar nicht anderer Meinung, es fiel ihm nur manchmal schwer, das auseinanderzuhalten. Auch zu Hause ging es eher um Rinderrouladen und Kotelett, um Honig oder Waffeln für Markus. Wenn er mit etwas Besonderem kam, klingelte er zweimal kurz, Birgit öffnete und sie küssten sich. Sie löste sich langsam, nicht so heftig wie damals, aber Markus würde jetzt auch nicht mehr schreien.

Seit Tagen schneite es, große Flocken, die auf der Zunge schmolzen, Paul stapfte nach Hause, sah vor dem Block Kinder einen Schneemann bauen und versprach, Markus mit einer Mohrrübe hinunterzuschicken.

»Was gäbe ich jetzt für einen Kachelofen!«, empfing ihn Birgit und schlang eine Wolldecke enger um ihren Körper.

»Ist doch gar nicht kalt oder ist was mit der Heizung?«

»Mir ist kalt«, erwiderte Birgit und kroch auf der Couch unter eine zweite Decke.

»Kachelofen«, Paul schüttelte den Kopf, »nicht mal mit Koks haben wir die Bude warm bekommen. So schlimm wird es hier sicher nicht.«

Er fasste den Heizkörper an, zog die Hand zurück, holte eine dritte Decke, wickelte sie um Birgits Füße.

»Vorhin waren die Heizkörper nur lauwarm.«

»Und Markus?«

»Markus schläft.«

»Dann werd' ich wohl den Kindern die Mohrrübe bringen müssen.«

»Mohrrübe?«
Paul war bereits in der Küche verschwunden. Birgit hörte die Schranktür, ein Wunder, dass er weiß, wo das Gemüse liegt, dachte sie, dann klappte das Fenster, er rief etwas hinaus, kam ins Wohnzimmer zurück.
»Eine Nase für den Schneemann. Hab ich den Kindern versprochen. Es ist wunderschön draußen!«
»Hier auch. Wenn es nicht so kalt wäre.«
»Besser mit der Decke?«
»Hm.«
Paul nahm die Zeitung und setzte sich an den Esstisch. Birgit hatte nicht erwartet, dass sie sich nach der Wärme des Kachelofens sehnen würde. Dabei genoss sie dieses riesige Wohnzimmer. Den Raumteiler hatte sie im Möbelkaufhaus erstanden, es war der letzte und die Schlange hinter ihr lang. Die ersten Blumentöpfe hatte Vater mitgebracht, zwei Grünlilien, eine Efeutute, deren Ableger schnell wurzelten. Die große Diefenbachie dagegen passte nicht ins Regal, ebenso wie der Bogenhanf, den Jürgen und Christel ihnen zur Einweihung überreicht hatten, aber der Raum war groß und gerade gefiel ihr, was sie sah: an Grünem, an Schränken, am Blick nach draußen. Die Alpenveilchen, die in der kleinen Butze zwischen den Doppelfenstern gestanden hatten, blühten jetzt auf dem gesprenkelten Fensterbrett im Schlafzimmer; jeden Morgen freute es sie, die knallroten Knospen zu sehen, selbst dann, wenn es zu warm oder zu kalt war im Zimmer. Sie bewegte die Zehen, kalt war ihr nicht mehr, kuschelig war es und wenn Paul sich jetzt noch zu ihr setzte …
»Komm her«, sagte sie leise, er sah von der Zeitung auf.
»Brauchst du was?«
»Dich.« Sie grinste und schlug die oberste Decke zurück.

Der Sommer machte seinem Namen alle Ehre, er war trocken und heiß. Ein kühles Bier, dachte Paul, wenigstens zum Feierabend, das wär's! Eklig, diese Flocken, lömerig, dabei hatte er doch gesehen, wie es angeliefert wurde, hatte extra nur braune Flaschen gesucht in den Kästen, keine grünen, und sie umgedreht. Ein gutes Bier, wenigstens, und nicht schon wieder Tee. Keine Chance. Morgens wird das Wasser nicht kalt, abends nicht warm, die Hitze macht mich ganz kirre, ich müsste mal richtig ausschlafen ...

Wie das Telefon schrillte! Mechanisch griff Paul zum Hörer. Vor den sich quälenden Fräsmaschinen im Hintergrund schrie jemand in den Hörer: »Wann kommen die Schmierstoffe? Die Bohrmilch reicht auch gerade noch bis zur Nachtschicht. Sollte gestern schon Bescheid kriegen!«
Und als Paul sich nicht meldete: »Seid ihr eingeschlafen in eurer Villa? Hier dampft es gewaltig!«
Dann piepte es. Paul legte den Hörer betont langsam auf die Gabel. Schaute durch die staubigen Scheiben und rief den Materialdisponenten an: Vollzugsmeldung in einer Stunde.
»Der denkt wohl, wir könnten uns hier die Schmierstoffe rausziehen!« Die dicke Hilde wies auf ihren Allerwertesten.
»Der kann mich mal, soll er doch seine Parteileitung fragen, vielleicht basteln die ihm welche.«
»Aus den neuen Beschlüssen, oder wie?«
»Kannste eh nur zum Einpacken nehmen, schade um die Druckerschwärze.«
»Hei, halblang, Leute. Der Kreisig kriegt den Druck doch auch von oben.«
»Mitleid? Mit dem? So'n junger Schnösel, die hätten auch den Herbert nehmen können als Chef, stimmt's, Herbert, du hättest

das auch gemacht für die fette Kohle.«
»Mich hamse aber nich' jefragt.«
»Weil de nich' inner Partei bist, is doch klar.«
»Genug jetzt, müsst ihr immer auf den alten Kamellen rumkauen? Seit fünf Jahren meckert ihr.«
»Sowat verjährt nich'.«
»Genug jetzt, Hilde, was haste zu bieten?«
»Ja, ja, ick ruf ja schon an, wo die bleiben.«
Oben im Büro starrte Paul auf die Uhr und versuchte, nicht daran zu denken, wie über ihn geredet wurde. Was wussten Hilde und die anderen von der beschränkten Macht des Parteibuches. Sollten sie schimpfen. Vor ihm trauten sie sich nicht einmal, die Stimme zu heben.
Der Disponent stand keuchend in der Tür: »Die können nicht liefern, die Fahrzeuge stehen.«
»Werkstatt?«
»Ersatzteile fehlen.«
»Haben sie gesagt, wann es weitergeht?«
»Morgen vielleicht. Nicht vorm Abend.«
»Ruf noch mal an und klär das mit dem Abladen.«
Der Disponent nickte und ging hinaus. Das Telefon rasselte schon wieder.
»Hier Jürgen. Kannst du rüberkommen? Bring was von deinem Duftzeug mit, wenn du hast.« Paul lehnte sich zurück. Mit einer Tasse Westkaffee war der Feierabend gerettet.

Wenn Paul jetzt von der Arbeit nach Hause lief, kam er nicht mehr an den Geschäften vorbei, die er sich in den ersten Wochen in Havelfurt eingeprägt hatte. Doch Dank Jürgens Anrufen und den Hinweisen seiner Sekretärin erfuhr er recht schnell, wenn es im Betriebskonsum etwas Besonderes gab. Manchmal reichte die

Schlange zwanzig Meter auf den Hof hinaus, dann war das auch aus den Fertigungshallen zu sehen und von allen Seiten strömten Männer und Frauen in Kitteln auf die kleine Verkaufsstelle zu. Meist hatte Paul Glück und bekam, weswegen er anstand; wenn die Kiste gerade vor ihm leer geworden war, drehte er sich um und ging wieder zu seinem Schreibtisch. Es kam vor, dass eine der Angestellten ihm eine verschlossene Tüte reichte, er bedankte sich und zahlte. Erst, wenn er im Büro war, schaute er nach, roch am Waldmeistersirup, den Markus so mochte, legte die Rouladen winters auf das Fensterbrett, im Sommer rief er Birgit im Zweigbetrieb an, damit sie das Fleisch mittags nach Hause brachte. Ohne einen solchen Grund kam Birgit ihn nicht mehr im Büro besuchen. Aber manchmal holte sie ihn zusammen mit Markus zum Feierabend ab und sie setzten sich in die »Milchbar«. Es war anders als in Großburgstein: Markus verlangte ihre Aufmerksamkeit, sie teilten sich einen Schwedeneisbecher mit Apfelmus, sie waren jetzt eine richtige Familie und sie gehörten in diese Kleinstadt. Selten nur noch kam es vor, dass Paul angesprochen wurde, woher er ursprünglich stamme; er wusste, dass Birgit hier genauso wie in Großburgstein auffiel durch ihre hochdeutsche Aussprache, die sich keinem bekannten Landstrich zuordnen ließ, so, wie sie überall auffallen würde. Die Männer schauten sich nach ihr um, auch Frauen. Birgits schlanke Beine konnten sich sehen lassen, wurden gesehen, beachtet, stolz schritt Paul neben ihr her, den Arm um ihre Taille gelegt, schaut, das ist meine Frau.

Jeden Dienstag sahen sie zusammen »Dallas«, dreiviertel zehn, das war wie ein Gesetz. Paul, der montags nach Parteiversammlung und anschließender Diskussion in der kleinen Kneipe sehr spät ins Bett kam, hatte Mühe, dabei die Augen offenzuhalten. Er konnte mit diesen Intrigen und den Sorgen um Millionen

nichts anfangen. Er schaute mit, Birgit zuliebe, versuchte, sich die Namen und Verhältnisse einzuprägen, und wunderte sich, wenn sie am Wochenende bei den Schwiegereltern kein anderes Thema fanden als diese Serie und er wochentags sogar seine Sekretärin dabei überraschte, dass sie am Telefon den neuesten Texastratsch auswertete. Ihn plagten ganz andere Sorgen. Markus brauchte dringend ein größeres Bett, auf die Matratze des Gitterbettes passte er nur noch diagonal, zum Glück schlief er am liebsten eingerollt wie eine Kugel. Jürgen hatte versprochen, ihm Bescheid zu geben, Paul selbst hatte wiederholt im Möbelkaufhaus nachgefragt, es war wie verhext. Er hatte die Gitter, so gut es eben ging, abgesägt, damit Markus sich nicht stieß. Inzwischen war der Frühling fast vorbei, aus dem Radio dudelte »Ein bisschen Frieden«, er hatte sich nicht verkneifen können, darüber zu witzeln. Birgit konterte.
»Hast du das aus der Parteiversammlung? Dann lass es auch dort! Ich finde das Lied schön.«
Ja, sie hatte recht, allein wäre er nicht auf diesen Vergleich gekommen, dass »ein bisschen Frieden« so wäre wie »ein bisschen schwanger«, etwas, das es gar nicht geben konnte. Trotzdem war er froh gewesen, zu hören, dass nicht alle dem blonden Mädchen mit der Gitarre zujubelten, obwohl, so genau wusste er das nur von Jürgen. Außerdem half das Lied überhaupt nicht, im Rausch über den ersten Platz beim »Grand Prix« tatsächlich etwas für den Frieden zu tun. »Grand Prix Eurovision de la Chanson« – Paul staunte, wie leicht Birgit dieser umständliche Begriff über die Lippen kam.
Die Umsetzung des NATO-Doppelbeschlusses jedenfalls stand nicht zur Diskussion. Zwar gab es Friedensdemonstrationen gegen die Stationierung der Pershing-II-Raketen und Cruise Missiles, das sprach Paul aus, als wären es Wörter des allgemeinen

Sprachgebrauchs, verhindert wurde dadurch aber gar nichts. In den Parteiversammlungen gab es heftige Wortgefechte; jüngere Genossen, die genauso oft die Westnachrichten sahen wie Birgit, wollten wissen, dass diese Maßnahme der Sturheit des Warschauer Vertrages geschuldet sei, schließlich würden auf dem Gebiet der DDR ebenfalls Kurzstreckenraketen aufgestellt.

»,Mit Sorge verfolgen wir, dass die aggressivsten Kreise des Imperialismus, insbesondere der USA, die Lage der Welt durch Hochrüstung zuspitzen. Sie spielen sogar mit dem Gedanken, Kernwaffen einzusetzen', hat Erich gesagt.«

»Der Genosse Honecker, meinst du. Bleib bitte sachlich.«

»,Der Schrecken, der von diesen Raketen ausgeht, soll Angst erzeugen. Das ist gewollt, das ist das Ziel dieser Politik.' Das hat Helmut Kohl im Bundestag gesagt, ihm ist es völlig egal, ob draußen die Menschen demonstrieren oder nicht!«

»Mit den SS-21 wollen die Staaten des Warschauer Vertrages ihre Dominanz bei einem möglichen Krieg in Mitteleuropa sichern.«

»Dominanz? Im nächsten Krieg gehen wir alle drauf!«

»Die NATO könnte endlich nicht mehr sicher sein, dass nur sie bestimmt. Das wäre was.«

»Bist du noch bei Trost? Ist dir klar, dass beide deutschen Armeen im Ernstfall Atomwaffen der jeweiligen Verbündeten verschießen würden?«

Paul saß zwischen den Genossen und kam sich vor, als wäre der Krieg bereits ausgebrochen. Auch Birgit hatte atemlos den Berichten gelauscht über tausende Demonstranten in Bonn.

»Frieden schaffen ohne Waffen!«, hallte es durch die Neubauwohnung. Dazwischen und manchmal gleich mehrmals hintereinander sang Herbert Dreilich »Der blaue Planet« und »Wie weit fliegt die Taube«; Paul bekam noch beim zehnten Hören eine Gänsehaut. »Wird dieser Kuss und das Wort, das ich dir gestern gab, schon das Letzte sein? ... Fliegt morgen früh um halb drei nur ein Fluch und ein Schrei durch die Finsternis?« Wenn ich singen könnte, dachte er, während sich die Genossen um ihn herum weiter mit Argumenten beschossen, wenn ich den Ton halten könnte, müsstet ihr mir zuhören, dann ginge es endlich nicht nur darum, wer diese Atomsprengköpfe zu verantworten hat, sondern darum, dass ich sie nicht will. Nicht hier, nicht in Westdeutschland, nirgendwo. Aber er konnte nicht singen und so duckte er sich, bis einer der Älteren aufstand und statt des Titels von »Karat« die zweite Strophe der Nationalhymne anstimmte: »Glück und Frieden sei beschieden Deutschland, unserm Vaterland. Alle Welt sehnt sich nach Frieden, reicht den Völkern eure Hand.« Der ältere Meister schluckte und schnäuzte sich. Die Jüngeren saßen still. Da sang Jürgen die Strophe weiter, andere fielen ein, auch Paul sprach den Text mit: »Lasst das Licht des Friedens scheinen, dass nie eine Mutter mehr ihren Sohn beweint.«

Im Sommer bestimmte die Fußballweltmeisterschaft das Geschehen und Birgit hörte nicht auf, von Rummenigge zu schwärmen, bis Paul laut wurde: »Was findest du an dem?«
»Er sieht eben nicht nur gut aus, sondern spielt phantastisch! Hei, nun setz dich wieder hin. Ich verspreche dir auch, demnächst keinen Fußball mehr zu gucken. Aber du musst doch zugeben, wenn Rummenigge nicht verletzt gewesen wäre, hätte Westdeutschland die Weltmeisterschaft gewonnen.«
»Gewinnen können, vielleicht. Hat übrigens auch Jürgen gemeint.«
»Ja, ich weiß, wir waren uns ausnahmsweise einig. Und nun komm her, es ist ja vorbei. Du«, sagte sie leise, »was meinst du, ob wir auch einmal in den Süden fahren? Gerlinde war schon zweimal am Balaton. Im Winter, hat sie erzählt, würden die Bu-

dapester sogar zum Schlittschuhlaufen dorthin fahren. Ich kann mir das gar nicht vorstellen: Der See ist doch riesig. Und der friert zu?«

»Der Balaton ist zwar fast fünfmal so groß wie die Müritz, aber im Mittel nur halb so tief. Drei Meter oder so.«

»Ja, stimmt. Gerlinde sagte, im Sommer wäre es viel zu voll. Sie war letztes Jahr ziemlich genervt davon, dass die Westdeutschen dort wie Könige behandelt werden und unsere Urlauber wie Bettler.«

»Die bringen Devisen, das ist für Ungarn besonders wichtig, schließlich handeln sie mit dem NSW ganz anders als wir.«

»Das ist mir doch auch klar, ich kann Gerlinde aber verstehen, wenn sie sagt, es wäre ganz schlimm, darauf angesprochen zu werden, aus welchem Deutschland man käme. Trotzdem: Fährst du mit mir zum Balaton?«

Paul dachte an die vergilbten Bilder in der Laube: Blick von der Fischerbastei zur Donau, Balatonfüred, seine Mutter war nie dort gewesen, aber Postkarten sammelte sie aus aller Welt.

»‚Und nächstes Jahr am Balaton.'«

»Das wäre schön ...«

»Vielleicht übernächstes. Wenn Markus größer ist.«

Paul wollte ihre Träume nicht stören, starrte auf die Gräsertapete, schüttelte ganz leicht den Kopf. Balaton, ferne Länder – ohne Geld waren die Ziele ähnlich weit entfernt. Außerdem hatte selbst diese Euphorie um den Ball die politischen Gegner nicht beruhigen können. In Polen war die Gewerkschaft »Solidarność« endgültig verboten worden, der verhängte Kriegszustand bestand weiterhin, sodass man nicht einmal mehr spontan ins Nachbarland reisen konnte, geschweige denn Richtung Westen. Leonid Breschnew rief dazu auf, sich »gegen die politische, ideologische und ökonomische Offensive zu wappnen, die

Ronald Reagan gegen den Sozialismus eröffnet« habe – all das klang nicht danach, als würden bessere Zeiten anbrechen. Wenigstens hatte er endlich das Bett für Markus kaufen können, eines mit Bettkasten. Birgit hatte nicht einmal der Bezug gestört, dabei sahen die rot-schwarzen Ornamente aus, als gehörten sie auf einen Teppich, aber robust war der Stoff, da gab er ihr recht. Das Jahr blieb warm und Birgits Mutter berichtete mit feuchten Augen, dass Tante Gertrud sich nicht hatte streiten wollen mit ihr am Telefon. Geweint hätte sie, aus Angst, dass sie sich nie mehr sehen könnten, wenn »alles nur noch schlimmer werden würde«.

7. Perestroika

Am 11. November, Paul war gerade mit einer Tüte der begehrten »Berliner« Pfannkuchen ins Büro zurückgekehrt, knackte es im Lautsprecher. In den Produktionsbereichen spielte den ganzen Tag Musik, wurden Nachrichten und bei Gefahr Wettermeldungen durchgesagt. In Pauls Büro stand ein Sternradio; den Lautsprecher über der Tür hatte er längst vergessen.

»Ein Spaßvogel, der kann die Uhr nicht lesen, es ist noch nicht mal elf«, sagte seine Sekretärin. Aber es war ernst. Leonid Breschnew war gestorben, alle Karnevalsfeierlichkeiten wurden abgesagt. Paul hielt die Tüte ratlos in der Hand, bis die Sekretärin sie ihm abnahm.

»Ich koch uns frischen Kaffee und dann sehen wir weiter.«

Schon am nächsten Tag wurde der Nachfolger bekanntgegeben. »Juri Wladimirowitsch Andropow, den Namen habe ich ja noch nie gehört.«

»Kennst du denn die anderen aus'm Kreml?«
»Natürlich nicht, du hast recht. Ich kann nicht einmal mit allen Namen der Vertreter aus dem Westen etwas anfangen, die sich hier die Klinke in die Hand geben. Philipp Jenninger …«
»Hans-Jochen Vogel?«
»Paul, bitte.«
»Dieser Nachfolger von Breschnew spricht von Abrüstung. Was sagen denn deine Westnachrichten dazu?«
»‚Meine‘, haha, du könntest auch mitschauen.«
Paul erwiderte nichts.
»‚Die NATO-Staaten reagieren vorerst zurückhaltend‘, sagen sie. Ach Paul, komm bitte, das ist doch jetzt nicht so wichtig. Sollen es die da oben unter sich klären, ich würde gern mit dir essen gehen, was meinst du?«
Sie drehte sich vor Paul, zupfte abwechselnd an den Schulterpolstern der Bluse und den Bundfalten der Hose.
»Ich möchte gern am Wochenende in die neue Wildgaststätte gehen. Mit Berta habe ich gesprochen, sie würde auf Markus aufpassen.«
Paul beschloss, seine Sekretärin danach zu fragen, irgendetwas hatte sie vor ein paar Tagen von dem Leiter der neuen HO-Gaststätte erzählt. Dass sie mit ihm verwandt war? Oder ihre Schwester? Dass er auch nicht zuhörte bei diesen Geschichten! Er mochte sich diese ganzen Klüngel nicht einprägen. Seine Sekretärin wusste über jeden in der Stadt etwas zu berichten: wer die Eltern waren, die Großeltern, wer mit wem verwandt und verschwägert war und wo – und vor allem wie – alle wohnten. Bei Birgit hörte sich das schon genauso an. Er sah ja ein, wie wichtig es war, die Zusammenhänge zu kennen, zu wissen, was man zu jemandem sagen musste, um einen Tipp zu bekommen oder eben eine Reservierung in der Gaststätte. Aber es interessierte ihn nicht. Bis-

her war ihnen doch alles gelungen, oder? Er schaute auf, atmete tief ein. Berta. Es war ein Glück, die ältere Frau als Nachbarin zu haben. Markus mochte sie.
Birgit hielt die Augen geschlossen und schwieg. Urlaub, dachte sie, nur noch drei Wochen, dann fahren wir weg. Und ein richtiger Heimplatz! Es war gut, im Zweigbetrieb zu arbeiten, da erfuhr man Dinge, die im Hauptbetrieb in der oberen Leitungsebene hängenblieben.

Nur Schnee schien es Ende Februar nicht mehr zu geben. Seit Tagen hingen graue Wolken über der gesamten Republik. Frau Holle hatte keine Lust, wie Birgit Markus zu erklären versuchte. Doch als die Bimmelbahn sich zum Rennsteig hochschnaufte, traute sie kaum ihren Augen. »Paul! Schnee!«
Markus kletterte auf Pauls Schoß. Weiß bogen sich die Äste der Tannenbäume unter der Last. Räumfahrzeuge schickten ein mattes Orange über die Straßen.
»Oh Gott!«, Birgit schaute zu Paul. »Nun stehen die hohen Stiefel zu Hause im Schrank, auch die für Markus, wer weiß, wie lange wir uns überhaupt draußen aufhalten können.«
Sie beruhigte sich erst, als sie das Heim betraten und sie die Hinweisschilder las.
»Ein Fitnesszentrum gibt es hier, sieh doch, Paul! Und eine Kegelbahn und sogar eine Sauna!«
»Papa, gibst du mir Geld?«, fragte Markus.
»Wozu denn, wir sind doch gerade erst angekommen!«
»Da stehen Computer zum Spielen, guck mal, die fangen Schmetterlinge.« Er zeigte auf eine Traube von Kindern, die sich um einen Bildschirm scharten und den Flur verstopften.
»Wie viel kostet das denn?«
»Fünfzig Pfennig, die muss man eintauschen und dann kriegt

man einen Chip.«
»Okay. Aber erst auspacken und andere Schuhe anziehen, dann kannst du los.«
Birgit räumte die Sachen aus den Koffern, schritt durch das Zimmer, obwohl sie die Stiefeletten längst ausgezogen hatte. Paul beobachtete sie, na also, aber er sah die neue Unterwäsche sicher nicht, dabei hatte sie sich so gefreut, nach Weihnachten schon wieder ein Paket von Tante Gertrud auspacken zu dürfen. »Gefällt es dir?«
»Ich liebe dich.«
»Ach ja? Zeig es doch!« Sie drehte sich und ließ sich aufs Bett fallen.
»Und Markus?«
»Komm schon, sonst überlege ich mir das noch.« Sie streifte das Hemd über den Kopf.
Als Markus hereinstürzte, kam sie bereits aus der Dusche. Sie schlang sich das Handtuch um und lauschte.
»Da kann man auch Wassertropfen fangen und Ski fahren und wenn man vorbeifährt, kommt ein Krankenwagen mit Blaulicht und hupt ganz laut! Papa, krieg ich noch ein bisschen Geld? ... Mama, warum musst du dich am Tag waschen?«
Paul blickte erschrocken, aber sie lachte los. »Weil es schön ist unter der Dusche. Willst du auch?«
»Och nö.«
»Okay, dann wollen wir uns mal zusammen das Heim anschauen. Und vielleicht gibt Papa dir dann noch ein bisschen Geld.«

Tage später standen sie auf einem Gipfel, mit den Beinen im Schnee. Von oben brannte die Sonne.
»Traumhaft«, schwärmte Birgit und nahm seine Hand.
Sie liefen lange, wiederholt reckte Birgit sich seinem Gesicht ent-

gegen, dann küssten sie sich und rannten weiter zu dritt durch den Schnee. Als Paul sich Markus auf die Schultern setzte, las er an einer HO-Verkaufsstelle das bekannte Schild: »Werte Urlauber! Wir bitten um Ihr Verständnis, dass nach 16 Uhr die einheimische Bevölkerung in unseren Verkaufsstellen vorrangig bedient wird.«

Als Paul am Montagmorgen im Büro erschien, wartete die Sekretärin mit einer Liste all der Materialien, die nicht pünktlich geliefert worden waren.
»Hier lag doch gar kein Schnee, oder?«
»Nur Regen.«
Paul schüttelte den Kopf: »Reinigungsmittel? Seit wann gibt es da denn Engpässe?«
»Hören Sie bloß auf, was denken Sie, was hier los war. Und das Telefon ging zwei Tage lang gar nicht. Aber das waren auch die einzigen Tage, an denen es einigermaßen ruhig war. Ich setze erstmal Kaffee an, ja?«
Paul nickte und verschwand mit der Liste in seinem Büro. Bis zum Feierabend hatte er noch nicht einmal vier Lieferanten erreicht. Birgit kannte den Ärger schon, winkte ab, als er erzählen wollte, und hielt ihm stattdessen den Wasserstrahler unter die Nase.
»Kannst du bitte einen neuen besorgen? Der Gummi ist so porös, das hält nur noch Stunden.«
»Soll ich mich um die Konsumgüterproduktion auch noch kümmern?«
»Hei, das ist doch für dich gleich um die Ecke. Am besten, du bringst gleich zwei Strahler mit. Auswerten kannst du das nachher mit Jürgen.«
Auch in der kleinen Kneipe kam Paul kaum dazu, Jürgen vom

Urlaub zu erzählen, immer noch beschäftigte ihn die Liste. Er trank das Bier hastig und stieß erneut mit Jürgen an, bis dieser die Hände hob: »Du bist ja völlig ausgedörrt! Gab's kein Bier in Thüringen?«

»Nach dem Tag heute kann ich mich an den Urlaub kaum noch erinnern.«

»Du bekommst das schon hin. Ich hab auch den Tisch voll, wenn ich ein paar Tage weg war. Außerdem hamse dem Bereichsleiter Fräsen doch ordentlich Dampf gemacht!«

Jürgen sprach laut, die Leute an den anderen Tischen sahen auf, »Das war was, so muss es sein inner Versammlung, genauso. Stopft der sich die Schränke voll und die anderen kommen nicht weiter. Und denkt auch noch, das würde keiner merken.«

»Weil er Angst hatte, den nächsten Monatsplan nicht zu schaffen, ich hätte auch gern ein paar Reserven.«

»Reserven, das ist nicht Horten. Und wozu brauchst du Reserven?«

»Um auszuhelfen, wenn's wieder irgendwo brennt – weshalb fragst du so was?«

»Um dir klarzumachen, dass du anders bist. Du denkst eben weiter, nicht nur an den nächsten Monatsplan, sondern an das große Ganze, du denkst mit! Das ist ja das, was mir imponiert.«

»Aber – irgendwie kann ich ihn sogar verstehen.«

»Du verstehst immer alle. Du bist zu weich, Paul. Das kostet doch alles Geld, unser Geld! Der kassiert dann nächsten Monat die Prämie mit solchen Heimlichkeiten, nee, Paul, so kann das nicht sein. Und die anderen fegen die Hallen.«

»Wir brauchen einen neuen Wasserstrahler.«

»Na und, deswegen willst du den schonen? Keine Sorge, den bekommst du schon. Schickst deine Sekretärin. Prost! Und dann reicht es für heute. Ist schon wieder spät.«

»Prost Jürgen.«

Birgit saß jetzt oft an der Nähmaschine und änderte Hosen und Röcke. Sie hatte zugenommen im Urlaub, ihn störte es nicht, aber sie maß mit finsterem Blick. Er erinnerte sich an die dunkelblauen Vorhänge in Großburgstein, damals hatte er sie gern beobachtet, gelöst wirkte sie dort und nicht so verkrampft wie jetzt. Dabei hatte er stillschweigend zur Kenntnis genommen, dass es statt richtiger Butter jetzt abends Rahmbutter gab, einsfünfundsiebzig statt zweifünfzig, dafür spritzte das Wasser, wenn er sich die aufs Brot schmierte, bei Birgit noch mehr, Knäckebrot war nicht biegsam, und die dünnen »Filinchen« brachen, bevor Birgit die Butter hauchdünn draufkratzen konnte. Schon deswegen wollte er sie nicht auch noch mit Betriebsproblemen belasten, aber mal reden darüber, die Luft rauslassen, das hätte ihm gut getan.
Neben »Dallas« gab es jetzt am Mittwochabend den »Denver-Clan«, bereits um neun; er zog sich an den Esstisch zurück, verspürte zum Zeitunglesen jedoch selten Lust. An den Wochenenden war es anders, manchmal ergatterten sie einen Platz in der Speisengaststätte, dann sprach Birgit von ihnen, vom letzten Urlaub, von kommenden Ausflügen und von den Dingen, die sie sich anschaffen könnten, jedenfalls nicht von den Serien. Nach einem Abend im Theatersaal, wenn das Sinfonieorchester gastiert hatte, schwieg sie, lauschte der Musik nach und hakte sich bei ihm ein, meist gingen sie nachher noch zu Jürgen und Christel auf ein Glas Wein oder mit jemandem mit, den sie im Foyer getroffen und lange nicht gesehen hatten. Wenn sie in der Nacht die Wohnung betraten, schlief Berta im Sessel, während auf dem Bildschirm das Testbild flimmerte. Birgit stellte immer ein kleines Glas und eine Flasche Johannis-

beer- oder Kirschlikör für sie bereit, aber Berta trank nie viel, die Flaschen reichten lange.

Der Sommer brach alle Kälterekorde und brachte Birgits Planungen völlig durcheinander.
»Nun hat Markus diesen chicen Matrosenanzug und was, wenn es regnet? Ich habe keine Lust, im Kaufhaus zu suchen!«
»Aber es sind doch noch sechs Wochen bis dahin! Im September war meistens schönes Wetter.«
»Und Schultüten soll es auch erst im August geben.«
»Markus wollte doch eine mit Verkehrszeichen. Und Jürgen hat so eine aufgehoben, das weißt du.«
»Eine gebrauchte Schultüte? Ich weiß nicht …«
»Das Ding ist für einen Tag! Markus ist bestimmt wichtiger, was drin ist.«
»Oh Gott, eine Dose ‚Nudossi‘ wollte ich noch, letzte Woche soll es welche gegeben haben, aber Gerlinde hat mir das zu spät gesagt.«
»Wenn du so weiter machst, passt das gar nicht alles in die Tüte. Zeig doch mal, was du hast.«
»Gar nichts weiter. Den ‚Pelikano‘, Patronen, Filzstifte, Tintenkiller, ein neues Matchbox-Auto, da soll man sogar die Motorhaube öffnen können. Und die Plasteblinker für den Ranzen, die kann man an die Mappe binden, der Winter kommt ja bestimmt, da soll er wenigstens gesehen werden. Und das ist schon alles.«

Je näher der 1. September rückte, desto aufgeregter wurde Birgit. Markus war ganz mit dem Abschied aus dem Kindergarten beschäftigt, sie hatten ein Programm einstudiert und er übte das kurze Gedicht jeden Abend und jeden Morgen. Dabei würden alle Kinder seiner Gruppe auch in seine Schule gehen, insofern gab es gar keinen richtigen Abschied. Birgit kaufte im »Delikat« Pralinen, ganz schön teuer, dachte sie, aber drei Jahre Kindergarten waren das wert. Gleichzeitig sah sie sich nach einem guten Wein um, nahm eine Büchse »Trinkfix« für Markus mit und vorsichtshalber noch eine Büchse Pfirsiche, ging anschließend hinüber zum »Delikat« für Frischwaren, in dem gerade Ungarische Salami ausgepackt wurde. Zu Hause stellte sie erschrocken fest, dass sie fünfzig Mark ausgegeben hatte. Dabei war das nicht einmal ein Einkaufsnetz voll. Sie legte die Dinge auf den Küchentisch und ging ins Schlafzimmer. Ob Gerlinde ihr zwanzig Mark für die Weste geben würde? Sie selbst würde dieses Folklorestück ja doch nicht tragen und Gerlinde schwärmte neuerdings von solchen Motiven. Dabei war es Jahre her, dass russische Volkskunst modern gewesen war, drüben zumindest. Wo hatte sie die Weste nur hingetan? Ah hier, und da war auch diese Bluse mit den Puffärmeln, die sie nur einmal angezogen hatte, sollte sie die auch gleich noch? Ach nein, zwanzig Mark waren ein fairer Preis für die Weste und mit dem Rest musste Paul klarkommen; dagegen, dass sie für Markus den teuren Kakao holte, hatte er jedenfalls noch nie etwas gesagt. Birgit drehte die Büchse in den Händen. »Trumpf« stand darauf. »Gestattungsproduktion«, sie ärgerte sich. Hier produziert, aber der Großteil ging in den Westen. Was übrig blieb, wurde zu überhöhten Preisen angeboten, um »Geld abzuschöpfen«. Gut, die letzten Schuhe von »Salamander«, beruhigte sie sich, trug Paul das dritte Jahr. Es lohnte sich, die Qualität war großartig, aber so hatten Exportartikel schließlich auch zu sein, das war bei den Brillengläsern nicht anders. Sie nahm die restlichen Dinge aus dem Netz, sah aus dem Fenster in einen wolkenlosen Himmel und entspannte sich. Wenn sie Glück hatten, mussten sie vor der Gaststätte nicht allzu lange warten.

»Ist das nicht ein hübscher Matrosenanzug? Wie ein kleiner Mann sieht Markus aus! Wir haben ihn ausgesucht, unsere Tochter hatte ja alles ausgemessen, wo sie schon nicht selbst … Tante Gertrud hat sich so gefreut, dass wir da waren. Und eine große Wohnung hat sie! Jetzt verstehen wir auch, dass sie kein Haus haben will, stimmt's, Vater?«

»Es ist ihr Eigentum.«

»Was meinst du?«

»Eine Eigentumswohnung. Das ist so ähnlich wie ein Haus«, erklärte Birgits Vater.

»Ja, das Wohnzimmer ist ein richtiger Salon. Und so schöne weiße Tischdecken, Damast, echter Damast.«

Birgits Mutter klappte seufzend den Saum der Tischdecke vor sich hoch. »Die hier könnte eine Kochwäsche vertragen«, sie strich das Tuch wieder glatt.

»Sind deine Schwiegereltern immer so? Ich glaube, Paps platzt gleich«, flüsterte Eli Paul zu.

»Wie sieht es denn in Westberliner Gaststätten so aus?«, wandte sich Pauls Vater an Birgits Mutter.

»Also, so genau weiß ich das nicht. Wir haben ja bei meiner Schwester gefeiert. Wo sie so eine große Stube hat. Da wäre das doch reine Geldverschwendung gewesen.«

»Waren ja auch nur drei Tage, aber reingeschaut in die Restaurants haben wir, stimmt's, Mutter? Überall frische Blumen auf den Tischen.«

»Es kamen wohl nicht so viele Gäste?«, bohrte Pauls Vater weiter, das Knuffen seiner Frau ignorierend.

»Ach was, neun Personen waren wir zum Kaffee. Und wie die sich auf den Kuchen gestürzt haben, es war eine Freude, das zu sehen! Es hat aber auch Spaß gemacht, den zu backen, alles da, was man brauchte. Richtiges Marzipan und Schlagsahne aus der Dose und zum Garnieren wunderschöne Blütenblätter aus Zuckerguss.«

»Ist gut, Vater. Es wäre schön gewesen, wenn Tante Gertrud jetzt hier wäre, nicht wahr?«, lenkte Birgit ab.

Der Kellner brachte die Vorsuppe. Markus rutschte unruhig auf seinem Platz herum, bis Eli Paul anstupste: »Kann ich mit Markus rausgehen? Das ist doch viel zu langweilig für ihn.«
Birgit sah auf, nickte. Die Schwiegermütter unterhielten sich jetzt über Backrezepte und Paul schaute hinaus. Gerade beugte Eli sich zu Markus hinunter und zeigte auf die Fenster, und Paul erinnerte sich daran, wie es gewesen war, als Eli ihm das Zählen beibrachte.

Birgit begeisterte sich fürs Lernen, als wäre es ihr eigenes erstes Schuljahr. Nach Markus' Mittagsschlaf saßen die beiden jetzt oft am großen Esstisch, wenn Paul von der Arbeit kam. »Übertreibst du nicht ein bisschen?«, fragte Paul nach ein paar Wochen, als er bemerkte, dass Markus sich abends vor Müdigkeit kaum noch auf dem Stuhl halten konnte.
»Das erste Schuljahr ist das wichtigste! Was Markus jetzt nicht begreift, ist verloren!«
»Also das ist jetzt wirklich übertrieben. Und in Schönschrift muss ein Junge keine Eins haben.« Paul nahm das Heft und sah sich die Buchstaben an.
»Das ist nur zum Üben«, sagte Markus.
»Das ist gar nicht dein Schulheft?«
»Paul, bitte. Ich habe extra noch eines für ihn gekauft, damit er das lernt.«
»Das heißt, er macht die Hausaufgaben zweimal?«
»Paul! Bring uns hier nicht alles durcheinander.«

»Sind nächste Woche nicht Herbstferien?«
»Nein, Paul, die beginnen erst übernächste Woche. Und bis dahin üben wir weiter.«
Paul holte tief Luft, Markus sah erwartungsvoll zu ihm: »Darf ich noch ‚Sandmännchen' gucken?«
»Bestimmt, ich glaube, ihr habt fleißig gelernt heute, oder?« Er konnte sich ein Grinsen kaum verkneifen, als er Birgit ansah.
»Ich denke, du bist müde?«
»Es sind zehn Minuten, Liebling, ich setz mich zu ihm auf die Couch, okay?«

Erst als Markus vor den Winterferien eines der besten Zeugnisse erhielt, atmete Birgit auf. Na also, dachte sie, es hat sich doch gelohnt. Aber drei Wochen waren eine zu lange Lernpause. Sollte Markus Ferien machen, solange er bei den Großeltern war, immerhin eine ganze Woche, überhaupt, so langsam musste Vater doch kommen. Die Tasche für Markus stand gepackt im Flur, Markus und Paul saßen vor der Flimmerkiste und schauten »Zu Besuch im Märchenland«.
»‚Ach du meine Nase!'«
»‚Ach du grüne Acht!'«
»‚Neune!'«, hörte sie Markus' helles Lachen und gleich darauf: »‚Kreuzspinne und Kreuzschnabel, das kann doch nicht so schwer sein!'«
Der Kaffee wartete in der Maschine, der Tisch war gedeckt, den Kuchen wollte Mutter mitbringen. Endlich klingelte es. Markus murrte, als sie den Fernseher ausschaltete, aber dann schlang er den frischen Streuselkuchen hinunter, als hätte er es besonders eilig, von hier wegzukommen. Nicht einmal richtig gedrückt hat er mich, dachte Birgit und stieg langsam wieder die Treppenstufen hinauf.

»Und? Was fangen wir mit unserem freien Abend an?«, empfing Paul sie.

»Abwaschen, aufräumen, ach, ich weiß es auch nicht.«

Lustlos begann sie, das Geschirr zusammenzustellen. An die Kälte und Dunkelheit eines Montagmorgens mochte sie gar nicht denken. Paul ließ Wasser auf die Teller laufen und stellte die Tassen ins Spülbecken.

»Wie soll ich da denn abwaschen?«

»Gar nicht. Das weicht jetzt ein und wir gehen eine Runde spazieren, okay?«

»Du willst spazieren gehen? Freiwillig? Na, das nutze ich doch sofort aus!«

Draußen spannte er den Schirm für sie auf, obwohl nur ab und zu eine klitzekleine Schneeflocke den Weg zur Erde fand. Sie kuschelte sich an ihn. »Ach, das war eine gute Idee. Am liebsten würde ich jetzt immer so weiterlaufen ...«

»Wir könnten uns bei Jürgen und Christel auf ein Glas Wein einladen.«

»Hm. Nach politischen Grundsatzdiskussionen ist mir nicht gerade.«

»Hast du gar nichts, worüber du dich mit Christel unterhalten kannst? Wolltest du sie nicht nach Markus' Sportlehrer ausfragen?«

»Werkunterricht. Ja, meinetwegen. Ist doch ganz schön kalt hier draußen. Aber wir bleiben nicht lange, versprochen?«

Paul hielt sich zurück an jenem Sonntag und bewunderte die Stullenbretter und die Schlüsselleiste, die Pauls Töchter im Werkunterricht gebastelt hatten.

Die nächsten Wochen eigneten sich jedoch nicht dazu, die Weltpolitik außen vor zu lassen.

»Juri Wladimirowitsch Andropow, Konstantin Ustinowitsch Tschernenko, gerade ein Jahr war der jetzt im Amt und in den Nachrichten rätseln sie herum, als ginge es um die Lottozahlen und nicht um die SU.«

»In deinen Westnachrichten«, sagte Paul. »Dass du dir das immerzu anhören kannst, sind doch alles nur Spekulationen, nichts davon spruchreif. Na, Hauptsache, sie wählen nicht wieder so einen Kranken. Es müsste einer kommen, der Reagan die Stirn bietet.«

»Das wird wohl ein Traum bleiben. Sind doch nur alte Männer da oben.«

Und dann gab es doch eine Überraschung.

»Dieser Gorbatschow ist erst vierundfünfzig!«

»Das hat nicht einmal die ‚Tagesschau' vorausgesehen.«

»Und als Erstes beginnt er mit Abrüstungsvorschlägen. Vielleicht doch der starke Mann, den ich mir wünsche.«

»Abwarten«, sagte Paul und zwinkerte Birgit zu, »interessierst du dich plötzlich für Politik?«

»Ganz bestimmt nicht, aber ruhiger schlafen könnte ich schon, wenn es endlich weniger Raketen würden.«

Erst ein Jahr später, zum XI. SED-Parteitag in Berlin, besuchte Gorbatschow die DDR.

»Seine Frau Raissa, schöner Name, eine attraktive Frau, und so gut gekleidet, das hätte ich mir gern live angesehen.«

»Viel wichtiger ist doch, ob Erich auf Gorbatschow hört, oder?« In den Berichten der »Aktuellen Kamera« und im »Neuen Deutschland« wurden jedoch nur einzelne Sätze zitiert. »Wir waren immer treue Freunde und Verbündete und werden es bleiben.« Interessant wurde es erst in der kleinen Kneipe, als Jürgen einen rothaarigen Fremden vorstellte: »Das ist Michael,

Major der Volksarmee. Aber deswegen hab ich ihn nicht hergebracht. Er spricht nicht nur fließend Russisch, er kann sogar die ‚Prawda' lesen. Das ist richtig spannend. Los, Mischka, für Paul, da kommen nicht einmal die Westnachrichten mit.«

Den restlichen Abend kamen sie kaum dazu, ihr Bier auszutrinken. Radikale Reformen in der Wirtschaftspolitik, Selbstbestimmung in den Betrieben, Glasnost, Offenheit, Selbstkritik; während die Begriffe auf Paul einprasselten, glänzten seine Augen immer mehr – das hätte das Bier nicht geschafft.

»Das ist ja der absolute Wahnsinn, und das steht da wirklich?«

»Kannst es nachlesen. Wenn dein Russisch dafür ausreicht.«

»Los, probier's«, warf Jürgen ein, »nur ein, zwei Sätze, bitte.«

»Ohne Glasnost kann es keine Demokratie geben, ..., Glasnost im Zentrum ... und da, wo die Menschen arbeiten.«

»Geht doch.« Michael lächelte zufrieden und zündete sich eine weitere Zigarette an, »Glasnost kommt übrigens vom Wort ‚Stimme', hier: ‚offene und umfassende Information und die Möglichkeit ihrer freien und eingehenden Erörterung'.«

Paul lehnte sich zurück.

»Und weshalb steht's dann nicht im ‚ND'?«

»Ich hoffe ja, sie bringen's noch«, sagte Jürgen, »aber bestimmt nicht so deftig, wie's hier steht.«

8. Warten

Fünf Tage später explodierte im Atomkraftwerk Tschernobyl ein Reaktorblock. Birgit ließ die Westnachrichten den ganzen Abend laufen. Sondersendungen, Gerüchte, Vermutungen, Panik.

»Ich hab mit Mischka telefoniert; in der ‚Prawda' stand nichts davon, dass es gefährlich ist. Eine Havarie hat es gegeben, das brachte TASS, aber Wasser und Luft um Kiew sind in Ordnung. Christel hat gestern sogar grünen Salat bekommen und ich freu mich darauf.«

Paul atmete tief durch. Birgit war hysterisch, da musste er Jürgen recht geben, aber wenn da nun doch etwas dran war? Nach Feierabend machte er einen Umweg zum Gemüseladen. Der Salat welkte und die Radieschen schrumpelten. Als er nach Hause kam, war niemand da. Unschlüssig stand Paul im Flur, da klingelte es.

»Was schleppst du denn hier an?«

Birgit keuchte, er nahm ihr die Netze ab.

»Was ist das? Rotwurst, Schmalzfleisch, Gulasch aus der Büchse. Mischgemüse, Möhren. Babysan. Willst du zelten fahren?«

»Ich finde das nicht witzig. Nachher gehen wir noch einmal zusammen los, ich kann das nicht alles allein schleppen.«

»Und ich wollte schon Salat mitbringen, wo es den ausnahmsweise noch am Nachmittag gab.«

»Die Nachrichten hast du gestern Abend aber schon mitbekommen, oder?«

»In der ‚Prawda' stand nichts davon, dass es gefährlich ist.«

»Vielleicht ist ‚Glasnost' ja schon wieder vorbei. Oder wie erklärst du dir, dass die Regale noch leerer sind als sonst? Vielleicht haben noch ein paar Leute außer mir in Erinnerung, was Abiturstoff Atomphysik war: Alpha-, Beta-, Gammastrahlen, Reichweite, Halbwertzeit ...«

»Das ist Panikmache vom Westen. Jürgen sagt auch ...«

»Verschon mich bitte mit Jürgen!«

Paul stellte die Netze in die Küche.

»Hei«, Birgit kam hinterher, »ich habe Angst, verstehst du das nicht? Jürgen hat keine kleinen Kinder mehr.«

»Und Milch willst du auch selbst machen?«

»Babysan mit Tafelwasser; holst du nachher bitte noch einen Kasten? Das Leitungswasser kann ich dazu nicht gebrauchen.«

Birgit drehte die bunten Puddingtüten in den Händen und konnte sich erstmals nicht so recht darüber freuen. Butter, die vor dem Reaktorunglück abgepackt worden war. Sogar Nudeln und Reis waren diesmal im Paket von Tante Gertrud gewesen, dabei waren das Dinge, die Birgit selbst kaufen konnte. Die »Aktuelle Kamera« sprach lediglich Kurzmeldungen der TASS nach. Alles sei nur »hochgespielt«, sagten Wissenschaftler in einer Sondersendung des DDR-Fernsehens und Experten aus Frankreich erklärten, die radioaktive Wolke hätte nie eine Gefährdung für Ost- und Westeuropa dargestellt. Gerlinde dagegen erzählte ihr hinter vorgehaltener Hand, sie hätten im Garten alles verbrannt. Ganze Reihen mit Möhren, Erbsen, sogar die Erdbeerbeete.
»Wir haben Rasen angesät«, flüsterte sie, »ich glaube kaum, dass diesen Sommer jemand nachschauen kommt.«
»Oder gerade.«
Gerlinde winkte ab. »Das wäre mir auch egal. Ich esse das jedenfalls nicht.«

An einem Morgen Ende Mai wartete die Sekretärin auf Paul. »Der Vize-BGLer ist gestern ins Krankenhaus gekommen, Verdacht auf Blinddarmentzündung, er soll heute operiert werden.«
»Aber Gewerkschaftsversammlung ist doch erst nächste Woche.«
»Er stand vor Ihnen auf der Urlaubsliste.«
Paul brauchte einen Moment, um zu begreifen.

»Fährst du auch mit mir allein weg?«, fragte Paul, als er nach Hause kam. Birgit sah ihn fragend an. Paul konnte seine Freude

nicht mehr zurückhalten. »Berghotel!«, rief er stolz. »Wir haben zwei Plätze! Nächste Woche schon.«
Birgit schaute ihn ungläubig an, dann tanzte sie mit ihm durch die Wohnstube. Plötzlich hielt sie inne.
»Und Markus? Für Berta ist das zu viel, eine ganze Woche. Ich werde Matthias' Mutter fragen. Die beiden Jungs hocken sowieso den ganzen Tag zusammen, das geht bestimmt. Paul, wirklich, ein richtiger Urlaubsplatz?«
Offiziell gab es die ausschließlich für Arbeiterfamilien. Leise Musik im Restaurant. Wunderschöne Nächte. Doch nach drei Tagen war alles vorbei. Paul stand der Hysterie gelähmt gegenüber. Birgit packte die Schlipse ein und den schwarzen Samtrock, den sie vorher zum Abendessen getragen hatte. Piekte ihn laufend in die Seite, weil er nicht gerade ging. Wie denn auch. Er wollte nur noch nach Hause. Auf der Rückfahrt verpassten sie den Anschlusszug. Die Bahnhofskneipe war bereits am frühen Nachmittag verräuchert. Draußen roch es nicht viel besser und die Toiletten waren so verschmutzt, dass Birgit in den angrenzenden Wald lief.
Paul stand ans Geländer gelehnt, schwitzte und bemühte sich vergeblich, die Erinnerung an Großburgstein wachzurufen. Was um alles in der Welt war geschehen? Birgits Kollegin aus der Essenausgabe, die im Berghotel am Nachbartisch gesessen hatte, sprach nicht gerade hochdeutsch, die Kinder wischten ihre Rotznasen am Pullover ab, der Mann griff ab und zu nach dem Po seiner Frau … Ihn hatte das nicht gestört, er hatte nur Augen für Birgit gehabt. Aber jetzt saßen sie auch noch auf einem Bahnhof fest und Birgit moserte herum, als ob er dafür verantwortlich wäre. Ja, mit einem eigenen Auto wäre es anders gewesen, dann hätten sie nicht drei Stunden auf den nächsten Zug warten müssen. Er seufzte und sah auf die Uhr.

Als sie am Abend endlich mit Markus zu Hause ankamen, wollte er gleich Kakao trinken und nach der zweiten Tasse noch eine dritte haben, bis Paul fragte: »Hast du die Woche über nichts bekommen?«
»Doch, aber nur Tee und einmal heißen Kakao, der hat aber nicht geschmeckt.«
»Du bist ganz schön verwöhnt, weißt du das?«
Markus zuckte zusammen, Birgit stellte sich schützend vor ihn.
»Hör auf, er kann schließlich nichts dafür«, zischte sie.
»Aber du, was musst du den Kakao auch immer im ‚Deli' holen?«, knurrte er zurück. »Wird Zeit, dass Markus ins Ferienlager fährt, er weiß ja gar nicht, was normal ist.«
Birgit drehte sich um und ging mit Markus ins Bad. Natürlich hatte sie recht, Markus konnte nichts für den vermasselten Urlaub, obwohl die ersten Tage … Aber Birgit, verdammt, jetzt fluchte er schon wieder, es war aber auch zum Mäusemelken, sah sie denn nicht, dass sie Markus in Watte packte und er gar nicht mehr wissen konnte, wie andere lebten? Westschokolade, Westfüller, Westnickis und dann noch der Kakao aus dem »Deli«. Er würde sich erkundigen, welche Ferienlager es gab, Markus würde es sicher gut tun.

»Was für ein Auto suchst du?«, fragte Jürgen eines Tages. Einen Moment hielt Paul den Hörer sprachlos in der Hand. Dann warf er ihn auf die Gabel und spurtete ins Meisterbüro.
»Du kannst ja sogar rennen«, empfing Jürgen ihn.
»Was ist nun?«
»Nun mal langsam, setz dich.«
In Gedanken überschlug Paul die Ersparnisse. Sparbuch, Konto, Bargeld. Akribisch hatte er vor langer Zeit ausgerechnet, wie viel sie vom Gehalt sparen könnten. Jeden Monat zahlten sie einen

Betrag auf das Autosparbuch ein. Die Auslieferungszeiten lagen inzwischen bei zehn Jahren. Ein gebrauchter Wagen wäre nicht billiger gewesen, aber schneller zu haben. Jürgen schob die Papiere auf dem Besuchertisch beiseite.
»Was hältst du von einem Saporoshez?«
»Neu oder gebraucht?«
Jürgen lachte und schlug ihm die Faust gegen die Schulter. »Hätte ich mir ja denken können, kommst gleich zur Sache, nicht? Hast wohl auch dein Geld schon gezählt?«
Konnte er Gedanken lesen? Noch einmal klopfte er Paul auf die Schulter, dann erzählte er von den Sonderbedingungen. Von unkalkulierbaren Lieferterminen. Und davon, dass es in einer Woche Autos geben sollte, in Neuhavel. »Ein guter Bekannter hat die Karte bekommen. Hat aber letztes Jahr erst 'nen Škoda gekauft. Nun will er den Sapo nicht, sucht aber 'ne Anmeldung zum Tauschen. Bisschen Bares natürlich auch noch. Ihr würdet ein anderes Kennzeichen bekommen, nicht DE wie alle hier, sondern PB.« Hinterradantrieb wie der Škoda. Ein SAS 968 A sollte es sein. Kofferraum vorn links, Motor hinten rechts, Viertakter. Zusatzheizung. Schön warm im Winter.
»Und der Preis?«, hakte Paul nach.
»Elftausend? Kriege ich noch raus. Müsstest dich aber bis morgen entscheiden.«
»Ja, ja, na klar. Was Birgit wohl dazu sagen wird?«

»Das sind ja unsere Namen! PB für Paul und Birgit. Schade, dass es keine drei Buchstaben sind. Du«, flüsterte sie, »ist das nicht traumhaft? Ein eigenes Auto für unsere kleine Familie?«
In den Herbstferien fuhren sie nach Mecklenburg. Pauls Vater ließ sich den Wagen erklären, fahren wollte er damit nicht. Seine Mutter tischte auf, als wären Ostern und Weihnachten auf einen

Tag gefallen. Sogar Eli kam zu Besuch. Eli und Markus verstanden sich so gut, dass Paul eifersüchtig wurde.

»Hei, darf ich auch einmal?«

»Eli ist deine Schwester, stimmt's?«

»Ja, das weißt du doch.«

»Dann hast du sie doch schon ganz viele Jahre gehabt.« Markus grinste, Eli feixte und Paul war sprachlos. Sie saßen zum Abendbrot in der »Seeperle«, Paul fragte sich, wie sein Vater das organisiert hatte, aber sonst kamen sie nur einmal überhaupt bis zur Müritz und das auch nur, weil Eli mit Markus dorthin wollte und Birgit schließlich einwilligte, mitzugehen. Birgits Bewegungsdrang schien in Mecklenburg wie gelähmt. Dann bekam sie auch noch Ohrenschmerzen.

»Ich habe dir vorher gesagt, dass der Wind mir nicht guttut. Wir sollten wieder nach Hause fahren.«

»Wie eine glückliche Familie wirkt ihr nicht«, sagte Eli in der Küche zu Paul.

»Ich weiß auch nicht, was mit Birgit los ist. Ich glaube, sie mag Mecklenburg nicht.«

»Aber es ist deine Heimat! Und schließlich sind Mutter und Vater auch Markus' Großeltern. Mutti leidet ganz schön darunter, dass sie dich und Markus so selten sieht. Vater spricht ja nicht darüber.«

»Zu Hause ist Birgit ganz anders.«

»Na, wenn du meinst.«

»Erzähl doch lieber was von dir.«

»Damit du nicht über euch nachdenken musst? Ach, Paule, du änderst dich wohl nie.«

Kaum waren sie wieder zu Hause, legte sich Birgit mit einer Decke auf die Couch.

»Hast du dir eine richtige Erkältung eingefangen?«
»Ja, mir ist kalt. Holst du die Zettel?«
»Muss ich heute noch los?«
»Wenigstens zur Apotheke, bevor es am Wochenende schlimmer wird.«
Paul holte die Zettel aus dem Flur. Mit einem Stück Paketschnur hatte Birgit einen ganzen Stapel liniertes und kariertes Papier zusammengebunden und neben dem Spiegel befestigt.
»Da steht ja schon was drauf.«
»Ach so, ja, das sind Wünsche.« Sie versuchte zu lächeln, hielt sich das linke Ohr.
»‚KuKo'-Reis, ‚Filinchen', ‚Brockensplitter'. Die sind nur ein Wunsch, das glaube ich auch. ‚Putzi', die wird es ja wohl geben, aber so langsam könnte Markus doch auch unsere Zahnpasta benutzen? ‚Biox-Ultra' steht auch da, ‚Nautik'-Seife. Echte Wunschträume. Und da willst du jetzt noch was dazuschreiben?«
»Aus der Apotheke, das andere ist nicht so wichtig heute. ‚Pulmotin' zum Einreiben, dann ‚Summavit', die brauchen wir demnächst sowieso.«
»Markus hat an den riesigen Dragees voriges Jahr schon gewürgt.«
»Es sind aber Vitamine, und die braucht er. ‚Gothaplast', aber die mit Mull, nicht, dass du wieder eine Rolle bringst.«
»Nur weil ich einmal …« Paul winkte ab, es ging Birgit nicht gut und entsprechend war sie gelaunt.
»Soll ich Markus mitnehmen?«
»Aber nur, wenn du ihn warm einpackst.«
Markus musste sich erst noch von Birgit die Stirn befühlen lassen, dabei sah er putzmunter aus.
»Gehen wir zur Kaufhalle?«
»Ja, aber zuerst zur Apotheke.«

Die Apotheke war voll, vermutlich lag das am Herbstwetter. Außer den Vitaminpillen bekam er alles. In der Kaufhalle nahm Markus den Wagen und kurvte damit umher.

»Langsam, pass auf!«

»Klar doch«, Markus rollte jetzt dicht neben Paul. »Kaufst du mir eine ‚Creck'-Tafel?«

»Du weißt, dass Mama die nicht mag.«

»Aber da sind Sammelbilder drin! Matthias hat schon ganz viele und in der Klasse tauschen wir die Doppelten. Nur ich hab keine.«

»Na, dann such dir eine mit einem besonders wertvollen Bild.«

»Aber Papa, das sieht man doch gar nicht von außen!«

Paul lachte. »Biox-Ultra« gab es nicht, dafür »Perlodont«. Und »Kriepa«-Taschentücher, na, wenn das kein Glückstag war! Er rollte schneller mit dem Wagen als Markus vorhin, sah zufrieden auf den Zettel, ein paar Posten auf ihrer Wunschliste konnte er streichen.

Zur Apotheke musste Paul in den kommenden Wochen noch oft. Entweder schniefte Birgit herum oder Markus, er selbst blieb wundersamerweise verschont. Wenn er morgens als Einziger aufstand, dachte er an den ersten Winter in Havelfurt. Auch damals war er als Erster wach, manchmal hatte er Markus brabbeln gehört und ihn zu Birgit gelegt, bevor er die Küche heizte und dann den Kachelofen im Wohnzimmer.

Auf den Wegen matschte die graue Masse, aus den Mülltonnen jenseits des Neubaugebietes stank und qualmte es, dabei stand deutlich an den Blechbehältern: »Keine heiße Asche einfüllen.« Meist lag die Asche auch drumherum auf dem Gehweg, weißbraun, die Briketts mussten noch schlechter heizen. Paul sah die Berge vor den Kellerfenstern liegen, gepresste Krümel, die auseinanderbröckelten, er konnte sich kaum vorstellen, wie man die mit der Kohlenzange zu fassen bekommen sollte. Sie hatten Glück, die Neubauwohnung war warm, zu warm, wahrscheinlich waren Birgit und Markus deshalb so oft erkältet, sie ließen die Wärme über die Fenster hinaus, das konnte ja nicht gesund sein.

Markus lernte weiterhin fleißig, hatte jedoch erreicht, dass er von Montag bis Donnerstag in den Schulhort gehen durfte.
»Alle gehen dahin!«, hatte er immer wieder argumentiert, wie ein Großer, dachte Paul, wenn er es mitbekam, und bewunderte seine Hartnäckigkeit. Birgit war nachmittags nun oft allein zu Hause, abholen lassen wollte Markus sich nicht, er lief mit Matthias, der nur einen Block weiter wohnte. Ob es die freie Zeit war, die neue Selbständigkeit ihres Sohnes, der permanente Einfluss des Westfernsehens, wie Jürgen meinte – Paul wusste es nicht. Dass sie immer launischer und unzufriedener wurde, war offensichtlich. Sie schien nicht mehr zu wissen, dass sie erst letztes Jahr einen Urlaubsplatz erhalten hatten, sie wollte dieses Jahr wegfahren und schimpfte, weil Paul keinen bekam.
»Später! Immer vertröstest du mich auf später! Ich will nicht warten. Überall soll ich warten: beim Einkaufen, beim Arbeiten sogar, bis wieder die passenden Gläser kommen, beim Arzt sowieso – und jetzt auch noch zu Hause? So habe ich mir das nicht vorgestellt: mein Leben mit Warten zu verplempern!« Sie machte eine Pause, schaute ihn an und schüttelte den Kopf. »Du guckst, als würde ich polnisch rückwärts reden. Paul! Verstehst du mich nicht? Ich will jetzt leben und nicht irgendwann. Nicht später, bitte, Paul.«
Sie war leise geworden bei den letzten Worten, Paul nahm ihre Hand. Er konnte nichts erwidern. War denn nicht alles schön, so, wie es war?

Ein paar Tage später machte Paul mittags Feierabend. Er wollte Birgit überraschen, hatte sich überlegt, mit ihr und Markus an einen See zu fahren, vielleicht sogar Richtung Mecklenburg, der Juni war warm, er holte Markus vom Hort ab, eilte mit ihm nach Hause, aber die Wohnung war leer.
»Weißt du, was Mama vorhatte?«
»Nein.«
Paul stand einen Moment unschlüssig, dann schrieb er einen Zettel für Birgit, packte Markus' Badesachen ein und fuhr mit ihm zu Eli. Markus schwamm und hatte schnell ein paar Jungen gefunden, mit denen er spielte und den Mädels hinterherspionierte, wie er auf der Rückfahrt erzählte: »Das war ein toller Tag, Papa, und am schönsten war, dass wir unendlich viel Zeit hatten.«
Birgit sah das nicht so. Paul ahnte, dass sie sich aufregen würde, trotz des Zettels. Dabei hatte er nur nicht bemerkt, dass Markus die nasse Badehose anbehalten hatte. Sie war inzwischen längst getrocknet.
»Du bist verantwortungslos!«, schrie Birgit. »Du bist ja überhaupt nicht in der Lage, auf unser Kind aufzupassen.«
»Das sagst du doch nur, weil ich mit ihm bei Eli war! Was hast du nur gegen meine Schwester?«
Markus verschwand schnell in seinem Zimmer. Birgit wusch die Badehose im Waschbecken durch, er stellte sich in die Tür. Sie schrubbte, als müsste sie ganz Mecklenburg auswaschen.
»Warum redest du nicht darüber?«
»Weil es nur mein Gefühl ist. Sie ist – ich weiß nicht – so anders. Nicht wie Gerlinde und auch nicht wie du. Aber jedes Mal, wenn du mit ihr gesprochen hast, bist du wie ausgewechselt. Dann denkst du gar nicht mehr an uns.«
Sie wrang die Hose wieder und wieder aus, kniff die Lippen zu-

sammen. Auch ihre Ähnlichkeit mit Jürgen störte sie, vielleicht mehr als all das andere, das sie gesagt hatte.

»Du bist eifersüchtig auf meine Schwester? Das glaube ich nicht.« Sie drehte sich langsam zu ihm. »Wir hätten auch gemeinsam irgendwohin fahren können, mit den Rädern, zu dritt.«

»Aber du warst nicht da.«

»Weil ich wieder einmal gewartet habe, in einer Schlange vor dem Konsum.«

»Morgen gehe ich einkaufen. Versprochen. Komm her, ich liebe dich!«

Erst im Bett, als Birgit neben ihm leise fiepte, rief er sich ihre Worte ins Gedächtnis. Er verstand sie nicht. Aber vielleicht musste er das auch nicht. Vielleicht war das typisch Birgit. So wie ihre spezielle Art zu schnarchen, ein sehr hoher Ton, wie bei einem hungrigen Hundewelpen, einer der wenigen unkontrollierten Züge an ihr, der weich war und nur ihm gehörte. Er kuschelte sich an sie. Am Wochenende fahren wir zum Havelsee, beschloss Paul, bevor er wegsackte. Der Havelsee wird den Frieden zurückbringen.

Die letzten beiden Augustwochen verbrachte Markus im Ferienlager. Birgits Laune war während dieser Zeit noch unbeständiger als das Wetter.

»Was machen die bloß den ganzen Tag, wenn es regnet, die Bungalows sind sicher kalt, Markus wird sich erkälten!«

Nicht einmal die Postkarte, die zu Beginn der zweiten Woche ankam, konnte sie beruhigen: »Wie geht es euch? Mir geht es gut. Markus.« Paul erinnerte sich daran, wie ungern er früher Karten nach Hause geschrieben hatte, Birgit anscheinend nicht. Er lud sie in die Gaststätte ein, aber selbst dort sprach Birgit nur davon, dass sie Berta nicht hatten bitten müssen, auf Markus aufzupas-

sen, und zählte die Tage bis zu seiner Rückkehr. Markus kam völlig übermüdet an und wollte gleich ins Bett.
»Siehst du, Paul, ich wusste es, er ist krank!«
Müde, dachte Paul, nur müde, und schwieg. Als Markus zum Abendbrot aufstand und losprudelte, entspannte sich Birgit und Paul grinste. Diese Bengels. Hatten ausgemacht, die letzte Nacht nicht zu schlafen. Ja, es war gut und richtig gewesen, Markus für das Ferienlager anzumelden.

9. Das Konzert

Erst im September gab es wieder warme Tage. Erich Honecker wurde in der Bundesrepublik als offizieller Staatsgast empfangen, unterzeichnete mehrere Abkommen und besuchte anschließend seinen Geburtsort im Saarland. Damit war die Schönwetterperiode vorbei, es begann zu regnen und hörte – zumindest speicherte Birgit das so in ihren Erinnerungen ab – bis zum Ende des Winters nicht wieder auf.
Wenn sie wusste, dass es wenig zu tun geben würde, weil zum Monatsanfang, wenn überhaupt genügend Material da war, zuerst Gläser mit niedrigen Dioptrien vom Band liefen und keine Rezeptgläser, ging sie erst kurz vor Arbeitsbeginn von zu Hause los. Neuerdings gab es neben der ARD und dem ZDF private Fernsehsender und einer davon hatte mit einer »Guten-Morgen-Sendung« begonnen. Alle halbe Stunde wiederholte sich das Programm, aber allein die Möglichkeit, sich mit dem Frühstück vor die Kiste zu setzen, wenn überall sonst noch das Testbild flimmerte, steigerte ihre Stimmung.
»Hast du von der Kundgebung gehört? ‚Freiheit ist auch immer die Freiheit des Andersdenkenden', das soll Rosa Luxemburg ge-

sagt haben. Und die Leute, die das als Transparent trugen, sind natürlich sofort zugeführt worden«, sprudelte Gerlinde, kaum, dass Birgit sich an den Arbeitsplatz gesetzt hatte.
»Ob Rosa Luxemburg das wirklich so gesagt hat?«
»Das hat sie bestimmt. Nur haben wir diese Stelle niemals gelesen. Dafür sind die Zeitungen gefüllt mit neuen Maßnahmen zum Erwerb von Valutamitteln für Reisen in die ČSSR«, Gerlinde winkte ab, »ich könnte mich nur aufregen, wieder ein Land weniger. Und dann dieser Schlusssatz: ‚Das hat sich bewährt.', das ist doch zynisch.«
»Sogar Paul war erschrocken, aber nach der Parteiversammlung wollte er nicht mehr darüber reden.«
»Kopf gewaschen.«
»Ach, hier passiert einfach nichts …«
»Es passiert schon. Du bist nur nicht ausgelastet!«
»Hör auf zu stänkern; wir sollten zur Abwechslung arbeiten, Schulze guckt schon wieder böse.«
Sie beugten sich beflissen über die eingetüteten Gläser. Nicht so ungeduldig sollte sie sein. Birgit übertrug die Anschriften der Optiker in eine handgezeichnete Tabelle, hakte ab, schwieg. War sie denn die Einzige, die sich danach sehnte, schneller ans Ziel zu kommen? Nicht an das Planziel, es ging ihr selten darum, ob sie es wieder schafften, »Kollektiv der sozialistischen Arbeit« zu werden und die Prämie bei einem Kegelabend oder Essen gemeinsam auszugeben. Obwohl, beim letzten Kegelabend hatte sie viel gelacht, Gerlinde und sie hatten als Paar die meisten Punkte errungen, die anderen hatten sie gefeiert, das Würzfleisch mit Worcestersauce hatte gut geschmeckt. Sogar getanzt hatte sie, selbst mit Schulze, alte Schule, und mit Gerlinde, Schulze war ja der einzige Mann. Tanzen, das wollte sie, aber nicht in einer Disko, Tanzen wie Schweben, wie Fliegen – am besten gleich fliegen.

Oder wenigstens mit dem Schiff aufs Meer, obwohl, das würde sie nicht vertragen, aber wenn sie an die Serie dachte, »Zur See«, an diesen Horst Drinda und was man dabei alles sehen konnte! Überhaupt, kalt war es nur an der Ostsee, woanders lockten Palmen und so viele Blumen, dass sie sich die Namen nicht merken konnte. Blumen, zu dumm, sie hatte am Wochenende wieder nicht daran gedacht, aus dem Vorgarten der Eltern ein paar Pflanzen mitzubringen. Dabei sah das kleine Beet neben dem Betriebseingang gepflegt aus, schließlich ließ Schulze sie freitags eine lange Mittagspause machen, damit sie sich darum kümmerten. Aber der Boden war hart, voller Trümmerreste. Gerlinde hatte Samenkörner für Wicken gelegt und goss sie jeden Morgen. »Wenn wir Glück haben, wachsen sie die Mauer hoch«, sagte sie, und Schulze versprach, sich um ein Gerüst zu kümmern, damit der graue Putz unter den violetten Blüten verschwand.

»Haben Sie den Zettel unter dem Transparent gesehen? Neben der Essenausgabe.«
»Nein. Was steht denn da?«
»Stand. Ist natürlich sofort entfernt worden. Da hat jemand unter die Losung ‚Mit jeder Mark, jeder Minute, jedem Gramm Material einen höheren Nutzeffekt!' auf ein Blatt geschrieben: ‚Koste es, was es wolle!'« Pauls Sekretärin wollte sich ausschütten vor Lachen.
»Wenn das so einfach wäre. Aber nicht einmal mit Prämien werden wir diesen Monat den Plan schaffen.«
»Na, jedenfalls wollte ich noch erzählen, dass ‚City' nach Havelfurt kommt, das haben Sie sicher auch nicht mitbekommen, oder?«
»Toni Krahl? Hierher? Dann wissen Sie bestimmt auch, woher ich zwei Karten bekomme?«

»Wenn Ihre Frau nicht schon welche besorgt hat.«
»Woher sollte sie?«
»Ich mein ja bloß.«
»Was meinen Sie? Na los, raus mit dem Klatsch.«
»Sie wurde zweimal bei Herrn Oberschlau gesehen, Sie wissen schon, wen ich meine, den Oberschlaumeier.«
Das Telefon klingelte und Paul war dem schwarzen Apparat dankbar. Er musste unbedingt mit Birgit sprechen.

»Was stellst du dir denn vor, was ich mit ihm besprochen habe? Ich wollte ein bisschen näher an bestimmte Informationen. Und er kann mich gut leiden, glaube ich.«
»Gut leiden? Und deswegen gehst du gleich in sein Büro? Wohin denn noch?«
»Paul, jetzt reiß dich bitte zusammen. Ich tue das doch für uns, verstehst du das nicht?«
»Für uns? Ich will nicht, dass du diesem Wichtigtuer in den Hintern kriechst.«
»Tue ich nicht.« Birgit grinste ihn an und Paul wusste nicht, was genau sie meinte. Aber seine Wut war verraucht. Von Konzertkarten hatte sie nichts gesagt, hoffentlich konnte seine Sekretärin die herbeischaffen.

»Möchtegern«, »Wichtigtuer«, wahrscheinlich sagte Paul sonst auch »Herr Oberschlau«, wie all die anderen Neider. Klar sieht er gut aus, immer adrett gekleidet, dabei scheint er keine Westpakete zu erhalten, nicht mit Anzügen oder Hemden, das hätte sie erkannt. Warum sollte sie es nicht genießen, dass er galant war wie selten jemand, ins Vorzimmer schritt, ihr aus dem Mantel half. Gutbürgerliche Familie eben. Sollten die Leute doch reden. Solange er ihr ab und zu einen Hinweis weitergab und mit diesem unwiderstehlichen Lächeln den Zucker reichte, den sie nie nahm, wollte sie diese Minuten, die ihr vorkamen wie in einer anderen Welt, nicht missen.

»Oh Gott, was ziehe ich denn nur an?«
»Birgit, bitte, es ist ein Rockkonzert und keine Theaterpremiere.«
»Deswegen ja. Für das Theater habe ich genug Blusen. Aber für ein Konzert? Meinst du, sie spielen ‚Am Fenster'?«
»Ganz bestimmt.«
»Und du tanzt mit mir?«
»Das lasse ich mir doch nicht entgehen …«
Paul nahm sie in den Arm, ganz sachte zog er sie heran. Sie lehnte ihren Kopf an seine Brust, ja, genauso hatten sie damals auf der Tanzfläche gestanden, sich nur Millimeter bewegt, siebzehn Minuten lang, fast schon ein ganzes Leben.

»Meister aller Klassen« dröhnte durch den Saal und Paul hatte das Gefühl, als würden die Töne ihn wie spitze Nadeln stechen. Dabei kannte er niemanden, der mit dem Motorrad verunglückt war wie dieser »beste Freund«. Er dachte an John, an ihre Mopedtouren, daran, dass sie sich vorgestellt hatten, später auf »richtigen« Maschinen zu sitzen. Wenn John geblieben wäre, hätten die anderen sie auch nur von hinten gesehen, genau wie in diesem Lied. Toni Krahl klagte noch immer die Geschwindigkeit an, die Mundharmonika schluchzte, gut jetzt, dachte Paul, es reicht.
Als sie nach Hause kamen, schlief Berta im Sessel, aber es war anders als sonst. Der Duft des Maiglöckchenparfums überdeckte nicht, dass sie roch, Birgit schnüffelte.
»Habe ich das vorhin nicht bemerkt oder was ist mit Berta los?«, raunte sie Paul zu, bevor sie die Nachbarin weckte und

zur Tür begleitete.

Am Morgen sagte Markus: »Das nächste Mal, wenn ihr weggeht, bleibe ich allein hier.«

Paul und Birgit sahen sich an.

»Ich bin schon groß«, schob Markus hinterher.

»Und weshalb soll Berta nicht mehr kommen?«

»Sie war komisch. Sie hat immerzu dasselbe erzählt. Sie war wütend, als ich das sagte.«

»Berta hat immer ganz viel gearbeitet. Sie muss sich sicher erst daran gewöhnen, nun den ganzen Tag frei zu haben. Vielleicht ist sie müde gewesen«, versuchte Birgit, Markus zu beruhigen, aber Paul merkte ihrer Stimme an, dass sie nicht daran glaubte.

»Erst einmal gehen wir nicht weg«, sagte Paul.

»Oder nur zusammen. Was meinst du, sollen wir mit den Rädern zum See fahren?«

»Au ja.«

»Dann iss noch ein Brötchen; nach dem Abwaschen geht es los.«

Die neue LP von »City« war nicht im Kaufhaus zu haben gewesen, aber Birgit hatte zwei Kassetten bespielen lassen und hörte sie immer wieder.

»Schon wieder Bandsalat«, Birgit hielt ihm die Kassetten hin, »dabei ist die eine von BASF.«

Birgit zog das Band auseinander, das aussah wie eine Ziehharmonika, und legte einen Stapel Bücher darauf, um es zu glätten. Paul drehte mit einem Bleistift das Band wieder ein, aber beim nächsten Abspielen verhedderte es sich wieder, nur mit Mühe schaffte er, es ohne Reißen aus dem Rekorder zu ziehen.

»Ich muss ein Stück wegschneiden, sonst kannst du gar nichts mehr hören.«

»Aber gerade diese Stelle!« Birgit schaute ihn verzweifelt an.

»Welcher Titel ist es?«

»‚Halb und Halb‘. Und gleich danach kommt ‚Nachts in meinen Träumen‘.«

»Weiß ich nicht mehr.«

»‚An manchen Tagen sage ich mir: Die Hälfte ist rum und du bist immer noch hier und nicht aufm Mond und nicht unterm Gras, noch immer halbvoll vor dem halbleeren Glas. An solchen Tagen kommt es hoch: Die Hälfte ist rum …‘«

»‚Die Hälfte ist rum‘, seit wann denkst du denn so was?«

»Ein Drittel, okay. Aber das ist so das, was ich fühle. Nichts bewegt sich, nichts passiert, alles so langweilig.«

»‚Langweilig‘.« Paul schüttelte den Kopf. »Okay, und was ist auf der anderen Kassette?«

»Das Lied über Berlin, ‚Zum Beispiel Susann‘.«

»Das mit den langen Haaren und den echten Jeans«, Paul nickte. »Kannst du die Bänder reparieren?«

»Nur, wenn ich das schlimmste Geknitter rausschneide. Das kriege ich nicht wieder glatt.«

Abends setzte er sich an den Esstisch und zog das Magnetband aus der Kassette. Birgit saß vor dem Fernseher, aber er wusste, dass sie genau beobachtete, wie viel er wegschnitt. Seine Finger erschienen ihm viel zu groß für solche Tätigkeiten, aber er hatte es Birgit versprochen. Er seufzte, zog ein kleines Stück Klebeband von der Rolle, legte es vorsichtig mit der Haftseite nach oben und senkrecht vor sich auf den Tisch. Dann nahm er die Schere, trennte das Magnetband knapp hinter dem Gekräusel, schräg, das war wichtig, legte mit einer Pinzette und angehaltenem Atem die Schnittstellen von links und rechts exakt aneinander auf das Klebeband. Großzügig klappte er nun das Klebeband über den Magnetstreifen und schnitt oben und unten genau so viel ab, dass die Breite wieder stimmte. Zufrieden nahm er den Bleistift, drehte am einen Rädchen das Magnetband wieder ein, während er mit dem kleinen Finger das andere festhielt. Er lauschte, es durfte nicht quietschen, ganz gleichmäßig musste er drehen. Geschafft. Die zweite Kassette, von BASF, sah nicht anders aus als die von ORWO. Eventuell, dachte Paul, werden die sogar im gleichen Betrieb hergestellt: »Gestattungsproduktion« oder »Lizenzproduktion«, und Birgit dachte, sie hätte etwas Besonderes, nur, weil es von Tante Gertrud kam.

Am Morgen hatte Birgit lange am Radioknopf gedreht, um den anderen Sender zu finden. Markus hatte sie überrumpelt, den Berliner Rundfunk einzuschalten, damit er fünf Minuten lang »Was ist denn heut' bei Findigs los?« lauschen konnte, bevor er zur Schule musste. Eine Hörfunk-Familie mit vier Kindern, ja, es war meistens ganz lustig, vor allem die Zwillinge sorgten für Überraschungen, aber sie musste sich schon am frühen Morgen all das anhören, was sowieso ihren Alltag bestimmte. Birgit beugte sich über die Tabelle, Gerlinde hatte Haushaltstag, es war leise im Büro. Keiner von den Kollegen war auf dem »City«-Konzert gewesen. Gisela hatte danach gefragt, aber Birgit wusste nicht so recht, was sie ihr antworten sollte. Dass sie berührt gewesen war von den Texten? Davon, was sie zwischen den Zeilen hörte und was sie mitten ins Herz traf? Toni Krahl sang von ihrer Ungeduld, von ihren Sehnsüchten, ihren Wünschen. Nicht einmal Paul verstand, wie es in ihr aussah. Und ihrer Mutter brauchte sie damit auch nicht zu kommen. Die seufzte höchstens und versprach, Tante Gertrud zu schreiben. Als ob es damit getan wäre. So schön es war, hin und wieder Pakete von ihr zu erhalten – das war zu wenig, viel zu wenig »weite Welt«. Die Kollegen unterhielten sich über die vorbildlichen Leistungen ihrer Kinder in der Schule, Gisela führte das Gespräch, Birgit hätte

mithalten können. Markus vergaß kaum einmal, das Essengeld zu bezahlen, hatte eine saubere Handschrift. Letzte Woche erst hatte er den Brief der Klasse an die Patenbrigade geschrieben, stolz zeigte er ihn abends Paul, sie konnte zufrieden sein. Heute hatte Markus eine Mathearbeit geschrieben, hoffentlich war alles gut gegangen, sie hatte schon vor Wochen kleine Fläschchen mit Liebesperlen besorgt, die er so gerne aß, aber die würde sie erst hervorholen, wenn er die Note zeigte, und sie würde sich dieses Mal zurückhalten und nicht danach fragen, welche Zensur Matthias erhalten hatte, das nahm sie sich fest vor.
»Ich bin nicht Matthias«, hatte Markus geantwortet, als Birgit, häufiger, als es ihr selbst bewusst gewesen war, nach den Ergebnissen des Freundes gefragt hatte.
»Du willst doch sonst auch gleich sein, beim Radiohören, beim Spielen, da stört es dich doch auch nicht«, hatte sie erwidert, aber Markus blitzte sie an: »Das ist etwas, das er darf und ich nicht. Das ist nicht Lernen!«
Sie sah die Tränen in seinen Augen. Was ging es sie auch an, welche Noten Matthias hatte, es war gut, dass Markus so fleißig lernte. Außerdem waren sie beide vorgeschlagen worden für das »Abzeichen für gutes Wissen«, auch einige Mädchen, das zählte. Sie schwieg noch, als Schulze neben sie trat. »Wie sieht's aus?«
»Ganz gut diesen Monat.«
»Bringen Sie mir nachher die Liste ins Büro? Dann können Sie gleich das Bündel Zeitungen mitnehmen.«
»Hamse nich noch Altpapier?«, sie hatte es Markus vorgesungen, der es immer wieder hören wollte, um es auswendig zu lernen. Paul hatte zu Hause alle Zeitungen mit Paketschnur zusammengebunden. Früher, in Großburgstein, hatte sie das getan, nun würde sie wenigstens einen zusätzlichen Stapel mit nach Hause bringen, nicht für irgendein Soll, sondern für Markus' Pioniergruppe.

»Wenn das so weitergeht, marschiere ich persönlich ins ‚Russenmagazin' und kaufe dieses penetrante Maiglöckchenparfum.«

»Aber sonst hast du dich doch amüsiert über diesen Duft.«

»Da roch es ja auch nicht nach anderen Dingen. Markus will gar nicht mehr zu Berta gehen und ich kann ihn verstehen. Stell dir vor, heute klingelte sie und sagte allen Ernstes, dass jemand bei ihr eingebrochen sei. Ich fragte, was denn fehle, und sie sagte: ‚Das Pflanzenlexikon.'«

»Unser Pflanzenlexikon?«

»Genau so habe ich auch reagiert. Ich dachte, vielleicht erinnert sie sich nicht daran, dass sie es uns geschenkt hatte, es war ja auch ganz schön teuer. Aber als ich es holte, hat sie mich ganz komisch angesehen und dann gemeint, ob ich glauben würde, sie wolle ein Geschenk zurückfordern. Damit drehte sie sich um und knallte ihre Wohnungstür von innen zu. Und ich stand da und wusste nicht, was los ist.«

»Ach, vielleicht ist sie nur ein bisschen durcheinander. Das gibt sich wieder.«

»Und wenn nicht?«

»Warte doch erst einmal ab.«

»Und was machen wir mit Markus?«

»Wegen des Sinfoniekonzerts? Ich könnte zu Hause bleiben und du gehst mit Gerlinde.«

»Das würde dir gefallen, du Kulturbanause!«

»Wieso Kulturbanause? Ich könnte mit ihm lesen oder wir schauen uns einen Film zusammen an …«

»Das kommt gar nicht infrage. Es ist nur … es wäre das erste Mal, dass er allein zu Hause bleibt.«

»Für drei Stunden. Er ist doch kein Baby mehr.«

Eine blonde, äußerst attraktive Geigerin fiel Paul als Erstes auf,

sie saß genau in seiner Blickrichtung. Paul ertappte sich dabei, lange in das fein gezeichnete Gesicht der jungen Frau zu blicken, als Birgit leise seufzte. Zur Pause holte er ein Bier und für Birgit ein Glas Wein, sie unterhielt sich mit einer Frau, die er nur vom Sehen kannte, er stellte sich schweigend dazu.
Zum letzten Stück setzte sich eine Frau ans Cello, neben ihr nahm ein junger Bursche mit einer Violine Aufstellung. Sobald er zu spielen begann, bewegte er sich samt Instrument, als würde er der Dame den Hof machen. Paul fühlte sich in einen Film versetzt, nicht zwei Musiker spielten da vorn, das Klavier und vor allem das gesamte Orchester hinter sich, sondern er und Birgit. Er wusste nicht, weshalb, er konnte nicht einmal Flöte spielen, geschweige denn ein so kompliziertes Instrument mit mehreren Saiten, aber der Film war nicht zu stoppen. Jede Note, jede Bewegung fügte dem Material einen weiteren Meter hinzu, Birgit (oder doch die Frau am Violoncello?) war diejenige, die den Ton angab, obwohl doch die hellen, hohen Klänge der Violine alles hätten dominieren müssen. Aber nein, hier lenkte das Violoncello, wie ein Herausfordern klang das, und Paul (oder doch der Geiger?) ließ sich nicht lange bitten, strich und fiedelte, als ginge es um sein Leben. Als der Mittelteil begann und die Streicher des Orchesters eine ruhige Melodie spielten, sank Paul erschöpft in den Sitz. Seine Oberschenkel zitterten. Nur kurz blickte er zu Birgit, die die Augen geschlossen hielt, auf deren Gesicht eine Ruhe lag, die er für sich nicht finden konnte und befürchtete, nie mehr finden zu können. Er schwitzte, aber er wagte es nicht, auf dem Stuhl herumzurutschen aus Angst, der könnte quietschen oder knarren. Er versuchte, unter dem Sitz des Vordermannes die Beine ein wenig auszustrecken, als vorn das Spiel von Neuem begann. Er erinnerte sich vage an den Musikunterricht, es gab immer drei Sätze und im dritten wird noch mal kräftig auf

die Pauke gehauen – doch die gab es auf der Bühne gar nicht. Wieder fand eine Art Spartakiade statt da vorn, der Pianist kam ihm vor wie ein Kind, das versucht, mitzuspielen, das Thema zu wiederholen, ja, genau so hieß das, jetzt wusste er es wieder, aber das, was da vorn passierte, betraf nur ihn, ihn und Birgit, und noch immer war nichts entschieden, oder hoffte er das nur? Wieder war das Violoncello viel deutlicher zu hören als die kleine Geige, gab das große Instrument vor, was das kleinere nachspielte, dabei saß die kleine Frau am Cello und stand der junge Mann mit der Violine neben ihr, schaute sie an, schmachtend, oder bildete sich Paul das ein? Jetzt, ja! Die Geige preschte voran, sie bestimmte, na endlich, er reckte sich ein wenig, doch schon drängte sich das Cello davor, sie fiedelten, als würden sie den Endspurt im Crosslauf zurücklegen, aber ich kann doch gar nicht rennen, dachte Paul, und dann hatte er verloren (oder doch die Violine?), der Musiker duckte sich förmlich, die junge Frau lächelte, siegesgewiss. Andere Streicher lenkten Paul mit dem Zupfen einzelner Saiten für einen Moment ab, aber schon sprang das Cello ein und dann fegten sie zusammen alles, was gewesen war, von der Bühne und aus Paul heraus, sodass er nach dem Schlussakkord wie gelähmt saß und erst zu klatschen begann, als Birgit ihn anstieß. Ein Spiegel, nein, ein Zerrbild, er spielte doch gar kein Instrument und Birgit auch nicht. Er wollte jetzt nirgendwohin, nein, heute nicht noch auf ein Glas Wein zu diesem oder jenem, nach Hause, nur nach Hause. Paul zitterte, dabei war es ein milder Spätsommerabend. Kaum angekommen zerrte er Birgit ins Bett und nahm sie, das hatte er noch nie getan, sie war zu verdutzt, um reagieren zu können, er kam schnell, zu schnell, an mehr erinnerte er sich nicht.

Birgit lag noch lange wach. So heftig hatten sie sich lange nicht geliebt, so schnell auch nicht, aber sie fühlte sich wohl, lauschte

Pauls Schnarchen und stand erst Minuten später auf, um nach Markus zu sehen, der eingerollt in seinem Bett lag, ebenfalls schnarchend, nur eine Oktave höher als Paul. Sie hatte bemerkt, wie Paul die blonde Geigerin anhimmelte, aber er hatte augenblicklich auf ihr leises Seufzen reagiert und sich wieder ihr zugewandt. Ja, Paul war ein guter Mann, sie brauchte nicht den Zuspruch ihrer Mutter, um das zu begreifen, er ließ ihr Freiräume, er tat immer noch alles für sie. Es war nur schade, dass er sie so gar nicht verstand, nicht mehr oder noch nie, sie wusste es selbst nicht. »Liebe – was ist das schon gegen ein gutes Leben?«, so hatte sie es gelernt, nun ja, gut ging es ihr mit Paul. Leise stand sie auf, schlich in die Küche und trank den Rest Tee, den Markus übriggelassen hatte. Sie ging zurück ins Schlafzimmer und irgendwann schlief sie ein.

10. Engpässe

»Die ganzen ‚Neuerervorschläge' bringen überhaupt nichts.«
»Also, das musste schon genauer erläutern, Genosse, das kannste so nich' stehenlassen.«
»Es gibt ja nicht einmal Material für die laufende Produktion, geschweige denn für Basteleien. Und jede Neuerung muss ja wohl noch getestet werden, ob das so stimmig ist mit den nachfolgenden Prozessen, und das machen die Kollegen, wenns sonst nichts anderes zu tun gibt. Ich stehe dann da und weiß gar nicht, ob das, was der Kollege vorschlägt, überhaupt außerplanmäßig ist, als Teil des kollektiven Wettbewerbs und damit für 'ne extra Prämie.«
»Und dann kloppen se Skat, wenns nicht weitergeht, Mensch, das kannste doch och nich' unterstützen, als Brigadier.«
»Und was soll ich da machen? Kriegen ja eh nur den Grundlohn

dafür.«

»Fürs Skatkloppen, also hör mal!«

»Nee, so kannste das auch nich sagen. Die Kollegen wollen richtig Geld verdienen, Leistung, nich'? Die wollen nich' immerzu rumsitzen, da vergeht die Zeit och nich'! Und dafür bin ick denn verantwortlich, und wenn ick nischt hab, weils mal wieder nich' klappt mit de Rohlinge, denn muß ick denen andre Arbeit geben, so sieht det aus. Is ja gut gemeint, inner Theorie, aber die Praxis is eben anders. Da muß ick den abgeben anne andere Abteilung, und denn macht der da wat, wobei er eben nich' so schnell is, kanner ja nich', is ja nich' sein Ding. Und ick muss ihm trotzdem den gleichen Lohn geben. Wie soll det geh'n?«

Die Lager waren schnell gebildet – auf der einen Seite die Alten, die in den Geschichten der schweren Anfangszeit versanken und die Bedeutung einer volkswirtschaftlichen Planung beschworen, als hätten sie die Parteitagsdokumente auswendig gelernt. Auf der anderen Seite, zahlenmäßig unterlegen, die Jungen, die sich nicht zufrieden geben wollten mit Althergebrachtem – und er, Paul Kreisig, dazwischen. Er bastelte selbst tagsüber an Verbesserungsvorschlägen, besprach sie während der Arbeitszeit mit Jürgen, aber ohne diese Ideen ginge das alles ja noch schleppender, und ja, die Verantwortung hatten sie, als politische Kader. Jürgen schließlich schaffte es, die Wogen zu glätten, Jürgen, der Kämpfer, der die Alten beruhigte und die Neuen auf die Linie einschwor, die es zu halten galt. Das alles wirbelte nach der Versammlung durch Pauls Kopf – er stolperte beinahe über Markus, der auf der Treppe saß.

»Ist Mama nicht zu Hause?«

Markus hob den Kopf. Paul sah, dass er geweint hatte, stellte die Tasche ab und das Netz mit frischen Tomaten, den vielleicht letzten in diesem Jahr. Er hockte sich vor ihn und wusste nicht, was er sagen sollte.

»War was in der Schule?«

Paul war froh, dass ihm Naheliegendes einfiel, seine Gedanken kreisten um die Parteiaufträge. Markus hatte nicht geantwortet, Paul schaute ihn an. Markus schüttelte den Kopf, wahrscheinlich hatte er das vorher schon getan.

»Was dann?«

»Ich hab Mamas Seife genommen.«

»Die ‚Lux'?«

Markus nickte.

»Au Backe.« Paul atmete aus. »Viel?«

Markus begann zu schluchzen.

»Hei, hei, erst erzählen.«

»Na ja, Matthias war da und wir hatten unten noch gespielt und mussten ja Hände waschen. Er hat die Seifendose gesehen und gefragt, weshalb die so verschlossen rumsteht. Da hab ich ihm das gezeigt.«

»Bisschen angeben, was?«

»Ich hab alles wieder so hingestellt, wie es war!«

»Aber du weißt doch, dass nur Mama diese Seife benutzen darf.«

»Sie hat so geschrien. Ich soll einen Brief schreiben, an Tante Gertrud …«

Westseife war nichts, was Paul hätte besorgen können. Er nicht, Jürgen nicht, niemand. Da halfen keine Prämie und kein erfüllter Parteiauftrag. Paul sah auf die Uhr.

»Wann war das?«

»Weiß nicht, vor 'ner Stunde?«

»Und seitdem sitzt du hier?«

»Ich hab den Schlüssel drinnen vergessen.«

Paul erhob sich, seine Beine waren eingeschlafen vom Hocken, er schüttelte sie aus, stupste Markus an.

»Los, wir gehen da jetzt zusammen rein, okay?«

Paul reichte ihm ein Taschentuch, Markus wischte sich über das Gesicht und schnäuzte sich.

»Eins, zwei, drei.«

Er schloss die Tür auf und schob Markus ins Kinderzimmer. Paul blieb auf der Schwelle zum Wohnzimmer stehen und betrachtete Birgit, die am Balkonfenster stand und hinaussah. Auf dem Plattenspieler lief eine Sinfonie von Schubert, wie ein Volkslied, dachte er, und daran, dass sie nicht mehr über das Beethoven-Konzert gesprochen hatten. Birgits Lust, Klassik zu hören, stimmte selten mit seiner Stimmung überein, heute war es okay, er versuchte, sich darauf zu konzentrieren, was nach dem Konzert gewesen war.

»Markus?«

»Ist in seinem Zimmer. Schau mal hier«, sagte er und hielt ihr eine Tomate unter die Nase, »wollen wir Abendbrot essen?«

Birgit kam nicht noch einmal auf die Seifengeschichte zurück. Es war auch nicht auszumachen, dass sie es Markus nachtrug, sie scherzte mit ihm, und nicht nur einmal kam sich Paul vor, als beherrsche er nicht einmal die Sprache, in der sich die beiden verständigten. Die Seifendose jedoch stand nun nicht mehr auf dem Regal, sondern im Spiegelschrank.

Birgit sang einen Schlager mit, als Paul die Wohnungstür aufschloss. Der Abendbrottisch war gedeckt. Sie begrüßte ihn mit einer innigen Umarmung. Paul checkte sekundenschnell alle Geburts- und sonstigen Feiertage, fand aber nichts, was er vergessen haben könnte. Zweimal biss Birgit von der Stulle ab, dann hielt sie es nicht länger aus.

»Herr Seiler geht demnächst in den Ruhestand. Du könntest dich vielleicht darum kümmern.«

»Seiler? Ist das nicht der aus Halle II?«
»Genau der. Und der Leiter des Zweigbetriebes in der Leninstraße ist auch schon über sechzig. Da wäre ein Meisterposten vielleicht ein Sprungbrett für dich.«
»Als Meister? Da müsste ich ja noch mal von vorn anfangen.«
»Als Meister wirst du viel besser bezahlt.«
»Aber … wir haben doch alles.«
»Was haben wir denn? Eine schöne Wohnung, gut. Obwohl ein eigenes Haus auch nicht schlecht wäre. Oder wenigstens einmal Urlaub im Ausland.«
»Ist schon gut. Ich kann es ja versuchen.«
Als sie Markus ins Bett brachte, sang sie.
Paul schlief lange nicht ein. Er drehte sich nach links und wieder nach rechts, formulierte im Kopf die Bewerbung: »Werter Genosse …, möchte ich mich bewerben, weil …« Woher weiß Birgit das immer? Wer erzählt ihr das? Welche Quellen hat sie? Quellen, Quellen, Quallen. Wie Spinnweben kleben sie, wickeln sich um Arme und Beine, nehmen die Luft. Paul schreckte hoch, schwitzend. Markus lag quer im Ehebett und drückte ihm die Füße in den Bauch.

Das Telefon klingelte kurz. Ein interner Anruf.
»Genosse Kreisig, komm doch bitte in einer halben Stunde in die Kaderabteilung.«
Paul schob die Materialbestellung beiseite und starrte auf die Zeiger, die sich nicht vorwärts bewegen wollten. Er rief Jürgen an und verabredete sich mit ihm. Das Gespräch in der Kaderabteilung dauerte keine zehn Minuten. Paul lief den Gang hinunter, blickte links und rechts auf die Urkunden und Fotos oberhalb des gelben Ölsockels, blieb stehen und schaute auf den Hof des Werkgeländes. Hinter dem Betriebskonsum stapelten sich hölzerne

Obstkisten und Milchkästen aus Plaste, eine Verkäuferin kam heraus, steckte sich eine Zigarette an. Jürgen legte Paul die Hand auf die Schulter. Sie gingen schweigend hinüber zum Meisterbüro, Jürgen schob ihm einen Stuhl hin, aber Paul blieb stehen.
»Warum hast du dich überhaupt für die Fertigung beworben? Bist doch gar kein Meister.«
»Birgit meint, da könnte ich nach einiger Zeit vielleicht eine Außenstelle leiten. Und das höhere Gehalt könnten wir gut gebrauchen.«
»Meint Birgit?«
»Mein ich auch. Birgit wird als Mitarbeiter bezahlt, weil sie nur halbtags arbeitet.«
Jürgen verzog das Gesicht. »Du kennst meine Meinung dazu. Wir haben zwei Kinder und gehen beide voll arbeiten. Den Kindern geht es gut, es ist besser, wenn sie auf Gleichaltrige treffen, glaub es mir.«
»Aber Markus ist so oft krank.«
»Einer 'ne Rotznase, alle 'ne Rotznase, das ist eben so. Wenn deine Birgit voll arbeiten würde, hättet ihr genug Geld.« Jürgens Gesicht wurde rot. »Was willst du als Meister? Du bist Ökonom, nicht Ingenieur, du wirst hier gebraucht, in der Materialwirtschaft!«
»Du musst mich nicht agitieren, ich weiß selbst, dass der Staat mein Studium finanziert hat! Außerdem hat der Kaderleiter mir das auch gerade vorgehalten. Aber was soll ich damit zu Hause?« Paul lief auf und ab, fuchtelte mit den Armen: »Was soll ich Birgit antworten, was soll ich ihr sagen?« Abrupt blieb er stehen, die Arme in der Luft, und drehte sich zu Jürgen. Der erwiderte: »Ach Junge, ich mag Birgit wirklich. Aber manchmal erinnert sie mich an die Geschichte vom ‚Fischer un sin Fru'.«
»Weil sie immer noch mehr will.«

»Und du es ihr geben willst, ohne es selbst zu wollen.«
»Nein, ich will es doch auch!«
»Bist du sicher? Hast du überhaupt schon jemals darüber nachgedacht, was du willst?«
»Natürlich!«
»Dann ist es ja gut.« Jürgen goss Kaffee ein, setzte sich.
»Aber richtig traurig bist du nicht, dass du in deiner Villa bleiben darfst, oder?« Er zwinkerte Paul zu. Der wand sich.
»Hast ja recht. Bammel hatte ich schon davor, in einem Meisterbüro zu sitzen und mich vor den Arbeitern zu blamieren.«
»Eben. Bleib du lieber bei deinen Zahlen. Die beherrschst du doch.«
»Aber Birgit …, wie soll ich ihr das beichten?«

Drei Abende lang hatte Birgit demonstrativ den Fernseher eingeschaltet, sobald Paul zum Reden ansetzte. Danach beschloss er, sich abends mit der Zeitung in die Essecke zu setzen. Ausgerechnet da schepperte Birgit so laut mit dem Abwasch, dass er sich nicht konzentrieren konnte und nach draußen horchte. Markus schlief schon. Das gesamte Abendbrot über hatte er alle mit seinen Mathehausaufgaben beschäftigt.
»Siehst du, hier, das ist ein Ganzes«, sagte Birgit und hob den grüngelben Bananenapfel hoch.
»Wenn ich jetzt einmal schneide, gibt das?«
»Na, zwei Hälften.«
»Und wie sieht das mit einem Bruchstrich aus?«, fragte Birgit weiter.
»Ein halb, das ist leicht.«
»Richtig, und weiter: Ich schneide die Stücke noch einmal durch, was kommt dabei heraus?«
»Vier Stückchen«, sagte Markus, »vier Viertel.«

»Na also.« Birgit atmete auf. »Du hast es doch verstanden.« Sie strich Markus über den Kopf.

»Na, aber wie mach ich das nun bei drei Leuten?«, wollte Markus wissen, »wenn alle das Gleiche kriegen sollen?«

»Dann kochst du Apfelmus.«

»Paul!«

Paul grinste. Apfelmus wäre echt nicht schlecht. Würde er gern mal wieder essen. Ob im Keller noch ein Glas stand? Seine Mutter hatte ihm drei Gläser eingepackt. In einem Garten hätten sie etliches selbst anbauen können, aber Birgit wollte nicht: »Paul, das ist nichts für mich, das ist alles so eng hier.«

Dabei waren alle Gärten gleich groß, der angebotene besaß sogar eine massive Laube, Paul hätte sich das vorstellen können: ein Garten, in dem Markus spielt, Birgit den Kaffeetisch deckt und er das Gemüsebeet umgräbt. Eine Kolonie, in der alle das so tun. Aus der Küche drang immer noch Geschepper. Paul legte seufzend die Zeitung beiseite. Birgit stand vor dem Spülbecken und starrte auf die Schaumblasen.

»Hei, was ist mit dir? Wieder Ärger gehabt mit deinen Kollegen?« Paul strich ihr durch das kurze Haar.

»Es ist immer dasselbe. Sobald es zum Monatsende geht, stapeln sich die Aufträge, wir schaffen es einfach nicht. Und dann fällt garantiert jemandem ein, dass ich mittags gehen will. Manchmal sitzen die Spitzen ganz schön tief.«

»Markus geht doch in den Hort. Du könntest dir überlegen, ob du voll arbeitest.«

»Paul! Ich will gar nicht den ganzen Tag im Büro sitzen. Ich will nur nicht dafür Spießruten laufen müssen, dass ich mich anders entschieden habe. Und dieser Plan ist mir auch egal. So wie den Optikern. Schulze hat schon wieder drei Eingaben auf dem Tisch. Dabei tun mir die Leute leid. Weißt du, wie schwer ein

Glas ist mit zwölf Dioptrien?«

»Doppelschicht also. Am Wochenende.« Paul versuchte, seine Traurigkeit zu verbergen und sie aufzumuntern. Erzählte von den Importen aus Österreich, dabei betrafen die nur kleine Dioptrien. Sprach von dem Theater, die überhaupt bestellen zu dürfen, weil natürlich der Betrieb die Devisen dafür selbst erwirtschaften musste. Als wenn hier jemand etwas dafür konnte, dass gleich zwei Wannen auf einmal ausfielen. Birgit schimpfte los: »Das heißt, die Metallgestelle gehen wieder in den Export? Da werden die Optiker fluchen. Na, uns betrifft das zum Glück nicht auch noch. Die dicken Gläser passen sowieso nur in die formschönen Kunststoffteile.«

Birgit versenkte eine Hand im Fitwasser und begann zu summen. »Ich seh' so gerne in die Ferne mit meinem Doppelglas ... die Ferne ist ein schöner Ort ...«

»Wir waren schon lange nicht mehr tanzen.« Paul küsste Birgits nackten Hals.

»Ich hab's anders gemeint. Ich würde gern wegfahren, verreisen, weit weg.« Sie summte weiter, seufzte: »Nicht nur am Wochenende. Nicht nur zum See.«

Sie ließ das Spülwasser ablaufen, drehte den Hahn auf und atmete durch: »Also, wie wird das jetzt mit den Gläsern?«

»Ich hab überlegt, ein paar Mikroskope zu verkaufen. Die stehen hoch im Kurs.«

Birgit drückte ihm das Geschirrtuch in die Hand. Paul knüllte es in den Fingern. »Ein Mikroskop für vierhundert Mark bringt achtzig Westmark. Für ein Brillenglas kriegen wir dreiunddreißig Pfennige. Was meinst du, wie ich gerechnet habe, um die Gläser aus Österreich finanzieren zu können? Die geben uns nicht mal das Rohglas für dreiunddreißig Pfennige.«

»Dort gibt es andere Löhne, vergiss das bitte nicht. Und jetzt ver-

suche einmal, das Teil in deiner Hand zu benutzen.«
Paul schaute verdutzt auf das Knäuel.

Paul schlief, Birgit lag wach. Sie hatte am Abend noch hinuntergehen wollen in den Keller und nachschauen, ob sie noch Apfelmus hatten, Paul mochte das, Markus sowieso, dann jedoch keine Lust mehr dazu verspürt. Markus wurde selbständiger, Paul hatte recht. Sie schmerzte es, Paul schien das zu genießen. Wenn sie Vollzeit arbeiten würde – dreiundvierzig dreiviertel Wochenstunden wie alle anderen – hätten sie mehr Geld, aber Geld war ja gar nicht das Wichtigste. Mehr Beziehungen hätten sie gebraucht, mehr Vitamin B. Selbst das Rumpsteak mit Kräuterbutter, der geräucherte Aal, die spanischen Orangen waren für wenig Geld zu haben – nur waren sie leider nie zu haben ohne einen Hinweis, wann es das wo gab. Die Sachen im »Delikat« waren teurer, aber selbst diese Preise rechtfertigten nicht, dass sie länger arbeitete. Denn mit mehr Stunden wäre es ja nicht getan gewesen; sie hätte sich auf einen Posten entsprechend ihrer Ausbildung bewerben müssen – und den ganz sicher auch bekommen. Birgit drehte sich zu Paul, war versucht, ihm über die Wange zu streichen, ließ es aber dann. Ach, Paul, wenn du mich doch verstehen könntest. Meine große Sehnsucht teilen. Nach einem anderen Leben, einem, in dem ich in echten Jeans oder wallenden Kleidern mit dir und Markus die ganze Welt bereise. Kanadische Wälder sehe, den Ozean, nicht nur die Mittelgebirge der DDR, sondern richtige Berge: Alpen, Pyrenäen, Anden.

11. Der Fuchs und die Trauben

Am Morgen interessierte die Menschen das Wetter nicht. Um halb sechs hielten die Waggons mit langgezogenem Quietschen, schubsten sich Männer und Frauen die Wege entlang, ohne die Spatzen und Amseln zu bemerken, die in den Büschen am Spielplatz tschilpten, ohne Blick für die nicht nur am 23. Februar und 1. Mai mit Blumen belegten Grabsteine um den Obelisken mit dem roten Stern herum. Autofahrer lenkten die Wagen auf die Straßenmitte, klingelnden Radfahrern ausweichend, die nebeneinander über das Kopfsteinpflaster flitzten. Straßenlampen oder aufgehende Sonne verbreiteten gelbes Licht. Der große optische Betrieb schluckte sie alle, Fußgänger und Radfahrer, saugte sie durch Neonlicht-grelle Flure in die Umkleideräume, wo sie Alltagssachen gegen Arbeitskittel tauschten und ihre Brotbüchsen verstauten. Eine Stunde später rollte eine zweite Welle durch die Stadt. Mütter mahnten die Schulkinder, das Pausenbrot zu essen, die Hausaufgaben einzutragen und das Essengeld zu bezahlen, leise, mit müden Stimmen, und beugten sich über Sportwagen, strichen mit dem Zeigefinger Kinderhaare glatt und versprachen, am Abend Zeit zu haben. Ein Bus hielt, spuckte Schulkinder mit Mappen aus, vor deren Bauch Stullenbüchsen baumelten, größere Schüler mit Umhängetaschen, Frauen mit Kinderwagen; Männer halfen, sie auf den Gehsteig zu heben. Der Bus blinkte mehrmals, bevor er anfuhr; die Straße gehörte vor Arbeitsbeginn den Radfahrern. Um sieben waren die Wege leer.

Fünf Minuten vor zehn guckte Paul durch die einen Spalt breit geöffnete Tür ins Schreibbüro und wartete auf das Nicken der Sekretärin, schloss die Tür, ging zum Fenster und öffnete es weit. An den Bürgerhäusern in der schmalen Straße blätterte der Putz ab, in den schief hängenden Dachrinnen vermoderte das Laub mehrerer Jahre. Den Fenstern fehlte Kitt und den Rahmen frische Farbe. Nur zwei schimmerten lindgrün, kontrastierend zum abgeschlagenen Putz drumherum und dem an diesen

Stellen sichtbaren dunkelroten Backstein. Hinter den Fensterscheiben standen Kerzenständer aus geblasenem Glas, orange und blau, die in den seltenen Momenten, wenn die Sonne darauf fiel, glitzerten. Es gab keine Bäume, nur hohe Häusermauern, Laternen und Kopfsteinpflaster. Paul trat vom Fenster zurück. Eli hatte von weinroten Türrahmen erzählt, davon, dass sie die gesamte Wohnung gemalert hatte. Bunt. Die Küche orange, das Schlafzimmer in Hellviolett. Keine Gräsertapeten mehr im Wohnzimmer, keine geometrischen Formen in Gelb und Beige in der Küche. Alles einfarbig. Farbig! Paul lehnte sich wieder hinaus, schaute auf die lindgrünen Fensterrahmen und vermochte es sich dennoch nicht vorzustellen. Er ging zum Schreibtisch, nahm die Schachtel »Cabinet« heraus und die Streichhölzer aus Riesa. Er setzte sich, legte die Füße auf den Tisch, schaute hoch zum geöffneten Fenster und zündete eine Zigarette an. Es war verboten, im Büro zu rauchen. Es war vieles verboten. Paul zog an der Zigarette, schaute dem Rauch nach und wedelte nur ab und zu mit der Hand durch die Luft, wenn sich ein Kringel formte. Tagträume. Traumleben.

Wortspielereien waren Elis Metier. Manchmal rief sie im Büro an. In der großen Hofpause. Aus einer Telefonzelle, wenn sie eine Freistunde hatte. Dann war sie noch schlechter zu verstehen als aus der Schule. Wo Paul jedes Türenklappen und die Schreie der Kinder auf dem Flur mithören konnte.

»Vielleicht bekommen wir zu Hause auch bald einen Anschluss«, sagte er.

»Aber da könnte ich dich nicht allein sprechen.«

»Dafür könntest du mit Markus schwatzen, er fragt manchmal nach dir.«

Eli schwieg. Wie gern hätte sie selbst Kinder gehabt. Vier, das hatten sie früher gespielt. Wie lange war das her?

Paul blies den Rauch aus und hielt die Finger der freien Hand hoch. Eli hatte ihm das Zählen beigebracht, wie nebenbei, wenn sie ihn morgens zum Kindergarten brachte. Erst die Straßen, die sie überquerten, später die Fenster in den Häusern. Paul ballte die Faust, öffnete sie wieder und ließ die Hand auf die Tischplatte sinken, als er sich erinnerte, seinen Vornamen auf einem Straßenschild entdeckt zu haben, später, und daran, dass sie trotz wiederholtem Suchen keinen Straßennamen mit Edith fanden. Auch keinen mit ihrem Spitznamen Eli. Damals hatte er seiner Schwester versprochen, eine Straße für sie zu bauen, wenn er erst groß wäre. Er zündete die zweite Zigarette an. Ein einziges Mal hatte Eli ihn mitgenommen zur Christenlehre. Zu einem Mann im langen schwarzen Mantel, der Bibelgeschichten vorlas. Später brachte Eli kleine Geschenke mit nach Hause. Mutti freute sich riesig über den ausgeschnittenen Strauß. Niemand hat da einen Gott bemerkt. Aber Vaters Sprüche kannten sie beide: »Opium für das Volk«. Die Pfarrer würden nur ausnützen, dass es im Konsum nicht so bunte Blätter zum Basteln gebe. Eines Tages dann, Paul war von einer Klassenfahrt zurückgekommen, sie hatten auf einer Burg gewohnt, er wollte erzählen, aber niemand hörte ihm zu. Eli lag auf dem Bett und tat so, als würde sie schlafen, aber Paul hörte ihr Schluchzen. Am nächsten Nachmittag fuhr Eli mit ihm an den See, dorthin, wo sie das hellgrüne Gras im Frühjahr »Babygras« nannten, wo sie ohne Kissen saßen und Narben und Schrammen zählten. Simones Eltern hatten sie bei der Direktorin angeschwärzt. Simone war nicht so gut im Lernen. Die Eltern wollten, dass sie dennoch zur Erweiterten Oberschule gehen kann.

»Ich hab versucht, zu erklären, wie schön das Basteln ist. Wie in einer großen Familie. Da hat sie mich angeschrien, weil diese große Familie die FDJ sein sollte – und behauptet, dass ich zwei

Zungen habe. Und dass es besser wäre, mich nicht zur EOS zu schicken.«

Vater und seine Prinzipien. Muttis Weinen. Paul war froh, fortgewesen zu sein.

»Das ist dann so wie mit dem Fuchs«, begann Paul leise, »der immer um die hohen Trauben herumschleicht. Er ist zu klein, er kommt nicht ran. Und dann sagt er eben, dass er die gar nicht haben will, weil sie sicher sauer sind. Ich find das toll von dem Fuchs.«

Eli sagte: »Ich könnte das nicht. Ich will lernen.«

Vater hat sich natürlich durchgesetzt. Eli ist noch fleißiger geworden. Das beste Abizeugnis des Jahrgangs. Und dann Lehrerstudium. Da hatte die Kirche schon erklärt, dass sie dem Staat freundschaftlich verbunden wäre.

Birgit war nie zur Christenlehre gegangen. Der Opa wollte das nicht. »Ein Gott, der solch einen Krieg zulässt, kann mir gestohlen bleiben.« Selbst Tante Gertrud würde nicht anfangen von der Kirche, wenn ihr Vater im Raum war.

Paul stand auf, ließ Wasser auf die Kippen tröpfeln und den Ascher im Waschbecken stehen. Der Kirchturm war vom Büro aus nicht zu sehen. Wenn der Wind von Westen kam, konnte Paul die Glocken hören. Er schloss das Fenster, warf die Kippen in den Müll, wusch den Aschenbecher und seine Hände. Danach ging er zur Tür, öffnete sie einen Spalt und nickte der Sekretärin zu.

Nacheinander platzierte er einen orangefarbenen Block mit Millimetereinteilung, zwei Bleistifte, Lineale, ein gleichschenkliges Dreieck und den Zirkel auf dem Schreibtisch. Vom Schränkchen zog er den klobigen Anspitzer unter den Ranken einer Grünlilie hervor. »Metalle und Emaille« stand darauf. Paul klemmte den ersten Bleistift ein und begann, die Kurbel zu bewegen. Wann

immer er so drehte, dachte er an die Kaffeemühle seiner Großmutter. Daran, wie sie den schweren Kasten an ihre Brust presste, beim Drehen der Kurbel ächzte und aus den dunklen Bohnen feinen Staub zauberte. Er löste den Stift, nahm den zweiten, verankerte ihn. Zweimal nur drehte er und horchte dem Klang nach. Paul starrte auf die Zahlen. »Dreizehnhundert, zweitausend, hier nur neunhundertsiebzig.« Er nahm das große Lineal, legte das gleichschenklige Dreieck im rechten Winkel an. Prüfte, zog Linien. Markierte feine, kaum erkennbare Punkte mit der harten Mine. Sein Blick zog eine Linie zwischen den neuen Punkten. Er fluchte, kramte nach einem Radiergummi. Griff eine Schere und schnitt ein schmales Stück ab, warf die graue Scheibe in den Karton, der als Abfallbehälter diente. Er wandte sich wieder dem Millimeterpapier zu, zählte und löschte den fünften und siebenten Punkt aus. Mit dem Zirkel maß er die Abstände, übertrug sie in das Tabellenblatt neben dem orangefarbenen Papier, verband die feinen Punkte. Dann pustete er Radiergummi-Krümel fort, nahm den anderen Stift, zog die Linien dick nach. Zum Schluss setzte er darüber in Druckbuchstaben die Überschrift: Monatsabrechnung 10/88.
Mit Zahlen konnte Paul umgehen. Wenn er rechnete, zeichnete, Statistiken erstellte, war er konzentriert und ruhig. Dann dachte er nicht an Eli oder Birgit, nicht daran, was sie erreicht hatten, erreichen wollten, und vor allem nicht daran, was von ihm erwartet wurde.

»Stell dir vor, den ‚Sputnik' haben sie verboten«, flüsterte Gerlinde. Birgit winkte ab.
»‚Verzerrung der Geschichte, auch der anderer Länder und ihrer revolutionären Parteien', ich frage mich, wo es revolutionäre Parteien gibt.«

»Eben. In der SU. Nicht hier. Das letzte Heft war richtig gut. Das hatte ich doch getauscht, gegen den ‚Eulenspiegel' und das ‚Magazin'.«

»Du weißt doch, was hier Parole ist.«

»‚Keine Renovierung, nur weil der Nachbar das so macht.' Eingebildet und starrköpfig ist das.«

»Raufasertapeten gibt es eh keine.« Sie beruhigten sich erst, als der Chef mit mahnendem Blick durchs Kabinenfenster sah.

Im November hatte es an einem Vormittag geschneit, seitdem beherrschten Regenwolken die Tage, variiert nur durch eine Vielzahl unterschiedlicher Grautöne am Himmel und die jeweilige Tropfengröße, und ließen sich weder von Adventskerzen noch vom Weihnachtsbaum beeindrucken. Es war warm draußen, jedenfalls für diese Jahreszeit, und Birgit hatte einen neuen Lieblingssatz gefunden: »Im Westen haben sie Regler.« Paul erinnerte sich nicht, was Birgit nicht verstand, sie schließlich wusste noch genau, dass sie diesen Satz schon benutzt hatte, als ihr Bett noch im Viermannzimmer des Wohnheims in Großburgstein gestanden hatte. Auch dort ließ sie manche Nacht das Fenster offen stehen, gegen den Willen der beiden, deren Doppelstockbett direkt davor stand. Dass man die Fenster nur ganz hatte öffnen können, war schließlich nicht ihre Schuld. Die Fenster der Neubauwohnung konnte man kippen, es spielte auch gar keine Rolle, wie viel Heizkosten entstanden, Birgit ärgerte sich dennoch. Tante Gertrud hatte sogar einen dieser Regler geschickt und Jürgen – weshalb Paul das nicht allein angehen konnte? – hatte an einem langen Nachmittag versucht, diesen Regler anzubauen, doch selbst ihm war es nicht gelungen, konnte es gar nicht gelingen, die Maße im Westen waren andere.

»Jürgen war völlig durcheinander heute.«
Birgit schaute auf.
»Kennst du Gundermann?«
»Ein Kollege?«
»Nein, ein Sänger. Und Baggerfahrer.«
»Baggerfahrer? Und der singt?«
»Seine Große hat ihm eine Platte geschenkt: ‚Männer, Frauen und Maschinen' heißt sie. Mit einem Titel an den Vater oder so. Hat ihn umgehauen.«
»Na, das muss ja etwas ganz Besonderes sein, wenn es deinen Jürgen umhaut. Wovon singt dieser Gundermann denn?«
»‚Du hast mir nicht die ganze Wahrheit gesagt, Vater', oder so ähnlich. Jürgen saß da wie ein Häufchen Unglück, fragte mich, was er machen soll. Ich musste immerzu an dein Erlebnis mit dem Westfernsehen denken. Ich glaube, bei Jürgen läuft so was auch nicht.«
»Wie alt ist seine Große jetzt?«
»Sechzehn.«
»Ich war elf.«
»Ich weiß.« Paul nahm sie in den Arm.
»Kannst du die Platte ausleihen? Ich würde das auch gern hören.«

»‚Mein halbes Leben steh ich an der Weltzeituhr … und ich warte und warte …'«
Er konnte mit dem Text nichts anfangen, aber Birgit saß aufrecht, saugte jedes Wort auf und zuckte nur zusammen, wenn dieser Gundermann zu schreien anfing.
»Ganz schön krass«, sagte sie, »so deutlich habe ich nie mit meinen Eltern geredet.«
»Seine Tochter hat's ja auch mehr mit dem Zaunpfahl getan. Aber er hat's verstanden.«

Sie drehte die Scheibe um.

»‚Und jeden Tag will ich was haben, was ich nicht vergesse: ein Lachen, ein'n Sieg, eine Träne, einen Schlag in die Fresse.'«

Birgit stand auf. »Das ist Gossensprache.«

Paul blieb sitzen.

»‚Wir wissen, dass es so nicht weitergeht, wissen aber nicht, wie's gehen könnte, davon kommt so eine Unzufriedenheit, die hab ich früher nicht gekannt …'«

War es das, was Jürgen meinte?

Nach dem Wochenende gab er die Platte zurück.

»Hast du sie gehört?«

»Wir. Bei den letzten Titeln ist Birgit rausgegangen.«

»Gefällt ihr nicht.«

»Sie sagte, der Inhalt wäre gut, aber die Texte wären ihr nicht lyrisch genug, so mit ‚auf die Fresse'.«

»Ein Arbeiter. Einer, der singt und weiß, was los ist. Deswegen macht es mich ja so fertig. Es gibt auch so ein ‚Loblied auf die alten Männer', da musste ich an meinen Vater denken. ‚Sie taten immer, was sie konnten, wir tun immer, was wir soll'n.'«

»Das versteh' ich nicht.«

»Musste hören. Ich glaub', meine Große hat das auf Kassette.«

»Hast du mit ihr geredet?«

»Hab's falsch angepackt. Hab sie gefragt, wo sie die Platte herhat. Aber morgen, da fährt Christel mit der Kleinen zum Arzt. Da werd' ich mit ihr reden.«

An den Feiertagen fror Birgit, die Eltern heizten eben den Außentemperaturen entsprechend. Sie saß bei der Mutter in der Küche und hörte die neuesten Geschichten von Tante Gertrud. Ihr Vater hatte sich am Morgen den weißen Kittel übergezogen, obwohl Weihnachten war, und ging in die Backstube. Birgit sah ihm nach, wie gut, dass sie sich dagegen entschieden hatte, so ein Leben, nein! Sie schaute hinüber zu ihrer Mutter, die Herdplatten abwischte, Geschirr einsortierte, Gemüse putzte und dabei so munter plauderte, dass Birgit ihr dieses ausgestrahlte Glück glaubte.

Genauso wie Weihnachten fielen auch die Winterferien ins Wasser. Birgit wollte nicht zum See. »Was sollen wir dort?«, murrte sie, wenn Paul darauf hinwies, dass sie schließlich auch Gummistiefel anziehen könnten, und kippte alle Fenster an, bis sie zuschlugen oder der Regen die Auslegware durchnässte. »In einem eigenen Haus könnten wir selbst entscheiden, wie warm es sein soll«, aber Paul stellte seine Ohren auf Durchzug.

Nachmittags legte Birgit Platten auf, zum Glück hatte sie einige kaufen können, mittags, wenn die Ware gerade erst ausgepackt wurde. »Mont Klamott«, »Bataillon d'Amour«. »Silly« war Paul zu schräg, er hielt sich – meistens grinsend – die Ohren zu, wenn er früher kam und die Scheibe sich drehte. Sie konnte sich kaum satt hören an den Texten. »Kein Kleid, kein Rock, ich hab Bock auf Jeans in blue«, ja, auch sie trug am liebsten Bluejeans, die von Tante Gertrud, nicht diese nachgemachten mit den Tiernamen: »Bison« oder »Wisent«, das sah man ja von Weitem, dass das keine echten waren.

Jürgen kam nur noch einmal auf die Platte von Gundermann zurück. »Ist schwierig mit der Großen«, begann er, »sie meinte, ich hätte nicht zugehört. Dabei hab ich sie reden lassen, aber sie sagte, ich wüsste gar nicht, was junge Leute beschäftigt, weil es mich nicht interessiere.«

»Und was wollte sie damit sagen?«

»Sie sprach dauernd von der Erde, die wir kaputtmachen, weil uns die Natur nicht schert. Ich hab nicht kapiert, was sie will. Bis

zu dem Text ‚An Vater' sind wir gar nicht gekommen. Sie will sich für Umweltschutz engagieren, Umweltschutz habe sogar Verfassungsrang, hat sie gesagt, ‚nur dass du es weißt', und dann hat sie ihren Anorak genommen und ist gegangen.«
»Zur ‚Station junger Naturforscher'?«
Jürgen lachte höhnisch. »Schön wär's. Ja, hoffentlich. Vielleicht auch nicht, vielleicht auch zur Kirche.«
»Wie bitte?«
»Ach, ich weiß es nicht. Ja, die Station vermutlich. Schwamm drüber. Lass uns von was anderem reden. Die Große kriegt sich schon wieder ein.«

»Ein Aufschrei müsste durchs Land gehen«, sagte Birgit am Abend zu Paul, »das ‚SOS' ist unüberhörbar! Aber es gibt keinen Aufschrei. Weder bei denen da oben noch unten. Es gibt ein paar mehr oder weniger nette Rezensionen, es gibt einige der Titel im Radio – und das soll alles gewesen sein?«
»Wahrscheinlich geht das ‚Gespenst' doch nur in der ‚Mitropa' um«, Paul versuchte einen Witz, sah aber an Birgits sich zusammenschiebenden Augenbrauen, dass er damit lieber nicht spaßen sollte, nicht mit »Silly«, ihrer Lieblingsband.
»Vielleicht wird die Platte missverstanden. ‚Verlorene Kinder' zum Beispiel, damit könnte auch Westberlin gemeint sein.«
»Wie kommst du denn darauf?«
»Kritik am untergehenden Kapitalismus. Oder kennst du Obdachlose und Streuner?«
»Stammt das jetzt von dir oder von Jürgen?«
Paul holte tief Luft und log: »Von mir.«
»Aha. Du denkst also über ‚Silly'-Texte nach. Das ist mir ja ganz neu. Aber okay. Wie, bitte, lässt sich dann aber ‚Alles wird besser, aber nichts wird gut' interpretieren?«

»Klare Absage an die Überflussgesellschaft«, Paul grinste, »es war Thema in der Parteiversammlung, der junge Meister fühlte sich angesprochen von der LP und einige der Älteren wetterten los. Hast ja recht. Stammt nicht von mir.«

Birgit schüttelte den Kopf. »Ich will auch das Deo-Spray und reich sein.« Sie grinste jetzt. »Bin ich deswegen schon ein Kapitalist?«

»Ist doch aber so: Wer will, kann ‚Februar' auch als Westplatte hören. Als ‚Sillys' Beitrag zum ideologischen Klassenkampf. Schließlich engagieren sie sich auch bei ‚Rock für den Frieden'.«

»Und wer für den Frieden ist, muss all die Schlamperei vor der Haustür ertragen, darf nicht einmal nach Osten gucken, zu Glasnost und Perestroika, weil nichts so gut sein kann wie die größte DDR der Welt. Das ist doch erbärmlich!«

»Für Frieden und Sozialismus, seid bereit!«

»Haha, nur, dass ich schon lange nicht mehr ‚stolz das blaue Halstuch trage'.«

»Ja, irgendwie war das aber einfacher damals.«

»Du hörst dich an, als wärst du schon hundert.«

»Dabei fühle ich mich gar nicht alt, gerade jetzt nicht. Wenn ich mich recht erinnere, hab ich dir mal das Blauhemd aufgeknöpft und …«

»Paul, ich meine das ernst, mach nicht immer nur Witze.«

»Das ist kein Witz, ich erinnere mich genau …«

»Du bist unmöglich. Ich rede über die Unzufriedenheit mit unserem Staat und du denkst nur an deine eigene Befriedigung. Das ist … pervers.«

»Ach, komm her. Ja, ich verspreche dir, ich kümmere mich darum, dass du die LP bekommst. Ich halte mir die Ohren zu, wenn die Platte das zehnte Mal läuft, ich mag dieses Geschrei nicht. Aber ich mag dich.«

Das Grinsen misslang, er spürte das Schiefe. Aber Birgit lächelte jetzt, die Brauen standen wieder so, wie es sich gehörte, sie kuschelte sich an ihn.

»Das wäre schön. Ich will die LP unbedingt.«

Ende März, pünktlich zu den Osterfeiertagen, wurde es heiß, nicht nur temperaturmäßig. Endlich hatte Birgit es geschafft, einem Kollegen das bereits Monate zuvor erschienene »Perestroika«-Buch aus den Rippen zu leiern. Sie erhielt es nicht nur in einen dunkelblauen Plasteschutz eingeschlagen, sondern auch noch in die Zeitung gewickelt, das »Neue Deutschland«, sie grinste ihn an und versprach, es sorgsam zu behandeln. Jeden Nachmittag las sie nun über »Umgestaltung und neues Denken«, holte sich die Broschüre des 27. Parteitages der KPdSU aus der Bibliothek dazu und ignorierte Pauls Staunen ebenso, wie er ihre Hauswünsche ignorierte. Aber lange hielt sie das nicht durch, sie las ihm vor, sprach bald jeden Abend von den Ideen Gorbatschows und wartete auf Sendungen des Westfernsehens über die Sowjetunion. Die Temperaturrekorde zu Ostern führten dazu, dass sie gemeinsam zum Havelsee fuhren, faul in der Sonne lagen – sie hatte sich nicht getraut, eines der Bücher mit an den weißen Ostseestrand zu nehmen: das erste nicht, weil sie versprochen hatte, sorgsam damit umzugehen, das zweite nicht, weil sie nicht mit den Parteitagsdokumenten am Badestrand gesehen werden wollte. Nur für kurze Momente ging sie ins Wasser, um sich abzukühlen, und ekelte sich, wenn sie den Moder zwischen ihren Zehen glitschen spürte. Markus schwamm weit auf den See hinaus, sie musste sich nicht kümmern, Paul war bei ihm, zog ihn zurück, wenn er seine Kräfte überschätzte. Sie wollte einen Roman lesen, den Tante Gertrud in Stoffbahnen eingewickelt im Paket versteckt hatte, aber sie wusste vorher, wie es ausgehen würde; außerdem klang das bei aller Edelmann-Manier viel zu nah. »In die warmen Länder würden sie so gerne flieh'n, zu den alten Linden, die nur in der Ferne blüh'n ...«, mischte sich der neue »Silly«-Titel in ihrem Kopf mit dem älteren Text »Die Ferne ist ein schöner Ort, die Ferne ist, wo ich nicht bin, ich geh und geh und komm nicht hin ...« Birgit hielt die Augen geschlossen, summte im Kopf oder blickte starr über den See, die Baumwipfel, in den Himmel, der überall so blau und weit sein musste, auch im Süden, erst recht in der Ferne.

Ostersonntag dann, als die Uhren überall in Europa auf Sommerzeit umgestellt wurden, brachten die Nachrichten, dass die Litauische Sowjetrepublik nicht mehr mitmachte, als Symbol der Abgrenzung. Vilnius erschien in den Hauptnachrichten, »Wilna« sagten sie dort, aber Birgit verstand es trotzdem, und: »Litauen ist nicht Russland«, was sie lustig fand, denn Russland war selbst nur eine – wenn auch die größte – Sowjetrepublik. Bereits im Januar war dort beschlossen worden, Litauisch zur offiziellen Staatssprache zu erklären, das war ein Unding, eine Revolution, immerhin war die allgemeine Sprache Russisch und bisher hatte selbst Birgit das in Ordnung gefunden, dieses Sechstel der Erde musste irgendwie regiert werden und also auch eine einheitliche Amtssprache haben. Schließlich war das auch in den USA so gewesen, man hatte sich auf das Englische verständigt. Wenn die Einwanderer schon keine indianische Sprache erlernen wollten, so hätten sie doch genauso gut Deutsch oder Französisch oder Irisch oder Niederländisch zur Amtssprache erheben können. Egal wie, eine Hauptsprache musste es geben. Lenin hatte das eingeführt, soweit sie sich erinnerte, in dessen Sinn Litauen jetzt argumentierte, glaubte man den Nachrichten, und Birgit überlegte kurz, sich in der Bibliothek die Leninbände auszuleihen, verwarf den Gedanken aber schnell wieder – sie wusste gar nicht, in welchem der zahlreichen Bände sie nachschlagen sollte, und jemanden in der Bibliothek fragen wollte sie nicht.

12. Logik

Anfang April sanken die Temperaturen, die Heizung wurde nicht richtig warm. Birgit hatte das Buch zurückgeben müssen, auch die Parteitagsdokumente standen wieder in der Bibliothek und die Nachrichten beschäftigten sich nicht mehr mit der Sowjetunion als sonst. Am Nachmittag, bevor Paul von der Arbeit kam, legte sie sich demonstrativ die Decke über die Beine, egal, ob sie in der Küche saß und Essen vorbereitete, mit Markus Hausaufgaben machte oder auf der Couch ein wenig ausruhte. Sie hatte keine Lust, am Nachmittag allein durch die Geschäfte zu schlendern, obwohl es neben dem »Delikat« nun auch einen »Exquisit« gab, in dem sie neulich erst ein sündhaft teures Hemd für Paul gekauft hatte. Ein Sommerkleid hatte ihr gefallen, Baumwolle mit Leinen, schlicht geschnitten und doch raffiniert mit dem Schlitz, aber es kostete dreihundertsechzig Mark, das war beinahe ihr Monatsgehalt.

Markus war nachmittags oft unterwegs. Sie selbst hatte ihn vor zwei Jahren zum Schwimmen angemeldet, aus Angst, dass er so unsportlich werden könnte wie sein Vater. Sobald das Wetter es zuließ und neuerdings sogar, wenn es regnete, wollte er nur raus. »Es ist alles so fertig«, hatte Gerlinde gesagt und Birgit wusste augenblicklich, was gemeint war. Markus würde mit jedem Tag noch selbständiger werden, Paul auch in zehn Jahren noch Abteilungsleiter der Materialwirtschaft sein. Die Wohnung war zu eng, um Grundlegendes zu verändern, sie hatte es mehrfach versucht. In allen Wohnzimmern stand auf der rechten Seite neben dem Balkonfenster die Schrankwand, auf der linken Seite die

Sitzecke, vorn, neben der Tür zum Schlafzimmer, der Esstisch. Ich will, dass sich etwas ändert, ich ertrage es nicht, dass es ewig so weitergeht, hatte sie abends zu Paul gesagt und an seinem fragenden Blick gesehen, dass er nicht verstand. Es ist alles nur langweilig, antwortete sie, wenn Paul am Sonntagmorgen ausgeruht war und ihr zuhören wollte, alles so festgefahren, so planmäßig, das kann doch nicht alles gewesen sein? Er führte sie aus, hatte den Tisch reserviert und dennoch mussten sie lange vor der Tür warten, sie trug endlich das dunkelblaue Kostüm, das schon so lange darauf wartete, und genoss die Blicke der anderen in den braunen und grünen und doch nur grauen Kleidern. Selbst zu den Konzerten des Sinfonieorchesters, zu denen sich auch andere Frauen elegant kleideten und Birgit leise zählte, wer alles eine Bluse, einen Rock oder gar Schuhe aus dem Westen trug, fand sie nur in eine innere Ruhe, solange der Taktstock des Dirigenten weich und fließend den Rahmen vorgab, in den Violine, Viola, Violoncello und Kontrabass sich fügten: leicht, tänzerisch, schwerelos. Sie begann, Rad zu fahren, zu den Doppelhäusern aus den zwanziger Jahren und den modernen Einfamilienhäusern mit Flachdächern aus Wellblech. An der Anzahl der bunten Glasbausteine schätzte sie die Qualität der Westbeziehungen ein. Eines Tages, als sie angehalten hatte, um die gerafften Gardinen über einem der typischen Blumenfester zu bewundern, das wie ein Minierker aus dem Haus ragte, bremste neben ihr eine Frau, die Birgit aus dem DFD kannte.

»Hallo Bärbel. Wir haben uns ja lange nicht gesehen.«
»Zum letzten Soli-Basar hat meine Älteste den Kuchen gebracht, die Kleine war krank, ich wollte sie nicht allein lassen. Ist dein Mann auch auf Montage?«
»Montage?«
»Ich finde, das Wort passt. An den Montagen ist es am schlimms-

ten, da fährt Gert los.«

»Paul ist zur Parteiversammlung. Ist auch immer montags. Wohnt ihr hier?«

»Nee, nee, aber gucken kost' ja nix.«

»Wollt ihr ein Haus bauen?«

»Glaub nicht. Wir wissen nicht, ob wir hier bleiben.« Bärbel sah Birgit an, ergänzte dann: »Ob wir hier wohnen bleiben.«

Beim Abendbrot erzählte Birgit Paul von ihren Ausflügen und von Bärbel, die wegen der zwei Kinder nur vierzig Stunden die Woche arbeitete. Außerdem bekam sie einen Tag frei pro Monat, den »Hausarbeitstag«, »aber für die Hausarbeit reicht mir eigentlich der Feierabend«, hatte Bärbel gesagt. Birgit wunderte sich, schließlich betonte Gerlinde immer, dass sie ohne diesen »Haushaltstag« gar nichts schaffen würde.

»Bärbel versteht nicht, weshalb ich nicht voll arbeiten will, bei meiner Ausbildung, keinen gutbezahlten Posten anstrebe, nicht ‚Kohle mache'. Vielleicht findet sie es aber auch für sich selbst schade, dass sie nicht studiert hat. Dabei hat sie einen Fachschulabschluss, das ist doch gar nicht schlecht.«

Paul gab nicht zu erkennen, ob er zuhörte. Eines Abends jedoch überraschte er sie mit einer Tabelle; in gewohnt akkuraten Buchstaben- und Zahlenreihen hatte er die Vor- und Nachteile eines Hauses aufgelistet.

»Wie groß soll das Haus denn werden?«, fragte er sie. »Wir haben drei Räume! Einen Balkon dazu mit Blick auf den Wald. Von der anderen Seite schauen wir bis zum Kirchturm. Die angebotenen Grundstücke liegen viel zu dicht nebeneinander. Vierhundert Quadratmeter! Die Bauweisen sind vorgegeben. Bauland am Ufer der Havel – vergiss es. Das Ergebnis ist mathematisch eindeutig.«

»Du immer mit deiner Mathematik! An mich denkst du dabei gar nicht, daran, was die Leute sagen, ob mir das hier gefällt …«

»Geh doch logisch an die Sache ran ...«
»Ich will aber gar nicht logisch denken!«, schrie sie Paul an. Und er wollte kein Haus. Ohne Jürgen hätten sie nicht einmal diese Wohnung. Andere wohnten mit ihrem Kind immer noch in einer Zwei-Raum-Wohnung. Obwohl das Gesetz ein zusätzliches Zimmer vorschrieb, wenn das Kind zur Schule kam. Ihm fiel kein Grund ein, auszuziehen und ein Haus zu bauen.
»Jürgen, was hast du immer mit deinem Jürgen! Er hat ein paar Beziehungen spielen lassen, na und? Das macht Gerlinde ständig, sonst hätte ich nie schöne Anziehsachen für Markus.«

Er schaffte es nicht. Nicht einmal mehr umarmen ließ sie sich von ihm, wenn sie so wütend war, wenn dieses Viereck zwischen den Brauen stand, zwischen ihnen stand. Schütteln wollte er sie, sie an sich ziehen, kratzen sollte sie, sich endlich wieder festkrallen, wie lange war das her? Jürgen allein hatte vielleicht noch einen Tipp, wusste, wie er ihr beikommen konnte, sie beruhigen, den Duft ihres Haares – ach, er vermisste nicht nur das.

Aber Paul kam gar nicht dazu, Jürgen zu fragen.
»Was ist denn mit dir los? Hast du Hummeln im Hintern?«
»Setz du dich erstmal. Kaffee ist gleich fertig.« Jürgen stellte die Tassen scheppernd auf den Tisch. Sein Brustkorb bebte. »Es gibt da so parteiinterne Informationen, A5, eng bedruckt. Wie wir diskutieren sollen und so.«
»Was für Informationen?«
Jürgen schob ihm einen Zettel über den Tisch. »Aber halt die Klappe, ja? Geht niemanden an, dass du was weißt, okay?«
Paul las. »Und deshalb machst du dir Gedanken?«
»Es ist so beleidigend, findest du nicht?« Jürgen presste die Hände um die Stuhllehne. »Statt sich um unsere Probleme zu kümmern,

schicken sie uns Agitationsrichtlinien. Was denken die sich?«
»Nun komm wieder runter. Die sind auch wir, sagst du doch sonst immer. Und das hier«, Paul schwenkte den Zettel wie ein Fähnchen, »ist nicht besonders hilfreich. Die Gläser stapeln sich, der Transport stockt, die Autos stehen in den Werkstätten rum, wo Ersatzteile fehlen – das kann man nicht mit ein paar Worten wegwischen.«
»Ich weiß nicht mehr, was ich noch glauben soll. Selbstkritik, das war mal unsere Stärke. Nachdenken über Probleme und Lösungen vorschlagen, das hat doch funktioniert! Aber jetzt reagieren sie bloß noch, nehmen die Kritik von außen als Angriff und wehren sie ab, das ist doch nicht produktiv. Dass sie im Westen von Manipulation reden, wenn hier die Wahlen mit fast hundert Prozent ausgezählt werden, das verstehe ich ja. Aber diese Argumente, um die aus dem Westen zu widerlegen …«
»Sind ja auch zu blöd. Achtzig Prozent hätten doch gereicht.«
»Du mit deinen Zahlen. Der geborene Diplomat.« Jürgen nahm den Zettel und verstaute ihn in einer der unteren Schubladen. »Versprich mir, dass du niemandem was sagst. Auch Birgit nicht«, setzte er hinzu.
»Müssten wir denn nicht zusammenstehen, als Familie?«
Jürgen zuckte die Schultern. »Christel ist auch nicht immer meiner Meinung. Wollt ich dir sowieso schon lange sagen: Mit dem Kopf durch die Wand ist auch nicht gut. Ich darf das, ich hab da so'n Bonus, weißte ja, wegen Vatern. Aber du. Musst nicht glauben, dass du mir helfen sollst. Ich kämpf mich da schon durch. Wo du doch sonst so ein Diplomatischer bist!« Jürgen lachte los. »Aber zu Hause …, weiß nicht, ob es gut ist, wenn du da immer nachgibst.«
Das Telefon klingelte, Jürgen nahm ab und sprach lange. Paul trank aus, verließ Jürgens Büro schleppenden Schrittes. Hatte

er sich verändert oder war Birgit anders geworden? Er musste morgens nicht mehr früher aufstehen, um den Ofen zu heizen, die Wohnung war warm, wenn er aufstand. Das Neubaugebiet, in dem sie nun seit Jahren wohnten, hatte sich stetig vergrößert. Die Bäume spendeten Schatten, die Klettergerüste auf den Spielplätzen waren bei »subbotniks« das dritte Mal gestrichen worden, die Spierensträucher blühten rosé und weiß, an den Frühsommerabenden saßen die älteren Leute auf den Bänken und schwatzten. Männer bastelten vor den Kellereingängen an Fahrrädern, pumpten Reifen auf, weichten die Kette in Waschbenzin ein, um sie zu reinigen, Kinder warteten mit Lappen und Fitwasser daneben. Auf der Straße wuschen die Männer mit zärtlichen, kreisenden Bewegungen und viel Schaum ihre Trabis und Wartburgs, selten einen Lada. Der Sapo stand dazwischen, nur gelegentlich schrubbte Paul ihn mit der Inbrunst, die er an den anderen beobachtete. Sie tauschten Drahtbürsten zum Reinigen der Zündkerzen, zeigten sich johlend Feinstrümpfe, die als Keilriemen herhalten mussten, und polierten Plaste und Elaste leidenschaftlich. Die Wahl war kein Thema, unten auf dem Hof. Paul und Birgit leisteten ihre Aufbaustunden, Birgit brachte Pflanzen von ihren Eltern mit, es schien ihr sogar Spaß zu bereiten, die Eingangsbereiche zum Block von Unkraut zu befreien, doch spätestens, wenn jemand mit dem Rad über ein Beet gefahren war, schimpfte sie und fing erneut von einem Haus an. Bärbel und Gert hatten ebenfalls eine Wohnung, wollten kein Haus oder sprachen nicht darüber. Manchmal fuhren sie gemeinsam Rad, picknickten am Havelsee, am frühen Vormittag, wenn das Ufer noch unberührt dalag und sich die Wellen lautlos auf den weißen Sand schoben. Gert erzählte von Großbaustellen hinter Dresden oder Karl-Marx-Stadt, davon, dass sie im »Tal der Ahnungslosen« trotz allerlei Basteleien keinen Westsender ins Radio reinbekamen und hinter dem Rauschen die Musiktitel nur vermuten konnten.

»Nur bevor die Nachrichten anfingen«, erzählte er immer wieder, »und garantiert stand dann ein Brigadier gerade daneben, tönte diese blöde Bayern-3-Melodie hell und klar aus dem Empfänger.« Er spitzte seine Lippen, pfiff die Melodie erst und sang dann mit breitem Grinsen: »‚Sie hör'n den falschen Sender!'«

Birgit und Bärbel trafen sich meistens an den Montagen, und immer öfter saß Bärbel an einem Dienstag oder Mittwoch nach dem Abendbrot mit Birgit auf dem Balkon, wo sie Likör oder Wein tranken und die Tür schlossen, wenn er zu nahe kam.

Paul mochte die Stimmung nicht, in die Birgit nach einem solchen Abend fiel, nicht nur einmal hatten sie sich gestritten.

»Ich dachte immer, dir wären die Parolen egal, von wegen Planerfüllung, Parteiauftrag und so. Dabei waren dir nur die Definitionen zuwider. Weißt du nicht mehr, wie du dich über die Aufzählung der Parteitagsbeschlüsse aufgeregt hast? ‚Bla, bla, bla' – das war damals dein Schlagwort. Und heute? Da glaubst du alles, was sie dir vorbeten!«

»Ich glaube, dass ich etwas ändern kann.«

»Das schaffst du doch nie! ‚Wenn Lieferung A am Tag 1 zu Halle X kommt, können die Rohlinge nach soundsoviel Tagen mit Transport B zu Halle XII gebracht werden, bla, bla, bla, bis zur Endkontrolle und dem Eintüten der Gläser nach Qualitätsgruppen.' Klar klingt das verlockend, aber wie soll das funktionieren? Jede Abteilung ist von irgendwelchen Zulieferern abhängig. Da müsstest du die gesamte Republik umkrempeln. Und die Menschen gleich mit!«

»Ich glaube nicht, dass die Arbeiter froh darüber sind, die ersten zwei Wochen die Hallen zu fegen und dann Überstunden ohne Ende zu fahren!«

»Lebst du auf dem Mond? Überstunden werden extra bezahlt und für Sonderschichten zum Monatsende gibt es Prämien.«
Weltblind war das Harmloseste, das sie Paul an den Kopf warf. Die Arbeiter als herrschende Klasse, besser hätte sie gar nicht argumentieren können.
»Birgit, bitte.«
»Was bitte? Wenn es dich wenigstens weiterbringen würde, endlich in die oberste Leitungsebene zum Beispiel, ich würde alles ertragen! Wenn wir uns ein paar Wünsche erfüllen könnten ... aber so machst du dich zum Gespött der Leute und bemerkst es nicht einmal!«
»Aber Birgit!«
»Ich weiß, wie ich heiße.«
»Komm her und lass dich drücken. Es wird Sommer und wir streiten. War doch immer unsere schönste Zeit.«
Sie stand mit verschränkten Armen, kaute auf der Unterlippe.
»Jede Woche zum See und bald Urlaub. Wir hätten Zeit zum Reden, du verstehst das bestimmt, wenn ich dir erklären kann, was ich mir vorstelle, wenn ...«
»Wenn du überhaupt einen ordentlichen Urlaubsplatz organisiert bekommst.«

Dann saß Paul wieder bei Jürgen, blätterte in den Unterlagen.
»Was ist los?«
»Nichts. Wir sollten über den Schichtrhythmus sprechen. Ich will das morgen in der Leitungssitzung vorstellen.«
»Dann hör auf, die Tischplatte zu malträtieren, und lass das Sprelacart ganz. Da findest du weder Sotschi noch Bulgarien. Denkst doch nur an den Urlaubsplatz, das steht dir ja auf die Stirn geschrieben. Trink lieber aus, muss schon kalt sein. Du kriegst so ein West-Gesöff wahrscheinlich jeden Tag. Ich nehme mir noch

'nen Schluck, ja?« Und, als Paul nicht reagierte: »Nun häng nicht so rum! Dir wird schon was einfallen.« Dann, leiser: »Himmelt sie ihn immer noch an, unseren Herrn Oberschlau?«

Jürgen konnte auch nicht helfen. Niemand konnte das.

»Woher weißt du überhaupt, dass die aus der Leitung sich die Rosinen rausgepickt haben? Wer überhaupt: Gewerkschaftsleitung oder Kaderabteilung?«

»Die aus der BGL. Birgit sagt, dass Bulgarien bestimmt auf der Liste stehen würde.«

»Woher will deine Frau das wissen?«

»Sie hat halt ihre Quellen.«

Jürgen zog das Telefon zu sich heran, wählte. Zweimal, dreimal, fünfmal. Kein Betriebsgespräch. Der Lärm der Bohrmaschinen drang durch die Wand des Meisterbüros, junge Arbeiterinnen zogen auf dem Weg zur Raucherpause die Netzhauben vom Kopf und warfen die Haare keck nach hinten, die kleine Vietnamesin tauchte den Pinsel behutsam in die Bohrmilch – nichts davon sah Paul an jenem Tag.

»Ich hab was für dich.« Jürgen klang begeistert. »Erzgebirge, nahe an der tschechischen Grenze, da könnt ihr zwischendurch rüber. Kurz vor Weihnachten. Neues FDGB-Heim, an der Talsperre, nobel. So, und nun denk an die Weiterbildung an der Ostsee. Ist vielleicht ganz gut, wenn du für ein paar Tage rauskommst.«

»Damit Birgit Zeit hat, sich weiter um Herrn Oberschlau zu kümmern?«

»Mann, Paul, sei nicht so vernagelt! Ich kann ja verstehen, dass dir das an die Nieren geht, aber wenn Birgit sich diesen Herrn angeln will, braucht sie keine Weiterbildung abzuwarten. Da findet sie auch andere Wege. Schließlich arbeitet sie nicht halb so lange wie du.«

»Kannst aufhören mit deinen Spitzen. Mir reicht es so schon.«

»Wenn du es aber nicht kapierst? Wer soll es dir sonst sagen, wenn nicht ein Freund? Willst du es von den Damen in der Kantine erfahren? Oder lieber von der Reinigungsfrau? Oder deine Hausgemeinschaft beruft 'ne Versammlung ein wegen ehelicher Untreue? Du«, Jürgen prustete los, »das kann ich mir in deinem Aufgang wirklich vorstellen. Wie in den Fünfzigern. Die sind noch aus dem Holz, dass sie deine Birgit dafür nach Sibirien schicken würden.«

13. Angie

Die Rostocker Altstadt schmückte sich mit barocken und klassizistischen Fassaden entlang der breiten Fußgängerzone. Hin und wieder glitzerten Fontänen aus Springbrunnen in allen Regenbogenfarben auf. Urlauber schleckten Eis oder wiesen mit ausgestrecktem Arm auf treppenförmige Giebel, versteckte Satteldächer, abgerundete Fensterbögen und Blendnischen. Paul hüpfte die Steinstufen hinunter; er kam gerade aus dem Neubaugebiet, hatte am Sechsgeschosser die großflächig gemalten Sonnenblumen bewundert. Der erste Tag der Weiterbildung lag hinter ihm; er war als Mecklenburger erkannt und freundlich aufgenommen worden, er fühlte sich heimisch inmitten von Menschen, die nicht nur langsam gingen, sondern auch so sprachen. Gleich neben einem Café entdeckte Paul eine gelbe Telefonzelle.
»Hallo? Hier Kreisig. Könnte ich bitte meine Frau sprechen?«
»Einen Moment bitte, ich verbinde.«
»Birgit, Liebste, ich muss dir unbedingt diese Stadt zeigen. Kannst du mit Markus nicht am Wochenende herkommen?«
»Du, Paul, entschuldige bitte, aber ich muss gleich zum Chef.«
»Kann ich dich später anrufen? In einer Stunde vielleicht?«

»Paul, ich habe keine Lust auf die Ostsee. Und ich will am Wochenende auch nichts von der Arbeit hören. Wir sind bei meinen Eltern eingeladen, das weißt du genau.«

»Birgit, nun warte doch. Du hast doch das Auto da. Zwei Tage Familienurlaub, kannst du dir das gar nicht vorstellen?«

»Paul, bitte, das müssen wir nicht am Telefon besprechen. Die Sekretärin guckt schon. Wenn du unbedingt willst, bleibe noch einen Tag länger.«

»Birgit, so warte doch! Ich will dir so viel erzählen. Das ist so funktional hier: die Wohnungen – in jedem Aufgang verschiedene Grundrisse. Die kleine Bahn, die alle halbe Stunde in die Innenstadt fährt.« Es dauerte, ehe er das Tuten wahrnahm und den Hörer einhängte.

Am Abend sollte ein gemütliches Beisammensein stattfinden. Paul verspürte nach dem Telefonat keine Lust mehr, von seiner Familie zu erzählen. Er setzte sich in ein Café und schaute dem Treiben zwischen den Springbrunnen zu. Kinder, Mütter, wenige Väter. Kurz vor fünf. Theoretisch könnten alle Mütter, die hier mit ihren Kindern spielen, gerade von der Arbeit gekommen sein. Und praktisch? Passte das wirklich nicht zusammen: Birgits Halbtagsbeschäftigung und ihr großer Sack voller Wünsche? Früher hatten sie leise gestritten.

»Möchten Sie noch etwas?«

»Zahlen, bitte.«

Seit wann war Birgit so abweisend? Gut, die Ostsee hatte sie noch nie gemocht, aber hier war Stadt und nicht Meer. Hätte Birgit sich nicht freuen müssen über seinen Wunsch, sie bei sich zu haben und sie ein bisschen in Urlaubsstimmung zu versetzen? Stattdessen fuhr sie zu ihren Eltern. Paul mochte nur den Großvater. Bei ihm fühlte er sich wie im Kino. Wenn er nach ein paar Gläschen versuchte zu steppen, sah Paul Hardy vor sich und

hörte Gitarrenmusik. Träumte er mit offenen Augen? Die Gitarrenmusik war real und die Stimme des Mädchens dazu leise und weich. Angie trug ein Hängerkleid, weinrot und hellblau – nie würde er diese Farben vergessen. Zerbrechlich saß sie da, auf der halben Stufe eines dem Abriss preisgegebenen Hauses. Sie öffnete die Augen nur kurz, spielte und sang leise. Sie schien langes Haar zu haben. Paul sah nur den streng nach hinten gekämmten Ansatz. Braunes Allerweltshaar. Ein paar Sommersprossen. Nichts Besonderes. Sie schaute ihn an. »Verirrt?«
Sie hatte Grübchen, die lachten.
»Deine, Ihre ... Stimme, es klingt wunderschön.«
»Setz dich zu mir. «
Die untergehende Sonne warf die Farben ihres Kleides zurück. Ließ es leuchten wie in einem Märchen aus tausend und einer Nacht. Er roch den Duft ihres Haares. Es roch nach Sommer. Sie beugte sich über die Saiten. Begann zu singen, wehmütig, schloss wieder die Augen. Später holte sie »Rosenthaler Kadarka«. Noch später lud sie ihn mit einer bloßen Handbewegung ein, ihr zu folgen, hinein in eine bunte Traumwelt. Weinrote Türrahmen, hellblaue Wände im Bad über einer dunkelblauen Wanne.
»Wünschst du dir ein eigenes Haus?«, fragte Paul.
»Die Welt ist mein Haus. Ich muss sie dazu nicht besitzen.« Angie breitete ihre Arme aus, lange Arme, und blieb mit einem Finger in seinen Locken hängen ... Eine hingeworfene Matratze zwischen tropfenden Kerzenresten. Dazwischen der weinrote Saft in weißen »Mitropa«-Tassen. Paul träumte Zukunft. Er wollte versinken in diesen zerbrechlichen Armen – nein. Es ging nicht. Er zuckte zurück, sie schaute ihn an, spöttisch, so wie Birgit. Aber nicht der Gedanke an Birgit war es gewesen. Jürgen, nicht seine Frau hielt ihn ab, mit Angie zu schlafen. Paul stolperte ins Bad, starrte auf die dunkelblaue Wanne. Sommer, in Havelfurt.

Dreißig Grad, so wie heute vielleicht, und Jürgen, der stolz den neuen Baumwollkittel präsentierte. Jürgen, der davon sprach, dass die Arbeiterinnen »nichts« unter den Dederonkitteln trügen, und Paul hörte sich fragen: »Welche vernaschst du denn gerade?«

»Nein, nein, nur gucken. An Christel reicht keine heran.«

Paul hatte es nicht glauben wollen, so gern, wie Jürgen mit den Frauen schäkerte. Aber vielleicht suchte Jürgen auch nur das Prickeln, so wie er hier. Birgit hätte nie gesagt: »Die Welt ist mein Haus« – aber was bedeutete das schon? Wenn er wenigstens handwerklich begabt wäre. Sie könnten auch die Türrahmen streichen, gemeinsam. Das konnte doch nicht so schwer sein, er legte sich zu Hause nicht genug ins Zeug, das war es. »Streng dich an«, hatte schon Eli gesagt. Bisher hatte er ja nicht einmal versucht, Kleinigkeiten zu ändern.

Es war früh hell und kühl. Paul schaute auf die vielen Blumen am Fenster, die er vorher nicht bemerkt hatte.

»Ich hole uns ein paar frische Brötchen«, flüsterte Angie, küsste ihn und biss in seine Nase. Paul goss die Sonnenblumen. Angie kam nicht zurück.

Auf der Rückfahrt von Rostock nach Havelfurt hielten sie in Breithagen. Der Fahrer suchte Jeans für seine beiden Jungen, Paul wusste, dass es auf dem Markt ab und zu welche gab, zeigte ihm den Weg und lief durch die Stadt zum Haus seiner Eltern. Am Park bog er ein, verlangsamte seinen Schritt, er brauchte Ruhe, Ablenkung, wollte Angie vergessen und auch wieder nicht, er blieb stehen, atmete tief aus und ein. Auf der Zunge glaubte er noch den Wein zu schmecken, roch Angies Haar und spürte ihrem Kuss nach. Im Stadtpark roch es modrig. Vom asphaltierten Hauptweg führte ein ausgetretener Pfad zum Mahnmal. »Den Opfern des Faschismus« war in den Stein gemeißelt.

Rhododendronbüsche wuchsen links und rechts der Tafel in die Breite. Es lagen keine Blumen vor dem Stein. Laub oder Unrat auch nicht. Jemand musste das Gelände sauberhalten, vielleicht die Kinder derjenigen, die mit ihm zusammen diesen Ort als Pionierobjekt gepflegt hatten. John wollte Gärtner werden. Wo er jetzt wohl lebte? Ob er Kinder hatte, einen Sohn vielleicht, so wie er? Nur wenige Jahre war John mit ihm in derselben Klasse gewesen – und am Nachmittag zusammen. John hieß eigentlich Johannes, aber so nannten ihn nur die Lehrer. Einmal war er ins Zimmer gestürmt, als Paul gerade Geld in Türmchen stapelte. »Was hockst du hier herum? Los, pack dein Geld ein, wir feiern!« Paul hielt die Hände über die Türme: »Das ist Lohn für vier Wochen schuften, das kommt aufs Sparbuch!«
»Und?«, John lachte mit seinem neuen Bass, »welches Vergnügen erlebt dein Geld in diesem Büchlein?«
»Welches Vergnügen erlebe ich bei deiner Feier?«, fauchte Paul ihn an.
»Hei, nicht so empfindlich. Die Kleine mit dem Kopftuch war eh nichts für dich. Was meinst du, wie viele auf Jungen stehen, die sie einladen? Na los, sei nicht so, weißt doch, ich hab nie Geld. Also komm, ich schaff die Mädels ran und du bezahlst.«

Die letzten Meter zum Haus seiner Eltern beeilte sich Paul und atmete erleichtert auf, als er die Schritte seiner Mutter hinter der Tür hörte.
»Weißt du noch …«, so begannen die meisten Sätze. Paul fühlte sich wieder klein, wartete darauf, dass seine Mutter die Keksschachtel holte, die mit den bunten Pferden darauf, abgegriffen von seinen Fingern und kaum noch als solche zu erkennen. Immer wieder füllte sie die runde Schachtel mit selbstgebackenen Keksen. In seiner Erinnerung stieg Vanilleduft hoch. Birgit hatte

sich gefreut, wenn er eine Tüte voll mitgebracht hatte.
Seine Mutter setzte sich in einen neuen Sessel, legte die Beine hoch und zeigte ihm stolz, wie sie ihn mit einer Kurbel hoch- und runterfahren konnte. Die alte Holzhutsche stand, zum Blumenständer degradiert, unter dem Fenster. Davor wuchs eine riesige Birke. Paul schaute auf fallende gelbe Blätter, sah sich selbst wie im Film: als kleinen Jungen den Baum mit dem Buddeleimer gießen. Wie gelbe Blätter kamen ihm die Eltern vor.
»Erzähl doch mal«, sagte Mutter, »was macht Markus?«
Ihm war nicht bewusst, wie alt sie schon waren.
Der Fahrer erwartete Paul und schwenkte den Dederonbeutel. Er hatte tatsächlich Jeans bekommen, eine nur, eine »Wisent«, und für den zweiten Sohn ein Sweatshirt in blassem Grün. Paul ließ ihn erzählen, schloss irgendwann die Augen und dachte an gar nichts mehr.

Am Montag kam Paul aus Jürgens Büro, als er der Meisterin begegnete. Einmal mehr hatte er das Gespräch mit Jürgen gesucht; dieses Mal hatten sie nur über die Engpässe gesprochen und nicht über seine Ehe, nicht über weinrote oder blaue Wandfarbe. Der Kommissionshändler des halbprivaten Geschäftes, in das er mittags extra gegangen war, hatte nur gesagt: »Hätt' ich auch gern mal wieder.«
Wenigstens hatte er milde gelächelt und nicht so brüsk reagiert wie Birgit. Als er sie fragte, ob sie die Türrahmen oder das Bad farbig streichen wollten, hatte sie aufgehorcht, bei »Rot« noch gegrinst, sich für »Mintgrün« entschieden, das es aber gewiss nicht gäbe, und ein »Armeegrün« käme ihr nicht ins Haus.
»Wie wäre es mit Blau?«
»Blau ist eine kalte Farbe, wobei, fürs Schlafzimmer …«
Da hatte er gezuckt, ja, kalt war es ihm oft vorgekommen in den

letzten Wochen, und das lag nicht an den Temperaturen draußen. »Bei den Preisen fürs Schalwerken können wir uns keinen Maler leisten.«
»Ich dachte, wir beide ...«
»Du?«
»Für dich würde ich es probieren.«
»Du willst tapezieren und malern?« Mehr sagte sie nicht, das hysterische Lachen wurde immer lauter, er hätte sich am liebsten die Ohren zugehalten oder sie geschüttelt. Nichts davon hatte er Jürgen erzählen können, er schlich den Flur entlang und überlegte, wen er noch fragen könnte. Wie nebenbei nickte er der Frau zu, die ihre Haare wie üblich zu einem Pferdeschwanz gebunden trug. Mehr tat er nicht, und dennoch straffte sich sein Oberkörper. Der Mann dieser Meisterin aus Halle V hatte versucht, durch die Elbe zu schwimmen, nun wartete er in einem Gefängnis auf seine Abschiebung in den Westen. Auch die Frau hatte den Ausreiseantrag gestellt. Jeder wusste es, jeder wartete darauf, dass sie eines Morgens nicht mehr erscheinen würde. Doch noch leitete sie die Abteilung, waren in der Presse sogar unlängst ihre Zwillings-Jungen samt Medaillen bei der Mathematik-Olympiade präsentiert worden.
Am Abend zog Paul den Kopf ein, als würde er sich unter Schlägen ducken, es waren ja auch Schläge, die Birgit verteilte, mit Worten, immer heftiger krümmte er sich, bis es aus ihm herausbrach: »Du spinnst doch!« Und noch während er mit der Geschichte um die Meisterin zu argumentieren versuchte, breitete sich ein Schrecken in ihm aus. Du spinnst, hatte er gesagt, das war ihm noch nie passiert. Dabei war es ihm nicht egal, dass Markus seine Biolehrerin vermisste. Aber dass sie nach dem Ausreiseantrag nicht weiter unterrichten durfte, musste Birgit doch einsehen. Staatsdienst. Außerdem war sie in einem

kirchlichen Kindergarten untergekommen, also wozu die ganze Aufregung! Die Klassenlehrerin hatte von einer neuen Kollegin gesprochen und diese paar Wochen – länger dauerte es bestimmt nicht – würden die Stunden nicht einmal ausfallen. Markus war nur traurig gewesen. Birgit fauchte immer noch. Sie stand mehr als einen Meter von Paul entfernt, er blickte auf ihr fleckiges Gesicht, die schmalen Lippen, die verschränkten Arme. Wo war der Sommer geblieben mit den Ausflügen zum Havelsee, den Sonnenuntergängen und Birgits samtweicher Haut?

Paul meldete sich freiwillig, um noch einmal nach Rostock zu fahren, an einem Tag hin und zurück. Er lotste den Fahrer durch die Altstadt, steckte ihm Geld zu, damit er eine Stunde wartete. Paul stieg über Absperrbänder. Die Sonnenblumen hatten dunkle Bäuche. Er holte Wasser. Eine alte Frau rief von fern, winkte, als Paul aufsah. »Angie …?«
»Das Haus wird abgerissen«, sagte die Frau, »nächste Woche schon.« Und: »Da finden Sie keinen mehr.«

Die Tage flogen nur so dahin. Birgit schaltete den Fernseher ein, wenn sie nach Hause kam, und beharrte darauf, ausschließlich zwischen den zwei Westsendern zu wechseln, egal, ob Paul das gefiel oder nicht. Doch eines Nachmittags, als er von der Arbeit kam, lief eine Platte von »Silly« und Birgit saß auf dem Teppich, neben sich den geleerten Nähkasten.
»Was machst du da?«
»Gestern Abend haben sie dazu aufgerufen, vierzig Zentimeter lange grüne Bänder an Autos, Fahrräder und Jacken zu heften. Als Zeichen für vierzig Jahre Hoffnung.«
»Du willst nicht ernsthaft eines an unseren Sapo binden?«
Er schaute sie so entsetzt an, als spräche sie davon, eine Kari-

katur des Staatsratsvorsitzenden an die Heckscheibe zu kleben. Sie versuchte einen Witz: »Er heißt ja sowieso Zappelfrosch, das passt doch.«
»Ich hab Angst um dich.« Birgit antwortete nicht. Als sie gefunden hatte, was sie suchte, legte sie das Band auf den Flur und ihm demonstrativ das »Neue Deutschland« auf den Esstisch. An jenem Abend schaltete sie das »Westsandmännchen« ein, sie tat das nur, um Paul zu ärgern, um ihren Unmut, ihre Wut und Zerrissenheit an irgendeinem anderen Menschen auszulassen. Nach vier Tagen wechselte sie wieder zum »Abendgruß«, die Geschichten und Figuren waren eindeutig besser. Außerdem hatte Markus die singenden Kinder am Freitag vermisst, fragte nach Schnatterinchen und Pittiplatsch und wollte über den Wasserkobold Plumps lachen und nicht über ein freches Mädchen, das mit der Zahnbürste in der Hand vor einem großen Hund davonlief und anschließend den Teppich mit schwarzer Schuhcreme einrieb. Wenn Paul müde war, blieb Birgit auf, wenn er sich munter gab, verschwand sie schnell im Schlafzimmer und wickelte sich in die Decke. »Die Welt ist aus den Fugen«, dachte sie immer wieder und daran, weshalb Paul das nicht auch sah. Dietmar hätte sie nichts erklären müssen, Dietmar wäre derjenige gewesen, der ihr die Welt erklärt hätte. Eine Welt jenseits der Parteitagsbeschlüsse, möglicherweise sogar jenseits des Stacheldrahts. Birgit schüttelte sich, sie ahnte, dass sie nie einen solchen Versuch gewagt hätte, nicht einmal im Kofferraum eines Mercedes', geschweige denn schwimmend durch die Elbe oder die Ostsee. Dietmar hatte nur ein Jahr lang die Pioniernachmittage geleitet, doch seine himmelblauen Augen sah sie noch deutlich vor sich. Sie fertigten Wandzeitungen an, mit politischem Inhalt oder zu Jahreszeiten. Einmal sollten sie Bilder zerschneiden. Birgit hatte nicht mitbekommen, wozu, weil sie damit beschäftigt

war, Dietmar zu beobachten. In seiner Nähe hatte sie Mühe, eine gerade Linie zu zeichnen oder etwas Rundes auszuschneiden, weil ihre Finger zitterten. Dietmar hielt ihr plötzlich einen der Fotoschnipsel unter die Nase und schnippte mit der anderen Hand in die Luft: »‚Dalli-Klick!'«

Birgit schaute ihn an, ihre Schultern hoben sich, sie öffnete den Mund, aber da sagte Dietmar schon: »Du hast ja keine Ahnung!« und ließ sie stehen. Birgit schlug sich die Hände vors Gesicht, die Tränen rannen, sie suchte ein Taschentuch und hockte sich dabei hinter eine Schulbank.

»Wo lebst du denn?«, flüsterte ein Mädel und beugte sich zu ihr. »Guckt ihr denn immer nur ‚Ein Kessel Buntes'?«

Abends erinnerte Birgit sich an Wortfetzen vom Einkauf. Ihre Mutter hatte sich einer anderen Frau zugewandt: »Wir lassen immer die ‚Aktuelle Kamera' laufen. Wegen dem Kind. Es soll nicht lügen müssen in der Schule.«

Birgit schlich die Treppe hinunter. Die Tür zum Wohnzimmer stand offen. Der große Zeiger an der Uhr sprang auf die Zwölf. Aus dem Fernseher erscholl eine ihr unbekannte Tonfolge. Dann sprach ein Mann: »Hier ist das Erste Deutsche Fernsehen mit der Tagesschau.« Birgit spürte den Stich noch immer. Zurück im Zimmer kam die Wut. Die Westpakete waren das eine. Dass sie sich nicht auskannte und ihre Eltern sie belogen, das andere. Dass sie deswegen bei Dietmar abgeblitzt war, wog am schwersten. Nie wieder, so hatte sie sich damals geschworen, würde sie sich von anderen etwas vormachen lassen.

Als Paul nach Hause kam, fand er den Zettel. »Bin mit Markus zu meinen Eltern gefahren, warte nicht auf uns.« Auf dem Esstisch lag die Zeitung, er nahm ein Bier mit auf die Couch und stellte den Fernseher an. In der »Tagesschau« wurde verkündet, dass

die Ausreise der ungarischen Botschaftsflüchtlinge unmittelbar bevorstand. Paul begann zu zittern. Wenn Birgit …? Er trank hastig. Nein, das würde sie ihm nicht antun. Sie flachste nicht mehr über die Parolen wie früher, aber hatte sie nicht erst gestern Abend mit Markus über den Hausaufgaben gesessen? Erdkunde, soweit er sich erinnerte. Industrie der DDR. Er konnte nicht weiterschauen. Stand auf, holte sich ein zweites Bier. Jürgens ältere Tochter hatte sich einen »Hippie« geangelt, wie Jürgen nach dem vierten Bier in der kleinen Kneipe zwischen den Zähnen herauspresste, einen, der in der Berliner Gethsemanekirche gegen das Wahlergebnis protestierte und alle ins Unglück stürzen würde. »Die Welt ist aus den Fugen«, sagte Birgit neuerdings. Jürgen fluchte, sobald Paul versuchte, ein Argument von Birgit anzubringen. Und Paul sehnte die Zeit ihrer ersten Liebe zurück. Er schloss die Balkontür, holte sich das nächste Bier aus dem Kühlschrank und legte sich auf die Couch.
Morgens quälten ihn Kopf- und Rückenschmerzen gleichermaßen, er war früh aufgewacht, hatte abgewaschen und aufgeräumt und trug das mit leeren Bierflaschen prall gefüllte Einkaufsnetz noch vor Arbeitsbeginn in den Keller.

Birgit hatte Markus im Auto warten lassen, seine Mappe geholt und ihn zur Schule gebracht. Dann parkte sie den Saporoshez, trug den riesigen Karton wie eine Trophäe vor sich her durch das Treppenhaus und summte. Als sie das aufgeräumte Wohnzimmer sah, lächelte sie, stellte den Karton ab und drehte das Radio auf. Nacheinander holte sie die Anziehsachen aus dem Westpaket und probierte sie. Sie tanzte zu Radiomusik zwischen den Zimmern, sang mit, bis sie ermattet aufs Bett fiel, sich einen Pullover griff, ihn sich aufs Gesicht legte. Tante Gertrud war die Beste und dieser Duft atemberaubend.

Die Wohnungstür wurde aufgeschlossen, Birgit erhob sich. Markus wollte nach dem Unterricht doch zum Schwimmen? Paul nahm sie in den Arm, küsste sie und hielt sie fest. Sie wehrte sich nicht, wand sich zwar aus seinem Arm, aber nur, um sich vor ihm zu drehen. Es dauerte, ehe er begriff, dass sie ein neues Kostüm trug. Er setzte sich, ließ sich nacheinander Röcke, Hosen, Blusen vorführen. Im Radio begannen die Nachrichten, Birgit ging und stellte den Ton leiser. Paul holte aus der Schrankwand eine Flasche Johannisbeerlikör, zwei Gläser und eine kleine Decke für den Balkontisch. Birgit stutzte, schaute in den Kühlschrank, aus dem alle Bierflaschen verschwunden waren, und ging zu Paul, der bereits vor gefüllten Gläsern saß.

»Es ist schön, dass du da bist«, sagte Paul, »ich hab dich vermisst.«

Sie wartete darauf, dass er noch etwas sagte, aber er schaute sie so verliebt an wie seit Langem nicht mehr. Sie entspannte sich, hob das Glas und stieß mit ihm an. Als Markus kam, goss Birgit Pflaumensaft vom Eingeweckten in ein drittes Glas. Markus blieb nicht lange sitzen, drehte sich in der Balkontür um, »Ist schön, wenn ihr euch lieb habt«, und verschwand im Kinderzimmer. Am nächsten Tag radelten sie am frühen Abend zum Havelsee. Markus schwamm, Paul wurde nicht müde, Birgit einzucremen und sie anzuschauen, wenn sie las. In der Nacht schliefen sie miteinander, und als die Sonne aufging, schien sie durch das Schlafzimmerfenster auf Paul, der Birgit fest in seinen Armen hielt.

»Die Welt steht kopf«, änderte Birgit ihren Lieblingssatz und hielt Paul den Artikel unter die Nase, kaum dass er die Wohnungstür von innen geschlossen hatte.

»Weiß schon Bescheid«, sagte Paul leise, stellte die Tasche ab und nahm Birgit in den Arm.

»,Organisierter Menschenhandel', jetzt reicht es doch aber wirklich!«

»Ich hatte Angst, du könntest auch nach Ungarn gefahren sein, mit Markus.«

Birgit faltete langsam die Zeitung zusammen, legte sie auf den Esstisch, blieb vor der Balkontür stehen. Paul war hinter sie getreten und steckte die Nase in ihre Haare. Sie lehnte sich an ihn, ohne den Kopf zu wenden. Blickte hinaus zu den Kiefern, darüber hinweg, und schloss die Augen. Sie schluckte, atmete aus. »Ich weiß nicht, was richtig ist, zum ersten Mal weiß ich es nicht.«

14. Lügen

Zum 40. Jahrestag wurde das neue Stadtzentrum übergeben und zur Feier die Kulturfesttage mit den Betriebsfestspielen zusammengelegt. Ein Volksfest, Birgit hatte nur müde gelächelt und sich krank gemeldet; Paul stand mit Jürgen am Bockwurststand und betrachtete die Plakate, die großflächig mit den Parteitagsobjekten warben: rechnergestützte Gestaltung von Brillenfassungen und Entwicklung der Brillenfassungsproduktion aus Formstoff neben dem Aufruf zum Leistungsvergleich der Jugendbrigaden. »Gütesiegel 40«. Nicht einmal das Bier schmeckte ihm.

Am Montag hatte Birgit es eilig, Markus ins Bett zu bringen. Nach der Gute-Nacht-Geschichte sprudelte es aus ihr heraus: »Gerlinde war mit ihrem Mann am Wochenende in Berlin.«

»Meine Sekretärin auch«, antwortete Paul, »sie hat Gorbi aber nicht gesehen.«

»Gerlinde auch nicht, sie meinte, da wäre so viel Polizei gewesen und FDJler, die sich vorgedrängelt hätten.«

»Vorgedrängelt ist gut, ich denke eher, die sind geschickt worden, um die ‚Einheit des Sozialismus' zu demonstrieren. Jürgen war vielleicht enttäuscht. Irgendwie haben wir ja alle gehofft, aber Erich ist so was von stur ...«

»Gerlinde sagte, die Polizei hätte sogar auf Menschen eingeprügelt, die nur so dastanden.«

»In der Betriebszeitung stand, dass solche Sachen vom Westen provoziert werden. Damit die das filmen können. Hör' da lieber nicht hin.«

»Du bist komisch. Als du vom ‚Silly'-Konzert erzählt hast, hast du noch ganz anders gesprochen.«

»Das ist ja auch was anderes! Weil es so aussah, als würde sich ein Vorgang nach zwanzig Jahren wiederholen.«

»Komm mir jetzt bitte nicht mit deiner Dialektik.«

»Ach, Schatz, du weißt genau, was ich meine. Warum stänkerst du?«

»Weil es mich ärgert, wie schnell du deine Meinung änderst. Das vom Konzert hast du alles geglaubt. Und was Gerlinde erzählt, hinterfragst du.«

»Zwanzig Jahre zuvor ist hier eine Gruppe verhaftet worden, weil die Texte zu kritisch waren. Tamara Danz hat eine Protestresolution vorgelesen, vom Montag in Leipzig. Kurt Demmler hat unterschrieben ...«

»Ja, ich weiß. Mehr als fünfzig Künstler. Und – ich – war – nicht – dabei. ‚Silly' spielt in Havelfurt und ich sitze zu Hause.«

»Und du weißt trotzdem, was da los war«, Paul konnte sich das Grinsen nicht verkneifen, schickte aber zur Versöhnung noch einen Kuss durch die Luft, »dass sie hier bleiben wolle und die Probleme lösen, soll Tamara vorgelesen haben. Dass die Zeit gegen uns arbeiten würde, wenn wir nichts unternähmen. Und dann

sagte sie: ‚Alle, die dienstlich da waren, können jetzt gehen.'«
»Ich – weiß – es. Das Licht ging aus, dabei war es nur ein Kabel, auf dem Tamara stand.«
Birgit war nur sauer. Weiter nichts. Dabei hatte er Jürgen gebeten, eine Karte zu besorgen. Irgendetwas war da schief gelaufen, Jürgen konnte nichts dafür und er auch nicht. Birgit hatte sich nicht einmal beruhigt, als er nach dem verkorksten Spaziergang – wie konnte er auch glauben, irgendjemand könne eine Karte zurückgegeben haben – Wein einschenkte und ihre Lieblingsplatte »Februar« auflegte, ohne den Raum zu verlassen. Birgit sagte ihm die »Silly«-Texte vor, hob und senkte die Nadel auf die Rille, immer wieder. Vieles verstand er, wenn es jedoch um das große Ganze ging, saß er wie gelähmt, suchte nach Argumenten, die nicht klangen wie aus dem Parteiprogramm. Er schaute sogar die Westnachrichten mit ihr, die sich ausschließlich mit den Flüchtlingen beschäftigten, als gäbe es nichts anderes auf der weiten Welt als jene, die sich davonstahlen. Aber meistens schwieg er dazu, zu Hause und auch während der Versammlungen, wenn die Genossen mit Sätzen aus DDR- und Westsendern um sich warfen. Allein Jürgen schaffte es, die Jungen zu überzeugen, Andersdenkende nicht mit Autorität zum Schweigen zu bringen, sondern mit Argumenten auf die »richtige Seite« zu ziehen. Paul hatte schon gehört, nach der Versammlung, wie einer der Jungen zum anderen sagte, Jürgen sei ein »Granitbrocken«, das hatte ihm gutgetan, obwohl er doch gar nicht gemeint war.

Und dann rief Jürgen eines Tages kurz nach Arbeitsbeginn in Pauls Büro an. »Komm mal rüber bitte. Es ist dringend.«
Im Meisterbüro lief die Kaffeemaschine. Als Paul die Tür zur Werkhalle schloss, stand Jürgen auf und ließ den Drehstuhl an den Stahlschrank knallen. Setzte sich an den Besuchertisch und

legte ihm ein A5-Blatt vor. Paul erkannte den Aufbau. »Information 1989/ / Nr. 261«, begann er laut zu lesen.

»,Am 11. Oktober ... Politbüro ... Erklärung an ... das Volk der DDR ... sozialismusfeindliche Kräfte ... oppositionelle Gruppierungen ... hasserfüllte Kampagne ... Sozialismus diffamieren ... ‚Neues Forum' ... außerhalb von Recht und Gesetz ... illegal ... Wer ihnen Sympathie bekundet, muss wissen, worauf er sich einlässt.' – Das, das ... klingt ja wie eine Drohung. Ich muss Birgit davon erzählen. Sie war da schon, beim ‚Neuen Forum'.«

»Du darfst ihr nichts von dem Papier sagen. Ich hätte es dir gar nicht zeigen sollen. Ich weiß selbst nicht mehr, was ich denken soll. ‚Neues Forum' ... Wenn die wirklich alles zerstören wollen, was mit der DDR zusammenhängt ...«

»Glaubst du das wirklich?«

»Wenn es da so steht.«

»Aber jetzt ist doch schon vieles anders. Wer sagt dir denn, dass das stimmt, was da steht?«

Jürgen atmete schwer. »Wenn die wirklich vom Westen finanziert werden ..., ist vielleicht so wie '53.«

»Meinst du denn, die werden Panzer rollen lassen?«

»Na klar, was denkst du denn. Ich würde mitfahren. Ich lass mir doch nicht alles kaputtmachen. Mein Vater ist dafür verreckt, das kann doch nicht alles vorbei sein!«

»Aber Panzer ...«

»Was glaubst du denn? Was meinst du, was das war auf dem Platz des Himmlischen Friedens? Jubelrot?«

Am darauffolgenden Abend redete Birgit los, noch bevor Paul die Arbeitstasche abstellen konnte.

»Stell dir vor, sie haben einen Kollegen aus dem Versand vorgeladen, ‚um den Sachverhalt zu klären'! Nur, weil er sich vom

Schwarzmarkt in Polen einen Gorbisticker mitgebracht hat. Du musst aus der Partei austreten.«
Paul schwieg, stellte die Tasche ab, legte die Schlüssel in den Bastkorb. Er strich Birgit über den Arm und ging langsam an ihr vorbei ins Bad. »Du musst aus der Partei austreten.« Das konnte er Jürgen nicht antun. Dabei hatte Paul gar nichts, das er so hochhalten konnte wie Jürgen das Vermächtnis des Vaters. Sein Vater war kein Genosse und dennoch erschien er ihm so prinzipienfest und unerreichbar stark wie Jürgens Vater in dessen Erzählungen. Paul wusch sich die Hände, bis der Wasserdampf sich vor sein Spiegelbild schob. »Geld ist nicht alles, Junge!«, hatte sein Vater gesagt, und: »Mach was aus deinem Leben! Finde etwas, wofür es sich zu kämpfen lohnt! Das gibt es, auch für dich. Und ich glaube nicht, dass es Geld sein kann.« Nur mit den Schultern gezuckt hatte er damals, gedacht, dass der Vater sich ja immer besser mit Eli verstanden hatte, und sich gefragt, weshalb er erwartete, dass sich das jemals änderte. Dabei lohnte es sich, zu kämpfen, für Birgit, für Markus, auch für Jürgen, es war gut, einen Freund wie ihn zu haben. Das gab man nicht auf. Er setzte sich, noch immer schweigend, an den gedeckten Abendbrottisch und schmierte die Leberwurst dick auf die Stulle. Birgit übte Russisch mit Markus, korrigierte die Deklinationen und fragte die Sehenswürdigkeiten ab. Erst danach, als sie den Fernseher bereits angeschaltet hatte, holte sie ein Bier für Paul und setzte sich zu ihm an den Esstisch, aber sie sagte nichts.
»Stell dir vor«, begann Paul, um das Schweigen zu beenden, »die Genossen sollen in die Kirchen gehen. Um informiert zu sein.«
»Du gehst dahin.« Birgits Stimme klang ruhig und bestimmt. Sie stand auf, kramte eine Altarkerze hervor und drückte sie ihm in die Hand. »Deine Partei kannst du vergessen. Etwas wird sich ändern. Ich weiß auch nicht, was, aber denke bitte einmal we-

nigstens an uns. Später fragt keiner mehr, ob du als Genosse oder als interessierter Bürger da warst. Und wenn alles so bleibt, wie es ist, dann hast du eben einen Parteiauftrag erfüllt.«
Paul hatte erwartet, dass Birgit sich über die Parteiidee lustig machte. Sie klang so berechnend. Jürgen hatte ihn gewarnt. Und er konnte seinen Mund nicht halten.
»Kommst du mit?«
»Paul, ich dachte, das hätten wir geklärt. Der Pfarrer mag ja gut reden, das hat er schließlich studiert. Aber wenn ich an die Leute aus dem ‚Neuen Forum' denke, die sicher auch da sein werden: Die sehen aus wie die Alt-68er im Westfernsehen: Zotteln, karierte Hemden, Bärte wie Karl Marx. Alle haben Gorbatschow gelesen, zitieren Solschenizyn und Aitmatow, es tut gut, ja. Und es ist auch gut, dass sie da sind, dass es noch etwas anderes gibt als die Kirche. Aber wenn sie beginnen, über Umweltverschmutzung zu reden, komme ich mir vor wie von einem anderen Planeten. Und was sie sich vorstellen als ‚gerechte Welt', klingt nach Märchen. Das ist Utopie, keine Alternative, von der ich träumen möchte.«
»Träume?«
»Ach, Paul. Es ist mir zu sehr auf Bestand ausgerichtet. Die ‚Oberen' sollen sich ändern und alles wird gut. Natürlich muss sich etwas ändern, wird es auch, ganz bestimmt.« Sie holte tief Luft. »Aber in der Baracke haben sie neulich den gesamten Abend nur über eine Formulierung diskutiert. Darüber, wer welchen Besenstiel trägt. Kleinkrieg und Hass.«
»Aber ist es nicht das, was du wolltest? Dass etwas passiert?«
»Aber nicht so. Du weißt doch, was ich mir wünsche: chice Klamotten, Reisen überall hin und selbst schauen, wie es dort aussieht. Ferne Länder – davon träumen diese Leute nicht. Glaube ich. Ich weiß es nicht. Geh hin. Tu es für uns, ja? Ich warte hier auf dich.«

In der Dunkelheit des Herbstabends strahlte das Licht der Straßenlampen besonders hell. Es regnete nicht, der Wind war frisch, aber nicht so stark, dass Paul sich die Kapuze hätte ins Gesicht ziehen können, ohne aufzufallen. Und das wollte er um keinen Preis. Schlimm genug, dass er sich so hatte hinausschubsen lassen von Birgit, ihn fröstelte. Er lief einen Umweg durch schmale Straßen, in denen Laternen flackerten oder kaputt waren, bog ab und drehte um, ging langsam auf die Kirche zu. Die Fenster waren schmucklos verglast; Licht drang ungehindert und grell aus dem Innern. Draußen, auf dem großflächigen Rasen, standen riesige schwarze Lautsprecher, um die herum sich Menschengruppen postiert hatten. Er kam sich vor wie auf einer Beerdigung, er atmete ruhiger mit diesem Gefühl. Eine Feierlichkeit hing in der Abendluft, die Menschen lauschten schweigend. Paul blieb am Zaun stehen und schaute auf das Szenario wie auf ein Schwarz-Weiß-Foto, schwarz-grau. Der Himmel war stockdunkel, nicht ein Stern zu sehen. Von der Rede drinnen verstand er trotz der Lautsprecher nichts.

»Buh!«

»Pfui!«

»Stasischweine!«

Unter Gejohle wurden zwei Männer aus der Kirche gestoßen.

»Parteispitzel verrecke!«, scholl es hinter ihnen her. Pauls Beine stolperten von ganz allein rückwärts, die Altarkerze ließ er fallen, er rannte los und hielt erst an, als er am Neubau nach seinem Haustürschlüssel tastete. Sein Herz schlug lauter als die Tür, die er ins Schloss fallen ließ.

Birgit imitierte den Verfasser des Artikels in der Betriebszeitung: »‚Wir können Uwe nicht verstehen' – was denken sie sich, wer

das lesen soll?«
»Du liest es doch auch.«
»Sie machen sich zum Gespött der Leute. Erst gibt es das Problem gar nicht, monatelang haben sie es ignoriert. Seit ein paar Wochen berichtet selbst das ‚ND' über Ausreisewellen und plötzlich werden sie wach. Bärbel ist übrigens auch weg.«
»Wie – weg?«
»‚Nicht aus dem Urlaub zurückgekommen', hat die Sekretärin in den Hörer geflüstert. Ich glaube, genau das hat sie damals gemeint: Sie wisse nicht, ob sie hier wohnen bleibe. Ich habe es nur nicht verstanden.«
»Und jetzt schon? Als Tamara Danz gesagt hat, ‚Wir bleiben hier', hast du selbst auf die Leute geschimpft, die abhauen.«
»Aber verstehen, Paul, verstehen kann ich sie alle.«

Am ersten Novemberwochenende lief der Fernseher den ganzen Tag. Auch Paul blieb vor der Flimmerkiste stehen und lauschte den Worten, die vom Alexanderplatz in die Neubauwohnstube hallten.
»So muss es in Rom auf dem Petersplatz sein«, hauchte Birgit, »wie eine Offenbarung.«
Markus kam vom Spielplatz hoch. »Ihr seht vielleicht lustig aus!«
Birgit blickte auf Paul. Das offene Hemd verdeckte seine Unterwäsche nicht, die Strümpfe waren auf unterschiedliche Höhen gerutscht. Sie selbst trug zu dem langen Nicki, das bis über die Oberschenkel reichte, nur gestrickte Socken.
»Okay«, seufzte Paul, »erst Hände waschen und dann auf die Couch. Zu essen wird's heute wohl nichts geben.«
Sie flitzte in die Küche, goss Milch in eine große Kanne, schüttete »Trinkfix« dazu und griff den Quirl, während sie wieder ins Wohnzimmer eilte. »Dass sie das alles zeigen.«
»Der da gefällt mir.« Markus zeigte auf einen weißhaarigen

Mann, der langsam und betont sprach.

»Das ist Stefan Heym«, sagte Birgit, »er ist Schriftsteller, er schreibt Bücher.«

»Was für Bücher?«, fragte Markus.

»Wahrheiten«, antwortete Paul.

Birgit kniff die Augen zusammen und holte tief Luft, bevor sie entgegnete: »Er schreibt über die Probleme, die die Menschen haben. Darüber, wie sie damit umgehen. Einige seiner Bücher konnte man bisher nicht kaufen, weil die Regierung der Meinung war, es wäre falsch, was Stephan Heym darin sagt.«

»Papa sagt, dass er die Wahrheit schreibt!«

»Das ist nicht so leicht zu erklären. Möchtest du noch Kakao?«

Paul blitzte sie an und wandte sich an Markus: »Manchmal hat die Regierung eben nicht recht. Stephan Heym hat die Wahrheit geschrieben.«

Sie knuffte Paul in die Seite, aber Markus fragte schon weiter: »Aber unsere Regierung lügt nicht! Oder?«

»Unsere Regierung hat gelogen. Oft und richtig böse. Deshalb sind so viele Leute auf dem Alex. Du weißt, wo das ist? Wo der Fernsehturm steht und der große Springbrunnen.«

»Ja, weiß ich, wo das Haus ist mit den Bildern zwischen den Fenstern.«

»Das ›Haus des Lehrers‹, ja. Da sind heute so viele Menschen, weil sie eine andere Regierung haben wollen. Eine, die nicht lügt.«

»Logisch«, sagte Markus, das war gerade sein Lieblingswort, »ich würde auch keinen bestimmen lassen, der lügt.« Markus ging zur Tür, drehte sich um. »Ich geh' spielen, ja?«, und schon war er verschwunden.

»Musstest du ihm das so sagen?«

»Du kannst ihn da nicht raushalten!«

»Aber er ist doch erst zwölf!«
»Wie alt warst du damals?«
Birgit schaute betreten aus dem Fenster.
»Denk doch an Jürgen. Willst du, dass Markus dir das später vorwirft? Dass du ihn beschwindelst?«
Sie ließ sich in den Arm nehmen, kuschelte sich an ihn wie ein kleines Mädchen. Dann konzentrierte sie sich wieder auf das Geschehen auf dem Bildschirm. »Meinst du, das bringt noch etwas?«
»Was denn?«
»Zum Beispiel, dass Christa Wolf vor einem Ausverkauf der DDR warnt. Ich meine, ob sich die Leute aufhalten lassen, die schon auf gepackten Koffern sitzen?«
Nein. Aber das erfuhren sie erst aus den Nachrichten. Mehr als zwanzigtausend Bürger waren über die offenen Grenzen der ČSSR in die Bundesrepublik ausgereist.

Markus hatte sich erkältet. Birgits Vater war gekommen und holte ihn ab.
»Bis zum Sonntag ist er kuriert«, beruhigte er Birgit, »Mutter lässt ausrichten, dass sie dann mit dem Kaffee auf euch wartet.«
Er schaute Paul an, der nickte. Markus ließ sich von Birgit in den dicken Anorak packen und zwinkerte ihm zu. Dann waren Paul und Birgit allein. Sie legte sich auf die Couch und blickte zum Fernseher. Paul holte ihr Lieblingsstück. Die Decke hatten sie letztes Jahr auf dem Weihnachtsmarkt erstanden. Der Grundton ein dunkles Braun, darauf in hellem Beige stilisiert der Fernsehturm und der Palast der Republik. Birgit schloss die Augen. Paul holte Markus' Schulmappe und setzte sich an den Esstisch, den er mit alten Zeitungen präpariert hatte. Er nahm den Kleber, hielt den Riemen zusammen, beschwerte ihn mit einer Zange und fädelte Sternchengarn in eine Ahle. Von einem Moment auf

den anderen begann draußen ein Hupkonzert, dazwischen grölten Männer, kreischten Frauen. Paul legte die Ahle aus der Hand, öffnete die Balkontür.
»Was ist los?«, fragte Birgit verschlafen.
»Keine Ahnung. Hier ist ein Verkehr wie auf der Hamburger.«
Sie wickelte die Decke um ihren Körper und trippelte auf den Balkon. Plötzlich klingelte es Sturm.
»Aufmachen! Sofort!«
»Hier spricht die Deutsche Volkspolizei. Sofort aufmachen!«
»Bleib hier«, raunte Paul Birgit zu, ging zur Tür, holte tief Luft und öffnete sie.
»Wahnsinn, Wahnsinn, Wahnsinn«, scholl es ihm samt Schnapsfahne aus zahlreichen Mündern entgegen, »wir sind frei, los, das müssen wir feiern!«
»Los, los, wo ist denn der Schnaps, nu rück mal 'ne ordentliche ‚Goldkrone' raus, du Geizhals, heute wird gefeiert!«
Paul verstand nur Bahnhof. Birgit kam, noch immer in die Decke gehüllt. »Was ist denn hier los?«
»Die Mauer ist weg!«
»Die Grenze ist offen!«
Alle redeten, riefen, schrien durcheinander, lachten, weinten, schwenkten halbleere Flaschen.
»Was soll das heißen: Die Grenze ist offen?«
»Habt ihr gepennt oder was?«
»The border is open, otkruit, ponimajesch, towarischtsch?«
»Jetzt kommt erst einmal herein.« Birgit ergriff die Initiative. »Ich hole die Gläser. Bringst du bitte die Stühle vom Esstisch?«

Am nächsten Tag war die Abteilung nur halb besetzt. Birgit rief Paul vormittags an: »Ich gehe gleich hinüber und stelle mich nach einem Antrag an. Du kannst dann gucken, wo ich bin,

Gerlinde hat erzählt, dass die Leute morgens schon bis zum Park gestanden haben.«

»Was willst du denn tun?«

»Nach Westberlin fahren, natürlich«, erwiderte Birgit, »mit dir zusammen, am Sonntag. Markus können wir hinterher abholen. Ich dachte, wir könnten Tante Gertrud besuchen.«

»Was ist, wenn sie uns nicht wieder zurücklassen? Sollten wir Markus nicht wenigstens mitnehmen? Dann sind wir zusammen, falls was passiert.«

»Was soll schon passieren? Wer weiß, welches Chaos uns in Berlin erwartet. Und falls etwas ‚passiert‘, haben wir einen Grund, zurückzukommen. Wir sind so lange hiergeblieben, nun sollen sie uns auch hierlassen.«

»Wenn du meinst. Mir ist nicht wohl dabei.«

»Ich fahre auch alleine.«

»Is schon gut. Ich will ja auch rüber.«

»Also dann, bis nachher. Ich brauche deinen Ausweis.«

Paul hielt den Hörer in der Hand. Tante Gertrud. Das waren schnörklige Druckbuchstaben auf braunem Packpapier: »Geschenksendung, keine Handelsware«. Er wusste nicht einmal, wo dieses Zehlendorf überhaupt lag. Ob die Leute dort wirklich nicht berlinerten, wie Birgit behauptete. »Fissan«-Creme für Markus gab es dort. Wegwerfwindeln, von denen andere nur träumten. Und Kaffeebohnen, die aus der Tüte dufteten. Seine Phantasie reichte nicht, um sich diese andere Welt vorzustellen. Paul starrte auf den Bleistift in der Hand. Auf das Millimeterpapier auf dem Tisch, auf dem die Gerade nicht ansteigen wollte. Die Abteilung würde den Plan wieder nicht erfüllen. Dabei stand dieses Mal sogar alles bereit: Rohglas, Reparaturteile für die Fräsmaschinen, Gestelle für die Gläser. Es gab nur weit und breit keine Autos, die diese Dinge hierher bringen konnten. In den Werkstätten brauchte man gar nicht mehr anzurufen. Wenn überhaupt jemand ans Telefon ging, dann nur, weil er dachte, der Anrufer würde endlich die dringend benötigten Ersatzteile ankündigen. Zweimal hatte er die krumme Linie nun schon wegradiert. Und überhaupt: Wer interessierte sich in diesen Tagen für die Monatsabrechnung? Paul legte Stift und Hörer gleichzeitig ab. Schaute zur Uhr, stand auf und verließ das Büro. Er musste mit Jürgen reden. Aber Jürgen war nicht da.

Am Dienstag, nach der Stippvisite in Westberlin, lud Paul sich zum Frühstück bei ihm ein. Jürgen fragte nicht, aber Paul sprudelte sofort los. »Du, das glaubst du nicht. Alles organisiert. Als wir nach Staaken reinkamen, haben sie uns auf einen Parkplatz gewinkt und gesagt, es würden Busse bereitstehen. Die fuhren alle paar Minuten. Und weißt du, was vor den Bussen war? Riesige Plakatwände!«

»Mit ‚Willkommen Zoni' oder was?«

»Nee, nee, sowas hätte mich nicht umgehauen. Aber die Bilder schon.«

»Nun mach's nicht so spannend!«

»Plakate, die für Familien geworben haben. Für mehr Babys. Für Kinderlachen. Der absolute Wahnsinn!«

»Ach, wer weiß, was das war. Vielleicht ein Wahlversprechen oder ein Plakat extra für die neuen Besucher.«

»Nee, wirklich nicht. Ich hab's ja auch nicht so recht glauben können. Passt auch nicht. Kinderfeindlicher Kapitalismus. Wenn nicht mal mehr das stimmt …«

»Lass dich nicht einlullen! Werd' wieder wach! Das sind Sprüche, Worthülsen, nichts weiter!«

»Du warst ja nicht drüben. Du hast das nicht gesehen. Wir waren in Zehlendorf in 'ner Bank. Klein, Nebenstraße. Nicht voll. Wo sonst überall Schlangen waren. Gertrud hat uns da hingeschickt. Weißt du, wie es da aussah? Kinderspielzeug lag rum. Kleine Tische und Stühle für die Kinder. Vier Schalter waren geöffnet. Vier Stück! Und alle freundlich, haben geholfen beim Ausfüllen. War mir ja peinlich. Aber die haben das erklärt, immer wieder.« Jürgen winkte ab. »Wir hören uns noch. Und wenn es Monate dauert, bis du es kapierst. Im Kapitalismus gibt's kein Paradies. Alles, was du in ‚Stabü' gelernt hast, ist wahr. Es wird dir schon wieder einfallen.«

Jeden Tag passierte etwas Neues. Abends steckte Birgit ihn mit ihrer Euphorie an. Tagsüber holte Jürgen ihn wieder runter. Er las noch mehr als früher. Ließ die Nachrichten den ganzen Tag laufen. Keine Westsender.
»Jürgen Kuczynski und Rudolf Bahro haben vor der Wiedervereinigung gewarnt. Sogar das ‚Neue Forum'. Aber gestern in Leipzig wurden sie schon ausgepfiffen. Und in Plauen sind die Leute nur deswegen auf die Straße gegangen. Musste extra im Atlas nachsehen. So ein Nest, keiner kannte das. Und jetzt überschwemmen sie die Nachrichten mit ihren Deutschlandfahnen.«
»Ich hab schon ein komisches Gefühl, wenn wir ins Erzgebirge fahren. Hoffentlich erkenne ich mein Zuhause noch, wenn wir wiederkommen.«
»Kannst du noch den Text der Nationalhymne? Wo wir sie wieder singen dürfen.«
»Na klar doch: ‚Auferstanden aus Ruinen und der Zukunft zugewandt, lass uns dir zum Guten dienen, Deutschland einig Vaterland. Alle Not gilt es zu zwingen, und wir zwingen sie vereint, denn es wird uns doch gelingen, dass die Sonne schön wie nie über Deutschland scheint.'«
»Hoffentlich bleibt es auch unser Deutschland«, sagte Jürgen

leise, dann stand er auf und umarmte Paul. »Schönen Urlaub euch dreien.«

Die Fernsehräume waren jeden Abend bis zum Bersten gefüllt. Einmal nur wagte jemand, während der »Aktuellen Kamera« umzuschalten. Das Gejohle hätte jedes Politbüromitglied hoch erfreut. Paul, Birgit und Markus waren viel unterwegs. Mit Kleinbussen, mit großen »Schlenkis« aus ungarischer Produktion. In die nahen Städte und wandern. Manchmal überlegte Paul, ob sein neuer Laufdrang mit dem Wunsch zu tun hatte, wegzurennen. Ihm fehlten die Gespräche mit Jürgen. Da konnte er alles sagen. Hier nicht. Schließlich wusste er noch, wie er zu diesem Ferienplatz gekommen war. An einem Tag fuhren sie durch Deutschgeorgenthal. Aus allen Fenstern – oder kam es ihm nur so vor – hingen Fahnen. Wie zum 1. Mai, dachte er, dabei haben wir Dezember. Dann fiel ihm der dunkelrote Kreis auf. Das Emblem fehlte. Auf allen Flaggen. Ihn fröstelte, dabei war der Bus beheizt.
Am »Tag der Enthüllungen« besuchten sie Teplice, gleich hinter der Grenze. Birgit staunte über die niedrigen Preise und hamsterte Temperafarben für Markus' Zeichenunterricht. Paul beschäftigte seinen Kopf mit Rechenaufgaben: Kurs zwischen tschechischen Kronen und DDR-Mark, DDR-Mark und D-Mark, tschechischen Kronen und D-Mark. Als sie abends im Heim ankamen, wurden sie mit Wortschwallen zugedeckt: »Gannst dir vorstell'n, was die mit unserm Geld gemacht ham?«, sächselte von links jemand auf sie ein, während Paul rechts wiederholt das Wort »Wandlitz« hörte. Erst bei den Nachrichten konnten sie die Mosaiksteinchen zusammensetzen. Wandlitz, die Siedlung nördlich von Berlin, in der die »Oberen« abgeschirmt lebten, war von Journalisten und Bürgern besichtigt worden. Von verchromten Wasserhähnen war die Rede. Von bunten Fliesen.

Gefüllten Kaufhallen in einem gesperrten Gebiet. Hochwertigen Industriewaren und Konsumgütern aus dem westlichen Ausland, ausgepreist in DDR-Mark. Dann sagte der Sprecher, dass der FDGB, der Freie Deutsche Gewerkschaftsbund, aus den gesammelten Spenden für die Dritte Welt einhundert Millionen benutzt hatte, um das Pfingsttreffen der FDJ in Berlin zu finanzieren. Allen stockte der Atem. Selbst dem Nachrichtensprecher. »Markus hat auch gespendet.« Birgit kamen die Worte tonlos über die Lippen. Wenige Minuten später erschien Helmut Kohl auf dem Bildschirm und stellte sein 10-Punkte-Programm vor. Die anderen wechselten danach vom Fernsehraum an die Bar, Birgit und Paul nicht. Schweigend liefen sie nebeneinander über die gemusterten Läufer den langen Flur entlang, an den zahlreichen gelb-weißen Türen vorbei, hörten Kinderstimmen und hinter einer eine heftige Diskussion. Nicht einmal Birgit blieb stehen, Paul hatte das Gefühl, dass sein Kopf platzte. Im Zimmer schaute Birgit nach Markus. Er schlief. Schweigend gingen sie nacheinander ins Bad. Paul schmiegte sich an Birgit, sie nahm seine Hand, legte sie sich um die Taille und hielt sie ganz fest.
Als Birgit am nächsten Morgen aus dem Bad kam, sagte sie: »Ich trete aus der Gewerkschaft aus.«
»Ich gebe beide Bücher ab, das rote gleich mit. Ich dachte, es könnte gar nicht noch schlimmer kommen«, flüsterte Paul, »soll das immer so weitergehen?«
Er fühlte sich unsicher, aber Birgits Kraft zog ihn mit. Alle neuen Nachrichten prallten an einer unsichtbaren Wand ab. Der Smogalarm in Leipzig, der Beschluss der Volkskammer, die Führungsrolle der SED aus der Verfassung zu streichen. Die letzten Urlaubstage erlebte Paul wie auf einer Wolke. Er allein hatte sich entschieden, Kandidat der Partei zu werden, er allein traf jetzt die Entscheidung, auszutreten.

Teil 2

1. Tanzen

Im Januar 1990 fegten nacheinander drei Stürme über Europa, rodeten mit einhundertzwanzig Stundenkilometern über Nacht ganze Wälder, zerstörten Telefon- und Stromleitungen und deckten Dächer ab. In Berlin und anderswo besetzten tausende Demonstranten die Stasi-Zentralen. Sie fanden neben meterlangen Regalen mit Akten auch leere Ordner, die flüchtig mit Paketschnur gebündelt worden waren, und riesige Berge Zerrissenes, Zerschnittenes, Aschereste. Im dritten Fernsehprogramm lief eine Dokumentation zum Reaktorunglück in Tschernobyl, Birgit sprach davon, dass gezeigt wurde, wohin die radioaktive Wolke damals gezogen war. Sie zitterte, als sie sagte: »Hierher.«

Paul strich ihr beruhigend über den Arm, versuchte, sich zu konzentrieren. Mit seinen Gedanken jedoch war er ganz woanders und wenn Birgit innehielt oder ihre Wut sich erschöpfte, stand oder saß er wie versteinert, sodass Birgit nun ihrerseits über seinen Arm fuhr oder ihn kniff.

»Du schaffst es.«

»Die SED ist der erklärte Gegner der SPD.«

»Die SED-PDS, meinst du, heißen sie jetzt nicht so? Deren Mitglieder sind aber auch ‚Nachbarn, Kollegen und Freunde mit teils sozialdemokratischer Grundhaltung'«, zitierte Birgit.

»Nach den zwei Monate Karenzzeit, vorher wollen die Sozialdemokraten nichts mit ihnen zu tun haben.«

»Auf zwei Monate kommt es doch jetzt nicht mehr an, oder?«

Dann hatte das Warten ein Ende. Paul riss den Briefumschlag noch auf der Treppe auf, er wollte endlich Klarheit haben. Es war eine Einladung. Er rannte die letzten Stufen hinauf, klingelte, zweimal kurz, das hatte er eine Ewigkeit lang nicht mehr getan,

Birgit öffnete mit einem Staunen im Blick, erinnerte sich und küsste ihn. Dann entdeckte sie das Papier in seinen Händen.
»Was steht drin?«
»Es ist ein Montag«, Paul schaute mit einem schiefen Grinsen zu Birgit. Sie sah ihn fragend an.
»Ironie des Schicksals«, sagte Paul und fügte hinzu, als sie nicht reagierte: »Es war Montag, erinnerst du dich nicht? Als ich Kandidat der SED geworden bin. Und nun findet die SPD-Versammlung genau an diesem Wochentag statt.«
»Du schaffst es, ich glaube daran.«
»Kommst du mit?«
»Nein.«
Birgit sah ihn an. Wusste er noch immer nicht, was sie wollte? Alles war anders, und es war gut, in diesem Punkt glaubte sie Tamara Danz nicht, aber das Lied war jetzt auch schon ein Jahr alt und inzwischen war mehr passiert als in ihrem gesamten vorherigen Leben. Paul sollte Karriere machen, endlich.
»Für dich wäre es viel leichter«, begann Paul erneut.
»Ohne altes Parteibuch, meinst du? Aber es ist ja auch nicht die CDU. Da wärst du nicht einmal den Antrag losgeworden. Im Westen werden die Wohnungen zum Glück auch nicht von einer Partei vergeben.«
»Glaubst du wirklich, dass es zukünftig egal ist, welches Parteibuch jemand trägt, der auf einen bestimmten Posten will?«
»Natürlich nicht. Deshalb ist die SDP die richtige hier. Hat doch selbst dein Jürgen gesagt: ‚Die Mark war immer rot.'«
»Rosa. Und die SDP heißt auch SPD jetzt. Ich komme kaum mit, so schnell, wie sich alle umbenennen.«
Birgit nickte: »Ich warte auf dich. Du schaffst es.«

In dem kleinen Vereinsraum standen die Stühle dicht. Kein Platz

war frei geblieben, selbst in den Fensternischen lehnten einige. Draußen trieb ein heftiger Wind die Regenwolken auseinander, drinnen hing die Feuchtigkeit wie eine Wolke über den Wartenden und mischte sich mit aufgeregten Stimmen. Zuerst wurde über den Antrag eines Gewerkschaftsvorsitzenden des Baukombinatsbetriebes diskutiert. Der war noch Wochen zuvor durch die Hallen spaziert und hatte Angehörige des »Neuen Forums« als Verbrecher bezeichnet. Paul spürte, wie die Anspannung seinen Rücken versteifte. Die Vergabe von Ferienplätzen brachte die Luft zum Kochen. Akribisch trug ein älterer Dreher, der als Einziger in Arbeitsmontur erschienen war, vor, wohin der ehemalige Gewerkschaftsvorsitzende Jahr für Jahr mit seiner Familie verreist war. Sotschi, Paul starrte nach vorn, bulgarische Schwarzmeerküste und immer wieder Rügen, Usedom, Darß. Jürgen hat das nie getan, dachte er, und Birgit hatte trotzdem recht. Fünfunddreißig Bürger waren stimmberechtigt. Neunundzwanzig stimmten gegen eine Aufnahme.
»Keine SED-Mitglieder«, rief jemand, »das ist Gesetz!«
»Die Mitgliederversammlung entscheidet, wir haben jetzt Demokratie«, versuchte der Pfarrer zu beschwichtigen.
Das war in Buhrufen untergegangen. Pauls Antrag war der nächste. Jürgen hatte nach einer heftigen Diskussion leise gesagt: »Mit deinem Hang zur Harmonie hast du es dort vielleicht leichter.« Paul dachte daran, als er die wenigen Stufen zum Rednerpult hinaufstieg, stolperte, sich fing. Er hielt die Blätter fest und begann stotternd, abzulesen. Herbert grinste hämisch, doch der Kollege, der Paul im Materialbüro oft in Schutz genommen hatte, griff nach Herberts Arm und nickte besänftigend. Paul starrte auf ein Rechteck an der Wand, das heller war, ein Foto fehlte, er fand nicht zu der Stelle zurück, an der er weiterlesen musste. Seine Finger krampften sich um das Pult, er legte eine Hand auf

die dicht beschriebenen Blätter, dann sprach er frei.
»Ich bin ein Zahlenmensch. Mathematik war immer meine Stärke. Aber die Rechnungen ... gingen nicht mehr so auf. Es ging nur noch um Buchstaben. Kritisiert wurde ich auch, weil ich mich nicht genug für ‚die Sache' eingesetzt hätte. ‚Du musst dabei sein', hatte man mir gesagt, ‚in der Partei, nur dann kannst du etwas ändern.' Da bin ich eingetreten. Aber es gab zu viele, die nur von ihren Worten lebten. Zuerst haben sie mich belächelt, als ich mit Verbesserungsvorschlägen kam ... Meine Zahlen wollte niemand hören. ‚Schreib Worte und nicht so viele Zahlen', hat ein Meister mir mal gesagt. Aber mit Worten waren die Pläne nicht zu erfüllen. Da habe ich aufgegeben. Bin nie befördert worden ... Das könnt ihr nachprüfen. Hab keine Aktivistenmedaille erhalten. ... Ökonomisches Denken wollte ich ... Vor Weihnachten erst, das ist so, bin ich ausgetreten. Ich hätte es nie für möglich gehalten, dass uns die Oberen derart beschissen haben. Tschuldigung. Ich habe mich mit dem Programm der SPD beschäftigt. Ich bin der Meinung, dass meine Art, mich sachlich mit Problemen auseinanderzusetzen und den Zahlen mehr zu vertrauen als den Worten, mich befähigt, in dieser neuen Partei einen Platz zu finden. Das wollte ich sagen.«
Er stand, den Kopf immer noch erhoben, als der Pfarrer ihn stupste: »Setzen Sie sich.«
Es gab keine Nachfragen. Zur Abstimmung musste Paul den Saal verlassen. Vor der Tür tippelte er hin und her. Lenkte sich ab, indem er die Schritte zählte. Was hab ich da geredet? War doch alles ausgearbeitet. Gerade einmal der letzte Satz druckreif.
Der Pfarrer öffnete die Tür. Neunzehn Mitglieder hatten für Paul gestimmt. Selbst Herbert kam und drückte ihm wortlos die Hand.

Die Orkanserie hielt bis März an. In Berlin und Havelfurt blieb es bei stürmischen Winden. In Südafrika war Nelson Mandela aus der Haft entlassen worden, nach siebenundzwanzig Jahren. Wie oft hatten sie als Schüler Spendenmarken geklebt, Postkarten geschrieben und über den Freiheitskampf des afrikanischen Volkes gesprochen? Nun war es bloß eine Zeitungsmeldung, kein Jubel, der durch das Land ging, alle schienen nur mit ihrem eigenen Leben beschäftigt zu sein. Auch Paul ließ sich einfangen von den neuen Düften, Spitzenunterwäsche in Weinrot und Schwarz, fror unter seidener Bettwäsche, die ständig wegrutschte, bis Birgit ein Einsehen hatte und wieder die alte aus Baumwolle aus dem Schrank holte. Die Betriebszeitung schrieb, dass die Arbeiter als Aktionäre den Betrieb übernehmen könnten. Anstelle der Rechenschaftslegung des Betriebsdirektors fand eine große Belegschaftsversammlung statt. Der Fachdirektor für Verkauf informierte über Absatzstrategien des Betriebes und Verkaufsaktivitäten mit Geschäftspartnern, seine Stimme überschlug sich vor Begeisterung, manchen Satz musste er wiederholen, der erste Versuch war im Beifall untergegangen. Gerade hatte der Ministerrat beschlossen, die Kombinate zu entflechten, fieberhaft wurde die Frühjahrsmesse vorbereitet. In Leipzig dann wurde der Stand des Betriebes gestürmt: Alle wollten Mikroskope kaufen. Paul war stolz, erzählte Birgit davon, sie gingen abends in die Gaststätte. Birgit trug ein dunkelgrünes Kostüm, nur wenige Minuten mussten sie warten, der Kellner gab ihnen einen Tisch am Fenster. Birgit war die Schönste, Paul genoss die Blicke der anderen Gäste – wohlwollende der Männer, neidvolle der Frauen. Ja, schaut nur her: Das ist meine Frau.

An dem Märzmorgen räkelte sich Birgit im Bett. »Ach, ist das schön. Niemand verlangt, dass wir schon um acht am Wahllokal

stehen, niemand wird klingeln, wenn wir gar nicht aufstehen.«
»Du willst tatsächlich noch warten?«
»Natürlich nicht. Und Markus nehmen wir auch mit.«
Nach der Wahlpropaganda, die westdeutsche Politiker betrieben hatten, mit Fähnchen, bedruckten Feuerzeugen, Kugelschreibern und riesigen Plakaten, konnte das hohe Ergebnis für das Parteienbündnis aus CDU-Ost, DSU und DA nicht überraschen. Aber nur knapp acht Prozent für das »Neue Forum« waren nicht gerecht, das sagte sogar Birgit. Auch wenn sie die utopischen Vorstellungen und Karl-Marx-Bärte nicht mochte – ohne deren Mut wäre es gar nicht zu den ersten freien Wahlen gekommen.
»Aber das Volk hat abgestimmt«, sagte Birgit, »und zwar wirklich das Volk, ist das nicht großartig?«
»Einhundertzweiundneunzig von vierhundert Sitzen für die ‚Allianz für Deutschland', das sind achtundvierzig Prozent aller Stimmen.«
»Du immer mit deinen Zahlen! Komm, heute köpfen wir eine Flasche Sekt!«

Jürgen reagierte verbittert. »Eine Entscheidung mit dem Bauch, nicht mit dem Kopf«, stieß er hervor. »Bananen haben sie gewählt und blühende Landschaften. Lachen müsste man darüber, wenn's nicht so wehtun würde.«
»Hei, nun warte doch mal ab. Alles ist jetzt möglich. Richtiges Geld werden wir kriegen. Den Betrieb können wir auf Vordermann bringen. Reisen können wir und all das bunte Zeug kaufen!« Jürgen antwortete nicht, aber unter seinem Blick verstummte Paul.

»Jürgen ist nur sauer, weil sein ‚Aktionsbündnis Vereinigte Linke' so schlecht abgeschnitten hat. Ist doch logisch, dass jetzt keiner scharf auf Sozialismus ist. ‚Keine Experimente', ich bin auch dafür.«

»Ja, aber Lafontaine hat im Februar auch noch vor einer zu schnellen Einheit gewarnt.«

»Saarländer.«

Birgits Spott war nicht zu überhören.

»Immerhin kein Dachdecker.«

Als Paul an einem Frühlingstag nach Hause kam, saß Birgit auf dem Teppich in der Wohnstube. Überall auf der Couch, dem Tisch und dem Fußboden lagen Zeitungen herum.

»Was machst du denn da? Sammelst du Material für eine Wandzeitung?«

Birgit begann, die Namen der Parteien und Vereinigungen vorzulesen, die zur Kommunalwahl am 6. Mai zugelassen worden waren: »Unabhängiger Frauenverband, Deutsche Biertrinker-Union, Demokratischer Aufbruch-ökologisch-sozial, Einheit Jetzt, Freier Deutscher Gewerkschaftsbund, Europa-Union der DDR, Marxistische Partei Deutschlands, Deutsche Umweltschutzpartei …«

»Hei, stopp, das kann sich ja kein Mensch merken! Wo kommen die denn alle her?«

Birgit griff nach Pauls Arm, legte ihn sich um die Taille und begann zu singen und ihn mit sich zu ziehen. Sie tanzten auf den Zeitungsberichten, bis Markus aus seinem Zimmer kam.

»Hoffentlich wird das nicht wieder so ein Reinfall«, sagte Paul leise.

»Wegen Entlarvung der Spitzel, wie bei Ibrahim Böhme? Und ausgerechnet Wolfgang Schnur, dabei war der doch Anwalt von Bärbel Bohley, ich kann das immer noch nicht glauben.«

»Wegen der knapp zweiundzwanzig Prozent bei der Volkskammerwahl, kommunal wenigstens sollte die SPD eine Chance haben.«

Paul horchte ihrer Frage nach, doch Birgit saß schon wieder auf dem Boden und sortierte die Ausschnitte.

»Meinst du, das geht so weiter mit den Enthüllungen?«

»Was weiß denn ich, wer noch alles IM war. Manche Leute scheinen sich ja nicht einmal zu schämen deswegen, das ist unglaublich.«

»Erinnerst du dich noch an das Wahlplakat vom ‚Demokratischen Aufbruch'? ‚DA – die ehrliche Alternative'. Ja, unglaublich. Aber dem Böhme hätte ich das auch nicht zugetraut. Dabei – wem würde ich das zutrauen?«

»Ja!«, rief Paul, als das Ergebnis der Kommunalwahl feststand, und Birgit spottete: »Dein Jürgen hat recht: Die Mark bleibt rot.«

»Die Wahlbeteiligung war nicht viel geringer als voriges Jahr, das hätte nun wirklich niemand vermutet, dass es so etwas tatsächlich gibt. Dreiundneunzig Prozent. Was hast du angekreuzt?«

»Wahlgeheimnis!«, scherzte Birgit. »Dich, was denkst du denn. Hier die SPD, weil es um dich geht, auf Bundesebene das Geld und die Wirtschaft, das wusste schon Karl Marx.«

»Die Welt steht kopf.«

Paul sah Birgit fragend an. Galt der Spruch denn immer noch?

»Stell dir vor, was Gisela heute zu mir gesagt hat«, fuhr Birgit fort, nachdem Markus vom Abendbrottisch aufgestanden war, um sich die Hände zu waschen.

»‚Du hast es richtig gemacht, nur halbtags zu arbeiten', meinte sie und strich mir über die Schulter. Dabei hat sie mich jahrelang Spießruten laufen lassen. Und dann sagte sie noch, dass sie ja nicht gewusst hätte, was sie ihren Kindern antut mit der staatlichen Betreuung.«

»Wie bitte? Was soll das denn?«

»Ich habe sie auch so angeguckt, ihr aber dann gesagt, dass es Markus schließlich nicht geschadet hat, in einer Gruppe aufzuwachsen. Gerade sie. Neuerdings ist sie richtig komisch. Beim Frühstück, als Gerlinde eine Illustrierte zuklappen wollte, nahm sie die, sah sich die Hochzeitsbilder an und meinte, sie hätte ja auch gern kirchlich geheiratet, aber das wäre ja verboten gewesen. ‚Na, verboten nicht, das ist ja nun Blödsinn', sagte Gerlinde und Gisela erklärte, dass sie wieder eingetreten sei in die Kirche. Ich habe auf die Gehaltsabrechnung geschaut, sie zahlt, als Einzige. Die Welt steht kopf, ich dachte, das würde wieder aufhören, aber ich sehe kaum noch etwas Normales um mich herum. Nur Wendehälse.«

Markus stand in der Tür. Birgit wandte sich ihm zu: »Hilfst du beim Abräumen?«

»Wendehälse gibt es nicht«, erwiderte er, »hat uns Frau Lehmann heute erzählt.«

»Und warum nicht, hat sie das auch gesagt?«

»Sie meinte, Wölfe blieben Wölfe und Schafe eben Schafe.« Er machte eine Pause, dachte so angestrengt nach, dass sich auf seiner Stirn Falten bildeten. »Der Esel trottet weiter, egal, ob man ihm eine Möhre vorhängt oder Ideologie.« Er verzog den Mund. »Oder so ähnlich. Das mit dem Esel hab ich nicht verstanden.«

»Wer ist denn Frau Lehmann?«

»Och, die hatten wir nur heute. Matthias hat gesagt, sie gibt Religionsunterricht.«

»Matthias?«

»Nee, der und Religionsunterricht«, Markus hatte seine Frage offensichtlich vergessen, »sind nur ein paar aus der ‚b', von uns geht da keiner hin.«

Ende Mai fand die konstituierende Sitzung der Stadtverordnetenversammlung statt. Birgit legte Paul ein neues Hemd hin.
»Woher hast du das?«
»‚Exquisit'«, sie strich über den feinen Stoff, »unser neues Leben sollst du nicht in alten Klamotten beginnen. Exportware. Ich habe aber keinen Fehler gefunden. Gefällt es dir?«
Er zog es an, drehte sich vor ihr.
»Chic. Und nun los, sonst kommst du noch zu spät und wirst bestraft.« Sie lachte und küsste ihn. »Toi, toi, toi!«

Der späte Frühling wurde sommerlich warm. In den Geschäften stapelten sich neue neben alten Waren, die Preise änderten sich täglich. Birgit griff mit traumwandlerischer Sicherheit zu Eierschneidern, Trinkröhrchen und Wurzener Reisflocken, die allesamt für Pfennige verschleudert wurden, telefonierte mit Tante Gertrud und schrieb Einkaufslisten. In einem Karton stapelte sie Schulhefte für Markus, in einem anderen Wäscheklammern, Kehrschaufeln und Einweckgläser für Tante Gertrud, sammelte Bilderbücher und Schallplatten aus einem ungeahnt reichhaltigen Angebot und für Jahre im Voraus.
»Weshalb kaufst du so viel im ‚Diät-Laden'?«, fragte Paul, als Birgit Mehl und Zucker zusammenschob und die Kartons mit den Reisflocken dazwischenquetschte.
»Meinst du, die Reisflocken werden noch so billig sein, wenn die D-Mark kommt? Und mir schmecken sie.«
»Wolltest du nicht nur noch Kellogg's kaufen? Bei Tante Gertrud hast du dir die Schüssel gut gefüllt.«
»Ja, du hast recht, ich sollte aufhören zu horten.«
Paul nahm ihr das Brot aus der Hand und schnitt den Kanten ab.
»Brot wird auf jeden Fall teurer werden«, sagte Birgit, »ich grusele mich heute noch, wenn ich daran denke, dass ich Tante Gertrud

bereits am Abend sagen musste, wie viele Brötchen ich zum Frühstück möchte.«

»Keine 5er und 7er mehr.«

Paul ging mit dem Rest Kanten in der Hand zu einem Karton und blätterte die Alben durch.

»Ist Markus nicht schon zu groß für den ‚Traumzauberbaum'? Für ‚Wolkenstein' und ‚Grimms Märchenbuch'? Und was willst du mit all den ‚Eterna'-Platten?«

»Aufheben. So eine Auswahl gab es noch nie. Das sind klassische Geschichten und klassische Lieder, das vergeht nicht.«

»Ich darf mich ja wohl noch wundern. Du hast schon lange keine Platte mehr aufgelegt.«

»Ja«, antwortete Birgit, »ich komme zu gar nichts mehr, aber irgendwann wird es wieder ruhiger werden. Und bis dahin genieße ich diesen Rausch, ach, lass mich doch, Paul.«

Sie schmiegte sich an ihn, drehte ihn ein wenig, ja, getanzt hatten sie oft in den letzten Wochen, nicht in stickigen Räumen, sondern hier, auf dem Teppich, sogar in der schmalen Küche, es war ein Lebensgefühl, dieses sich Drehen, Schreiten, Betrunkensein vor Glück.

Die Regale in den Konsum- und HO-Läden füllten sich täglich. Die Preise waren auf Pappschilder gemalt, sogar auf abgerissene Heftseiten. Birgit kaufte Aprikosen, ein ganzes Netz voll, einmal daran satt essen, sagte sie, als Paul fragte, ob sie nun doch anfangen würde, einzuwecken. Abends hielt sie sich den Bauch und verlangte eine »Goldkrone«. Paul schenkte ihr ein, setzte sich neben sie und rieb zärtlich ihren Bauch, sie stellte das Glas ab, er streichelte weiter. Als sie sich nach einer Ewigkeit von ihm löste und ins Bad ging, das seidene Unterhemd wie eine Fahne schwenkend, streckte er sich auf der Couch aus. Er lag noch so, als sie wiederkam, die Decke vom Boden hob und ihm zuwarf, fing mit einer Hand sein Unterhemd, seinen Slip, warf beides zurück, sie kam näher, ließ mit sich balgen. Sie kicherten und lagen auf der Couch, bis Birgit einschlief und er nicht wagte, den Arm hervorzuziehen, obwohl das Kribbeln in ein Taubheitsgefühl überging. Nichts würde er tun, das sie wecken könnte, viel zu lange hatte er den wohligen Schmerz vermisst und ihre nackte Haut.

Nach der Arbeit trafen sie sich jetzt, sahen dem Abladen neuer Telefonhäuschen zu, die in Reih und Glied auf der Ladefläche des LKWs standen, beobachteten das Anbringen neuer Schilder an den Häusern wie ein Versprechen an eine bessere Zukunft: eine Anwaltspraxis, ein Maklerbüro. Sie schlenderten über den Marktplatz, Birgit rechnete laut, er leise, sie kauften ein, viel zu viel, um alles aufessen zu können. Die Packungen mit den Reisflocken blieben unangetastet, Birgit ernährte sich nur noch von frischem Obst. Paul brachte jetzt öfter den Müll runter, die Tonnen quollen schneller über als vor Jahren im Winter, er erinnerte sich gut; die Braunkohlenasche, die er aus dem Kachelofen holte, hatte die Eimer in dem gleichen Maße gefüllt wie die Briketts zuvor. Nun also Kunststoffdosen statt Asche, die Tonnen interessierte das nicht. In den letzten Junitagen brach der Absatz ein. Alle warteten auf das neue Geld, die Geschäfte schlossen und beklebten die Schaufenster mit großflächigen Hinweisen: »Wiedereröffnung am Montag, 2. Juli 1990«. Dahinter ein Gewusel, Regale wurden neu aufgestellt, eingeräumt, volle und leere Kartons stapelten sich mannshoch, auch draußen.
Birgit hatte geschimpft, als der Umtauschkurs endlich feststand, sich aber beruhigt, als Paul ihr die Ersparnisse vorrechnete. Viertausend DDR-Mark für jeden, für Markus noch mal zweitausend

– soviel hatten sie gar nicht. Birgit legte Geld von ihren Eltern aufs Konto, füllte den Betrag auf und konnte alles zum Kurs von 1:1 wechseln.

»Nur 2:1«, sagte Birgits Vater und schob ihnen einen dicken Umschlag hin, »es ist ein Jammer, aber für ein richtiges Auto sollte es reichen.«
Birgit war ihm um den Hals gefallen, ihre Mutter drückte mit dem Taschentuch eine Träne weg, dann köpfte der Vater eine Flasche Sekt und stieß mit ihnen an.
»Jetzt aber durchstarten«, sagte er zu Paul und sah ihn erwartungsvoll an. »Wie läuft's denn so in der neuen Partei?«
»Lass ihn doch«, mischte sich Birgits Mutter ein, »siehst doch, dass er ganz durcheinander ist.«
»Jetzt kann ich's dir ja sagen«, fuhr der Vater unbeirrt fort, »das mit den ‚Roten' hat mir nie gepasst. Mir hätten jetzt auch die Liberalen mehr zugesagt, aber SPD ist in Ordnung. Hoffe, du machst da jetzt was draus. Aufgestiegen biste bei den ‚Roten' ja zum Glück nicht.«
»Jetzt ist aber Schluss«, ergriff die Mutter das Wort, »wo wir so schön zusammensitzen.«
Der Vater winkte ab und nickte Paul zu. »Prost also.«

Den Umschlag stellte Birgit hinter der inzwischen einen Meter hohen Diefenbachie in den Raumteiler. An manchen Tagen ging sie mehrmals dahin, fuhr über den Umschlag oder nahm die Scheine heraus. Groß waren sie, größer als die früheren, und auch die Bilder unterschieden sich sehr. Keine Köpfe von Thomas Müntzer, Clara Zetkin oder Goethe, selbstverständlich keine Abbildungen von Marx und Engels, dafür Gemälde, von deren Existenz sie bisher nicht gewusst hatte, und Stadtansichten, die sie leise vor sich hin sprach: Holstentor, Eltz, Limburg an der Lahn. Irgendwann würde sie sich das ansehen, auch die Gemälde, Städel-Museum, das klang nach weiter Ferne – und jetzt war es keine Tagesreise entfernt, Frankfurt am Main.

2. Ein endlos scheinender Traum

Als Birgit zum ersten Mal ihr Gehalt in D-Mark auf dem Kontoauszug sah, hielt sie es nicht länger aus. Sie hatte jetzt nicht nur den Umschlag. Jeden Monat würden weitere Beträge in dieser Währung eingehen, für sie, für Paul, selbst das Kindergeld für Markus war jetzt Westgeld. Sie begann, Prospekte zu sammeln, Autohäuser schossen wie Pilze aus dem Boden. Wo vorher Wartburgs oder Trabants repariert worden waren, standen glänzende Westautos vor den Werkstätten. Auf einigen unbebauten Grundstücken hatten Händler provisorische Hütten aufgestellt und Zäune gezogen, hinter denen gebrauchte Wagen so eng nebeneinander standen, dass man die Türen zweier Autos nicht gleichzeitig öffnen konnte. Birgit war mit Markus an den Nachmittagen von einem Platz zum anderen gezogen, fragte nach Finanzierungsmöglichkeiten und technischen Details. Markus erzählte beim Abendbrot davon, Birgit lehnte sich zurück und ergänzte sparsam. Dann und wann stoppte sie Markus oder lenkte das Gespräch in eine andere Richtung.
»Was ist mit dem Sapo?«, fragte Paul eines Abends, als Markus schon im Bett war.
»Wir könnten ihn in Zahlung geben.«
»Und ein japanisches Modell kommt für dich nicht infrage?«
»Ach Paul, ja, wir können auch darüber nachdenken. Aber wenn

ich mir das aussuchen könnte …«

Paul nickte. »Okay, dann lass uns am Samstag nach Westberlin fahren.«

Birgit juchzte auf, umarmte ihn. »Ach Paul, das wird schön, glaub es mir, wunderschön!«

Markus studierte die ausliegenden Prospekte. »Astra GLS – Komfort serienmäßig«, las er vor, »ABS, Electronic Traction Control für die Bremsen. Was bedeutet das?«

»Steht doch hier«, antwortete Paul, »in sechzig Millisekunden sind die blockierten Reifen wieder frei.«

»Was für einen kaufen wir? Mit sechzig oder fünfundsiebzig PS?«

»Deine Mutter möchte gern fünfundsiebzig PS.«

»Toll!«, rief Markus. »Da können wir den anderen zeigen, wie schnell wir sind!«

»Damit wäre das wohl entschieden.«

»Hier, lies das bitte«, sagte Birgit, »da ist sogar das Handschuhfach beleuchtet. Und wenn du das Auto abschließt, ist die Heckklappe gleich mit verschlossen und eine Tankklappe auch.«

»Zentralverriegelung.«

Er setzte sich hinters Steuer. Birgit hielt den bunten Prospekt in den Händen und las weiter vor: »Abrollgeräusche und Vibrationen wirkungsvoll gedämmt«, sie grinste Paul an, »welche Vibrationen meinen die bloß?«

Paul erwiderte mit todernster Miene: »Meine sehr verehrten Damen und Herren! Dieses Modell ist eine Luxusausführung. Hier drinnen werden Sie die Dresdner Autobahn erleben, als führen Sie zu Hause auf einem Teppichboden. Stoßsicher, für alle Gelegenheiten.«

»Wann fahren wir endlich?« Markus rutschte auf der Rückbank

hin und her.

»Wenn die ‚ergonomisch durchdachten Instrumente und Bedienelemente', also das Opel-Check-Control-System und der Bordcomputer, uns grünes Licht geben, sozusagen«, parierte Birgit. »Aber zuerst: Anschnallen!«

Paul stellte den Sicherheitsgurt für Markus ein. »Siehst du, einer, der mitwächst«, sagte er, als sei er der Hersteller.

»Die Servolenkung ist echt toll, willst du nicht fahren?« Paul blickte zu Birgit.

»Nein, fahr du heute. Ich fahre dann lieber unser eigenes Auto.« Der Autohändler wartete bereits. Paul genoss die Höflichkeit, mit der sie bedient wurden. Natürlich entschied Birgit letztendlich, und das war völlig in Ordnung. Aber Paul freute sich diebisch, jeweils zuerst angesprochen zu werden.

»Drei- oder Fünftürer?«, wandte sich der Verkäufer an ihn. Paul deutete galant in Birgits Richtung.

»Madame?«

»Fünftürer bitte.«

»Eins-Komma-vier- oder Eins-Komma-sechs-Motor?«, wurde Paul gefragt und hätte sich nicht gewundert, wenn der Verkäufer ihm dabei kumpelhaft auf die Schulter geklopft hätte. Es war großartig, es war noch viel besser als das Öffnen der Briefe von den Banken, die neuerdings an Paul adressiert waren und mindestens genauso wie sein leichtes Nicken in Birgits Richtung.

»Fünfundsiebzig PS, also ein Eins-sechser. Den Stoff für die Sitze hätten wir gern in Anthrazit. Das Radio von Blaupunkt, das ist okay. Keine Extras, der Bordcomputer und die Zentralverriegelung sind doch serienmäßig, oder nicht?«

»Selbstverständlich, Madame, ebenso ABS, ETC und das neue Reinluft-Filtersystem. Soll ich Ihnen erläutern …«

»Danke, nein. Wir haben das bereits während der Probefahrt

getestet. Wann können wir den Wagen abholen?«

»In zwei Wochen. Haben Sie besondere Wünsche für das Kennzeichen?«

»PB«, kam es wie aus einem Mund.

»Wie möchten Sie zahlen?«, wandte sich der Verkäufer an Paul.

»Wenn Sie uns zuerst die verschiedenen Möglichkeiten aufzeigen würden?«, flötete Birgit. »Ausgepreist ist der GLS hier mit dreiundzwanzigtausendsiebenhundert. Rabatt, Inzahlungnahme des Saporoshez, Skonto bei Barzahlung, das will alles durchgerechnet werden.«

Sie stupste Paul an, der sich beeilte, zu antworten: »Genau wie meine Frau sagt.«

In der zweiten Stadtverordnetenversammlung wurden die Hauptsatzung beschlossen und die Ausschüsse besetzt.

»,Beschließende Ausschüsse beschließen im Rahmen ihrer Zuständigkeiten selbständig anstelle der Stadtverordnetenversammlung.' Was ist das denn für ein Deutsch? ,Angelegenheiten, die in die Zuständigkeit mehrerer beschließender Ausschüsse fallen, kann die SVV selbst beschließen oder einem der Ausschüsse zur Beschlussfassung übertragen. Der Hauptausschuss koordiniert die Arbeit aller Ausschüsse der SVV.' – Bla, bla, bla«, sagte Paul, aber Birgit lachte nicht.

»Sie lernen noch«, antwortete sie.

»Oder sie haben es abgeschrieben.«

»Klingt immer noch besser als das, was neuerdings in der Betriebszeitung steht. So ein Kauderwelsch.«

»Meinst du die Immobiliengeschichte?«

»Ja, und dass jetzt alles der Treuhand gehören soll.«

»Ich finde es spannend, das aufgelistet zu sehen: einhundert Betriebsobjekte mit mehr als vierhunderttausend Quadratme-

tern Grund und Boden. Im Westen gehört das eben zusammen: Grund und Boden und das, was draufsteht.«
»Ach, du mit deinen Zahlen. Wenigstens sind wir jetzt eine große GmbH, das klingt doch gut, oder, Paul?«
»Ja, das ist gut. Wenn nur die Treuhand mitspielt. ‚Staats-Holding'. Was sagt denn dein Schulze?«
»Der hat den Antrag gestellt, die PGH zurückzubekommen. Er blüht richtig auf, es macht Spaß jetzt, da zu arbeiten.«

Es war wie ein Traum. Ein endlos scheinender Traum. So lebendig hatte Paul sich lange nicht mehr gefühlt, ja, das war sie, die Frau, die ihn in die Milchbar eingeladen hatte, die Frau, die »Ja« gesagt hatte zu ihm und die er aus dem langen roten Schal wickeln durfte, damals, im schmalen Flur der Altbauwohnung in Großburgstein. Es gab sie noch, diese kesse, spöttische, begehrenswerte Frau, sie war nur verschüttet gewesen, das war ja zu erklären, der ewige Stillstand – aber jetzt! Aufwärts, vorwärts und schnell vergessen, wen kümmert heute mein Geschwätz von gestern, leben, leben! Statt lernen, lernen, ja, alles war neu, so erschreckend anders, für ihn hätte es ein wenig langsamer gehen können, nicht so rasend wie in einer Achterbahn, aber mit der war er auch nur einmal gefahren, mit John, und hatte noch aus dem Sitz heraus alles vollgespien, zu schnell, zu schnell, auch heute, auch jetzt, aber was soll's, es ging ihm gut, sie hatten Glück, ja, darin musste er Birgit recht geben und er gab ihr gern recht, sie waren jung, sie hatten alles noch vor sich, er würde aufsteigen, sie in schillernden Kleidern ausführen, sich feiern lassen – wer konnte das nicht wollen? Es war großartig, so eine Frau zu haben, gerade jetzt, wo ringsherum die Ehen auseinanderbrachen, weil der eine dies und der andere das Gegenteil erwartete, nein, das würde ihnen nicht passieren, Birgit hatte »Ja« gesagt, das war lange her, aber er glaubte ihr, jeden Tag neu. Angie, ja, Birgit war genauso, nur seine Frau hatte er gesucht, im heißen Rostocker August, die Birgit, die nun wieder zum Vorschein gekommen war, so lebendig, biegsam, schnurrend, gurrend, im Bett, auf der Couch, auf dem Fußboden, einmal jedenfalls. Keine hingeworfene Matratze, keine weißen »Mitropa«-Tassen, dann und wann versuchte er sich vorzustellen, was gewesen wäre, hätte er Angie geliebt und sie die versprochenen Brötchen gebracht ... wo wäre er dann jetzt? Auf einem Ökohof in Hessen? In einem klapprigen VW-Bus auf dem Weg nach Italien? Nein, seine Welt war hier, mit Birgit, an sie geschmiegt, in ihr. Das neue Leben war der Traum, ja, auch sein Traum, Birgit sprühte vor Energie, vor Lebensfreude, ein Feuer, das ihn mitriss, nur manchmal, ganz selten, fürchtete er, davon aufgefressen zu werden, aber das ging vorbei, das waren nur Sekunden, es lief großartig, er liebte Birgit, es würde nicht aufhören, niemals.

Die erste große Tour führte sie nach Bayern in den Urlaub. Paul brauchte eine Woche, ehe er die Leute wenigstens ab und zu verstand. Hätten sie nicht die Discountläden entdeckt, wären sie mit dem ersten richtigen Geld verdurstet. Nur an wenigen Tagen rangen sie sich dazu durch, für eine 20-Pfennig-Faßbrause oder ein Glas Selters drei dieser kostbaren D-Mark-Stücke herzugeben. Dafür hatten sie einen Fabrikverkauf besucht. Birgit häufte Anziehsachen für Markus vor der Kabine an, bis er protestierte. Trotzdem war der Berg, den sie zur Kasse schleppten, sehr preiswert, und zusätzlich gab es einen Rabatt, als sie ihre Personalausweise zeigten. Ihm war es unangenehm, gehungert hatten sie schließlich auch vorher nicht, aber so fühlte er sich, als er in das Gesicht der Kassiererin sah, die den blauen Ausweis begutachtete. Bei Douglas zog Birgit anschließend mehrere dieser neuen

Scheine aus seinem Portemonnaie, für winzig kleine Phiolen.

»Schau einmal, Paul, jetzt fahren doch tatsächlich Autos mit unseren verhassten Abkürzungen durch die Gegend«, riss Birgit ihn aus seinen Gedanken. Sie sah ihnen hinterher, wie er früher den Westautos auf der Hamburger nachgeschaut hatte. Nur dass dieses Mal sie in einem Westauto saßen. Was es nicht alles gab: »BGL«, Betriebsgewerkschaftsleitung. Oder »HO«, Handelsorganisation. Und die Gaststätte gleich hinterher: »HOG«. Sogar der große Bruder fuhr hier: »SU«. Und »ND«. Das »Neue Deutschland« in Bayern. Ein Audi war das. Ein Golf aus Passau: »PA«, der Personalausweis. Und »AK«, die »Aktuelle Kamera«, die wurde gerade abgewickelt. Dann lachte Birgit los und Paul blieb die Luft weg. Eine heruntergekommene Kiste knatterte vorbei. Der Lack rostverfärbt, der Kotflügel blau, die Tür rot und schwarz, das Heck eine einzige Beule. »BOT« – wie ihr Betrieb. Birgit lenkte ihn ab. Zeigte auf einen Opel mit »FD-J«. Der Fahrer hatte sich früher bestimmt nie Gedanken um sein Kennzeichen gemacht. Und jetzt fuhr er Reklame für eine untergegangene Jugendorganisation. Paul blieb deprimiert. All die großen Wagen hatten große Kennzeichen. Und dieser verbeulte … Birgit streichelte sein Knie. Drehte sich um und sah, dass Markus mit angezogenen Beinen auf dem Rücksitz schlief. Paul nahm den Fuß vom Gaspedal und blinkte. Sie rannten in den Wald, kichernd, prustend, küssten sich, Paul schob ihr T-Shirt hoch, sie lachte.

»Wir haben doch ein Zuhause, Paul, wir sind doch keine Teenager mehr«, dabei öffnete sie den BH, kicherte weiter. Er hob sie hoch, trug sie zu einer Rasenstelle zwischen den Büschen, küsste ihren Bauch, ihre Hüften, sie schlang die Beine um ihn.

Markus schlief immer noch, Birgit nahm die Wasserflasche und spritzte Paul ins Gesicht, dann fuhren sie weiter. Sie schloss die Augen, wohlig warm fühlte sich alles an, Paul und das neue Auto, seine Küsse und ihr gesamtes neues Leben, das nun endlich, endlich, ein gutes Leben wurde, und wer sagte denn überhaupt, dass die Liebe darin keinen Platz hätte? »Wichtigtuer«, »Möchtegern«, vielleicht hätte sie sich sogar zu einer Affäre hinreißen lassen. Es kam ihr vor, als wären Jahre vergangen seit ihren Besuchen in seinem Büro, als er ihr aus dem Mantel geholfen hatte, aber dann ... er war wie ausgewechselt gewesen an jenem Tag im August, obwohl, charmant und aufmerksam wie immer, nur seine Worte klangen auswendig gelernt. Er würde Frauen schätzen, die sich für den Betrieb engagierten und nicht alles stehenließen. Er meinte Bärbel, aber das konnte Birgit sich an jenem Tag nicht zusammenreimen, sie erfuhr erst zwei Wochen später, dass Bärbel nicht wiedergekommen war. Stolz genug war sie jedenfalls, nicht noch einmal bei ihm im Büro zu stehen, und das war richtig gewesen, inzwischen munkelte nicht nur Gerlinde, dass er keinen »Persilschein« erhalten hatte. Gut, dachte sie, dass ich nicht mehr versucht habe, vielleicht wusste ich es, Paul ist da und Paul ist sauber. Sie kicherte, dachte an das Gras, das ihm bestimmt noch in der Hose hing, drehte sich zu ihm und küsste seine Hand.

Die Welt steht nicht kopf, sie ist total übergeschnappt, dachte Paul manches Mal den Satz von Birgit weiter, wie ein Strudel, schneller, immer schneller, er griff sich mit beiden Händen an die Schläfen, schloss die Augen, sehnte sich nach einem Tag ohne Informationen. Ein Tag an der Ostsee, da könnte der Wind alles herauspusten aus seinem Kopf, all die Gedanken, die doch nur kreisten und kein Ziel fanden, er könnte sie wegtragen über das Wasser, fort, nur fort, und ihm Ruhe bescheren, einen Tag lang nur. Stattdessen immerzu Neues, Unfassbares. RAF-Mitglieder, die von der Stasi versteckt worden waren, nun auch ein

IM bei der CDU, Generalsekretär, schon das Wort klang plötzlich verdächtig. Die SPD-Volkskammerfraktion beschloss ihren Austritt aus der großen Koalition, dabei waren sie noch keine vier Monate im Amt, »Konzeptlosigkeit« hatte Lothar de Maizière dem für die SPD angetretenen Peter Pollack vorgeworfen, dabei hatte er doch selbst keinen Plan. Nur fünf Wochen nach seinem Amtsantritt verschwand der Chef der Treuhandgesellschaft wieder, wegen interner Differenzen und des Chaos', das in der DDR-Wirtschaft angeblich herrschte, und der Schwierigkeiten bei der Privatisierung der Betriebe. Wahrscheinlich hatte er keine Ahnung. Die DDR war schließlich keine Bahn auf Gleisen, sonst hätten sie das auch allein hinbekommen.
»Der Neue ist Jurist und ‚Sanierungsspezialist'«, Jürgen amüsierte sich über den Begriff und fügte hinzu: »Ausverkauf, das wird es, keine Sanierung.«
»Woher willst du das wissen?«, fragte Paul und versuchte einen Witz: »Immer noch parteiinterne Informationen?«
Doch Jürgen tippte sich an den Kopf: »Nachdenken, selbst denken, das reicht schon.«

Vom Morgen bis zum Nachmittag packte Paul Kartons aus, las und telefonierte. Von den neuen Kopfbögen der GmbH in Gründung hatte er einen sorgfältig in seine Tasche gepackt und nach Hause getragen. Er präsentierte Birgit stolz das feste, strahlend weiße Papier, als wäre er dafür verantwortlich. Kugelschreiber hatte er jetzt mehr als zehn auf seinem Schreibtisch liegen und alle schrieben. Seine Sekretärin hatte ihm stolz die neue elektrische Schreibmaschine vorgeführt – mit einem Display –, sie zeigte ihm, wie sie ganze Sätze ändern konnte, bevor die Maschine ungewohnt leise mit dem Drucken begann, daneben auf ihrem Tisch warteten zusätzlich kleine Fläschchen mit weißer

Farbe auf das Verbessern der Tippfehler. In der Ecke stand ein riesiges Vervielfältigungsgerät, kein Thermokopierer, das Papier dafür war ebenfalls schneeweiß. So viele Dinge, die ihnen zukünftig die Arbeit erleichtern würden. Zuerst jedoch galt es, die Gesetze zu verstehen, nach denen die neue Wirtschaft funktionieren sollte. Bürgerliches Gesetzbuch, Handelsgesetzbuch, GmbH-Gesetz, Paul hatte sich die teuren Bücher vom Begrüßungsgeld gekauft und es Birgit überlassen, den Rest zu verwalten – oder auszugeben, das war ihm egal, er brauchte das neue Wissen und sah, wie stolz Birgit war, dass er es ernst anging und lernte. Es gab keinen Handgriff mehr, der routiniert erledigt werden konnte. Nach Feierabend konzentrierte er sich auf die Verfassung, das Parteiprogramm, Verwaltungsstrukturen in den alten Bundesländern, Vereinsrecht. Wenn er Birgit lange Sätze vorlas, die er nicht verstand, küsste sie seine Sorgen weg. Selbst zu lernen, dazu verspürte sie keine Lust, ließ sich aber erzählen, was er glaubte, wissen zu müssen, und konnte aus Nachrichten, Zeitungsartikeln oder Gehörtem Beispiele nennen, bis auch Paul die Wortakrobatik verstand.

Seit August waren fünfzig Prozent der Arbeiter in Kurzarbeit, die Aufträge fehlten. Ihre Produkte waren zu teuer, das sozialistische Wirtschaftssystem erfüllte die Verträge nicht, nahm die avisierten Waren nicht ab. Paul rechnete, plante, schrieb, tagsüber für den Betrieb, abends für die neue Partei, euphorisch. Birgit schlief neben ihm, an ihn geschmiegt, er sehnte sich danach, all die Wörter aus dem Kopf stoßen zu können. Stattdessen endete alles in Zahlenkolonnen: Schäfchen zählen, ihre Hand nehmen, sich auf ihren Atem konzentrieren. Oft stand er nachts noch einmal auf. Schrieb Stichpunkte auf kleine Zettel, drückte sich im Bad einen nassen Waschlappen auf die Augen. Manchmal schraubte er eines der Fläschchen auf, die sich neuerdings auf der Ablage drängten, und versuchte, herauszufinden, wo sie welches Parfum gekauft hatten, um sich abzulenken. Erst dann konnte er schlafen. Wenn Birgit ihm morgens frisch gepressten Orangensaft reichte, er die Kerze auf dem Tisch erblickte und die gefalteten Servietten, wusste er wieder, wofür er lebte. Sie prosteten sich zu, Markus trank Kakao oder aß Kellogg's, er mochte keinen Saft am frühen Morgen und verschwand im Bad, wenn Birgit Paul lange küsste. Sie hatten Zeit, obwohl die doch tickend vorwärtsschritt und sie aus dem Haus mussten. Paul freute sich auf seine Aufgabe, ja, er hatte etwas gefunden, wofür es sich zu kämpfen lohnte, und am Abend würde Birgit auf ihn warten. Schöneres konnte er sich nicht vorstellen.

Eines Morgens führte ein Ortstermin ihn an einen Nebenarm der Havel, er blieb lange am Ufer stehen, sah auf die Lauben und Grundstücke links des Weges, die leichte Strömung. Hier ein Haus zu bauen – das war Birgits Traum. Ja, dachte er, am Wasser, wenn schon nicht in Mecklenburg, wenn ihr der Havelsee nicht gefällt, aber hier ist auch Wasser, ein bisschen wenigstens, ja, er könnte es sich vorstellen, obwohl, wozu ein Haus?, aber egal, hier war es tatsächlich wunderschön.

Zu den Sitzungen der Stadtverordneten fuhr er mit dem neuen Astra. Er wollte nicht angesprochen werden auf dem Weg, niemand sollte ihm seine Angst ansehen. Mit Mitgliedern des »Neuen Forums« an einem Tisch zu sitzen, mit Bürgern, die mit Kerzen und Demonstrationen diese Wende erst möglich gemacht hatten, als er noch das andere Parteibuch trug, war vollkommen anders, als mit Birgit auf kommende Zeiten anzustoßen.
Eine Frau wurde zur Vorsitzenden der Stadtverordnetenversammlung gewählt, in den Pausen sprach sie von den De-

mo-Abenden auf dem Platz. »Demokratie Jetzt«, »Freie Bürger«, er wusste nicht, ob sie einer Gruppierung angehört hatte, im »Neuen Forum« war sie nicht gewesen, das hätte Birgit gewusst. Die Mitglieder des »Neuen Forums« trugen immer noch zottelige Bärte und Zöpfe, aber ruhig argumentierten sie und nicht halb so schrill wie diese Frau.
Paul wurde Vorsitzender im Bauausschuss, Stellvertreter im Hauptausschuss und Mitglied im Wirtschaftsausschuss. Die Aufgaben lenkten ihn ab, er konnte sich auf Zahlen konzentrieren. Wenn er erschöpft nach dieser zweiten Schicht nach Hause kam, massierte Birgit ihm den Nacken. Stellte sogar sein Essen auf den Couchtisch, was sonst tabu war, und fragte nach seiner Arbeit.

Der 2. Oktober war sonnig und mild. Markus jedoch kämpfte mit einer Angina und Paul erklärte sich bereit, bei ihm zu bleiben.
»Ich will dabei sein, wenn in dieser Nacht die DDR aufhört zu existieren. Ein neuer Staat wird entstehen. Ein Feuerwerk soll es geben. Ab Mitternacht.«
Sie hatten zusammen zum Brandenburger Tor fahren wollen, nun saß nur Birgit in der S-Bahn, stieg am Alex aus. Die Volkskammer lag verlassen, in den getönten Scheiben des Palastes der Republik spiegelte sich die untergehende Sonne. Ab heute Nacht sind wir alle der Westen, dachte sie. Die Menschenmenge schob sie mit, am Museum für Deutsche Geschichte vorbei, der Staatsoper und der Humboldt-Universität, in Richtung Brandenburger Tor. Klassische Musik ertönte, Vivaldis »Vier Jahreszeiten«, und mehrere Reden. Die Glockenschläge um zwölf gingen unter in einem riesigen Feuerwerk. Ob Paul und Markus jetzt vor dem Fernseher saßen? Sie umarmte fremde Menschen, Taschentücher wurden herumgereicht, sie hätte Paul jetzt gern bei sich gehabt und Markus, sie hätten das sehen sollen. Warum

musste er sich gerade jetzt eine Angina einfangen? Wie letztes Jahr, dachte sie, da war er auch nicht bei ihnen gewesen, als die Mauer fiel.

Paul hatte Markus in eine Decke gewickelt und sich neben ihn auf die Couch gesetzt.
»Besser?«
»Ich hab Durst.«
»Soll ich dir Honigmilch machen?«
»Mama hat gesagt, Milch ist nicht gut.«
»Aber Honigmilch?«
»Will ich nicht.«
Seine Mutter hatte ihm immer Honigmilch gemacht, Paul trank sie gern, selbst, wenn er keine Halsschmerzen hatte. Er befühlte Markus' Stirn. Kein Fieber. Aber seine Füße waren eiskalt.
»Frierst du?«
»Ja.«
Paul setzte Teewasser auf und holte aus dem Bad eine Plasteschüssel. Was hatte seine Mutter da hineingetan? Salz? Er zählte fünf Teelöffel Salz in die Schüssel, goss heißes Wasser dazu und noch ein paar Tropfen Fichtennadelschaumbad, er wollte nicht auch noch wegen des Salzes mit Markus diskutieren. Dann füllte er eine Kanne mit Pfefferminztee und tat einen Löffel Honig hinein. Honig war gut bei Halsschmerzen, das ließ er sich nicht ausreden.
»Autsch!«
»Langsam, ganz vorsichtig, das Wasser ist nicht zu heiß, tauch' deine Hand ein.«
Markus' Füße färbten sich dunkelrot, am Tee nippte er nur. »Der ist ja süß.«
»Auch nicht gut?«

»Doch, das schmeckt, danke.«

Paul rubbelte ihm die Füße trocken und wickelte sie in ein Handtuch.

»So, und jetzt schauen wir, ob wir Mama sehen.«

Birgit kam erst am nächsten Nachmittag zurück. »Tante Gertrud wollte genau wissen, was da los war. Hat sich geärgert, dass sie nicht doch mitgekommen ist. Aber sie hat solche Beklemmungen, sagte sie, wenn da so viele Menschen zusammenstehen.« Sie küsste Paul, sah sich um.

»Wo ist Markus?«

»Schläft. Er war enttäuscht, dass wir dich nicht entdeckt haben.«

»Ihr habt mich gesucht?«

»Na klar. Und ich bin auch froh, dass du wieder hier bist.«

»Ach, das war herrlich, sag ich dir. ‚Solch ein Gewimmel möchte ich sehn!' Ja, genau so war das, wie Goethe, Vivaldi, ein Abend wie eine Hymne.«

3. An der Weltzeituhr

»Französische und holländische Firmen, sogar eine türkische waren interessiert, haben uns auf der Herbstmesse das Material aus den Händen gerissen.«

»Du tust so, als wärst du dabei gewesen.«

»Ach, Jürgen, das wird schon, glaub mir! Wir – oder eben sie – haben das neue Konzept vorgestellt in Leipzig –«

»Das ist genau so ein Durcheinander wie in eurer Politik. Ich glaube das alles erst, wenn hier jemand investiert. Und wir unsere Arbeit behalten.«

Paul reagierte nicht auf die Anspielung. Er musste sich um die

Vorschläge zum Gewerbegebiet kümmern, um den Verkauf von Volkseigentum zur gewerblichen Nutzung, das war wichtig. Zwei junge Frauen, angestellt bei der Stadt, waren tagelang unterwegs gewesen, um von einem Laden zum nächsten zu ziehen, mit Zollstock, Stift und Block. Die Grundrisse mussten stimmen vor dem Verkauf. Über Kohlenberge kletterten die beiden Frauen, schoben sich in den Geschäften an den Wartenden und den Verkäuferinnen und all den Regalen vorbei; die Wochenenden reichten nicht, alles auszumessen und akkurat aufzulisten.
Viele Investoren aus dem Westen hatten sich um Räume bemüht. Auch einige der Mitarbeiter. Außerdem gab es Vorhaben zur neuen Fernwärmeversorgung. Umstellung auf Erdgas. Umweltschutz, okay. Aber der verzögerte alles. Genauso wie der Denkmalschutz. Die Altstadt war sowieso hinüber. Da hätte mal einer zehn Jahre früher draufkommen müssen, nicht alles abzureißen. Jetzt sollte vom letzten stehenden Haus eine Fotoserie erstellt werden. Skizzen, Aufmaße. Damit irgendwann, falls da wieder gebaut werden sollte, alles so entstehen konnte wie vor hundert Jahren. Auch das Gelände am Havelsee wurde verkauft. Paul erfuhr erst nach dem Urlaub davon. Er hätte sich den Käufer gern selbst angesehen, mit ihm darüber gesprochen, wie schön es dort früher und wie wichtig der Ort auch zukünftig als Naherholungszentrum war. Es wurde höchste Zeit, dass jemand sich kümmerte, seit Monaten stand die Gaststätte leer, blieb der Strand unaufgeräumt, hatte niemand mehr den Rand ausgebaggert und das Schilf geschnitten. Jürgen hatte auf die Privatisierung geflucht. »Wenn es nicht kommunal bleibt, wird es nie für alle sein!«
»Du hockst hier und weißt doch gar nicht, was alles möglich ist!«
»Mit deinem Geld? Deiner Bayern-Erfahrung? Du bist derjenige, der keine Ahnung hat!«

»Ja, Bayern. Wir haben schließlich viele privat betriebene Schwimmbäder gesehen. Gaststätten gab es dort jede Menge, auch Kioske, Ausleihstationen für Liegen, Schirme, Wasserbälle.«

»Und alles kostenlos, oder?«

»Natürlich ist das teuer, aber wir verdienen doch jetzt auch genug, oder?«

»Zur Annexion haben maskierte Kapitalismuskritiker Plakate hochgehalten vor dem Reichstag: ‚Wir freuen uns auf Deutschland: Süßer die Kassen nie klingeln'. Aber davon hast du wahrscheinlich nichts mitbekommen.«

»Musst du immer Annexion sagen?«

»Wenn es doch stimmt. Mir gehen die Bilder nicht aus dem Kopf und dieses Gejohle, als Gysi im Sommer in der Volkskammer sagte: ‚Das Parlament hat nicht mehr und nicht weniger als den Untergang der Deutschen Demokratischen Republik beschlossen.' Beitritt nach Artikel 23 des Grundgesetzes. Ein Beitritt ist keine Vereinigung. Ich werde das nie sagen!« Jürgen ließ die Arme sinken, die eben noch gestenreich seine Wut unterstrichen hatten. Er drückte Paul, so schnell, dass der nicht wusste, wie ihm geschah, und dann flüsterte er: »Irgendwann wirst du an mich denken.«

Wenn Paul früher Unterlagen für die Partei- oder Gewerkschaftsversammlung zusammengestellt, Ablaufpläne für die Fertigung bewertet oder eigene Vorstellungen zu Papier gebracht hatte, notierte er sich die Eckpunkte während der Arbeitszeit und seine Sekretärin tippte auf der Schreibmaschine alles ab. Egal, in welcher Blockpartei der Meister oder Abteilungsleiter organisiert war, es ging um den Betrieb und die große Linie, und die war für alle gleichermaßen Gesetz. Jetzt gab es mehrere Parteien, nicht nur dem Namen nach, es gab keine gemeinsamen Zielstellungen mehr und für den Betrieb war keine Partei zuständig. Dafür hatte sich die Anzahl der Gesetzestexte vervielfacht. Das schmale Zivilgesetzbuch und das Arbeitsgesetz – da hatte Paul nie hineinschauen müssen, es reichte, die Parteitagsdokumente zu lesen. Jetzt musste man zu jedem Gesetz die entsprechenden Urteile verschiedener Landesgerichte heranziehen, und nur selten passte das auf die eigene Situation. Den Justitiar hatte er früher nur vom Sehen gekannt, ein- oder zweimal war er ihm auf dem Flur vor der Kaderabteilung begegnet. Jetzt sollten gleich drei neue Juristen eingestellt werden, einer für Wirtschaftsrecht, einer für Arbeitsrecht und wofür der dritte gebraucht wurde, hatte er schon wieder vergessen. Immobilien? Mit den Vordrucken war es genauso. Mit einem schiefen Grinsen dachte Paul daran, dass die Bürokratie in der DDR als überzogen gegolten hatte. Niemand sich hätte vorstellen können, mit viel mehr statt weniger Formularen arbeiten zu müssen. Stundenlang saß er nun am Esstisch über dem Papierkram und hatte ein schlechtes Gewissen Markus gegenüber, den er mit knappen Sätzen zu Neuigkeiten aus der Schule befragte.

»In den Ferien verreisen wir gemeinsam, richtig weit weg«, beruhigte Birgit ihn. Doch Paul wusste nicht, wie es im Betrieb weitergehen würde. Viele Abteilungen arbeiteten kurz oder waren auf null gesetzt. Die Betriebszeitung versuchte, Mut zu machen. Aber wer las die noch? Zum Jahresende würde die Konsumgenossenschaft die Werkverkaufsstelle schließen.

»Die Betriebskantinen sind die nächsten. Existenzangst, ein viel zu löchriges soziales Netz, Ellbogen überall. Dagegen ist all das Bunte in den Geschäften doch blanker Hohn! Der Betrieb stirbt auch«, hatte Jürgen gesagt.

Paul aber hoffte. Gerade erst war er vom neuen Personalausschuss bestätigt worden und hatte die Zentrale Materialversorgung übernommen. Fieberhaft holte er Informationen aus den alten Bundesländern ein. Bewarb sich für den neu zu bildenden Aufsichtsrat. Dreimal die Woche fuhr er nach Berlin zur Treuhandanstalt. Er gehörte endlich dazu. Zur obersten Leitungsebene. Birgit legte ihm frische Hemden bereit und bügelte unter einem feuchten Tuch die Anzughosen auf. Sie war da, wann immer er sie brauchte, auch nachts. Selbst wenn er müde war, verführte sie ihn, leise, nicht so heftig wie in den allerersten Wochen, er genoss es, sich an sie zu schmiegen. Nach jeder Fahrt zur Treuhandanstalt jedoch sank seine Hoffnung. Die Menschen, die ihm in den langen Fluren begegneten, kamen aus einer anderen Welt. Dicke Teppiche schluckten die Schritte, die Paul konzentriert und langsam setzte. Die Herren trugen bunte Fliegen und weiße Hemden. Ihr Lächeln war genauso frisch gebügelt. Selbst wenn die Zahlen über angekündigte Kurzarbeit und Entlassungen Pauls Vorstellungen zu sprengen drohten: Auf ihren Gesichtern bewegte sich kein Muskel. Wie nebenbei kam höchstens der Satz: »Eine Brille könnte ich gebrauchen.«

Paul regelte das, Brille mit Metallfassung. Dabei war das etwas Besonderes. Aber für Leute aus der Treuhand, die dem Betrieb helfen wollten?

»Ah, Theatergläser stellen Sie her?«

Das war die zweite und meist auch schon die letzte Frage.

»Wenn das hier die Hilfe aus dem Westen ist …«, nachts flüsterte er es zu Birgit hinüber, aufgeschreckt von einem Alptraum, erschrocken über seine Worte. Birgit hörte ihn nicht, sie schlief tief und leise fiepend. Morgens schaute sie ihn an, schmierte ihm ein Brot, schenkte Kaffee ein und erst dann nickte sie ihm aufmunternd zu. Stellte sogar das Radio leiser. Sie hatte gelernt, ihm zuzuhören, auch, wenn er schweigend dasaß. Da zu sein, mit einer Berührung oder einer weiteren Tasse Kaffee.

»‚Umkehr in die Zukunft'«, Paul sah Birgit fragend an, »das klingt, als hätten sie es von Marx und Engels abgeschrieben.«
»Dabei steht das auf dem Wahlplakat der CDU, meinst du, die lesen die Klassiker? Aber immer noch besser als ‚Überholen ohne einzuholen', findest du nicht?«
»Auf jeden Fall besser als diese ‚BürgerInnenbewegung', was meinst du, wie viele sich darüber lustig machen.«
»‚Aber wer wird denn gleich in die Luft gehen', das HB-Männchen, das ist lustig. Obwohl ich die Anspielung auf Tschernobyl ziemlich geschmacklos finde.«
»Ich weiß eh nicht, wer hier die ‚Grünen' wählen soll.«
»Doch, Paul, ich glaube schon. Denk an den Säuregraben. An den Braunkohlegestank, doch, ich bin auch dafür. Aber das Geld sitzt woanders.«
»Bei denen, die umkehren wollen.«
»Genau, und deshalb wähle ich die auch. Sei nicht böse, Paul, aber auf Bundesebene hat deine Partei nichts zu melden.«
»Der Termin ist zu früh.«
»Sagt deine Partei, ja. Aber ich finde es gut, dass wir jetzt schon mitbestimmen können. Die erste gesamtdeutsche Wahl!«
»Vielleicht solltest du doch darüber nachdenken, Politiker zu werden.«
»Willst du stänkern? Das kannst du haben!«
Sie schlug mit der Zeitung nach Paul. Als er ihren Arm festhielt, kuschelte sie sich an ihn.

»Die Wahlbeteiligung vom März haben sie nicht erreicht; wahrscheinlich wollten doch nicht so viele zur ersten gesamtdeutschen Wahl gehen.«
»Knapp achtzig Prozent, das ist doch okay. Oder sehnst du dich

plötzlich nach den einhundert?«

»Nein. Ich hatte nur gehofft, dass die SPD besser abschneiden würde.«

»Gehofft vielleicht, erwarten konntest du es nicht, du Zahlenmensch. Und Jürgen feiert jetzt bestimmt. Dabei ist seine Partei nur im Bundestag, weil sie den Osten extra gezählt haben.«

»Die ‚Grünen' aber auch. Sonst hätte es das HB-Männchen auch nicht geschafft.«

»Dabei dachte ich, im Westen wären sie viel weiter mit dem Umweltschutz.«

»Egal. Wir kriegen jetzt blühende Landschaften, das ist wichtiger.«

Sie tanzten durch die Räume, im Radio liefen Weihnachtslieder, Birgit sang lauthals mit.

Beim letzten Weihnachtsfest hatten Birgits Mutter und Tante Gertrud von nichts anderem sprechen wollen als von den Großaufnahmen des Brandenburger Tores – und den beiden Staatsmännern, die darunter hindurchschritten. Paul dagegen hatte vor der Flimmerkiste gestanden und von einer Nachrichtensendung zur anderen geschaltet, während Birgit die Gläser poliert, ihre Mutter den Braten aufgeschnitten und den Kartoffelsalat noch einmal umgerührt hatte.

»Paul, bitte, wir haben Weihnachten. Musst du dir dieses Gemetzel anschauen?«

»Bukarest. Nicolae Ceauşescu. Einer unserer engsten Verbündeten.«

»Paul, jetzt doch nicht mehr. Gehungert haben sie da, alles rationiert, so schlecht ging es uns wirklich nicht.«

»Und jetzt begießen wir das«, mischte sich der Vater ein.

»Die rumänische Revolution?«

»Das Ende der DDR!«, rief Birgits Mutter.

Paul stieß zaghaft an, Birgits Glas klirrte, der Großvater hatte die Hacken zusammengeschlagen und seinen Arm so hoch gehoben, dass Paul fürchtete, er würde den teuren Champagner verschütten – denn nicht weniger als der perlte in den Schalen – und hatte mit lauter Stimme skandiert: »Wie sagte Scheidemann? ‚Der Kaiser hat abgedankt. Die Monarchie ist zusammengebrochen. Es lebe die deutsche Republik!'«
Dieses Weihnachtfest in der gesamtdeutschen Republik erlebte der Opa nicht mehr, nur wenige Wochen nach seinem neunundachtzigsten Geburtstag hatte er kurz hintereinander zwei Schlaganfälle erlitten. Nach dem ersten hatte Paul ihn im Krankenhaus besucht. Gegen den Willen der diensthabenden Schwester fuhr er den Großvater auf die zugige Terrasse und steckte ihm die ersehnte Zigarre an. Sie schwiegen, Paul schaute den braunen Blättern zu, die von einer Ecke in die andere gewirbelt wurden, der Großvater hielt die Augen geschlossen und paffte. Als Paul sich von ihm verabschiedete, zog der Großvater die Hand schnell zurück. Paul sollte das Zittern und die fehlende Kraft des Händedrucks nicht bemerken.
»Ich hab genug erlebt«, sagte er leise, »und genug gesehen.«
Nun lief Paul allein im Hof herum, nur einmal ging er mit Markus in den Hühnerstall und zeigte ihm, wie er die warmen Eier halten musste, um sie heil bis zu den Schüsseln zu tragen, die noch immer mit verschiedenen Farben den Frischegrad anzeigten. Er vermisste den Großvater, sah seinen Buckel vor sich und hörte, wie er sich nach dem Abendbrot verabschiedete, um sich vors Radio zu setzen, wo keine Bilder neuer Kriege ihn an die früheren erinnerten.

»Die Betriebsteile müssen komplett geräumt werden. Neue Kollektive müssen formiert, Maschinen umgesetzt und Produktionsbedingungen neu organisiert werden.« Birgit stutzte. »Neue Kollektive. Heißen die jetzt nicht Team?«
»Ist doch kein Neuer, der das sagt.« Paul hatte gerade die Ablehnung für den Aufsichtsrat erhalten. Ein Schlag in die Magengrube. Der Aufsichtsrat wollte den Betrieb als Ganzes erhalten. Dafür war auch seine Meinung wichtig!
»Komm schon, so oft hast du früher nicht in der Zeitung gestanden«, Birgit nickte ihm aufmunternd zu und schnitt den Artikel aus der Betriebszeitung aus. »Und wie du argumentiert hast: große Klasse!« Sie legte die Schere aus der Hand und küsste Paul.
»Hauptsache, es wird auch gehört.«
»Sei nicht immer so pessimistisch! Du hast das doch prima erklärt. ‚Integrierte Materialwirtschaft', das klingt, das ist neu.«
»Für uns. Drüben machen sie das seit fünfundzwanzig Jahren.«
Birgit küsste ihn wieder, doch Paul sprach weiter: »Es ist nicht ausgestanden. Ich bekomme jeden Tag neues Material zugeschickt, von allen möglichen Firmen aus dem Westen und aus unterschiedlichen Branchen. Jede Woche stelle ich eine Mappe zusammen, nur mit Agitationspapieren.« Paul stutzte. »Ja, es ist tatsächlich ein bisschen wie früher in der Parteiversammlung: Leute überzeugen, die anderer Meinung sind. Manchmal glaube ich, wenn ich es nicht dreimal aufschreibe, liest das niemand.«
»Ach, Paul, das ist doch auch verständlich jetzt. Es sind viel zu viele neue Informationen. Und jeder muss sehen, wo er bleibt.«
»Aber es geht doch darum, den Betrieb zu retten!«
»Dir, Paul, dir geht es darum, ich weiß.«

»Rohwedder ist tot!« Birgit stand der Schreck im Gesicht. »Schulze hat das Radio laut gestellt, ‚gewaltsamer Tod des Präsidenten der Treuhandanstalt'.«

»Jürgen hat's mir gesagt. Ich komme ja nicht einmal mehr dazu, morgens die Zeitung zu lesen.«

»Birgit Breuel wird seine Nachfolgerin, auch eine Birgit.«

»Na, doch Lust auf die große Politik?«

»Muss ich nicht, das machst du doch jetzt.«

Dann kam das Aus. Dezentralisierung der Materialwirtschaft. Paul wehrte sich mit Tabellen und Berichten, mit Schreiben aus den alten Bundesländern. Doch die Würfel waren längst gefallen. Die Bereiche wurden entflochten. So, wie es die Treuhand forderte. Paul wies vergeblich darauf hin, dass mit einer Dezentralisierung auch ein höherer Aufwand in den einzelnen Bereichen verbunden sein würde, doch es war zu spät. Offiziell verkaufte er den Beschluss als den richtigen Weg, stand ein letztes Mal für ein Interview in der Betriebszeitung Rede und Antwort. Für diejenigen, die er mit seiner Hoffnung auf eine integrierte Materialwirtschaft so lange bei der Stange gehalten hatte, kam die Entscheidung genauso unvermittelt wie für ihn selbst. Zur Jahresmitte 1991 würde niemand mehr da sein. Auch er nicht.

»Das ist die Ellbogengesellschaft«, triumphierte Jürgen, als Paul aus dem Zimmer des neuen Controllers kam und seiner Unzufriedenheit Luft machte, »aber du willst ja nicht auf mich hören. Habe übrigens auch nur noch die halbe Abteilung da, und das für vier Stunden täglich. Wer weiß, wie lange noch, dann werde ich auch gekündigt.«

»Du?«

»Ja, ich, bin zu alt, nicht flexibel genug, so heißt das doch jetzt, nicht?«

»Und ich heul mich bei dir aus.«

»Hast es ja wohl nötig gehabt. Kommste mit auf 'nen Kaffee?«

»Okay, 'ne halbe Stunde kann ich lockermachen.«
Im Meisterbüro war es leise wie nie zuvor. Nur wenige Maschinen liefen in der Halle.
»Ist die kleine Vietnamesin noch da?«
»Die hat dir echt gefallen, was? Ist noch da, hat aber heute frei.« Jürgen machte eine Pause und sah ihn an. »Können uns treffen in Berlin, wenn du fertig bist mit deinen Verhandlungen, mal wieder einen trinken, bisschen erzählen.«
»Mit meiner eigenen Abwicklung, meinst du. Willst du extra reinfahren?«
»Meine Große wohnt jetzt da. Christel hat ihre Arbeit, da fahre ich ab und zu hin und gehe mit den Kindern in den Zoo. Ist nicht so weit weg wie der Tierpark. Ich kann dich ja anrufen, wenn du willst. In unsere Kneipe findest du wohl nicht mehr.«
»Ja, klar, machen wir. Könnte hinterher gut etwas zu trinken gebrauchen. Die Leute bei der Treuhand sind alles andere als angenehm.«
»Übrigens suchen sie jemanden im Tourismusverband.« Jürgen schlug Paul auf die Schulter: »Bewirb dich da. Für die blühenden Landschaften! Vielleicht taugt der Osten ja als Zoo. Mit Eintritt! Dafür lassen wir uns dann begaffen.« Er lachte bitter.
»Hei, nun sei doch mal ernst. Was machen die denn im Tourismusverband?«
»Erst einmal planen. Das kannst du doch.«
»Und warum bewirbst du dich da nicht?«
»Ich will nicht mehr. Nicht für dieses Land. Nee, lass mal. Ich kümmere mich jetzt um die Kleinen. Hab ja nie richtig Zeit gehabt. Zu sehen, wie Kinder wachsen. Etwas weiterzugeben. Den Stab – obwohl, so alt fühle ich mich noch gar nicht.«
Paul rutschte auf dem Stuhl, die Wanduhr klickte viel zu schnell vorwärts. »Wir telefonieren noch, ja? 'Ne echte Männertour

durch die Hauptstadt! Ich freu mich drauf.«

An der Weltzeituhr hatten sie sich verabredet, wie ein Liebespärchen, Paul war erschöpft, Jürgen zeigte nach oben und begann zu singen: »‚Mein halbes Leben steh ich an der Weltzeituhr … und ich warte und warte … und die rote Nelke trag ich immer noch, obwohl sie schon lange verdorrte …'«
»Ach, mal wieder Gundermann. Na, wo ist denn deine rote Nelke? Außerdem verwelken Plasteblumen nicht.«
Jürgen winkte ab: »Gehen wir gleich hier drüben rein?«
Ein paar Stunden später standen sie wieder unter der Uhr. Paul hakte sich bei Jürgen ein, schwankte, als er den Kopf in den Nacken legte und hinaufschaute. »Hei«, rief er, »weißt du, dass es in Wladiwostok genauso spät ist wie in Sydney?«
»Die Orte liegen doch Gesellschaften voneinander entfernt!«
»Jetzt nicht mehr. Oder?«
»Doch, du Schnapsleiche, jetzt erst recht. Armut des Mittelalters im Norden und Hautkrebs des nächsten Jahrhunderts im Süden.«
»Das ist doch nichts gesellsch… typischesch«, Paul winkte ab.
»Na ja, wie sagte schon Radio Jerewan? Im Prinzip ja, aber …«
Oh Gott, Radio Jerewan.
»Anfrage an Radio Jerewan: Kann man in den USA den Sozialismus aufbauen?«
»Im Prinzip ja …« Paul kicherte.
»‚… aber die DDR kann nicht noch eine Weltmacht ernähren'«, führte Jürgen den Satz weiter, »ganz schön eingebildet.« Dann schwieg er. Paul starrte schwankend hinauf und las laut die Namen der Hauptstädte vor.
»Nun komm schon«, Jürgen zerrte ihn von der Uhr weg, »wir müssen zum Zug.«

»Haste noch was zu trinken?«
»Reicht jetzt, okay?«, Jürgen schüttelte ihn leicht, »sieh lieber zu, dass du bis zu Hause wieder nüchtern wirst. Wenn Birgit dich so sieht, gibt's Ärger. Komm hier lang, ich glaub, da vorn gibt's noch Kaffee.«
»Ich will kein' Kaffee. Ich schlaf ein bisschen, ja?«
»Im Zug kannst du schlafen. Ich weck dich schon rechtzeitig.«
Paul fiel in den Sitz und wurde erst wieder munter, als Jürgen an seinem Arm rüttelte.
»Sind wir schon da?«
»Noch nicht ganz. Geh lieber noch in den Waschraum. Hier.« Jürgen gab ihm einen »Pfeffi«. Paul lutschte ein Loch in das Viereck, den Mund geöffnet, um die Schärfe abzuschwächen, damals hatte er auf dem Bahnhof gestanden und gewartet, jetzt wartete Birgit zu Hause, er streckte sich und atmete durch. Jürgen klingelte am Block, zog Paul ein paar Meter zurück, Birgit schaute aus dem Fenster, da hakte Jürgen ihn ein und schubste ihn. »Mitmachen! Los, das wird gut!«
Kurz vor der Tür stoppte Jürgen jäh. Paul hielt mit Mühe das Gleichgewicht. Jürgen deutete nach oben eine Verbeugung an und rief: »Verzeihen Sie mir. Wie Sie sehen, habe ich mir nur einen kleinen Spaß erlaubt. Ihr Gatte ist wohlbehalten aus der Großstadt zurückgekehrt.«

4. Wandlitz

Wenige Wochen später trug Paul im Bauausschuss seinen ersten Bericht vor und wiederholte ihn auch im Hauptausschuss, weil der Vorsitzende erkrankt war. Die ersten Sätze hatte er vor dem Schlafzimmerspiegel auswendig gelernt, Birgit

war leise wieder verschwunden, als sie ihn sah, und hatte nicht einmal das neue Radio in der Küche angestellt, das neuerdings ständig lief. Er gestikulierte sparsam, hob und senkte die Stimme an den richtigen Stellen. Als er das Podium verließ, klatschten einige. Er hatte es geschafft! Er hatte es endlich geschafft!
Doch schon auf der Heimfahrt verflog seine gute Stimmung. Die Fenster der Produktionsgebäude starrten tot auf die Hauptstraße. Die Bushaltestelle war leer, die wenigen Räder standen verloren in den Ständern. Von den fünftausend Beschäftigten waren knapp zwei Jahre nach dem heißen Herbst nicht einmal mehr dreitausend Mitarbeiter da. Eintausend hatten zum Halbjahr ihre »blauen Briefe« erhalten, auch Paul. Mit einem neuen Konzept waren sie als GmbH i. G. angetreten. Damals, dachte er, obwohl seither gerade zwölf Monate vergangen waren. Alles schien erreichbar. Alles hatte er dafür getan. Drei Beraterfirmen waren in den letzten Monaten gekommen und wieder gegangen. Hatten das Loch in der Kasse noch vergrößert, aber keine Zukunftsperspektiven gebracht. Die Treuhand war gegen eine Sanierung des Gesamtbetriebes. Ihn fröstelte noch, als er die Wohnung betrat. Birgit holte einen Pullover aus dem Schrank und hielt ihn Paul hin. »Na, komm her. Soll ich Kaffee aufsetzen? Oder lieber Tee? Hei, denk an deine Bewerbung. Hast du schon etwas gehört?«
Paul schüttelte den Kopf. »Ja, Kaffee wäre gut. Setzt du dich zu mir?«
»Aber nur, wenn du wieder fröhlich bist. Erzähle, wie ist dein Bericht angekommen?«
Paul atmete durch. »Gut. Sehr gut, glaube ich. Ja, du hast ja recht. Vorwärtsdenken. Ich geb' mir Mühe.«

Manchmal, wenn er Unterlagen aufbereitete, musste er Birgit um Rat fragen. »Stendaler Straße – welche war das früher?«
»Thälmannstraße«, kam wie aus der Pistole geschossen von Birgit.

»Und Ahornweg?«
»Wilhelm-Pieck-Straße.«
»Eine noch, ›An der Havel‹«
»Die hieß vorher Clara-Zetkin-Weg. Was ist damit?«
»Da werden Grundstücke verkauft. Ich muss das auflisten.«
»Am Clara-Zetkin-Weg gibt es doch nur Gärten, oder? Hatte dein Parteichef da nicht auch eine Datsche?«
»Hm.«
»Hei, höre mir bitte zu, was sind das für Verkäufe?«
»Soviel ich hier sehe, wollen die Datschenbesitzer ihre Grundstücke kaufen.«
»Warst du schon dort? Vielleicht will auch jemand verkaufen?«
»Weiß ich nicht. Ich glaube, da stehen nicht nur Wochenendhäuser. Das von Müllers zum Beispiel?«
»Das stimmt! Vielleicht könnten wir dort auch bauen?«
»Im eigenen Ausschuss möchte ich meinen Grundstückskauf nicht behandelt wissen.«
»Andere machen das doch auch.«
»Ich bin nicht andere.«
Birgit schmollte. Als Paul sich spät in der Nacht zu ihr legte, wandte sie sich ab.
»Schlaf gut«, murmelte er und legte seine Hand an ihren Rücken.

An einem Spätsommertag hielt Paul vor dem neuen Einkaufszentrum. Als er den geleerten Einkaufswagen in die Schlange einfädelte, räusperte sich jemand hinter ihm. Es war der Pfarrer, der ihm bei seinem ersten Auftritt in der neuen Partei Trost zugesprochen hatte. »Sie suchen ein Grundstück an der Havel?«
Paul schaute sich um, doch alle anderen waren damit beschäftigt, Tüten in die Autos zu laden.
»Gestern war jemand bei mir. Hohes Tier, damals. Will weg von

hier. Hat ein schönes Grundstück. Mit einer Datsche drauf.«
»Wo soll das sein?«
»Clara-Zetkin-Weg. Er steht sogar im Grundbuch. Hat die blaue Urkunde.«
»Das heißt, ich könnte da bauen?«
»Erst einmal müssten Sie es kaufen.« Der Pfarrer senkte die Stimme. »Er will es nicht an die große Glocke hängen. Ich habe Schweigepflicht. Aber wenn ich ihm helfen kann und Ihnen gleich mit? Jeder hat ein Recht auf Vergebung.«
Er bekreuzigte sich.

»Hallo!«, rief Paul schon im Flur. »Wir werden demnächst größere Sektflaschen brauchen!«
Am Wochenende besuchten sie Birgits Eltern. Die Mutter stieß einen Freudenschrei aus und wollte alles genauestens erzählt bekommen, der Vater schlug Paul an die Schulter, deutete eine Umarmung an und gab ihm zum Abschied einen Umschlag. Dieses Mal reichte der Inhalt nicht. Am Montag ließ Paul sich einen Termin bei der Bank geben. Nachmittags fuhren sie zum Clara-Zetkin-Weg. Das Straßenschild war noch unverändert. Der Holzzaun trug einen frischen, dunkelbraunen Anstrich. Die Datsche am hinteren Grundstücksrand hatte eine Terrasse am Havelufer. Einzelne Steine waren von unsichtbaren Wurzeln angehoben worden. Paul dachte an den Gehweg zum Wohnheim, Birgit blickte auf den vorbeiziehenden Fluss.
»,An der Havel' – das passt wunderbar, oder?«
Markus kletterte auf einen Birnbaum. »Darf ich mir hier ein Baumhaus bauen?«
Birgit lief lachend zu ihm, drehte sich zu Paul und schickte einen Kuss durch die Luft. Dann stromerte sie mit Markus durch das Unkraut. »Wo stellen wir die Hollywoodschaukel hin? Hier?

Oder lieber hier?«
»Hier ist es noch schöner, Mami, schau!«
Paul blickte auf die beiden und überschlug, was ein Hausbau kosten würde. Da war Birgit schon wieder bei ihm, schmiegte sich an und er sah ihre feuchten Augen. Hatte sie so sehr gelitten?
»Wolltest du nicht lieber darauf sparen, ganz weit wegzufahren?«
»Ach, Paul, ja, alles, alles.« Sie lachte, küsste ihn, schloss seinen Mund.
»Is' echt ein toller Fleck«, meinte Markus, »da werden die anderen Augen machen, echt super.« Er sprang zu Birgit, drückte sie, versuchte, sie hochzuheben. Es versetzte Paul einen Stich.

»‚Zwischenbericht des Parlamentarischen Untersuchungsausschusses' – haben die Zeitungen recht?«
»Keine Ahnung, jedenfalls sollen alle noch einmal überprüft werden. Auch die Mitarbeiter der Stadtverwaltung.«
»Na, du kannst ja deinen ‚Persilschein' gleich zweimal einreichen.«
»Aber Schatz, der Tourismusverband gehört doch nicht zur Stadt.«
»Aber den Schein wollen sie bestimmt trotzdem sehen. Ich will auch endlich wissen, wer da nun alles drin war. Wir sollen demnächst auch Bögen ausfüllen.«
»Wegen der betrieblichen Ost-West-Einigung?«
»Keine Ahnung. Vielleicht will Schulze auch Gewissheit haben. Das heißt: Joint-Venture. Schulze nimmt einen Partner dazu aus Westberlin.«
»Aber du bleibst?«
»Ach, Paul, wir haben genug Aufträge. Die dicken Gläser passen auch nicht in die modernen Fassungen, das hätte ich mir nicht träumen lassen. Ich blicke zwar immer noch nicht durch bei den

vielen Steuern, die vor- und zurückgetragen werden, Durchlaufposten sind oder das glatte Ergebnis ruinieren, aber ich werde es lernen. Ich glaube, im Moment ist Schulze ganz froh, dass ich nicht voll arbeiten will. Er will sogar das Gehalt erhöhen, nach dem Vertragsabschluss, hat er gesagt.«
»Davon hast du ja gar nichts gesagt.«
»Ich habe es noch nicht schriftlich. Man braucht doch jetzt alles schriftlich, oder? Aber vielleicht – ich will noch auf die Gehaltsscheine warten. Schulze hat von Weihnachtsgeld gesprochen. Dann fahre ich mit Tante Gertrud einkaufen!«

Wie an jedem zweiten Weihnachtsfeiertag der letzten Jahre stand Paul mit Birgit und Markus vor Jürgens Wohnung. Dieses Mal blieb die Tür geschlossen.
»Hat denn Jürgen nichts zu dir gesagt?«
»Hab ihn schon lange nicht mehr getroffen.«
»Nun haben wir nicht einmal einen Zettel mit.«
Abends schrieb Paul ein paar Zeilen auf eine übrig gebliebene Weihnachtskarte und schickte Markus zu Jürgens Wohnung.
»War immer noch keiner da«, rief Markus in die Stube, wo Paul sich mit einer Ausgabe der FAZ in die Leseecke zurückgezogen hatte.
»Darf ich noch mal los? Matthias und ein paar aus meiner Klasse warten unten.«
»Was wollt ihr denn jetzt noch unten, es ist dunkel?«
»Och, bisschen quatschen, was jeder gekriegt hat, wie's war und so.«
»Kannst du deine Freunde nicht mit heraufbringen? Ich suche euch Naschereien zusammen ...«
»Mama, wir sind doch keine kleinen Kinder mehr! Wir sind fast zehn Leute. Die anderen dürfen auch.« Paul hörte Birgits tiefes

Ein- und Ausatmen. Dann war es ruhig. Wahrscheinlich drückte sie ihn jetzt wieder halb kaputt. Wortfetzen drangen aus Markus' Zimmer. »Sei pünktlich!«, hörte er Birgit, dann das Schnappen der Tür, das Markus' Erwiderung verschluckte. Er legte die Zeitung zusammen. Im Flur stand Birgit verloren. Er nahm sie in den Arm.

»Na, komm rein«, er streichelte ihre Wange, »ich bin doch auch noch da.«

Erst im Januar traf Paul Jürgen am Rande einer Belegschaftsversammlung wieder.

»Komplett auf die neue Linie eingeschossen«, raunte Jürgen ihm zu. Er sah eingefallen aus.

»Was'n los?«, flüsterte Paul. »Wo wart ihr denn Weihnachten?«

»Im Krankenhaus«, erwiderte Jürgen.

»Du?«

»Nee, nee, mir geht's gut, meine Christel hat 'nen Bandscheibenvorfall, is' operiert. Soll noch 'ne Kur kriegen. Nu guck nich so. Hast ja eh keine Zeit mehr fürn alten Freund. Erinnerst du dich an Mischka? Der ist jetzt in Leningrad. Berät reiche Westdeutsche beim Immobilienkauf. Gerade er! – Gratuliere übrigens. Wann geht's denn los in der Tourismusbranche? Mit den blühenden Landschaften, meine ich. Ich … Vielleicht trete ich doch noch mal in eine Partei ein.«

»Das ist nicht dein Ernst, oder? … Doch, es ist dein Ernst.« Paul rutschte auf dem Stuhl umher. »Aber du bist doch ausgetreten, weil sie uns angelogen haben! Das sind doch immer noch dieselben Leute!«

»Du schaust zu viel Westfernsehen«, Jürgen lachte, als habe er Paul dabei erwischt.

Anfang Februar rief Jürgen an. »Kannste mich am Wochenende nach Wandlitz fahren? Mein Wartburg streikt und Christel wartet, dass ich sie besuche.«
»In Wandlitz?«
»Da steht jetzt 'n Reha-Zentrum. Nagelneu.«
»Klar, dann werd' ich mit Birgit die alten Herrenhäuser abklappern.«
»Mach das«, sagte Jürgen, »wirst dich wundern, mit dem Abstand von heute.«
»Nicht mehr wütend sein, meinst du? Doch, das bleibt. Wenn ich davorstehe und mit eigenen Augen sehe, wie die geprasst haben! Was die alles hatten in ihren Königshäusern und – «
»Okay«, unterbrach ihn Jürgen, »bis Sonntag früh dann.«
Verdutzt hielt Paul den Hörer in der Hand und lauschte dem Tuten nach.

Birgit hatte keine Lust, hineinzugehen in einen Geruch, den sie selbst mit »Tosca« nicht aus den Sachen bekommen würde.
»Bitte«, sagte sie leise und sah Paul an, »wir wollten uns doch die Häuser anschauen. Christel hat Jürgen bestimmt auch gern für sich allein.«
»Das ist doch kein Krankenhaus, eher ein Hotel«, versuchte Jürgen sie umzustimmen, aber Birgit schüttelte den Kopf.
»Grüß Christel von uns«, sagte Paul. Jürgen schlurfte mit gebeugtem Rücken die breite Einfahrt hoch. Birgit zog Paul fort.
Auf der Herfahrt hatten sie die Mauern gezählt. Drei Ringe sollten die Mitglieder des Politbüros, des Staatsrates und ihre Familien schützen. Jetzt standen sie vor einem dieser Häuser. Im Fernsehen hatte das alles viel größer ausgesehen. Das hier war gerade mal ein Zweifamilienhaus. Und der dritte Ring war ein Bretterzaun.

Die neue Klinik dagegen – wie im Westen. Ein mehrstöckiges Gebäude, das alles überragte. Verglaster Eingang, breite Treppen, Auffahrten für Rollstuhlfahrer, frisch gepflanzte Sträucher, die aussahen wie mit Puderzucker bestäubt. Birgit kam sich vor wie am falschen Ort.

Jürgen war aufgekratzt. »Was eine Woche so ausmacht – Christel geht's schon viel besser! Schöne Grüße auch, und hier, das Blatt soll ich euch geben, das liegt in der Klinik aus, zur Orientierung, wem welches Haus gehörte, damals.« Er gab es Paul.
»Brandenburg-Klinik, Bernau Waldfrieden.«
»Da hinten, das ist das Haus von Ewald.«
»War das nicht der Vorsitzende des Deutschen Turn- und Sportbundes, sogar im NOK?«
»Der hieß Manfred und hat nicht hier gewohnt. Ich meine Georg Ewald. War Landwirtschaftsminister, ist schon Anfang der Siebziger verunglückt.« Jürgen machte eine Pause. »Genug der Politik, würde Christel sagen. Das Bad hättet ihr euch ruhig ansehen können – alles vom Feinsten. Im Sommer, soll ich euch von Christel ausrichten, seid ihr eingeladen in unseren Garten.«
»Garten?«, fragten Paul und Birgit gleichzeitig.
»Kriegt man schneller als ein Haus«, Jürgen drehte sich nach hinten zu Birgit, »oder habt ihr schon eines?«
»Wir haben ein Grundstück gekauft«, antwortete sie, »an der Havel.«
Jürgen sah Paul an: »Dann hast du ja alles erreicht, was du wolltest.«

»Ökonomischer Leiter« stand an seinem neuen Büro, Paul fuhr mit dem Zeigefinger über das blanke Metall, bevor er aufschloss. Sogar eine Sekretärin würde er haben, seine ehemalige, wenn alles gutging. Vorgeschlagen hatte er sie. Die Kartons hatte er im Vorzimmer abstellen lassen. Er griff sich einige Broschüren und stellte die neue Aktentasche auf dem Stuhl ab. Rindsleder, Birgit hatte sie ausgesucht, für sein neues Leben, er trug sie voller Stolz. Heute musste er die Kaffeemaschine noch allein bestücken, aber nächste Woche ... Er freute sich darauf, jemanden um sich zu haben. Wieder diktieren zu können, Telefongespräche zu empfangen, ja, er würde sich schnell einarbeiten, bald schon würde er solche bunten Broschüren selbst in den Druck geben.

»Hier verleibt sich ein Deutschland das andere ein, aber wenigstens geht es zusammen und nicht auseinander. Bekommst du überhaupt noch mit, was sich in Jugoslawien abspielt?«
Jürgen wartete nicht, bis Paul antwortete. »Slowenien und Kroatien wollen sie jetzt sein, Belgrad macht natürlich nicht mit und die MIG 29 fliegt über allem und schießt. Ohne Sinn und Verstand. Ohne Gorbatschow, ich weiß nicht, wohin das noch führen soll, dieser Jelzin, was hältst du von ihm?«
Paul zuckte nur mit den Schultern.
»Interessiert dich das denn gar nicht mehr?«
Paul schwieg. Es hätte ihn interessieren müssen, ja, aber die Tage waren angefüllt mit seinem eigenen Leben.
»Eli will nach Afrika.«
»Hut ab, bist du sicher, dass sie deine Schwester ist?« Jürgen klopfte ihm auf die Schulter. »Wohin?«
»Das weiß ich nicht genau, in ein Waisenhaus, sie hat sich dort beworben, es steht noch nicht fest.«
»Ich glaube, dass sie das durchzieht. Na, den sozialistischen Aufbau wird es dort ja nun auch nicht mehr geben.«
Paul war froh, dass er einen Termin hatte und sich davonmachen konnte.

Am Wochenende schafften sie es endlich, Christels Einladung zu folgen. Das Grundstück war klein, überschaubar, der Schuppen nicht einmal massiv.

»Brauchen wir nicht«, hatte Christel erklärt, »wir haben doch unsere Wohnung.«

Christel lud Birgit ein, sich Ableger auszusuchen. Jürgen fragte, ob Paul Lust hätte, mit ihm nach Berlin zu fahren. Zu einem Konzert von Gerhard Gundermann.

»Gundermann?«, fragte Birgit abends. »Dieser Baggerfahrer?«
»Ja, genau der. Er soll auch zusammen mit ›Silly‹ an einer Platte arbeiten.«
»Habe ich schon lange nicht mehr gehört.« Birgit gähnte. »Hast du zugesagt?«
»Ja.«
»Meinst du, das ist jetzt noch die richtige Musik?«
»Singen kann er doch sowieso nicht, weißt du nicht mehr?«
»Eben. Warum musst du dann dorthin fahren?«
»Ich hab schon lange nichts mehr mit Jürgen unternommen.«
»Ich gehe schlafen.«
»Ich komme gleich.«
Paul hatte Widerspruch erwartet, jetzt stand er erleichtert im Bad.

Birgit kümmerte sich schon nachmittags um die Handwerker. Manches Mal staunte Paul, wie locker sie mit ihnen sprach, keinen Anstoß nahm an anzüglichen Bemerkungen oder der »Gossensprache«, wie sie es sonst nannte. Zum Abendbrot stellte sie Paul eine Flasche Bier neben den Teller. Er schaute auf. Gab es etwas zu feiern?

»Ich war heute im Küchenstudio.«
Die Einbauküche konnten sie nicht mitnehmen. Aber Küchen-

studio? Er goss sich ein, der Schaum sank nur langsam, Paul füllte nach, trank einen großen Schluck, Birgit wartete, er stellte das Glas auf dem Untersetzer ab. »Was hast du dir ausgesucht?«
»Ein bisschen Komfort wünsche ich mir. Es gibt jetzt Wasserhähne mit Kipptechnik. Eine Edelstahlspüle möchte ich sowieso und einen Herd mit Umluft, das ist besser und geht schneller, hat der Verkäufer gesagt.«
»Wir hatten uns geeinigt, dass ich mich um die Finanzen kümmere.«
»Schau es dir erst einmal an. Ein heller Holzton. Hei, die Küche hält dann auch ewig. Wenn ich sie mir doch so wünsche! Paul, bitte.«
»Okay. Übermorgen könnte ich früher Schluss machen. Vielleicht treffen wir uns dann in der Stadt?«
»Danke, Paul.«
Später stand er auf dem Balkon und schaute hinaus in die Nacht. Der Himmel war klar. Ihn fröstelte, obwohl kein Wind ging. Paul hob die Bierflasche, das Glas hatte er auf dem Tisch stehengelassen. Birgit sprach nur noch vom Haus. Sie hatte das Konzert nicht wieder erwähnt und er hütete sich, davon anzufangen. Paul stellte die leere Flasche in die Küche, ging ins Bad und putzte sich die Zähne. War es richtig, mit Jürgen zu fahren? Dieser Gundermann hatte letztes Jahr noch für die »Vereinigte Linke« kandidiert, war vielleicht sogar in der PDS. Aber Berlin, wer sollte das mitbekommen? Mit Jürgen hatte er lange nichts mehr unternommen.

Bis zur Bühne Holzbänke, nur wenige unbesetzt. Familien mit Picknickkörben zwischen sich auf den Plätzen, viele weißhaarige Männer, Frauen mit gefärbten Haaren, ein oder zwei mit einem Stich ins Violette. Jugendliche, Tücher um Hals oder Bauch

gewickelt, über der Schulter Rucksäcke mit Gorbistickern oder Sandmännchenbildern, Unterschriften oder Sprüche in Schwarz. Auf der Bühne Flötenspieler und Gitarristen, dann eine Gruppe Jungen, einheitlich gekleidet, Tamburins und Schlegel in den Händen. Der Trommelwirbel erinnerte Paul an den Fahnenappell, den er gehasst hatte. Die langsamen, besinnlichen Weisen nahmen ihn mit auf eine Reise ins Kinderland. Lagerfeuer, Lieder zur Gitarre: »Guantanamera« und russische Weisen. Die Tränen konnte er auf den Rauch schieben. Erst gab es süßen Stockkuchen und spät Kartoffeln, in der Glut gebacken. »Nick nack, give a dog a bone« und »Everybody loves saturday night«.
Während des Konzertes stand Jürgen wiederholt auf, schrie, umarmte Paul. »Siehst du, die DDR ist nicht tot, die Machthaber, die verlogenen, sind weg, aber das Volk, die Solidarität untereinander, ist geblieben«, rief Jürgen, jubelte, Tränen kullerten ohne Scham. Paul war immer kleiner geworden unter den Schlägen der Freundschaft. Die Heimfahrt in Jürgens Wartburg verschlief er.
»Kommste noch mit rein auf'n Kaffee?«, fragte er Jürgen.
»Nee, lass man, brauchst dringend Schlaf. Aber in der Kneipe bin ich noch, jeden Montag.«
Paul antwortete nicht. Als er unter die Decke schlüpfte, wurde Birgit kurz wach, murmelte »Wie war's?« und war schon wieder eingeschlafen. Paul küsste ihre Fingerspitzen und schlief mit ihrer Hand in seiner ein. Aber der Tag wirkte nach. Diese Texte! »Es ist, als hätten wir'n Krieg verlor'n, kapituliert und abgeschwor'n, ringsherum qualmen Scheiterhaufen, wer nicht verbrannt wird, muss sich verkaufen. Wir lernen jetzt richtig rechnen und lesen und tanzen mit dem eisernen Besen und wie man richtig Auto fährt im guten deutschen Rechtsverkehr.« »Das ist die Ossi-Reservation!«, hatte Gundermann geschrien und Jürgen hatte Paul vom Sitz hochgezogen und mitgegrölt. Ja, für Jürgen und seine

Annexionsgedanken waren die Sätze wie gemacht. Aber für ihn, Paul? »Die Sieger trinken auf unsere Kosten und verlieren den Verstand. … Wir hatten nichts als unsre Ketten zu verlier'n und unser Land.« Was sollte das? Vorbei war vorbei. Paul zog sich die Decke über den Kopf.

5. Keine Knautschzone

»Gisela ist weg!«
»Wie, weg?«
»Sie hat sich krank gemeldet, gestern, da dachten wir uns noch nichts dabei. Aber heute sagte jemand, dass am Wochenende der Möbelwagen vor dem Haus gestanden hätte. Abgehauen.«
»In den Westen? Dazu muss sie doch jetzt nicht mehr abhauen.«
»Wohl eher Richtung Osten. Ich habe mich ja gleich gewundert, sie war so komisch neuerdings. Diese Lobhudelei auf die Kirche ist nicht nur mir aufgefallen. Alles Tarnung.« Birgit schüttelte den Kopf. »Letzte Woche hat Schulze die Blätter verteilt, auf denen jeder unterschreiben sollte, dass er nicht für das MfS gearbeitet hat. Freitag hat sie noch gesagt, sie hätte das zu Hause vergessen. Und nun ist sie weg.«
»Aber so schnell kann man doch nicht umziehen, das passt nicht zusammen. Sicher nur ein Zufall.«
»Komischer Zufall.«

Wenn Paul die Hauptstraße entlangfuhr, blickte er nicht mehr zum Betrieb. Die Nachrichten erreichten ihn dennoch, seine Sekretärin füllte manche Frühstückspause, bis Paul sie bat, damit aufzuhören.
»Ich denke dann immer, ich hätte was ändern können, und das will ich nicht«, sagte er, »außerdem haben wir beide Glück.«

Sie nickte, setzte frischen Kaffee an und versorgte die Pflanzen. Es war jetzt gemütlich im Büro, die Kartons längst ausgepackt, an den Wänden neben der Tür standen Aufsteller mit all den Prospekten, die Ordnerrücken waren nicht mehr handschriftlich, sondern maschinengetippt beschriftet. Paul hatte aus dem alten Büro den mechanischen Anspitzer mitgebracht, von dem er sich nicht trennen wollte. Nun stand er wieder neben der Grünlilie, zum Anspitzen brauchte er ihn jedoch nicht mehr. Auf dem Flur herrschte Betrieb; nicht nur der Tourismusverband, auch andere Vereine und Geschäftsstellen hatten Räume angemietet, Paul fühlte sich wohl. Er hätte auch zu den paar hundert Mitarbeitern der neu gegründeten Auffanggesellschaft gehören können oder zum Jahresende 1992 die Kündigung erhalten. Dann wäre er jetzt damit beschäftigt, alle nicht mehr benötigten Maschinen und Materialien zu verkaufen, außer den Immobilien, die gehörten zum Treuhandliegenschaftsdienst. Nein, das wollte er sich nicht vorstellen. Und vor allem: Was wäre gewonnen? Der Posten im Tourismusverband wäre weg gewesen. Und mit ihm die gute Bezahlung, das freundliche Büro und seine Sekretärin. Nein, Paul wollte am liebsten gar nichts mehr hören vom Untergang des Betriebes. Doch so gut er tagsüber seine Gedanken kontrollierte, so unvermittelt brachen sie sich nachts Bahn. In wiederholte Traumsequenzen mit blauen Tüchern, Fanfarensignalen und Liedfetzen mischten sich Bilder von altem und neuem Geld, Edelstahlspülen und Millimeterpapier. Er wachte auf, klitschnass, hörte neben sich Birgit gleichmäßig atmen.
Jürgen hatte ihm mit der Post eine Kassette geschickt. Zuerst wollte er sie nicht hören, aber als Birgit beim Sport und Markus bei Matthias war, schaltete er die Anlage ein.
»Helmut ist bissel groß geraten, … ist halt 'n älteres Modell … Da kam viel Ausschuss durch die Sperre, erinnert euch an Egon

Krenz und einen superlangen Lümmel, den ham se in zwei kleinere zersägt, die eine Hälfte heißt jetzt Norbert Blümmel und die andre Lothar Späth.«

Das war ja richtig witzig! Paul entspannte sich. Nicht unbedingt sein Geschmack, aber Birgit würde eh bald kommen und so lange konnte er die Kassette auch laufen lassen.

»Und wer den Kopp zu weit oben hat, der find seine Ruhe nicht. Immer wieder wächst das Gras, klammert all die Wunden zu, manchmal stark und manchmal blass, so wie ich und du.«

Diese Geigen, das war ja Marter. Paul drückte die Stopptaste und packte die Kassette ein.

»Hallo Schatz.« Birgit gab ihm einen Kuss. »Was hast du denn da?«

»Gundermann.«

»Der Baggerfahrer mit dem Sprechgesang, der Texte für ‚Silly‘ schreibt.«

»Ja.«

Sie knuffte ihn, wurde nachdenklich. »Ich habe so viele Lieder von ‚Silly‘ gehört, aber es kommt mir vor, als wäre das in einem anderen Leben gewesen.«

Das Konzert lag nun schon mehr als zwei Monate zurück, Birgit hatte die Platten von »Silly« herausgekramt, aber sie nicht bis zum Schluss gehört, es würde nicht mehr stimmen, sagte sie zu Paul. Er versuchte, die Liedtexte aus seinem Kopf zu bekommen, aber in den Nächten stiegen weiterhin die Bilder auf. Tagsüber kam Paul nicht zum Nachdenken. Parteiarbeit und seine Tätigkeit im Tourismusverband mischten sich nun doch, die Investoren rannten ihnen regelrecht die Bude ein, jede Kapitalanlage in die Rekonstruktion alter Häuser, Neuansiedlungen von Betrieben und selbst die geplanten Einkaufszentren auf der grünen

Wiese dienten als weiche Standortfaktoren, machten die Stadt für Einwohner, Urlauber und weitere Geldgeber gleichermaßen attraktiv. Aber die meisten betuchten Herren, selten Frauen, kamen nicht wieder. Jedes Mal musste er mit seinen Ausführungen wieder von vorn beginnen. Auch wenn er alles auswendig konnte, führte die Routine nicht dazu, dass es ihn weniger erschöpfte. Vom Erholungseffekt nach dem Urlaub spürte er nichts mehr. Dabei waren es schöne Tage gewesen in London, Birgit wollte Markus die Sprache näherbringen und obwohl er, Paul, alles sündhaft teuer fand, verbrachten sie dort einen richtigen Familienurlaub. Markus hatte es sogar geschafft, zweimal auf dem Laufband an den Kronjuwelen vorbeizufahren, Birgit versuchte erfolglos, die »Beef Eater« zum Lachen zu bringen, er selbst hatte die Fahrt auf der Themse am meisten genossen: nur schauen, kaum reden, und Birgit in seinem Arm. Sobald Markus den Stadtplan auseinanderfaltete, kam jemand und fragte, wohin sie wollten. Nur so hatten sie die British Library gefunden. Selbst Birgit war überrascht, wie stolz die junge Frau ihnen den Platz präsentierte, an dem Karl Marx einst gearbeitet hatte. Vom Wachsfigurenkabinett, Big Ben oder Picadilly Circus jedenfalls träumte Paul nachts nicht, obwohl sie zumindest an Letzterem viel Zeit verbracht hatten. Halb drei, er musste schlafen, er brauchte alle Konzentration für den Tag! Abends wollte er endlich mit Birgit darüber sprechen, für welchen Abend sie Jürgen und Christel einladen konnten. Wahrscheinlich bescherte genau dieses bevorstehende Gespräch ihm die Alpträume.

»Das ist nicht dein Ernst«, antwortete Birgit wider besseres Wissen. Sie ahnte, dass Paul sich diesen Besuch seit Langem wünschte. Doch genau das galt es zu vermeiden, es wäre nicht gut. Sie sah ja, wie unwohl er sich fühlte an den Abenden, wenn sie die

neuen Bekannten einlud, er schwieg oder nippte am Wein, beteiligte sich kaum an den Gesprächen. Dabei wählte sie mit Bedacht aus: nützliche Leute, die ihm helfen konnten, weiterzukommen, aufzusteigen. Das allein zählte.
»Es wäre nicht gut«, begann sie.
Paul saß in dem großen Sessel wie verloren. Schaute sie flehend an. »Jürgen ist nicht in die PDS eingetreten«, sagte er leise.
»Noch nicht, aber du weißt, dass er es tun wird.«
Paul nickte.
»Und die Artikel? Willst du dich mit ihm verbrüdern?«
Paul zuckte zusammen. Wöchentlich wurde ein Text veröffentlicht. »Die teure Schülerspeisung, der Preisanstieg bei Bus und Bahn, das sind doch wirklich Dinge, über die man sich aufregen kann.«
»Das ist es nicht, was mich stört, und das weißt du genau.« Birgit wurde lauter. »Ständig demonstriert er, wie links er ist, dunkelrot, immer noch. Ich will das nicht.«
»Aber all die Liberalen, die neuen Machthaber, die dürfen kommen? Die werden nie meine Freunde sein!« Paul hatte sich kerzengerade im Sessel aufgerichtet.
»Willst du alles kaputt machen? Nur wegen einer alten Freundschaft?«
Paul sackte zusammen.
»Was ist dir wichtiger: unsere Familie oder Jürgen?«

Der Herbst kam früh. Draußen war es dunkel, dabei war es erst kurz nach Mittag. Das Telefon klingelte. Pauls Sekretärin schaute durch den Türspalt und rieb Daumen und Zeigefinger gegeneinander. Aha. Deutsche Bank.
»Kreisig hier, guten Tag, Herr Schulz ...«
»Ja, Herr ... Kreisig. Es geht um das Darlehen. Nett geschrieben

der Brief, wirklich nett, aber die Unterlagen sind leider unvollständig. Nun ja, ich will noch einmal Nachsicht walten lassen, schließlich müssen Sie erst lernen, nicht wahr, das mussten wir ja alle einmal. Kurz und gut, reichen Sie die fehlenden Unterlagen bis morgen Mittag nach. Die Liste habe ich Ihrer Sekretärin bereits durchgegeben. Am besten, Sie bringen die Sachen selbst vorbei. So gegen zwölf Uhr? Später habe ich leider keine Zeit mehr für Sie. Sie wissen ja, Zeit ist Geld.«
Ungläubig lauschte Paul dem Lachen nach. Wo sollte er so schnell die Unterlagen herbekommen? Länger arbeiten ging auch nicht. Birgit hatte Gäste eingeladen. Könnten ihm auch gestohlen bleiben, diese ewigen Geschichten von Reisen ans Mittelmeer und den besten Weinen aus Rheinhessen. »Eine kleine Abschiedsfeier«, hatte sie gesagt, davon geschwärmt, wie sie die Einweihungsfeier im neuen Haus gestalten würde. Dabei hätte Markus' Jugendweihefeier die letzte in der Neubauwohnung sein sollen. Paul blickte auf die nassen Fensterscheiben. Zur Jugendweihefeier war es sonnig gewesen. Birgit hatte zur Rede nichts gesagt, er hatte gelauscht wie selten einmal. »Setzt euch mit eurer Geschichte auseinander!«; der ehemalige Genosse wusste zu formulieren, ohne anzuecken, selbst Birgits Vater war zufrieden. Markus war nach dem Kaffee mit Matthias losgezogen, sie seien mit den anderen verabredet und er ja jetzt erwachsen, Birgit stand einen Moment sprachlos und Paul hatte sich im Stillen amüsiert. Eli kam braungebrannt. Meinte, das wäre ihr Training für Afrika. Sie hatte gerade die Zusage bekommen, dort in einem Waisenhaus zu arbeiten.
»Es gibt hier doch auch Waisenhäuser?«
»Ach, Paule, hier hält mich gerade gar nichts. Für die Schule gibt es dauernd neue Vorschriften, die Kinder sollen nicht mehr Vorgegebenes lernen, sondern selbst entscheiden, wozu sie Lust ha-

ben – das hat mit pädagogischem Auftrag doch nichts mehr zu tun. Und in Afrika könnte ich helfen, richtig helfen.«
»Und hier nicht? Es geht doch aufwärts.«
»Bei dir, Paule, im Privaten. Deine Wünsche können jetzt erfüllt werden – oder die deiner Frau. Ach, Paule, ich möchte mehr bewegen. Und ich brauche etwas, woran ich mich halten kann. Eine Vision. Verstehst du das gar nicht mehr?«
»‚Der Fuchs und die Trauben‘, du magst den Fuchs immer noch nicht.«
»Nein, Paul, aber du doch auch nicht mehr, oder? Du willst doch jetzt all die süßen Trauben.«
»Du bist wie Jürgen, ihr seid euch tatsächlich ähnlich.«
Eli hatte Jürgen vermisst. Am Abend schon war sie mit seinen Eltern wieder zurückgefahren. Paul seufzte, er hatte sich fest vorgenommen, Jürgen zu besuchen, der Abend in der kleinen Kneipe lag viel zu lang zurück. Auch zur Abschiedsparty würde er nicht kommen, Bärbel, Gerlinde und die Schwiegereltern ebenfalls nicht, wozu dann überhaupt feiern? Mal einen ruhigen Abend, einen schönen Film schauen, im Warmen sitzen und kuscheln – das wär's! Der Wind schlug neuen Regen an die Scheiben, Paul schaute auf. Zwei Stunden noch, bis Birgit ihn abholen würde. Also los, ein paar Diagramme basteln. Improvisieren hatte er schließlich gelernt.

Birgit hupte. Paul schlüpfte schnell ins Auto. Sauer, dachte er, dabei konnte sie höchstens drei Minuten gewartet haben. Die Ampel schaltete von Rot auf Gelb. Birgit fuhr mit leisem Quietschen an.
»Jürgen ist in Berlin. Er hatte einen Unfall auf der Straße nach Neuhavel und ist zur Charité geflogen worden. Mehr weiß ich auch nicht.«

»Und Christel?«

»Sie ist unterwegs zu ihm. Er war allein im Auto.«

Paul stieg aus, ging ins Haus, hängte die nassen Sachen auf einen Bügel, nahm im Schlafzimmer einen Pullover aus dem Fach, wechselte ins Bad, zog sich um.

»Woher weißt du es überhaupt?«

Es klingelte.

»Später«, antwortete Birgit, »machst du bitte auf?«

Die Abschiedsfeier war keine, er hatte es geahnt, keine Erinnerungen an die Vergangenheit, jedenfalls nicht an die in der DDR. Als sie die Gäste verabschiedeten, legte Paul erschöpft den Arm um Birgit. Sie winkte dem dunkelblauen BMW nach.

»Ich räume morgen früh auf«, Birgit gähnte, »komm ins Bett.«

Paul fand keinen Schlaf. Vor die Urlaubsbeschreibungen der Gäste und die Statistiken für die Deutsche Bank schoben sich Erinnerungen aus früheren Tagen: Jürgen, der während der Parteiversammlung demonstrativ den Gorbi-Sticker an seinen Kittel heftet, dass die verschlungenen Hände darunter verschwinden. Jürgen, wie er einem knackigen Po hinterher pfeift. Jürgen in ölverschmierten Shorts an der Maschine. Paul stand auf, hielt in der Küche den Mund unter den Wasserhahn. Jürgen, warum hast du dir keinen neuen Wagen gekauft? Hättest ihn dir doch leisten können, jetzt, nach der Wende. Endlich ein ordentliches Auto! Was treibst du dich auch bei diesem Regen auf der Straße herum mit deinem Wartburg? Hat eben keine Knautschzone. Warum warst du so stur? Hast es mir schwer gemacht, an dem Abend in unserer Kneipe. »Ich hab auf dich gewartet«, sagtest du, »jeden Montag«. Hast du wirklich gedacht, das ließe sich so fortsetzen wie früher, nach den Parteiversammlungen? Klar haben wir damals offen diskutiert. Ich kannte all deine Verbesserungsvorschläge und du meine. Aber deine Perestroika-Visionen von einer gerechten Welt waren mir zu verträumt. Spätestens nach der Wahl im Mai hättest du das auch sehen müssen. Spätestens als aus den Trotzrufen der Dagebliebenen »Wir sind das Volk« »Wir sind ein Volk« wurde, musste dir klar sein, dass damit alle Träume vom 4. November beendet waren. Das Volk hatte entschieden. Der Bauch, meinetwegen. Du bist doch ein Praktiker, konntest organisieren. Oder habe ich dich nie richtig gesehen? Klar, du warst immer für mich da, wenn ich Sorgen hatte. Und wie wir Birgit veräppelt haben nach unserer Sauftour über den Alex, das vergesse ich nie! Die guten alten Zeiten, daran wird nicht gerüttelt! Du hast all die Jahre zu mir gehalten. Sogar, wenn die in der Parteiversammlung auf mir rumgehackt haben. Und jetzt? Jeder hat doch mit sich selbst zu tun gehabt. Das kannst du mir doch nicht vorwerfen! »Arschkriecher« hast du zu mir gesagt. Was hab ich denn getan? Hast doch selbst dein Parteibuch auf den Tisch geworfen, enttäuscht und wütend. Ich war erleichtert, das gebe ich zu. Vielleicht hätte ich dir helfen können mit meinen neuen Kontakten. Weil du mir auch immer geholfen hast. Früher. Soll ich jetzt immer daran denken, dass wir uns gestritten haben an jenem Abend in unserer Kneipe? Werd' wieder gesund, hörst du? Dann können wir darüber reden. Saufen meinetwegen. Über den Alex torkeln. Aber komm wieder, ich dreh sonst durch! ... Ich muss jetzt unbedingt noch ein wenig schlafen. Morgen ist der Termin bei der Deutschen Bank. Da kann ich wirklich nicht weg. Aber übermorgen komme ich dich besuchen, großes Pionierehrenwort! Übermorgen komme ich nach Berlin.

Kurz nach drei. Die Fenster der Charité sind dunkel. Rhythmisch blinkt der Fernsehturm. Eine Straßenbahn quietscht. Aus dem Apparat neben Jürgens Bett schrillt ein langgezogener Ton.

6. Vingh

Am Morgen hatte sich die Sonne ein paar Wolkenfetzen über den Kopf gezogen. Auf den Gehwegen erinnerten kleine Lachen an die vergangenen Tage. Die Rosen glitzerten wie Rubine, selbst auf den Gesichtern der Menschen zeigte sich hier und da der Anflug eines Lächelns. Paul blinzelte in die Helligkeit, ihm fehlte Schlaf.
Die kühle Trockenheit hielt an, der Umzug verlief reibungslos, Paul schleppte mit Birgit die Einkäufe für die Einweihungsparty in die neue Küche. Seine Mutter kränkelte. »Irgendetwas mit dem Herzen, mach dir keine Sorgen, mein Junge«, sagte sie am Telefon, »das ist eben so, wenn man alt wird.« »Aber Mutti«, hatte er erwidert und konnte ihr Lächeln sehen. »Mein Junge«, wiederholte sie, »feiert schön, wir kommen später einmal.« Eli war eine Woche zuvor nach Afrika geflogen. So waren nur Birgits Eltern dabei, Tante Gertrud und jede Menge Bekannter, auch Bärbel und Gert kamen von drüben, und Gerlinde, die ihren Vorruhestand genoss und davon berichtete, was sie jetzt alles unternehmen würden. Birgit hing an ihren Lippen, als wolle sie sich all die Orte einprägen, auf eine Liste setzen, ihre Liste. Paul hörte mit gemischten Gefühlen zu, ihm wurde schwindlig, wenn er nur an den Kredit für das Haus dachte, von weiteren Ausgaben wollte er nichts wissen.

Je kürzer die Nächte, desto länger grübelte Paul am Tag. Er ließ das Telefon klingeln, stellte sich ans Bürofenster und blickte auf die renovierten Fassaden. Es war nichts mehr übrig von lind-

grünen Fensterrahmen, nicht in diesem Straßenabschnitt. Die sozialistischen Mosaike an den Neubauten im Stadtzentrum kamen ihm vor wie Karikaturen. Damals, als die Blöcke gebaut worden waren, hatte er den Park nicht vermisst, jetzt dachte er öfter daran, wie er die Jugendlichen am Klettergerüst beobachtet hatte, ehe er den Betrieb zum ersten Mal betreten hatte. Zum Mittag erst kaute er die mitgebrachten Frühstücksbrote, ohne zu schmecken, was er da aß. Schließlich holten die Sirenen tief Luft und schrien Tag und Uhrzeit in die Welt: Mittwochnachmittag um drei. Paul zog sich an und ging an den stillgelegten Produktionshallen seines ehemaligen Betriebes vorbei zum Hauptgebäude. Der neue stellvertretende Kaderchef, der jetzt Personalchef hieß, wartete bereits.
»Jürgens Frau hat mich an Sie verwiesen. Wenn Sie die persönlichen Sachen holen wollen?«
»Was wird aus seinem Büro?«
»Die Abteilung schließt zum Monatsende.«
»Wusste er das?«
»Wir haben ihm angeboten, vorzeitig in den Ruhestand zu gehen. Er wollte es sich überlegen. Hier ist der Schlüssel zu seinem Büro.«
Das Metall war kalt, dabei hatte der stellvertretende Kaderchef den Schlüssel während des Gespräches in der Hand gehalten. Paul sah ihm nach. An der Wand markierten graue Ränder die Bilder von einst. Die »Straße der Besten«. Jürgen war mit seiner Brigade immer dabei gewesen. Auch die Halle war fast leer. Die kleine Vietnamesin lächelte Paul zaghaft zu. Wie oft hatte Jürgen ihn aufgezogen, wenn er seine Blicke nicht von dem schmalen Mädchenkörper lösen konnte. Sie sah aus wie die junge Frau auf dem Plakat, mit dem Kind auf dem Arm.
»Es ist ein Mädchen mit einem Geschwisterkind.«

»Es ist eine Frau mit ihrem Kind«, widersprach Jürgen.
Paul glaubte es nicht. Zu jung sahen die beiden aus auf diesen bunten Plakaten. Da hatte er Vingh hereingeholt. »Sie ist eine Mutti.«
Die dunklen Augen schauten in die Ferne. Vielleicht wäre sie selbst gern Mutti geworden. Aber dann würde sie jetzt wieder zu Hause leben. Jede der Arbeiterinnen, die schwanger wurde, saß kurz darauf im Flugzeug zurück nach Vietnam. So hatte es im Vertrag gestanden und bisher hatte Paul nicht darüber nachgedacht, was das für die jungen Frauen bedeutete. Für hübsche, stille Frauen mit Mädchenkörpern. Paul schloss die Tür auf. Ein Rest Tabakduft hing neben Öl- und Schmierstoffgerüchen in der kleinen Kammer. Eine ausrangierte Werkbank als Schreibtisch. Leer. Das war sonst nicht so gewesen. Oft war die braune Farbe gar nicht zu sehen gewesen unter all den Vordrucken für Monatsberichte, Sondermeldungen, Tagesprotokollen, die sich auf der selbst gestrichenen Platte stapelten. Hast du aufgeräumt, Jürgen? Also kein Unfall? Die untere Schublade war leer. In der mittleren Vordrucke für die Abrechnung, alte und neue. Oben Stifte. Paul nahm das Foto der Mädchen in die Hand. Hast du gar nicht an deine Enkelkinder gedacht? Den Stab weitergeben – wolltest du das nun nicht mehr? Paul fand zwei Gläser, »sto gramm« und zwei Schachteln »Cabinet«. Das Plakat ließ er hängen. Die »Kinderblume« hatte hundert Babys. Ein Alpenveilchen trocknete vor sich hin. Paul ließ sich in den Drehstuhl fallen. So also sieht das aus, aus deiner Perspektive. Sah das aus. Wie sich das anhörte. Sein Blick ging hinaus in die Halle. Die kleine Vietnamesin arbeitete wie eine Maschine. Nicht mal jeder dritte Bohrer lief. Es war leise. So leise, wie es hier nie gewesen war. Er rollte mit dem Stuhl nach hinten, schwungvoll. Horchte dem Knall nach, als der Stuhl an den Stahlschrank schlug.

Den Schlüssel gab Paul beim Pförtner ab. Er musste unterschreiben, der Kuli schmierte, der junge Mann nahm das Buch und strich mit Bleistift und Lineal die Zeile durch, schrieb sie darunter neu. Was er vorher wohl gemacht hatte? So akkurat, wie er die Buchstaben malte, das war kein einfacher Arbeiter, nein, der gehörte nicht hierher, nicht in so eine Pförtnerbude. Paul unterschrieb erneut, brachte die Zigaretten ins Büro, schüttelte den Kopf, als die Sekretärin ihn etwas fragte, ging wieder. Nein, heute konnte er nicht mehr an die Konzeption der neuen Naherholungsgebiete denken, »Ossi-Reservation« dröhnte es in seinem Kopf im Takt der Schritte, er lief schnell zum Auto. Auf dem Weg durch die Stadt achtete er erstmals wieder auf die Geschäfte. Punschkuchen gab es längst nicht mehr, im Schaufenster der Fleischerei lagen Kunststoffwürste, dabei konnte man da jetzt alles kaufen, aber es war den meisten zu teuer, auch Birgit holte das Fleisch inzwischen aus dem Supermarkt. Im ehemaligen Gemüseladen wurden Brillen zu Spottpreisen verkauft, das Molkereigeschäft war geschlossen. Er fuhr über die Brücke und überlegte, an der neuen Kaufhalle zu halten, er sagte immer noch »Kaufhalle«, was Birgit mal lächelnd, meistens jedoch naserümpfend überhörte, und eine Flasche Wodka zu kaufen. Die »sto gramm«-Gläser schrien geradezu nach Wodka, wer weiß, ob es den überhaupt noch gab, zu Hause standen neuerdings Sambuca oder Whiskey, er fuhr langsamer, sah den überfüllten Parkplatz. Das war die Entscheidung: »Küstennebel« musste noch da sein, er gab Gas. Zu Hause dröhnte ihm ein lauter Bass entgegen. Paul knallte die Tür. Markus schaute die Treppe herunter.
»Ach, du bist's.«
Es dröhnte leiser. Paul ging in die Küche, stellte zwei Gläser auf den Tisch und holte die Flasche »Küstennebel« aus dem Wohnzimmer. »Prost, Jürgen.«

Die Tür klappte, Birgit kam mit drei Tüten vom Einkaufen, blickte auf die Gläser.

»Ich war in Jürgens Büro, er muss aufgeräumt haben, es war nicht mehr viel da.«

»Musstest du das machen?«, unterbrach sie ihn. »Kann sich nicht jemand anderes darum kümmern?«

»Er fehlt mir.«

»Mir nicht. Und jetzt mach bitte einmal Platz, ich muss das hier wegräumen.«

Paul stand auf, die Flasche nahm er mit. Birgit kam hinterher.

»Für Samstag habe ich meine Eltern eingeladen, Gertrud kommt auch und Gerlinde. Ich glaube, die beiden werden sich verstehen. … Hei, Paul, das Leben geht weiter. Nun komm schon. Keine neuen Bekannten, nur Familie und Freunde.«

Freunde. Er stürzte aus dem Haus, lief durch die Stadt, ins Neubaugebiet. Rannte die vier Etagen hoch, stand keuchend vor der Tür und klingelte Sturm: »Christel, ich bin's, mach auf!«

Stattdessen öffnete sich die gegenüberliegende Tür einen Spalt.

»Die ist nicht mehr hier.«

»Ach, Frau Pochanke, schön, dass wenigstens Sie zu Hause sind! Wo ist denn die Christel?«

»Die wohnt hier nicht mehr. Ist nach Berlin, glaube ich, zur Tochter. Hat nicht mehr viel geredet die letzte Zeit. Aber den Möbelwagen ham wa alle gesehen.«

»Wann denn?«

»Och, das wird wohl zwei Wochen her sein. Sie waren lange nicht mehr da, nicht? Ja, ja, wer Arbeit hat, schafft den ganzen Tag. Unsereins kann ja froh sein, dass er nu Rente bekommt. Schöne Rente, sag ich Ihnen, schönes Geld.«

»Aber die Christel, ich versteh gar nicht …«

»Hat's nicht mehr ausgehalten, hat sie der Frau Schmidt erzählt.

Die Parteisekretärin war, wissen Sie noch? Kamen so'ne Briefe von wegen Spitzel und so. Ich mein, ist ja auch komisch jetzt, so rumzurätseln, wer das nun war. In jedem Haus einer, schreiben sie in der Zeitung. Na, da verdächtigt jeder jeden, nicht? Wo die Tochter auf die EOS durfte, obwohl er doch Meister war und sie im Amt arbeitete. Warn ja keine Arbeiter, nicht?«
»Und deswegen ist sie weg?«
»Hat's eben nicht mehr ausgehalten. Sogar Drohbriefe soll sie gekriegt haben, wie im Fernsehen, so mit ausgeschnittenen Buchstaben.«
»Und ich hab das alles nicht gewusst.«
»Nu sein Se nicht so traurig. Sie haben's doch gepackt. Nu machen Se was aus Ihrem neuen Posten. Hat ja nicht jeder so'n Glück, nicht wahr? Ich hab ja auch Glück, mit meiner Rente. Ist ne schöne Rente, wissen Sie? Schönes Geld.«
»Ja, ich weiß, Frau Pochanke. Haben Sie denn die Adresse von Christels Tochter?«
»Nee, nee, das gibt's ja heute nicht mehr. Sie können aber bei der Frau Schmidt klingeln, die hat doch das Hausbuch geführt. Da müsste die Adresse drinstehen.«
»Ich geh mal runter und schau, ob die Frau Schmidt da ist. Vielen Dank, Frau Pochanke, und einen schönen Tag noch.«
»Was wollten Sie denn überhaupt von der Christel?«
Paul sprang die Stufen hinunter, drei auf einmal nehmend, und antwortete nicht. Draußen roch es modrig. Das Laub war grau wie die Fassade. Frau Pochanke hing bestimmt aus dem Fenster. Der Wald begann gleich hinter dem Block. Eine Gruppe Jugendlicher raste auf neumodischen Mountainbikes vorbei. Spritzte ihm nassen Sand auf die Hose. Erst da fiel ihm auf, dass er nicht bei Frau Schmidt geklingelt hatte. Was wollte er überhaupt bei Christel? Sich Vorwürfe anhören, dass er sich nicht mehr um alte

Freunde gekümmert hatte? Birgit hatte recht.

All seinen Schmerz, dachte Birgit, packte Paul in die Nächte. Manchmal traten ihr die Tränen in die Augen, wenn er sie biss, sich an ihr festkrallte, sie festhielt mit einer Energie, die sie erregte. Das pure Leben, nachts wenigstens, sie schrie auf, küsste ihn, wieder und wieder, und genoss jede Minute, bis sie keuchend nebeneinander lagen oder ineinander verkeilt, sie streichelte seinen Rücken, seinen Po, schmiegte sich an ihn. Wenn sie aufstand und ins Bad ging, kam er manchmal hinterher, strich über ihre Brüste, lachte, wenn sie den Bauch einzog, hob sie hoch und trug sie zurück ins Bett, ja, genauso sollte es sein, dachte sie dann, wie in einem kitschigen Hollywoodfilm, im Grunde war sie noch immer schrecklich romantisch. Nachts schreckte er dennoch hoch, sie wurde kurz wach, wenn er im Schlaf sprach oder stöhnte, hielt die Augen geschlossen, wenn er aufstand, und lauschte den Geräuschen aus der Küche. Kam er zurück, drehte sie sich zu ihm, er kroch nahe an sie heran, sie löste sich erst dann behutsam, wenn er ruhig atmete. Ich möchte die Tage streichen, sagte sie morgens zu ihrem Spiegelbild, nur die Nächte behalten, in denen mein Mann mich liebt, und das nach so vielen Ehejahren, sie streckte sich selbst die Zunge raus, aber dann kam Markus ins Bad, sie ging hinaus und füllte die Kaffeemaschine mit Pulver, fügte Wasser hinzu. Bis es durchgelaufen war, hatte sie die Nacht zwar nicht vergessen, aber abgeschüttelt. Wenn er einen solchen Ehrgeiz doch am Tag entwickeln würde, nicht nur körperlich, das waren die letzten Erinnerungen für die nächsten Stunden. Keine vier Wochen später bestimmten wieder die Tage ihr Leben, in den Nächten lag jeder auf seiner Seite und wenn sie zueinander fanden, war es schön, wenn nicht, auch.

Klirrenden Frost wünschte sich Paul, der die Gedanken einfror, oder wenigstens eine dicke Schneedecke. Doch es regnete, nieselte, sprühte und goss. Markus schien das nicht zu stören, er war viel unterwegs, fuhr an den Wochenenden nach Berlin oder Hamburg. Birgit wartete häufig auf Paul, hatte den Kaffeetisch gedeckt und Plätzchen gebacken. Paul begann, sich auf den Feierabend zu freuen, er ahnte, dass Birgit sich um ihn kümmerte, weil Markus sie nicht mehr brauchte, nicht mehr so wie früher. Mehr als einmal war er versucht, an der Haustür zu klingeln, zweimal kurz, aber dann schloss er doch auf wie gewöhnlich.

Anfang Januar stellte Pauls Sekretärin einen ungewöhnlichen Anrufer durch. Ein Mädchen aus dem Gymnasium.
»Wir sollen aufschreiben, was nach der Wende passierte, warum so viele plötzlich starben.«
Paul schwieg. Was sollte er dazu sagen? Er lebte schließlich.
»Dieser Jürgen, der war doch Ihr Freund?«
»Jürgen? Wie kommen Sie auf Jürgen?«
»Mein Vater kannte ihn. Ich habe mit seinen Töchtern gespielt, na ja, sie sind ja viel älter als ich, aber wir waren auf dem Hof eine große Gruppe. Und jetzt ist Jürgens Frau weggezogen, nach Berlin, sagt mein Vater. Sie kennen ihn, er hat in der neuen Fertigung gearbeitet.«
Paul erinnerte sich vage. »Und weshalb befragen Sie dann nicht Ihren Vater?«
»Weil ... er will nichts mehr hören von früher.«
Dann saß Paul in einem Klassenzimmer wie ein Schuljunge. Die Mädchen lärmten herum, ein paar junge Burschen falteten Flugzeuge. Als der Lehrer erschien, wurde es ruhiger. Außer Paul waren noch vier andere Männer da, älter als er. Der Lehrer hatte sie

vorgestellt, den Namen des Betriebes hinzugefügt, Paul war bei dem Wort »Optisch-« so zusammengezuckt, dass er von den übrigen nur noch »VEB« mitbekam. Dann saß Paul diesem Mädchen gegenüber und ließ sich ausfragen. Jürgen. Immer wieder Jürgen. Zuerst wollte sie wissen, ob dieser ein Spitzel gewesen sei. Ob es Selbstmord war oder ein Unfall. Er wusste es doch selbst nicht, dachte an Jürgens Büro, an den Streit in der kleinen Kneipe. Sie hörte zu, unterbrach ihn nicht. Dunkle Augen hatte sie, voller Wärme. Das Gespräch dauerte nicht einmal zwei Schulstunden, Paul aber fühlte sich, als habe er Jahre an diesem Tisch verbracht. Hatte er ja auch, im Zeitraffer. Alles war noch da, jedes Bild, jede noch so kleine Szene.
»Werde ich Sie wiedersehen, Sandra?«, fragte er, als sie ihm die schmale Hand gab.
»Bestimmt«, sagte sie, »mich interessiert das. Vielleicht studiere ich Geschichte.«
Paul mochte ihr Lächeln.

Birgit hörte nicht zu. Sie setzte sich zu ihm, zündete eine Kerze an, schob das Kristalltellerchen in die Mitte, auf dem sie die Waffeln wie kleine Kunstwerke platziert hatte, faltete Servietten und schenkte aufmerksam nach, aber sobald Paul vom Schulprojekt erzählte, stand sie auf und machte sich in der Küche zu schaffen, bis er es nicht mehr aushielt und zu ihr ging und sie zurück an den Tisch holte mit dem Versprechen, nicht wieder mit den alten Dingen anzufangen. Birgit ließ sich darauf ein, er nahm sich eine neue Waffel und schwieg, während sie wie nebenbei anstehende Termine abfragte oder von Bekannten plauderte. Wiederholte es sich, ahnte Paul, dass die Einladungen längst ausgesprochen waren, strich Birgit ihm über den Arm, sehnte er sich nach mehr und lobte den Wein, den neue Bekannte empfohlen oder ihnen verkauft hatten und den sie, wenn es regnete, auf der überdachten Terrasse tranken. Dann streichelte er Birgits Arm, bot sich an, eine Jacke zu holen oder die Decke.

In den Nächten nach Jürgens Tod hatten sie oft miteinander geschlafen, heftig, zu heftig vielleicht hatte er sie genommen, gebissen, sie hatte leise aufgeschrien, aber sie war bei ihm geblieben, er hatte sich an ihr festhalten können, am Morgen wachte er mit Muskelkater auf, so krampfhaft hatte er sie geliebt, immer wieder. Die Alpträume danach waren nicht ausgeblieben, aber kürzer gewesen, an einige konnte er sich gar nicht mehr erinnern, so tief war sein Schlaf. Er konnte nicht sagen, wann es anders geworden war, er war mit sich selbst beschäftigt, er hatte weiß Gott genug Probleme. Nun aber ließ die Heftigkeit nach und die fehlenden Zärtlichkeiten zehrten mehr an ihm als die vorherigen schlafarmen Nächte.

7. Havelsee

Der Sommer brachte einen Hitzerekord. Der tschechoslowakische Staatspräsident Václav Havel erhielt im Parlament keine Mehrheit für eine weitere Amtszeit und trat zurück. Der ehemalige DDR-Regierungschef Willi Stoph wurde aus gesundheitlichen Gründen aus der Untersuchungshaft entlassen. Es gab ausreichend Nachrichten, die für Aufregung sorgten, die Glut der Tage jedoch schien Birgits Wut zu dämpfen. Einmal waren sie sogar zum Havelsee gefahren, er bewunderte ihren neuen Bikini, sah die Blicke der anderen Männer. Markus verspürte wenig Lust auf Familie, er schwamm über den See, Paul hatte Mühe, mitzuhalten, drüben saßen sie schweigend, bis ein paar andere Jungen auf den Uferstreifen zuschwammen und Paul sich allein auf den Rückweg machte. Er cremte Birgit ein, versuchte, sie abzulenken, das Gelände war schmutzig wie nie zuvor, Joghurtbecher, Bierdosen und Fanta-Flaschen bedeckten den wild wuchernden Rasen, doch Birgit hielt die Augen geschlossen und schnurrte wie ein Katze. Er legte sich neben sie, roch ihre Haut und die Sonnencreme. Abends saßen sie lange draußen, Paul unterdrückte nur mühsam ein Gähnen, Birgit schien ausgeruht und erzählte, das allein reichte ihm, um sich glücklich zu fühlen – und noch schläfriger zu werden, bis sie ihn anstieß und ins Bett schickte.

Das Gelände am Havelsee mit all den Papp-, Blech- und Plasteabfällen verfolgte Paul bis in die Träume, doch am Tag beschäftigten ihn die großen Konzepte der Stadtentwicklung, die Jagd nach Fördermitteln und der Papierkram, der danach erst begann – für Programme der Europäischen Union mussten bis zu fünfzig Seiten Formulare ausgefüllt werden – und wiederholt wurde er gemahnt, weil die Bundesländer zu wenig Anträge stellten. Birgit reagierte mürrisch, wenn er erzählte, schalt seinen Pessimismus. Zuerst fiel es Paul gar nicht auf, es schien so, als rege sich Birgit nur über Nachrichten auf, so wie früher, oft hörte er auch nicht genau hin, wenn sie sprach. Er wusste nicht, ob sie mit sich oder der Welt im Clinch lag, er war froh, wenn ausnahmsweise keine Gäste eingeladen waren zum Wochenende, aber das passierte selten. Für ihn klangen ihre Anklagen nicht anders als noch vor ein paar Jahren – und er verstand sie heute ebenso wenig wie früher: »Ich lebe jetzt! Ich habe keine Lust, immerzu in der Vergangenheit herumzukramen! Hast du gar keine Angst, dass ich das nicht mehr mitmache? Ich will leben, reisen, mir ein paar Wünsche erfüllen!« Die vielen Feiern waren nicht gut, sie schürten nur ihre Unzufriedenheit, Birgit verglich sich mit jenen, die schon immer reich gewesen waren, gar nichts dafür getan hatten. Paul spritzte sich kaltes Wasser ins Gesicht. Sein Spiegelbild war

aschfahl, er war müde. Der Betrieb ist tot. Es könnte mir egal sein. Ich hab den Posten im Tourismusverband. Und die Partei im Rücken. Die neue Partei, die mächtigste hier. Es gibt keine Mädels mehr in Dederonkitteln, denen jemand hinterherpfeifen könnte. Die Hallen gibt es noch. Aber sie sind leer. Nur das Hauptgebäude hat einen neuen Anstrich bekommen. Demnächst ziehen da Leute aus einem westdeutschen Projektierungsbüro ein. Brillengläser verkauft jede Drogerie. Und die Optiker beziehen ihre Ware in Shanghai. Das jedenfalls meint seine Sekretärin.
»Wo bleibst du denn?«
Birgit stand in der Tür und schaute böse. Sie hatte Falten über der Nase und ein Viereck auf der Stirn. Es machte sie nicht hübscher. Das Kleid saß sehr eng.
»Hast du zugenommen?«
Eine blöde Frage, aber es war zu spät.
»Das ist ja nett, dass du mich anschaust.«
»Ich bin müde.«
»Reiß dich zusammen! Es ist schließlich mein Geburtstag, oder hast du das auch vergessen?«
»Natürlich nicht. Aber ich würde lieber mit dir allein feiern.«
Paul hörte Stimmen näherkommen, Birgit drehte den Kopf, sah ihn wieder an: »Kommst du, bitte?«
Paul griff nach der eckigen Flasche, benetzte seine Handfläche und klopfte sich das herbe Parfum wie Rasierwasser auf den Hals. Birgit hob die Nase, als könne sie den Duft von der Tür aus riechen. Er sah, wie sie sich entspannte, setzte ein Lächeln auf und betrat das Wohnzimmer an Birgits Arm.

Der Oktober brachte den ersten Nachtfrost, dann wurde es wieder warm, einen richtigen Winter gab es nicht. Erich Honecker flog nach Chile und Birgit träumte laut davon, in einem Cabrio über die frisch asphaltierten Straßen zu flitzen. »Oder wir kaufen ein größeres Auto.«
»Warum denn, der Astra läuft vorbildlich.«
»BMW oder Mercedes sind viel komfortabler. Sicherer auch.«
»So viel Geld haben wir nicht.«
»Ja, ich weiß. Dann vielleicht doch ein kleines Auto für mich? Bitte, Paul.«
Paul schüttelte den Kopf. Es gab das Autosparbuch, sie zahlten noch immer monatlich einen Betrag ein, und wenn Paul einen Scheck erhielt oder eine Bankverbindung nennen sollte, schrieb er diese Kontonummer auf. Birgit musste wissen, wie hoch das Guthaben war, neulich erst, nach einem Abend mit den baden-württembergischen Bekannten, hatte sie in seinem Arm laut davon geträumt, von dem Geld eine eigene Yacht zu kaufen. Paul sagte nichts dazu, wunderte sich zwar darüber, dass sie vom Wasser träumte – oder auch von dem Privileg, das mit einem teuren Boot verbunden war – und schob jeden rationalen Gedanken an die Unsinnigkeit ihres Wunsches weit von sich. Wenn sie mit ihren Träumen glücklich war ...
Als sie an einem Frühlingstag mit einem nagelneuen Golf-Cabrio vorfuhr, dachte er noch an eine Probefahrt. So viel Geld war nicht auf dem Sparbuch, schoss ihm durch den Kopf, und noch war es so, dass der Mann gefragt wurde bei Krediten. Stolz präsentierte sie ihm das aufklappbare Verdeck. Erst am Abend, als sie mit Markus von einer Spritztour zurückkam, erhielt er die bereits geahnte Antwort: Geld von ihren Eltern.
»Vater hat zwar nicht verstanden, weshalb du mir kein Auto kaufen kannst, aber er ist gleich mit mir zur Bank gefahren.« Ihre Au-

gen blitzten. Das Sparbuch warf sie achtlos in den Schlüsselkorb.
»Ich hab jetzt andere Sorgen«, sagte Paul, »und außerdem haben wir ein gutes Auto.«
»Ein altes, unmodernes. ... Beschäftigst du dich immer noch mit den Skandalen auf Bundesebene? Hei, Paul, wir leben hier!«
»Die Affären ziehen sich durch alle Ebenen und alle Parteien.«
»Ja, Paul, ich kenne die Berichte. Ich verstehe trotzdem nicht, weshalb das für uns wichtig sein soll.«
»Ich hab Angst. Das Sparbuch ...«
Birgit lachte. »Für deine Vermittlung? Was hast du denn schon genommen?« Sie sah ihn an, als wüsste sie nicht, um welche Beträge es gegangen war.

Abends war Birgit jetzt oft unterwegs. Paul saß dann allein mit der Zeitung und vermisste die Keksarrangements, vor allem aber Birgits Stimme. Ihr Duft hing im gesamten Haus, aus Flakons, großen und kleinen, aus Plasteflaschen und Sprühdosen. Wenn er den Golf hörte, ging er hinaus, sie küsste ihn über die Tür hinweg, noch bevor sie ausstieg. Bei einem Glas Wein erzählte sie lange von ihren Ausflügen, es schien keine Geheimnisse mehr zu geben, und so sehr Paul jetzt gern einen Nachmittag lang ihren Unmut ertragen und ihr zugehört hätte, nur um sie bei sich zu haben, so sehr genoss er es, dass sie sich an ihn schmiegte, jede Nacht wieder.

Nach einem Wochenende im Spätherbst erzählte Pauls Sekretärin während der Frühstückspause begeistert vom Radausflug am Wochenende und schwärmte von den neuen Wegweisern. Paul hätte sich am liebsten selbst auf die Schulter geklopft. Dann aber verzog sie angeekelt das Gesicht: »Havelsee«, sagte sie und es klang wie »Müllhalde«. Paul schlang hastig den Rest der Stulle hinunter, ging an den Schreibtisch zurück und griff zum Telefon. »Schlecht aufgesetzter Vertrag« war jedoch das einzig Brauchbare aus dem ganzen ihm entgegentönenden Wortschwall. Der eingekaufte Jurist aus dem Westen hatte nicht einmal eine Rückkaufsklausel eingefügt, keinerlei Auflagen mit Terminen versehen. Wofür bekam der sein Geld?

Nach Feierabend fuhr Paul zum See. Vergessen stand das Haus vor der Kulisse aus Havelsee und Kiefern. Ein Fenster war eingeschlagen, am Giebel, links oben, fehlten etliche Ziegel, aus der Dachrinne ragte Laub, daneben wuchs eine Birke schief in den Himmel. Um das Haus herum sah es nicht besser aus: Das welke Gras reichte bis an die Tischtennisplatten aus Beton. Der neue Zaun war an einer Stelle heruntergetreten, von Bautätigkeiten jeglicher Art sah Paul nichts. Er stieg über den Maschendraht, stapfte durch das Laub, trat auf einen Kunststoffbecher und zuckte zusammen. Am Ufer war der weiße Sand unter der sich ausbreitenden Vogelmiere und hohen Grasbüscheln kaum noch auszumachen. Er nahm einen Stock und stocherte im flachen Wasser. Es war schwarz. Modriger Geruch stieg ihm in die Nase, er wandte sich ab. Markus, dachte er, ich muss ihn fragen, wann er hier das letzte Mal baden war.

Am Nachmittag und frühen Abend, wenn Markus bei Matthias war und Birgit unterwegs, spürte Paul die Stille in dem großen Haus geradezu körperlich. Der Umzug war beinahe ein Jahr her, acht Wochen vor dem ersten Weihnachten ohne Jürgen, und damals, daran erinnerte sich Paul, war er froh gewesen, sich mit dem Umzug ablenken zu können. An die Großzügigkeit der Räume jedoch hatte er sich nicht gewöhnt. Er holte Block und Stifte, Lineal und Dreieck, Zirkel und Taschenrechner und breitete alles auf dem Küchentisch aus. Zuerst zeichnete er den Havelsee, nahm das nächste Blatt und begann erneut, dieses Mal nur mit dem Rand des Sees und dem Ufer mit der Gaststätte darauf. Dann füllte er eine weitere Seite damit, alles aus der Vogelperspektive zu skizzieren. Immer mehr Dinge fielen ihm ein: eine Bushaltestelle, ein Kiosk, ein Verleih für Boote, ein neuer Steg, eine Rutsche, Bojen für die verschiedenen Areale, ein Spielplatz für die kleineren Kinder, ein Volleyballplatz für die älteren. Bänke, neuer, weißer Sand, Fahrradständer mit Regenschutz, Parkplätze. Als Birgit hereinkam, waren die Blätter bereits auf sämtlichen Stühlen verteilt, auf der Arbeitsfläche und sogar auf dem Fußboden.

»Was machst du denn hier?«

»Ich überlege, wie der Havelsee wieder schön werden könnte.«

»Also ich gehe da sowieso nicht mehr baden. Wo doch jetzt ein Freibad gebaut werden soll.«

»Du kannst doch ein Freibad nicht mit dem See vergleichen, selbst wenn du da nicht schwimmen willst, aber es war doch immer schön dort. Und wenn die Gaststätte erst wieder richtig chic ist ...«

»Na, wenn es dir Spaß macht. Notwendig finde ich es nicht. Und überhaupt: Hat die Stadt das Ganze nicht verkauft?«

»Eben«, Paul seufzte, »und der Käufer scheint gar nichts zu machen. Ich war heute da, hab mir das angesehen, da ist noch nichts passiert.«

»Ja und, weshalb musst du dich darum kümmern?«

»Muss ich nicht. Möchte ich aber. Der See – das waren unsere schönsten Tage.«

Birgit blickte spöttisch. Paul schob die Unterlagen zusammen. Ja, dachte er, genauso war es: Der See bedeutet: Alles ist gut.

Sturmfluten an der Nordsee, Hochwasser in Thüringen und Bayern – das Wetter schien nicht zur Normalität zurückzufinden.

Von Jahresbeginn an war es viel zu warm gewesen, kein Schnee, wieder einmal, nur wochenlanger Regen, der die Nachrichten zusätzlich grau färbte. Auch Havelfurt wirkte ermattet. Von den Jahren der Anstrengung vielleicht, die Fassaden bunt zu färben, die Läden zu füllen, von der Straßenerneuerung und dem Errichten von Häusern, die ganz anders aussahen als die Neubauten im Zentrum, die einst von modernen Wohnformen hatten künden sollen. Inzwischen standen die Einwohner nicht mehr bei den Vermietern Schlange. Fernheizung, praktische Raumaufteilung, preiswert – die Wohnungen waren immer noch begehrt, aber wer es sich leisten konnte, bezog einen jahrelang verschmähten Altbau und hängte Kronleuchter an die mit Stuck verzierte Decke oder baute gleich ein Häuschen im Grünen. Im Stadtzentrum türmten sich Wühltische, daneben Imbissstände, an denen es entweder nach altem Frittierfett oder nach Bier roch, die Arbeitslosenquote lag bei zwanzig Prozent. Auch Paul lief nur noch ungern durch die Stadt. Es gab sie, die Investitionen in Millionenhöhe, auch er hatte für die Renovierungsarbeiten in den Schulen, Kindergärten und Sportanlagen gestimmt, für unsere Kinder, das war keine Frage. Aber außer an den nun weinrot leuchtenden Dächern sah man das nicht von außen.
Elektroanlagen, Wasserleitungen, moderne Heizungen verschlangen die Landes- und Bundesmittel, auch private Hauseigentümer und Wohnungsbaugesellschaften hatten die meisten Dächer erneuern lassen, doch wer schaute bei diesem Wetter freiwillig nach oben? Eine westdeutsche Firma, die Brillen produzierte, hatte von der Treuhand das gesamte Betriebsgelände erworben, Paul wartete jedes Mal, wenn er doch laufen musste und dort vorbeikam, sehnsüchtig darauf, Licht zu sehen in den Fertigungshallen, Meisterbuden und Qualitätskontrollen. Doch der Investor vermietete nur das Verwaltungsgebäude und baute

eine neue Fertigungshalle außerhalb der Stadt. Das Gewerbegebiet war nun vollständig erschlossen, von der erhofften Beständigkeit war jedoch nichts zu spüren. Eigentümer wechselten, Betriebsteile, die gerade ein oder zwei Jahre bestanden hatten, wurden ausgelagert, nach Polen oder Tschechien, natürlich waren die Arbeitskräfte dort noch preiswerter, das musste Birgit ihm nicht sagen.

»Wohin soll das führen? Nach China werden sie gehen, vielleicht sogar nach Afrika – und dann? Irgendwann gibt es keine noch billigeren Arbeiter mehr.«

»Die Treuhand macht es doch vor: ‚Der Grundstücksverkauf im Großraum Berlin gestaltet sich für den Bund außerordentlich lukrativ'«, zitierte Birgit die Nachrichten und las weiter: »‚Mit Beunruhigung habe der Finanzminister zur Kenntnis nehmen müssen, dass bei der Veräußerung von Treuhand-Liegenschaften die Erlös-Interessen Bonns zuletzt immer deutlicher zutage getreten seien.' Da hast du es schwarz auf weiß. Ist doch nur logisch, dass die privaten Investoren das genauso machen.«

»Das ist nicht das, was ich mir versprochen habe.«

»Sei froh, dass wir das Haus haben«, antwortete sie, »und es sind ja nicht alle so, hast du nicht gesagt, am Stadtrand will jemand die Kasernengelände umbauen? Das gehörte doch auch der Treuhand, oder?«

»Ja. Hast ja recht. Es gibt da zumindest eine Anfrage.«

»Na also. Dann hör auf zu grübeln, hilf mir lieber, den Tisch zu decken.«

Urlaub, dachte er, anderes sehen, nichts Deutsches, nichts, was mit Investitionen, Fördermitteln, Umweltschutz oder Arbeitslosigkeit zu tun hatte. Aber gab es das überhaupt? Wenn Birgit allein mit ihm wegfuhr, er sich auf sie konzentrieren könnte, auf ihre Stimme, ihre Haut – ja, alles, alles würde er dabei vergessen können. Und Markus würde sich bestimmt freuen, eine sturmfreie Bude zu haben.

Am nächsten Morgen rief Paul den Moseler an. Für den Nachmittag verabredeten sie sich bei Luigi. Sie saßen allein in einer Nische, die Mittagspause war vorüber, dennoch sprachen sie leise. Lachten kurz miteinander über die schrille Stimme der Vorsitzenden der Stadtverordnetenversammlung; der Moseler fragte, ob er den rundlichen Angestellten im Gewerbeamt kenne, der habe so etwas Unnahbares, Paul verneinte. Sie hätten hier im Osten noch viel zu lernen, sagte der Moseler. Er klang in Pauls Ohren dennoch nicht so herablassend wie Herr Schulz von der Deutschen Bank. Der Moseler interessierte sich nicht nur für das ehemalige Kasernengelände, sondern vor allem dafür, welche Leute von der Treuhand Paul empfehlen könne. Paul hatte lange nicht mehr an die abendlichen Fahrten nach Berlin gedacht. An die gestärkten Gesichter, die ihm in der Erinnerung gar nicht mehr so steif erschienen. Der mit der gepunkteten Fliege vielleicht. Die Kasernen würde er herrichten wollen, flüsterte der Moseler weiter, mit einem Park in der Mitte, als eigenständiges Wohngebiet.
»Wenn ich das Ganze für einen guten Preis bekäme, für einen symbolischen gar …, das würde Ihre Provision entsprechend erhöhen.«
Paul konnte das Geld gut gebrauchen. Für eine Yacht würde es nicht reichen, aber für kleinere Wünsche. Oder als Anzahlung. Es würde jedoch ein paar Monate dauern, bevor die Kontakte geknüpft und Entscheidungen getroffen wurden. So lange konnte er nicht warten. Im Büro suchte er die Unterlagen des mecklenburgischen Fremdenverkehrsverbandes, ein Herr Wreden hatte ihn wiederholt angeschrieben. Ein süddeutscher Verein manag-

te ausgerechnet in Breithagen inzwischen sämtliche staatlichen Maßnahmen und wollte sich vorstellen.
»Können wir uns bei Ihnen treffen?«
Herr Wreden war begeistert. »Ich reserviere einen Tisch in der ‚Seeperle' und lasse Sie dann nach dem Essen allein. Es sei denn, Sie wollen gleich noch ein paar Grundstücke begutachten, aber ich muss leider dazu sagen, dass die Preise sich auf dem Niveau der Ostseebäder in Schleswig-Holstein befinden, Renditeobjekte eben.«
Herr Wreden schien ein humorvoller Mensch zu sein. Er lachte in den Hörer. Ein Zugereister, dachte Paul, der Dialekt stimmte nicht. Aber das sollte ihm egal sein. Wichtiger war die Koordination des Besuches mit dem bei seinen Eltern.

Birgit räumte die Projektunterlagen beiseite. Was Paul sich dabei nur dachte. »Am See war alles gut«, hatte er gesagt. »Du und dein modriger Havelsee«, hätte sie ihm am liebsten geantwortet, und hatte sich auf die Zunge gebissen. Weshalb konnte er seine Energie und diesen unbekannten Ehrgeiz nicht in Dinge investieren, die sich lohnten? Er kümmerte sich um zusätzliche Zahlungen, ja. Die Gehälter waren viel zu niedrig im Osten und vor allem für ihren Hunger. Wie sollte sie denn etwas nachholen können mit so wenig Geld? Reisen waren teuer, und dabei wünschte sie sich nichts sehnlicher. Fremde Länder, Sonne, Meer – das war es, was Paul ihr bieten sollte, und nicht so einen Minisee mit vorgetäuschtem Ostseestrand. Ja, sie hatten ein gutes Leben, ein Haus an der Havel – viel zu lange hatte sie davon geträumt. Aber es ging immer noch alles viel zu langsam. Nicht nur, wenn sie nach Bonn fuhr zu den Weiterbildungen, die Schulze – und vor allem sein Partner aus Westberlin – einforderten, empfand sie ihr bisheriges Leben wie eine Strafe, die sie nicht verdient hatte. Die

Erzählungen der Gäste bei ihnen zu Hause von den Urlauben im Süden hatten sie interessiert, nicht gedemütigt. Aber im Westen fehlte der Heimvorteil; sie sah die richtig teuren Anzüge, hörte vom »Jetlag« und konnte sich nicht einmal in ihren kühnsten Träumen vorstellen, wie teuer ein solches Leben war. Aber genau dieses Leben wünschte sie sich auch. Ach Paul, warum verstehst du das nicht? Ich könnte die nächsten Monate damit zubringen, von einem Land ins nächste zu fahren, zu fliegen – oh ja, das Fliegen – und mich ausführen zu lassen. Ich habe keine Lust, ewig zu warten. Sie atmete tief durch. Das Gespräch in Mecklenburg – da konnte er gleich noch seine Eltern besuchen, das Osterwochenende war ihm zu kurz gewesen, ihr nicht. Ach, sollte er doch, Hauptsache, es lohnte sich.

8. Griechenland

Paul fuhr am frühen Morgen los, stellte die Heizung auf einundzwanzig Grad. Auf den Wiesen glitzerte der Tau. Die Wintergerste stand gut, von den Apfelbäumen auf der Landstraße wehten die weißen Blüten wie Schneeflocken. Großburgstein, dachte Paul, auf der Bank im Neubaugebiet, genau so war es damals auch gewesen. Selbst die abgeblätterte Farbe des Fensterrahmens ihrer ersten Butze in Havelfurt war so davon gesegelt, wie Schneeflocken, mitten im Sommer, eine unsägliche Hitze, an die sein Körper sich nicht erinnern wollte, er stellte die Heizung noch ein Grad höher. Das Land wurde flacher, weiter, er atmete tief ein und aus. Ostern war eines der wenigen Wochenenden überhaupt gewesen, das sie zu dritt bei seinen Eltern verbracht hatten. Birgit hatte abends wieder nach Hause fahren und im eigenen Bett schlafen wollen. Es war nicht sehr weit bis Mecklenburg, aber ohne Übernachtung wären sie nur für wenige Stunden dort geblieben. Mit dem Hinweis auf die viele Wäsche für seine Mutter hätte Birgit ihn fast rumgekriegt. Doch dann hatte er Unterstützung von Markus bekommen und ihn erst staunend und dann grinsend angesehen, als dieser wie nebenbei sagte: »Ich wollte sowieso mein eigenes Bettzeug mitnehmen, wir haben doch genug Platz im Auto, oder?«

Die »Seeperle« lag noch im Winterschlaf. Auf der großzügigen Terrasse mit Blick aufs Wasser moderte das Laub des letzten Herbstes vor sich hin, die Tische mit den angeketteten Holzstühlen boten ein bizarres Bild, und Paul dachte, im Nebel, der heute früh noch über der Müritz gestanden haben musste, könnten sie ausgesehen haben wie Schiffswracke. Er war zu früh, setzte sich an den Tresen und bestellte einen Kaffee. Der Kellner polierte gähnend die Gläser. Das ist das Schöne an Mecklenburg, dachte Paul, das gibt es nur hier: schweigen und sitzen und in Ruhe gelassen werden, weil es normal ist. Herr Wreden polterte herein, den süddeutschen Investor hinter sich her ziehend. Sie setzten sich vor die Terrassentür, Paul schaute noch einmal auf die Holzgebilde. Dann bestimmte Herr Wreden das Gespräch und Paul hatte Mühe, seinen unablässigen Witzen zu folgen. Der Kellner schien Bescheid zu wissen; er brachte eine Fischplatte nach der anderen. Das weiße Fleisch der kleinen Maräne duftete frisch gebraten, auf einem anderen Teller lag neben Räucheraal ein frisch geräuchertes Stück davon, und selbst der Käseteller, den der Kellner zum Schluss mangels Platz auf dem Nachbartisch abstellte, war mit Fisch garniert. »Maränenkaviar«, sagte er stolz. Die beiden Männer langten zu, Herr Wreden, ohne seinen Redefluss zu unterbrechen. Wie besprochen verabschiedete er sich nach einem Espresso, aber nicht, ohne Paul noch einmal auf die

Schulter zu klopfen und nach einem Schnüffeln zu bemerken: »Diese Sorte kenne ich noch nicht, müssen Sie mir unbedingt aufschreiben. Meine Frau mag solche herben Männerdüfte«, er lachte schon wieder. Paul lehnte sich zurück, bestellte einen Cappuccino und ließ sich vom Süddeutschen auf einen »Küstennebel« einladen. Das folgende Gespräch verlief leiser. Sie waren die einzigen Gäste, obwohl es auf Mittag zuging, der Kellner verschwand in einem Raum hinter dem Tresen. Erst zum Abschluss öffnete der Süddeutsche seine Aktentasche mit Zahlenschloss, holte eine Mappe heraus und legte sie vor Paul auf den Tisch. Dann reichte er ihm einen goldfarbenen Kugelschreiber. Paul blätterte die Seiten durch, überflog ein paar Absätze und stutzte: Das Datum fehlte.
»Soll ich?«
»Nein, das trage ich später ein.«
Paul notierte die Bankverbindung. Ich sollte mir mal eine andere merken, dachte er, nicht stets die gleiche, und ein Sparbuch für Markus, gleich morgen, unterschrieb zweimal und schlug die Mappe zu. Die Verabschiedung war förmlich, aber nicht unfreundlich. Als der Süddeutsche gegangen war, trank Paul den kalten Cappuccino aus und fragte nach der Rechnung. Der Kellner winkte ab, Herr Wreden habe alles bezahlt, er zwinkerte ihm verschwörerisch zu. Paul lief bis zur Müritz, schwer lastete die Anspannung auf ihm. Statt der gleißenden Sonne wünschte er sich den dichten Frühnebel, der seine Mattigkeit zum See ziehen und in der schwarzblauen Tiefe versenken konnte.

Sein Vater war nicht da. Das war ihm recht, Paul wollte nicht mit ihm diskutieren müssen, wofür er so viel Geld brauchte. »Geld ist nicht alles, Junge« – in der letzten Zeit war die Stimme des Vaters wiederholt in seinem Innern aufgestiegen. Seine

Mutter fragte nicht, fuhr mit ihm zur Bank und füllte die Überweisung aus.
»Es ist nicht viel, was wir sparen konnten.« Leise sagte sie das. Paul schloss kurz die Augen. Was tat er da nur? Sie hatte immer hart gearbeitet. Aber er brauchte diesen Urlaub – und er wollte Birgit etwas ganz Besonderes bieten.

Grillen zirpten in ihre Träume. Als Birgit die hölzernen Balkontüren aufstieß, schälte Paul sich aus den zerwühlten Decken und Laken. Birgit reichte ihm den Arm, ließ sich durch das Restaurant auf die Frühstücksterrasse führen und winkte dem Kellner, während Paul frische Orangenscheiben, Tomaten, Schafskäse und cremigen Joghurt vom Buffet an ihren Tisch trug. Schon als sie aus dem Flugzeug gestiegen waren, hatte sie den Sommer geatmet, das Gemisch aus Oregano, Minze und Salbei. Auch auf der Terrasse ließ sich der Kräuterduft weder vom Kaffee noch von den mit Honig beträufelten Apfelringen verdrängen. Die Orangen schmeckten zuckersüß, Birgit lehnte sich zufrieden zurück und schaute den Spatzen zu, die sich um Weißbrotkrümel stritten.
Nach dem ersten griechischen Abendessen hatte sie den Geschmack von Retsina loswerden wollen, der wie ein pelziger Belag auf ihrer Zunge klebte. Birgit bestellte einen Ouzo und verwirrte Paul. Sie vertrug keinen Schnaps, vermutlich, weil sie stets darauf bedacht war, nur kleine Häppchen zu sich zu nehmen. Kindheitstrauma. So wie ihre Eltern hatte sie nie aussehen wollen, ihnen war der Bäckerberuf buchstäblich auf den Leib geschrieben. Sie trank den Ouzo in kleinen Schlucken. Sobald die Flüssigkeit die Speiseröhre erreichte, wurde sie angenehm warm, Birgit verfolgte fasziniert ihren Weg bis in den Magen. Die Wärme kribbelte um ihren Bauchnabel herum, sie drängte Paul, zu zahlen, und zog ihn ins Hotelbett.

Gleich nach der Ankunft auf Samos hatte sie Markus angerufen, sich bestätigen lassen, dass es ihm gut ging, und ihn daran erinnert, nach jeder Party aufzuräumen – er sollte wissen, dass sie ihn kannte. Wenn auch nicht so gut wie Paul. Birgit wusste, als sie die Taxen sah, dass er auf das griechische »X« reagieren würde, weil es aussah wie das Summenzeichen. Sogar diese Reise, so spannend er es gemacht hatte, war vorhersehbar gewesen. Sie selbst hatte den Anstoß dazu gegeben und er hatte das ausgeführt, was sie von ihm erwartete. Es sollte ihr eigentlich gutgehen, endlich tat Paul nicht nur, was sie sich wünschte, sondern trugen die Bemühungen Früchte. Sie hätte sich wohlfühlen sollen in dem Leben, das sie jetzt führte. Paul war ein geachteter Mann, sie seine Frau, selbst geschätzt oder doch wenigstens bewundert.

Ein kleiner Junge bat um ein Stück Brot, er wolle die Spatzen füttern, gestikulierte er, bedankte sich und warf ihr eine Kusshand zu. Sie schickte einen Kuss zurück. Das war sie, die andere Welt, nach der sie sich sehnte und die Paul ihr nicht bieten konnte. Klar wie selten stand ihr vor Augen, was sie an Paul störte. Es war nicht die Vorhersehbarkeit, es war die Vergangenheit. »Die Mühen der Ebene« hatten sie geteilt, zum ersten Mal glaubte sie zu begreifen, was damit gemeint war, sie aber, Birgit Kreisig, Tochter einer Bäckerdynastie, wollte mehr. Sie wollte auf den Berg, sie wünschte sich nichts sehnlicher, als endlich oben zu sein, und sie wollte den Gipfel fliegend erreichen und nicht erst nach weiteren Jahrzehnten. Das war der Unterschied, dachte sie, während sie dem Jungen zusah, aus dem sicher einmal ein hübscher Grieche werden würde: Sie wollte nicht warten.

Mit einer der gelben Taxen fuhren Paul und Birgit zum Strand Psili Ammos. In den »feinen Sandstrand« waren Liegestühle und

Sonnenschirme gestellt, in einer langen Reihe und fünffach hintereinander.
Paul ging langsam ins glasklare Meer. Keine Muscheln, nur Sand, soweit das Auge blickte, wenigstens zwanzig Meter hinein, bevor Pauls Oberschenkel nass waren und der Boden unter den türkisfarbenen Wellen unsichtbar. Er stieß sich ab und bewegte die Arme gleichmäßig durch das Wasser. Teilte es mit den Handflächen. Schob es mit den Händen weg und zog die Arme wieder unter die Brust. Vor und neben ihm fügten sich fremdländische Rufe zu einer Melodie, er schloss die Augen und ließ sich treiben, zwischen der griechischen und der türkischen Küste, Abendland und Morgenland. »Zwischen den Welten«, murmelte er vor sich hin, »dabei kannte ich vor drei Jahren nicht mal die eine.«
Birgit hielt die Augen geschlossen. Paul drehte den Sonnenschirm, bis sie wieder im Schatten lag. Sein Blick schweifte über den Strand. Kehrte von den Wellen zurück und verharrte auf Birgits Wangen, die pastellfarben schimmerten. Unter der Schminke versteckte Birgit eine durchscheinende Haut über kleinen Äderchen. Ihr Gesicht schien nicht gezeichnet von den Jahren. Selbst der kurze Hals war glatt gespannt. Einzig ein herber Zug hatte sich um die schmalen Lippen eingegraben. Als habe die Zeit ihren Schatten vergessen.
Jeden Morgen, wenn sie in den klimatisierten Frühstückssaal kamen, in dem die Kellner in Reih und Glied standen und nur darauf zu warten schienen, sie bedienen zu dürfen, strahlte Birgit ihn an. Dieses Lächeln galt nur ihm und er würde alles dafür geben, es festzuhalten, das wurde ihm jeden Tag aufs Neue klar. »Seelenmassage« nannte es Birgit. Es war wieder wie am See, dachte Paul. Sie drehte sich um und griff nach ihrem Roman. »Cremst du mich bitte ein?«
Paul malte Kringel auf ihre weiße Haut. Mit dicken Fäden, die er

aus der Flasche träufelte.

»Denkst du noch an unseren Urlaub im Erzgebirge, dieses Deutschdorf?«

»Deutschgeorgenthal.«

»Erinnerst du dich an die Fahnen? Wo das Emblem abgetrennt war. Und der Kreis nun gerade leuchtete. Es war noch nicht mal Weihnachten.«

»Sie wussten es halt schon. Cremst du mich jetzt bitte ein?«

Mist. Er stellte die Flasche ab, verrieb die weißen Kringel mit sanftem Streicheln. Dann stand er auf und lief ins Meer, stürzte sich in die flachen Wellen, seine Knie kaum unter Wasser, schwamm hinaus, immer weiter und immer schneller. Er drehte sich auf den Rücken, kniff die Augen zusammen vor dem gleißenden Licht, ließ sich treiben. Als er sie öffnete, war der Strand weit entfernt. Er hatte sich überschätzt, schlug hektisch auf das Wasser ein, strampelte und blieb schließlich erschöpft einige Minuten in den flachen Wellen am Ufer liegen. Als er wieder ruhig atmete, holte er die Geldbörse aus der Leinenhose und servierte Birgit griechischen Mokka und ein großes Glas Wasser. Sie trank das Wasser in einem Zug, er brachte ein neues Glas, legte sich neben sie.

»Huch, bist du kalt!« Sie rückte ein paar Zentimeter beiseite, strich kurz über seinen Arm und reichte ihm das Badetuch.

Nachmittags wollte Birgit sich auf die Sonnenterrasse legen und weiterlesen. Pauls Haut spannte bereits.

»Ich möchte die vielen Angebote wenigstens einmal nutzen.« Sie strich ihm über die rote Nase. »Möchtest du nicht allein weggehen? In ein Kafenion dürfen nur Männer.«

Im Kafenion war es dunkel. In einer Ecke stand ein Fernseher und zeigte Fußballbilder in Zeitlupe. Nur der Mann hinter dem

Tresen starrte darauf, während er Erdnüsse in kleine Schälchen füllte. Ein Bursche, dem oben ein Schneidezahn fehlte, rückte einen Stuhl und winkte. Ihm gegenüber saß ein Mann mit zerfurchtem Gesicht. Er kippte den Ouzo in das hohe, mit klarem Wasser gefüllte Glas. Paul tat es ihm nach. Der Mann nickte ihm zu. »Jamas.«
Als Paul wieder die Straße betrat, war der Himmel schwarz. Birgit war nicht im Hotel. Einen Moment stand er unschlüssig am Empfang. Der Portier blickte nicht auf. Paul drehte sich um und ging wieder hinaus in die Nacht. Vielleicht aß Birgit in einem der Restaurants. Sie hatte in einer Gasse die Bougainvillea bewundert und eine kleine Gaststätte dahinter entdeckt. Er irrte durch die Gassen, es sah anders aus als am Tag, aber er fand den blühenden Zaun. Im Näherkommen hörte er Musik. Erblickte Birgit. Eine Rose lag vor ihr auf dem Tisch. Daneben standen zwei Gläser und eine leere Karaffe. Vor ihr kniete ein Bursche mit schwarzer Lockenmähne und raste mit dem Bogen über die Saiten. Nicht schon wieder, hämmerte es in seinem Kopf, der klar war wie selten. Sie bestimmt und nicht die Geige, dabei war es Jahre her, seit sie in dem Konzert gesessen hatten. Der Bursche spielt das Instrument, aber sie entscheidet! Er rempelte ein Pärchen an und begann zu laufen. An einem Kiosk kaufte er eine kleine Flasche Ouzo, öffnete sie und trank im Stehen. Dann wollte er nur noch ins Bett.
Am nächsten Morgen weckte ihn Spatzengezwitscher. Birgit lag neben ihm. Zentimeterweise schob er sich aus dem französischen Bett. Er zog sich leise an und ging hinaus. Auf den ersten Metern hörte er nur seinen Herzschlag im Kopf. Er sah hinüber zur Mühle, oberhalb der Altstadt Vathi, Birgit hatte sich nach dem Aufstieg durch die schmalen Gassen an ihn geschmiegt und er hatte über die Bucht geschaut und sie festgehalten. Über dem

Hügel zogen sich dunkle Wolken zusammen. Die Schmerzen in seinem Kopf taten dasselbe. Sollte alles wieder von vorn beginnen? Gab er Birgit nicht alles, was sie sich wünschte? Das Haus an der Havel, die Urlaube. Was hatte dieser Fiedler ihr denn zu bieten? Ihm zitterten die Knie. Er musste sie zur Rede stellen. Jetzt gleich. Das musste aufhören, ein für alle Mal aufhören. Er rannte den Weg hinunter und wiederholte im Takt der Schritte: Aufhören, aufhören. Verschwitzt stürzte er ins Hotel.
»Birgit?«
»Hier!« Sie kam auf ihn zu. »Magst du mit mir duschen?« Sie schloss seinen Mund mit ihrem, an dem ein Rest Lippenstift hing. Knöpfte seine Hose auf. Aufhören, flackerte es ein letztes Mal in seinem Kopf.

In Karlovassi alberten sie zwischen den Tontassen und Schalen herum. Sie suchten den Becher des Pythagoras, den die Reiseleiterin präsentiert hatte.
»Den Neureichen werde ich diesen Becher geben. Sie bitten, sich selbst was zu nehmen. Dann haben wir ganz schnell die Habgierigen von den Bescheidenen getrennt.«
»Paul, bitte, das geht doch nicht, wenn ich mir den Herrn Simon vorstelle, der hat doch schon den Ruf, alle auszunehmen, und mit seinen gestärkten weißen Hemden, die seine Mutter noch für ihn bügelt – sie fällt doch in Ohnmacht, wenn der ganze Wein darauf verkleckert ist!«
»Eben. Das wäre ja der Witz des Ganzen. Wenn nicht mal ich dieses Experiment kannte, wird auch niemand unserer Gäste wissen, dass man den Becher nur bis zum Strich füllen darf. Wer nicht genug bekommen kann, kriegt gar nichts. Ist doch genial, oder?«
Hand in Hand liefen sie durch die Gassen. Auf dem Rückweg

hielt der Bus in Kokari. Vom Felsen hinter dem Meer leuchteten gekalkte Hauswände wie Sternschnuppen. Paul blickte gebannt darauf. Es gab sie, die Angebote. Das Haus auf Mallorca zum Beispiel, eine Finnhütte auf Usedom. Ein Haus in Griechenland hatte ihm noch niemand offeriert. Eigentlich hatte er alle »Spenden« einmal auflisten wollen.

In Pythagorion war der Hafen bereits von der Haltestelle aus zu sehen. Paul führte Birgit in den ersten Laden mit Schmuck. Wie auf der Perlenschnur aufgereiht führten die Geschäfte hinunter zum Hafen. Sollte sie sich hier etwas aussuchen. Er war wunschlos glücklich. Nachts schmiegte er sich an sie. Er wollte es festhalten, dieses Gefühl, dieses Bild. Verletzlich wirkte sie, wie einer der Kurosse, die auf den Inseln aus dem weißen Stein gehauen wurden. Ein Marmorwesen. Wie viele Männer waren nötig, um eine Kuross-Figur hochheben zu können? Und doch genügte ein feiner Riss, alles zu zerstören. Vielleicht war das ein Alarmsignal. Dieses Geflirte mit Herrn Oberschlau. Betriebsleitung und Betriebsgewerkschaftsleitung. Hohes Tier sozusagen. Ganz anders als er. Der hatte es geschafft. Wie oft hatte er sich das anhören müssen. Die Wende kam gerade recht. Zu mies, zu schnell vielleicht. Aber abgerechnet wurde mit jenen, die sich in den Dienst der »Firma« gestellt hatten. Paul hätte Birgit gern die Strähne aus dem Gesicht gestrichen, die sich auf das geschlossene Augenlid gelegt hatte. Doch er wollte sie nicht wecken. Der griechische Nachtwind wehte über das Bett. Paul wollte sich nur an sie schmiegen und traumlos schlafen.

Birgit setzte sich an die Mole, zog die Söckchen aus und schnitt Grimassen in Pauls Richtung. Sie kramte nach der Telefonkarte. Das Denkmal würde ihn die nächste Stunde beschäftigen. Er würde gar nicht bemerken, wenn sie zwischendurch wegging. Rufst du an, hatte Holger beim Abschied leise gefragt, am Mittwoch wäre ich zu Hause.

Paul schaute Jonathan zu, der hoch über den Fischerbooten flog. Was weißt du von diesem Gelehrten, du kleiner Vogel? Segelst da unter der Sonne, als wäre es eine Kleinigkeit. Die Menschen üben seit Jahrhunderten und sind immer noch zu schwer. Dieser hier, auf dem du gesessen hast vorhin, Herr Pythagoras, von dem diese Stadt den Namen erbte, war ein Rechenkünstler. Lernte von der Natur, zu der auch du gehörst. Verstehst du das, kleiner Vogel? Eigentlich weiß ich nicht viel von ihm. Nicht mal, ob der Satz, der hier geschrieben steht, wirklich von ihm stammt. Aber Pythagoras soll gesagt haben, dass das Wesen des Universums die Zahl ist. Manchmal auch mit Harmonie übersetzt. Ist das nicht großartig? Meine Gefühle, mein Innerstes haben es mir gesagt: Zahlen sind die pure Harmonie. Zahlen, Winkel, Geraden und Kurven – das ist alles logisch. Berechenbar. Planbar. Der Fotoapparat klackte.
»Na, hast du wieder in der Vergangenheit gekramt?«
Paul sprang hoch. Riss Birgit den Apparat aus der Hand und drückte ab, bevor sie die Hand vors Gesicht halten konnte.
»Das war ein Schnappschuss!«
»Aber nicht noch einmal, hörst du?« Es klang nicht böse.
»Wo warst du?«
»Telefonkarten kaufen.«
»Haben wir doch gestern erst?«
Sie kramte in ihrer Tasche. »Die war doch alle. Ich habe noch mit meinen Eltern gesprochen.«
Paul wollte ihre Hand nehmen. Aber sie knüllte die Söckchen und drehte sich. Steckte das Bündel in seinen Rucksack. Dann

endlich nahm sie seinen Arm. Barfuß rannten sie unter rot gefärbten Wolken über die Kiesel. Und alles ist gut, dachte Paul.

9. Dieter Zange

Paul hatte lange mit der Sekretärin geschwatzt, ihr von Samos vorgeschwärmt und den Becher des Pythagoras präsentiert. Sie juchzte auf, als Paul ihn mit Wasser füllte und alles herauslief, besah ihn sich und fand seine Idee klasse. Paul sortierte die eingegangene Post nach Wichtigem und Dringlichem, er hatte tatsächlich gelernt, sich nicht von dem Stapel des Unerledigten beeindrucken zu lassen, irgendetwas blieb immer liegen, das konnte er nie schaffen, so war das eben, hüben wie drüben. Birgit konnte es kaum glauben, aber sie sprachen auch nur noch selten über die Arbeit. Dass er nachts nicht mehr so oft aufstand, um kleine Zettel mit Stichworten vollzukritzeln – kleine Klebezettel hätten es jetzt sein können, niemand musste mehr Papierreste zusammenbinden –, schien sie nicht zu bemerken. Ja, er konnte nun ohne diese Gedankenstützen einschlafen, er hätte es gern gesehen, dass sie sich mit ihm darüber freute, aber auch früher war sie nicht wach geworden, wenn er aufstand, Paul erinnerte sich.

Am nächsten Morgen saß Paul gerade erst an seinem Schreibtisch, als die Sekretärin klopfte. Der rundgesichtige Angestellte des Gewerbeamtes habe eine Aktennotiz verfasst und weitergeleitet, eine, die den neuen Investor Dieter Zange belastete. Schwarzarbeit, Schulden in seinem Wohnort.

»Seit wann beschäftigt sich das Gewerbeamt mit meinen Investoren?«

Sie antwortete nicht.

»Und weshalb kümmert sich der Chef dort persönlich darum?

Versuchen Sie doch bitte, etwas darüber herauszubekommen.«
Sie versprach es. Vor der Mittagspause berichtete sie aufgeregt, dass Dieter Zange in das Zimmer des Vorgesetzten gebeten worden war. »Von dem Angestellten im Gewerbeamt, Sie wissen schon.«
Paul bat sie, ihn nachher zu ihm zu schicken.
Nur einen Augenaufschlag später verbeugte sich Dieter Zange in Pauls Büro. Zum Abschied legte er seine Visitenkarte auf den Schreibtisch. »Morgen, gegen elf?«
Wenige Minuten später stellte die Sekretärin einen Anrufer durch. Die Stimme klang befehlsgewohnt. Paul bemühte sich, in knappen Formulierungen die Informationen weiterzugeben. Es gelang ihm nicht. Jedenfalls deutete das stoßweise Atmen aus dem Hörer darauf hin. Die ungeduldigen Zwischenworte. Er legte nach einem salvenähnlichen Stakkato den Hörer auf. Wie ein Kompaniechef, dachte Paul und überlegte kurz, welche Funktion der Herr vor der Wende wohl gehabt hatte. Wie ein Kompaniechef befehligte er auch heute die gesamte Stadtverordnetenversammlung, dabei war er nur Schriftführer. Paul sollte ihn in einer halben Stunde noch einmal anrufen. Er lief im Büro auf und ab. Die Sekretärin tippte wie eine Maschine. Als sie ihn bemerkte, schob sie die Kopfhörer in den Nacken.
»Was ist das für ein Mensch, dieser Angestellte aus dem Gewerbeamt?«
»Nicht so beliebt«, antwortete sie, »ich hab's von der Sekretärin dort. Er stochert in allem herum, sehr fleißig.«
»Warum ist er dann nicht beliebt?«
»Er passt sich nicht ein, meint sie. Geht nicht mit zu Feiern, arbeitet ohne Pause, schwatzt nicht. Hat ein Einzelzimmer, auch das stört die anderen. Dabei soll er schon so viele Ordner gefüllt haben wie in Büros, in denen zwei oder drei Kollegen sitzen. Hat

auch die Handwerkerschaft gegen sich aufgebracht. Es gab mal eine Abmahnung, weil er mit Leuten vom Arbeitsamt unterwegs war, ohne den Chef zu informieren. Sie wissen schon, der Chef da ist sehr eigen.«
»Die Abmahnung ist vielleicht unsere Chance.«
Die Sekretärin zwinkerte ihm zu. Paul kehrte zurück in sein Büro und hörte, dass sie wieder zu tippen begann. Seine Fingerspitzen schmerzten vom nervösen Klopfen auf den Tisch. Der kalte Tee verströmte keinen Duft mehr. Die halbe Stunde war um. Er nahm den Hörer ab und tippte auf die Zahlen. Statt eines Namens empfing ihn wieder ein Gewehrfeuer: »Alles geregelt, Thema wird auf nächste Sitzung verschoben.«
Bevor Paul sich räuspern konnte, tutete es. In Zeitlupe legte er den Hörer auf und starrte auf das Telefon. Erst beim Schlag der Kirchturmuhr zur vollen Stunde fuhr er hoch.

Um Punkt 11 Uhr stand Paul vor der Hofeinfahrt, über der das Schild mit dem Namen des Investors prangte.
»Henriette ist schuld«, sagte Dieter Zange und erzählte davon, wie die Sekretärin ihn zu Beginn des Jahres 1990 überredet hatte, mit ihm in den Osten zu gehen, als Heizungsbaufirma der ersten Stunde.
Die großen Wohnungsbaugesellschaften wollten den Bestand so schnell wie möglich auf westliche Verhältnisse umstellen. Dazu kamen Aufträge von Eigenheimbesitzern. Mehr, als Dieter Zange sich je hätte träumen lassen. »Mit Federweißer unterm Arm bin ich losgezogen. Oftmals wirkte das lässige Herausziehen des grünen Passes noch intensiver. In ein wundersames Land bin ich geraten«, schwärmte er. Die Leute würden zwar deutsch sprechen, aber irgendwie anders. Einzig dieser rundliche Herr im Gewerbeamt. Bei dem hatte er gleich so ein komisches Gefühl

gehabt. Paul wollte nichts dazu sagen. Fragte nach dem Konzept für den Havelsee. Jede Menge Ideen hatte der neue Investor. Er steckte Paul an. Schickte Henriette los, Tee zu kaufen. Im Vorzimmer hing der Duft frisch gebrühten Kaffees.
Paul vertrug keinen Kaffee mehr. Jetzt, wo er ihn kannenweise hätte trinken können. Zu viel Stress, hatte der Arzt gesagt. Im Tonfall von Jürgen hatte er alles das aufgezählt, was in den letzten Jahren sein Leben ausgemacht hatte: Parteiwechsel, neue Arbeit, Hausbau, politische Streitereien.
»Nein«, antwortete Paul, er fühle sich gut. Endlich angekommen. Heute gäbe es keine Heuchelei, sagte Paul zum Arzt. Keine Schizophrenie. Alles wäre klar wie seine Zahlenkolonnen. Der Arzt schaute ihn an, als käme er vom Mars.
»Na, dann behalten Sie mal Ihren Optimismus«, sagte er beim Abschied, »wenn es Ihnen hilft …«
Es half. Bis zu dieser Sitzung.

Beim Fahren über die Dörfer kurbelte Paul das Fenster herunter und atmete den Duft des Frühsommers ein. Er beschleunigte. Der Wagen verfiel in ein unrhythmisches Hopsen. Wie früher, als sie mit den Mopeds über die Buckel zu fliegen geübt hatten. Die Gerade verlief in eintönigem Grau. Zu sehen waren die Buckel nicht. Das Dorf war schon von Weitem sichtbar. Rote Dächer vor grünen Hügeln. Die Häuser des Dorfes waren nicht über die erste Etage hinausgekommen. Die Bewohner nicht aus den staubigen Wegen abseits der einzigen befestigten Straße. Wie geduckt lag das Dorf in der Ebene, als wolle es sich verstecken, unerkannt bleiben. Nur nicht auffallen. Am liebsten hätte Paul angehalten, sich in das hochgewachsene Gras gelegt und sich ebenfalls versteckt. Zu Hause war von griechischer Urlaubsstimmung nichts mehr zu spüren. Den Becher des Pythagoras hatten sie nicht

ein einziges Mal vorgeführt. Birgits Partydrang schien verflogen. Und von Familie spürte Paul auch nichts. Das gemeinsame Abendbrot fiel wiederholt Markus' Trainingsstunden zum Opfer. Birgit war schon wieder in Bonn. Gleich nach dem Urlaub war sie auch dort gewesen. Spät kam sie wieder. Paul hatte gewartet. Den Kaffeetisch gedeckt. Dann begann der Ausschuss. Abends hörte er beim Aufschließen das Lachen. Vor Markus stand eine halbleere Flasche Wein.
»Trinkst du Alkohol?«, fuhr er ihn an.
»Er ist bald achtzehn«, antwortete Birgit, »und er trinkt Weinschorle.«
Paul ging hinaus. Warum war er Markus gegenüber so herrisch? Birgit räumte in der Küche die Gläser weg. Markus war in seinem Zimmer unter dem Dach.
»Wie war dein Ausschuss?«
Ausgetrickst hatte sie ihn. Paul hatte fragen wollen: Was war so lustig in Bonn? Aber sie gähnte, bevor er es aussprechen konnte, verdrückte sich ins Bad. Auch später wich sie ihm aus. Was war wirklich an diesem Wochenende gewesen? Freitag und Samstag hatten gemeinsame Essen zur Weiterbildung gehört und für den Sonntag war ein Theaterbesuch geplant. Sie würde sich am Montag melden, bevor sie zum Zug musste, hatte sie über Markus ausrichten lassen. Paul wollte vom Investor erzählen, er musste es loswerden, sofort, nicht erst nach ihrem Seminar. Endlich hatte er jemanden gefunden, der den Havelsee wieder herrichten wollte. Dieter Zange hatte Referenzen. Paul wollte die Freude mit Birgit teilen. Sie war nicht im Hotel. Auch spät abends bedauerte die Dame der Rezeption. Es nehme niemand ab.

Stadtverordnetenversammlung. Zum ersten Mal seit Jahren hatte Paul Lampenfieber. Schon wieder Ärger im Wirtschaftsausschuss. Dabei war das Wirtschaftsförderungsamt doch wohl dazu da, neue Betriebe anzusiedeln, und nicht, vorhandene zu vergraulen. Nach der Sitzung glaubte er, das Unterhemd auswringen zu können. Birgit war nicht zu Hause. Markus hatte wenigstens einen Zettel geschrieben: »Bin zum Training, bringe nachher noch Matthias nach Hause, esse dort.« Birgit hatte nichts gesagt. Oder hatte er wieder nicht zugehört? Zum Glück war heute alles glatt gegangen. Bei den Abgeordneten wusste man nie. Die stellten manchmal die cleversten Fragen, ganz nebenbei. Demnächst sollten sogar Werbegeschenke verboten werden. Als ob sich im Westen jemand daran hielt! Aber hier würden sie das prüfen. Dabei waren sie jetzt auch Westen, und der hatte das schließlich eingeführt: Er erinnerte sich noch genau daran, wie einer den Regenschirm im Büro aufgeklappt hatte und ein Päckchen Kaffee hervorzauberte. Da hatte Paul noch überlegt, wem er das mitteilen müsste. Später hieß es, der gesamte Flur wäre versorgt worden. Beim Moselwein hatte Paul kein schlechtes Gewissen mehr. Inzwischen konnte er sich die Geschenke aussuchen. Das war eben so im Westen. Wenn Birgit etwas bestellte, kreuzte sie auch immer ein Geschenk an, die kleinen Fläschchen belagerten inzwischen schon das Fensterbrett. Paul musste nichts kaufen. Eine Information hier, ein gutes Wort da. Einmal hatte der Moseler ein Haus auf Mallorca angeboten. Für Hilfe bei der Suche eines Grundstücks. Birgit hatte die Idee gehabt, lieber Geld zu nehmen. Dem Moseler war es egal. Manchmal war Paul ein wenig mulmig, wenn er einen Unternehmer nicht näher kannte. Manchmal war auch die gebotene Summe erschreckend hoch. Aber die Unternehmen gab es alle noch. Die Affären und Bestechungsskandale des letzten Jahres waren in den weihnachtlichen Fluten regelrecht ertrunken; die Wasser- und Orkanschäden zu Jahresbeginn hatten die Schmiergeldbeträge der Politiker

vergessen lassen und ihn endlich wieder ruhig schlafen. Jetzt, wo es Sommer wurde, sprach niemand mehr davon. Gleich halb zehn. Wo Birgit nur blieb? Ob sie wieder bei ihrer Sportgruppe war? Paul stellte den Wasserkocher an. Draußen ging die Tür.
»Entschuldige, ich habe mich total verquasselt. Stell dir einmal vor, wen ich getroffen habe?«
Paul kramte im Schrank. Pfefferminztee, wo stand der nur?
»Bärbel ist wieder hier. Dabei hatten sie beide Arbeit drüben. Aber Bärbel meinte, dass sie das nicht ausgehalten hätten, keine Freunde und alles so komische Menschen. Eine ältere Frau hätte Bärbel angesprochen und gesagt, so wäre das nach fünfundvierzig auch gewesen. Als die Umsiedler kamen. Erst hätten alle die Arme ausgebreitet und dann vor der Brust verschränkt.«
Paul hatte die Teebeutel gefunden, schaute hoch. »Hier wird heute auch nicht mehr im Kollektiv gefeiert.«
»Das habe ich auch gesagt. Aber sie meinte, ich sähe das viel zu eng und Kollektiv wäre viel mehr gewesen.«
»Was denn?«
»Im Büro hätte sie sich immer als gleichberechtigter Partner empfunden, sagte Bärbel, weil schließlich alle im selben Boot gesessen hätten, trotz der Hierarchien, alle wären gleich gewesen, ich habe sie ausgelacht, aber sie meinte, ich wäre ja nicht drüben gewesen, hätte das nicht gesehen. Ich finde es viel schlimmer, den Wandel der Leute hautnah zu erleben, die man zu kennen glaubte. Das habe ich ihr auch gesagt.«
»Hast du ihr von Gerlinde erzählt?«
»Ja, es tut immer noch weh. Dabei war sie doch froh, zwei Jahre vor der gesetzlichen Rente aufhören zu können. Endlich reisen, so sagte sie das. Ich hätte sie nicht mit Tante Gertrud zusammenbringen sollen. Ich hätte wissen müssen, dass sie auch über die Rentenhöhe sprechen. Ich weiß gar nicht, was sie denkt, welch

hohes Gehalt ich bekomme? Natürlich ist es mehr geworden, aber dass ich absahnen würde und sie betrogen worden sei? Von mir? Wie kann sie so mit mir reden?«

»Und was hat Bärbel dazu gesagt?«

»Ich weiß nicht, ob sie mich überhaupt verstanden hat. Sie meinte nur, dass es gut gewesen sei, zurückzukommen.«

»Was würdest du denn tun?« Paul biss sich auf die Zunge. Aber der Satz war raus. Birgit schaute erstaunt hoch.

»Wie meinst du das?«

Er versuchte ruhig zu atmen. »Würdest du rübergehen?«

»Warum nicht? Ich glaube schon, dass ich klarkäme. Vielleicht sogar besser als hier.«

Er hätte sie nicht fragen sollen. Nicht zwischen Tür und Angel. Nun wusste er immer noch nichts. Hatte noch mehr Vermutungen. Er hielt den Teebeutel in der Hand und blickte aus den Augenwinkeln nach oben, wo der Wasserdampf dicke Nebelschwaden produzierte.

Spät stand er am Küchenfenster und blickte hinaus in die Nacht. Zum Glück schlief Birgit schon. Paul hatte Angst, Lärm zu machen. Aber es war auch sein Haus, oder nicht? Alles war so viel weitläufiger jetzt. Früher in der Wohnung waren sie sich näher gewesen. Hier gab es zu viele Rückzugsmöglichkeiten. Wenn Markus unterm Dach verschwand, hörte Paul nur noch den Bass. Aber er ging Markus ja auch aus dem Weg.

»Seit er von der Ostsee zurück ist, geht das so«, hatte sich Birgit beschwert.

»Ich weiß nicht, was du hast«, Paul blickte kurz auf, »wenn er nicht mit uns essen will, lass ihn doch.«

»Es ist nicht nur das Essen«, jammerte Birgit. »Schau dir an, wie er herumläuft, in diesem Fleischerhemd. Er hat doch so schöne Sachen. Und sein stachliges Kinn, er rasiert sich nicht mehr, sitzt auf dem Teppich, liest solche Schriften, na, du weißt schon. Paul!«

Also gut, dann eben reden.

»Welche Schriften?«

»Marx und Nietzsche, Hesse und lauter solche Sachen.«

»Er ist siebzehn, da liest man so was.«

»Wir haben das auch nicht gelesen.«

»Lass ihn.« Er stand auf und strich ihr eine Haarsträhne aus dem Gesicht. »Er ist jung und er ist immer noch dein Sohn. Ein bisschen aufsässig, na und? Sei froh, dass er früher nicht gemeutert hat, als du ihn mit dem ‚Deli'-Kakao und den Sachen aus den Westpaketen überschüttet hast. Ist doch gut, wenn er jetzt für sich selbst entscheiden will, oder?«

Birgits Blick war zweifelnd. Paul seufzte. »Also gut, ich rede mit ihm.«

Ein paar Tage später klopfte Paul morgens an Markus' Zimmertür. Er hatte Zeit eingeplant, Schrippen geholt, wollte mit ihm frühstücken. Markus schaute ihn durchdringend an: »Was ist los, Papa? Warst du immer so?«

Er wusste nicht, was er antworten sollte.

», ... and he likes to sing along. And he likes to shoot his gun. But he knows not what it means'«, begann Markus mit kratziger Stimme zu singen, und als Paul fragend schaute, schob er hinterher: »‚und er hält nicht einmal inne, um über seine Situation nachzudenken'. Nirvana.«

Blass tauchte der Name in Pauls Erinnerung auf, das Plakat an der Fensterwand bei den Schwiegereltern, Markus zog die Mundwinkel nach unten, seine Lippen zitterten: »Er ist tot! Und ich habe ihn noch nicht mal live erlebt!«

»Tot?«

»Achtundzwanzig. Und tot!«
Paul wusste nichts zu erwidern, stand unbeholfen vor seinem Sohn, der die Arme vor der Brust verschränkt hatte und sich nicht von ihm trösten ließ. Paul war erleichtert darüber, dass Birgit schon zur Arbeit gegangen war. Auch am Abend wich er ihren Fragen aus. »Ich habe mit ihm geredet, okay?«
Markus sprach nicht mehr über die Band, nur die Musik dröhnte durch das Haus. Selbstmord, stand in der Zeitung, Paul hatte die Notiz suchen müssen, er wusste nicht, wie er den Faden wieder aufnehmen sollte. Seitdem redeten sie nur noch über Terminliches, wie Fremde. Wusste er überhaupt, wie Markus sich sein Leben vorstellte? Ob er eine Freundin hatte? Wie er die Familie sah? Paul hatte auch nie werden wollen wie sein Vater. War er auch nicht. Er schloss das Fenster, ging ins Bad. Sein Kreuz schmerzte. Früher hatte Birgit ihn massiert. Nach seiner Arbeit gefragt, das Essen ins Wohnzimmer gestellt. Das war Jahre her, oder?

Birgit lag im Bett und konnte nicht einschlafen. Sie hörte, wie Paul in der Küche hantierte. Er gab sich Mühe, leise zu sein, aber das Haus war nicht weniger hellhörig als die Neubauwohnung. Die Flasche Rotwein, die Holger ihr zum Abschied geschenkt hatte, stand versteckt im Kleiderschrank.
»Der Wein hat uns zusammengebracht«, hatte Holger gesagt und sie wusste, dass sie nüchtern nicht mit ihm gefahren wäre. Trotzdem hatte er Unrecht. Nicht der Wein hatte dazu geführt, dass sie mit ihm schlief. So gut konnte gar kein Wein schmecken, dass Birgit darüber alles vergaß. Ja, sie war unzufrieden, ja, es ging ihr alles zu langsam, sie war durstig nach Leben wie nie zuvor. Für Paul schien es nur noch das Projekt am Havelsee zu geben, er war oft müde und schon zufrieden, wenn er sich an sie kuscheln

konnte. Markus stromerte nun mit einer Gruppe Gleichaltriger durch die Gegend, Party jedes Wochenende, er brauchte sie nicht mehr. Es gab wenige Abende, an denen sie ihre neuen Kleider tragen und die Blicke der Männer in sich aufsaugen konnte, dann jedoch fühlte sie sich geborgen in Pauls Armen und war glücklich, einen Mann wie ihn zu haben. Aber Paul war nicht in Bonn, wenn die Frauen wohlwollend zu ihren Berichten aus dem untergegangenen Land nickten, ohne zu begreifen, und die Männer, Holger voran, sie dafür bewunderten, neben der Kindererziehung nicht nur irgendeine diese oder den Haushalt betreffende Beschäftigung gefunden zu haben, sondern tatsächlich eine vollwertige Arbeit. Ja, das zweite Glas Wein zumindest hatte sie empfänglich gemacht für Holgers Werben, jenseits des akkurat sitzenden Anzugs mit den passenden – rahmengenähten – Schuhen in Schwarz, die ihr sofort aufgefallen waren. Holger sprach ruhig mit ihr, als wären sie allein in einem Raum, und sie starrte auf den schmalen kleinen Mund, konzentrierte sich auf den Schlips mit dem doppelten Windsorknoten. Aber trotz des Weines oder wegen des Schlipsknotens dachte sie an Paul, daran, dass er sicher eine mathematische Erklärung gefunden hätte, wie er zu binden war. Ach was, Paul hätte den Schlips weggelassen, sie wusste, dass er sich in dieser Runde nicht wohlgefühlt hätte, zwischen all den »gesteiften Hemden«, wie er sie nannte. Vielleicht wäre alles anders gekommen, wenn Holger sie mit in ein Hotelzimmer genommen hätte. Hotelzimmer kannte sie inzwischen viele. Die Preise waren höher als in Berlin oder London, die Räume vergleichsweise spartanisch eingerichtet. Das hätte sie eher ernüchtert. Aber Holger hatte sie zu sich eingeladen, eine halbe Stunde Autofahrt von Bonn entfernt. Galant hatte er ihr die Tür aufgehalten und für einen Augenblick sah sie sich selbst an der Glastür des Wohnheims stehen, mit einer einladenden Handbewegung auf Paul wartend, der die beiden Koffer trug. Doch es war Holger, der ihr den Mantel abgenommen und sie herumgeführt hatte. Das gepflegte Grundstück sah sie erst am nächsten Morgen, fasziniert von den unzähligen Rosensorten, die sie noch nie gesehen hatte. Das Haus war ein Palast, das Bett eine riesige Landschaft inmitten eines Raumes, der ihr so groß vorkam wie die Grundfläche des Hauses an der Havel, Holger servierte den Rotwein in Kristallgläsern, ein weißes Tuch um den Flaschenhals gebunden. All das war es und nicht der Wein, gestand Birgit sich ein, das war der Berg, auf den sie sich wünschte. Holger war viel älter und sogar kleiner als Paul, aber das erfasste sie erst so ganz, als er neben ihr lag. Im Anzug hatte er größer ausgesehen, stattlicher. Birgit schnupperte an der Innenseite ihres Handgelenks. Holger hatte das Parfum bezahlt, aber sie hatte es aussuchen dürfen, ein sündhaft teures Fläschchen. Paul musste es bemerkt haben, sie hatte es zwischen die zahlreichen anderen ins Bad gestellt, nicht auf die Frisierkommode, sie benutzte es häufig. Vielleicht sollte sie aufstehen und nachsehen, was Paul draußen trieb, aber sie fürchtete sich vor seinem Blick und noch mehr davor, dass er fragen könnte. So wickelte sie sich in die Decke und wartete nicht mehr.

Pauls Stimmung ähnelte dem wechselhaften Wetter, nur dass er, wenn es draußen schüttete, mit Birgit im Wohnzimmer beim Kaffee saß, seinen Tee schlürfte und jede Musik, die sie anstellte, mit einem Lächeln auf sich herabregnen ließ, sich freute, wenn es blitzte und donnerte, weil er Birgit dann in den Arm nehmen konnte und sich nachts an sie schieben, was sie, wenn das Thermometer über fünfundzwanzig Grad kletterte, nicht ertrug. Wurden es mehr als dreißig Grad, ging er nicht hinaus und ließ trotz der hereinströmenden Hitze die Terrassentür geöffnet, nur, damit er Birgit wenigstens sehen konnte, die welke Blüten abschnitt. Das Telefon klingelte. Birgit stürzte herein, griff nach dem Hörer, den er in der Hand hielt. Horchte. »Nein«, sagte sie dann, »da müssen Sie sich verwählt haben.« Ihre Wangen glühten. Sie eilte wieder hinaus. Er schaute Birgit hinterher, sie verschwand hinter der Hollywoodschaukel, er wendete sich wieder den Unterlagen zu. Am nächsten Tag nahm sie das Telefon mit nach draußen. »Dann stört es dich nicht«, hatte sie leise gesagt. Abends, wenn die grauen Wolken sich verzogen hatten oder die Hitze erträglich wurde, traf Paul sich mit Dieter Zange, vorher saß er oft träumend in dem großen Sessel, um sich herum all die Bauzeichnungen und Konzeptionen ausgebreitet, die den Havelsee betrafen. Wenn Birgit summte, beruhigte ihn das, er wunderte sich zwar, dass sie trotz der länger werdenden Sommerabende keine Partylaune zu verspüren schien, fragte jedoch nicht nach. Sie wollte nichts hören vom Havelsee, aber nicht einmal das störte ihn. Ihm war es genug, dass sie da war, am Nachmittag, wenn er kam, und am Abend, nachdem er andere Termine erledigt hatte. Manchmal kamen ihre Eltern, der Vater beschnitt den Birnbaum oder schichtete den Komposthaufen um, und noch immer hatten sie neben frischem Brot Einweckgläser dabei. Seit der Großvater gestorben war, fuhr Paul nur noch ungern zur Bäckerei. Birgit sprach selten vom Großvater, nur wenn Markus nach ihm fragte. Dann lauschte Paul mit. In den Ferien schlief Markus in Birgits Zimmer über der Bäckerei, das Poster von den Beatles hatte er ausgetauscht gegen eines von Kurt Cobain. »Nirvana«. Paul wusste nicht, ob er bei den Großeltern auch so laut Musik hörte, zu Hause schmerzte ihn der aggressive Gitarrensound in den Ohren, aber er gab sich Mühe, das auszuhalten, zumal Markus die Anlage leiser drehte, sobald er ihn hörte. Die Standuhr schlug, Paul schreckte auf und horchte nach draußen. Birgit telefonierte immer noch, es war von drinnen nicht auszumachen, mit wem, jetzt lachte sie leise, danach war es ruhig. Er räumte die Unterlagen zusammen. Das Guthaben auf dem Sparbuch wuchs, erst vor ein paar Tagen war das Geld des süddeutschen Investors gekommen, er hatte gestutzt, als er den Kontoauszug las, »bekannt« stand da und ein Tag vom Dezember des Vorjahres, darunter »Nachzahlung«. Steuerlich günstiger vielleicht, hatte Birgit gesagt und weshalb er sich um solche Kleinigkeiten kümmere, er hatte dennoch seine Sekretärin gebeten, anhand der Bankleitzahl das Geldinstitut herauszufinden. Es stimmte, und es war ja auch die vereinbarte Summe. Für Markus hatte er ein Sparbuch angelegt, sich die Nummer auf einen Zettel geschrieben, den er Dieter Zange geben würde, morgen oder übermorgen. Der Moseler hatte noch nicht überwiesen. Das Guthaben reichte bei Weitem nicht für eine Yacht, aber nächste Woche, dachte Paul, wenn der Wetterbericht ausnahmsweise recht behielt und es abkühlte, würde er mit Birgit ins Reisebüro gehen. Er drückte die Gedanken an seine Mutter beiseite, sie würde ihn verstehen und noch warten auf die Rückzahlung, ganz bestimmt, und stellte sich lieber Birgits Gesicht vor. Malte sich die Überraschung aus und hatte Mühe, nicht vorab alles zu verraten. Sie würde dieses Mal den Urlaubsort aussuchen, und es war ihm egal, ob sie sich für die Kanaren oder Italien entschied oder einen Wanderurlaub im Schwarzwald, alles würde er mitmachen und sie auf Händen tragen, sie sollte nur sehen, wie sehr er sie liebte.

10. Abschied

Der rundliche Angestellte des Gewerbeamtes wurde in die Kämmerei versetzt. Paul erfuhr es von seiner Sekretärin. Morgens hatte er

mit den Worten »Keine Telefonate, keine Besucher, keine Störung« die Tür geschlossen und den Vormittag über dem Halbjahresbericht verbracht. Als er mittags den »Italiener« betrat, riefen dort Sitzende nach Luigi und baten um die Rechnung. Paul setzte sich zu zwei Kollegen aus der Stadtverwaltung an den Tisch, sie unterbrachen augenblicklich ihr Gespräch. Die Frau stand auf, er vernahm Luigis Stimme: »Einen Espresso aufs Haus?«
»Ein andermal vielleicht.«
Er hörte Geld auf dem Tresen aufschlagen, dann ihre Stimme: »Kommst du?«
Der Mann sah Paul schulterzuckend an. »Tut mir leid«, presste er hervor, nahm sein Jackett vom Sitz und eilte hinaus. Aus den Lautsprechern drang leise Klaviermusik, Luigi fegte mit einem grünen Miniaturhandfeger Krümel auf eine gleichfarbige Minischaufel, rückte Stühle gerade, stellte Salz- und Pfefferstreuer auf das Faltenkreuz der gebügelten Mitteldecke und die Porzellanvasen mit den künstlichen Margeriten daneben. Paul bestellte einen Salat, in seinem Magen gluckerte der Tee des Vormittags und verdrängte jedes Hungergefühl.
»Nicht, dass du mir meine Gäste verscheuchst«, sagte Luigi, als er den Salat vor ihm abstellte, und Paul fühlte sich an den erhobenen Zeigefinger seines Schwiegervaters erinnert. Auf dem Weg zurück ins Büro glaubte er zweimal, Bekannte entdeckt zu haben, die den Kopf abwandten. Die Sekretärin wartete auf ihn, beunruhigt. Die schlechte Presse machte ihr Angst. »Herr Völker hat zweimal angerufen. Er möchte unbedingt einen Termin haben. Noch vor der Stadtverordnetenversammlung.«
»Geben Sie ihm einen für übermorgen. Ich werde das schon klären.« Paul schloss die Tür, telefonierte, versuchte, alte Verbindungen zur Treuhand wieder aufzufrischen, wie die gesamte

letzte Woche schon, erreichte endlich jemanden, fuhr nach Berlin. Der smarte Herr trug immer noch gepunktete Fliegen. Amüsiert registrierte Paul es. Sein Lächeln jedoch war kälter, als Paul es in Erinnerung gehabt hatte.

»Eine Hand wäscht die andere«, sagte er zum Abschied und versprach, die Unterlagen an Pauls Büro zu schicken. Erst auf der Rückfahrt spürte er die Anspannung. Das hier war etwas anderes, als Investoren einen Tipp zu geben. Der Moseler hatte wiederholt angerufen. Für einen Moment hatte Paul überlegt, ob Herr Schulz und er nicht doch Brüder waren. Aber Paul brauchte das Geld. Nicht nur, um seiner Mutter den geliehenen Betrag zurückgeben zu können oder um seinem Vater zu demonstrieren, dass er gut klarkam. Birgit hatte Prospekte aus dem Reisebüro geholt, Kreuzfahrten, »Winter auf den Bahamas« prangte auf dem obersten Katalog, die Preise waren schwindelerregend hoch. Sein Vorhaben, mit ihr ins Reisebüro zu gehen, erschien ihm lächerlich, Italien oder die Kanaren konnten gar nicht mithalten mit dem, was er sah. Sie hatte nicht über die Reisen gesprochen. Aber da lagen die Prospekte, wie eine Mahnung. Paul nahm das sehr ernst. Birgit hatte lange nicht mehr nach Dingen für das Haus oder den Garten Ausschau gehalten. Vielleicht war sie endlich zufrieden, dachte er und suchte fieberhaft nach weiteren Geldquellen.

Quellen, Quallen, Qualen, er stand auf einem riesigen Segelschiff, kein Land in Sicht, nur hohe Wellen, er konnte sich nur mit Mühe aufrechthalten. Birgit saß unter einer Palme, keine drei Meter von ihm entfernt, winkte mit einem knallroten Schal, er wollte zu ihr, aber dazu hätte er den Mast loslassen müssen, er klammerte sich fester daran … Markus schlug mit einer Gitarre auf das Segel ein, Birgit umtanzten junge Männer, braun-

gebrannt und schwarzlockig, sie winkte nicht mehr, tanzte auf Geldscheinen (oder doch Zeitungsausschnitten?), immer mehr Papier unter ihren Füßen, um sie herum, jetzt ein Geiger, er sah ihn nicht, hörte ihn nur, immer schriller, immer lauter, er hielt sich die Ohren zu und fiel ...
Die Standuhr schlug, er schreckte hoch, die Unterlagen rutschten auf den Boden. Aus Markus' Zimmer dröhnten keine Geigen, sondern der Bass, nicht halb so laut wie in seinem Traum. Paul trank in der Küche ein großes Glas Wasser in einem Zug leer und starrte auf das Becken. »Wozu brauchen wir eine große Uhr«, hatte er Birgit gefragt, als sie davon schwärmte, das war kurz nach der Wende gewesen, inzwischen hatte er sich an das Klacken gewöhnt. Irgendwann ist alles fertig, hatte Paul sich selbst zu beruhigen versucht, irgendwann sind alle ihre Wünsche erfüllt.

Herr Völker war zu nett. Die Pressefreiheit sei das größte Geschenk des Westens gewesen, sagte er, während er sich ein Zigarillo anzündete und Paul den Qualm ins Gesicht blies. Er würde es genießen, selbst entscheiden zu dürfen, worüber er berichtete. Paul knetete die Finger unter dem Tisch. Herr Völker lachte, wie Herr Schulz von der Deutschen Bank gelacht hatte. Unecht. Was sollte daran besser sein als vorher? Er fragte nach zu vielen Dingen, die er längst wissen musste.

»Herr Völker war heute bei mir.«
Birgit sah auf, sagte nichts.
»Er war auch schon im Gewerbeamt, dort aber hat er nichts erfahren. Offiziell wenigstens, das gehe alles über den Pressesprecher. Aber dann setzte er so ein Grinsen auf ... Ich hab Angst.«
»Vor Herrn Völker?« Birgit grinste auch.
»Ich mag ihn nicht. Der ist so ... aalglatt.«

»Dann fang ihn.« Sie ging hinaus, Paul folgte ihr. »Wie meinst du das?«

»Mit einem Köder. Improvisieren kannst du doch noch? ... Hei Paul, was ist nur los mit dir? Konzentriere dich auf den Zeitungsmenschen, wenn du denkst, es wäre wichtig. Kümmere dich darum ... und nicht immer nur um deine See-Phantasien ...«

Sie drehte sich zum Schrank, öffnete ihn und kramte darin herum.

»Das sind keine Phantasien! Das wird Dieters Modellprojekt!«

»Dieters? Seit wann duzt du die Investoren?«

»Er will Villen auf Rügen sanieren, später, wenn das Havelseeprojekt abgeschlossen ist.«

Birgit nahm eine Tischdecke heraus, einen Läufer, legte alles zurück und schloss die Schranktür.

»Vielleicht wäre es besser, wenn ich der Presse hier eine Weile aus dem Weg ginge.«

»Auf Rügen?«

»Wir könnten da für ein paar Monate ein Häuschen anmieten. So eines mit Reetdach ...«

»Ich gehe doch nicht freiwillig an die Ostsee!« Sie fauchte wie eine Katze.

»Wir könnten neu ...«, weiter kam er nicht.

»Vergiss es.«

Die zweite Nachricht erreichte ihn nach der Mittagspause. Die Sekretärin trug sie mit der Tageszeitung wie einen Schild vor sich her. »Ich kann's gar nicht glauben. Schon wieder so ein Artikel.« Ihre Stimme klang entrüstet.

»Investor wie vom Erdboden verschluckt. Fördermittel verschwunden«, las er. Darunter in fetten Lettern: »Was wusste Paul Kreisig?«

Das Blatt in der Hand zitterte nicht. Die Buchstaben verschwammen trotzdem.

»Gehen Sie nach Hause«, sagte Paul.

»Und Sie?«

»Ich?« Er nahm die neue Brille ab, rieb die Nasenwurzel. »Ich? Werd' dann wohl auch Schluss machen.«

Paul bedeutete ihr, hinauszugehen. Seine Atmung war flach. Aus dem Schubfach zog er eine dunkelgrüne Mappe und packte sie ein. Er hob den Telefonhörer ab und legte ihn neben den Apparat. Das Familienfoto mit den breiten Mündern ließ er stehen, griff nach dem Kalender, überlegte es sich anders und richtete ihn wieder an der Schreibtischunterlage aus. Beim Aufstehen musste er sich mit den Händen abstützen. Er stellte den Stuhl im rechten Winkel zum Schreibtisch, schloss den Aktenschrank auf. Hinter einem Ordner mit der Aufschrift »Ökonom« zog er zwei Schachteln »Cabinet« hervor. Ach Jürgen. Als Paul mit der Hand durch die Blätter der Grünlilie strich, entdeckte er weiße Blüten an einem Ableger. Er fasste nach dem klobigen Anspitzer, der eingestaubt daneben stand, nahm die Tasche und verließ das Büro, ohne abzuschließen. Den Anspitzer trug er wie eine Trophäe. Paul stieg ins Auto, drehte den Schlüssel und startete. Seine Hände und Füße lenkten wie von selbst zum See. Das Dach der ehemaligen Gaststätte hing noch weiter durch, in den Fensterluken fehlte das Glas. Eine Gruppe Jugendlicher saß auf den vermoosten Tischtennisplatten aus Beton. Sie sahen nicht auf, als Paul den Wagen abschloss und den Seitenweg am Ufer betrat. Die Stelle war noch weiter zugewuchert. Er setzte sich auf den Baumstumpf, der vorwitzig in den See ragte, tauchte die nackten Füße ins Wasser, spürte den Schlamm zwischen den Zehen und paddelte darin umher. Schilfblätter summten. Ein dunkelgrüner Teppich aus Seerosen hob und senkte sich mit den Wellen. Eine Ente schlug die Flügel aufs Wasser. Sonnenstrahlen flackerten zwischen den Blättern der hohen

Buche. Paul hörte Kinderlachen und die Klingel des Eisverkäufers, sah eine schneckenförmige Wasserrutsche in der Mitte des Sees und eine silbrig glänzende Piste, über die Halbwüchsige auf Wasserskiern ein Stück in den Himmel flogen. Von wegen totes Papier. Wie konnte die Vorsitzende der Stadtverordnetenversammlung das sagen. Er konnte sich alles vorstellen. Die renovierte Gaststätte mit Urlaubern aus Berlin. Den Sprungturm, der selbst die Kiefern am Ufer überragen würde. Das Wikingerschiff auf dem Spielplatz. Das mit Bojen und Seilen markierte Areal für Schwimmwettkämpfe. Die Sommerfeste würden hier stattfinden. Wie früher. Als die Bimmelbahn mit dem selbstgebackenen Hefekuchen am Havelsee warb. Er begann, mit den Zehen den Schlamm aufzuwühlen. Sogar das Ausbaggern wollte Dieters Firma übernehmen. Der Havelsee würde auch dann nicht so klar werden wie die Seen seiner Heimat. Ein brauner Grashüpfer sprang auf Pauls Knie. Er blickte auf. Spätestens in einer Stunde würde das Sonnenflackern ihn nicht mehr treffen. Seine Träume wurden zu Zahlen. Er vermaß Länge und Breite des Sees. Konstruierte den Turm. Dann die Rutsche. Die Sprungschanze. Markierte mit leichtem Nicken die Bojen und prüfte zum x-ten Mal die Berechnungen. Er hatte alle Fakten im Kopf. »Soll das ein Denkmal werden?«, hatte die Vorsitzende der Stadtverordnetenversammlung gefragt. Ihre schrille Stimme hallte noch immer in seinen Ohren. Natürlich sollte es ein Denkmal werden. Aber was ging das diese Frau an? Paul zog die Füße aus dem Wasser. Rieb die klebengebliebene Borke ab, streckte sich. Unschlüssig stand er hinter dem Stumpf. Das Summen der Schilfblätter setzte aus, verfing sich in den Baumkronen. Vom Spielplatz scholl Musik über das Wasser. Paul schlenderte den Weg zurück. Vor dem heruntergetretenen Maschendrahtzaun sah er einen Zigarettenautomaten, suchte Kleingeld und zog eine Schachtel »Cabinet«. Streichhölzer waren im Auto. Er legte die neue neben die alten Schachteln. Streichelte die vergilbte Pappe und stopfte sie unter die dunkelgrüne Mappe. Dann riss er die neue Schachtel auf, ließ sich auf den Rücksitz fallen. Das Streichholz flammte auf. »Verdammt!« Es brannte. Die Jugendlichen hatten sich von den Tischtennisplatten hinter die alten Gerätehäuser zurückzogen. Paul warf die Kippe in den Sand und sah auf die dünne Rauchfahne, bis sie zusammenfiel. Birgit hatte sich eingerichtet. In Schulzes Betrieb, den sie jetzt Firma nannte. Vorbei waren die Nachmittage voller Unzufriedenheit. Noch im Winter, als sie nicht mehr ständig im Golf unterwegs war und wieder begonnen hatte, mit Tee und Keksen auf Paul zu warten, dachte er, dass alles gut werden würde. Die Nachrichten tröpfelten auf ihn nieder, ohne dass er unterschied, ob es Klatsch aus der Nachbarschaft war, Neuigkeiten von Bärbel oder politische Ereignisse aus aller Welt. Am Wochenende, wenn er ausgeruhter war und sich zwang, konzentriert zuzuhören, spürte er die Unzufriedenheit in Birgit, die wenig oder gar nichts mit dem Klatsch und Tratsch zu tun hatte.

»Es ist schon wieder alles so fertig«, sagte sie und dunkel stieg in Paul die Erinnerung an diesen Satz auf.

»Wie: fertig?«

»Alles so vorherbestimmt. Ich kann wählen, ob ich weiter halbtags arbeiten gehe für wenig Geld oder ob ich voll einsteige. Aber es dauert viel zu lange, ehe ich überhaupt eine verantwortungsvolle Stelle erhalte. Ich könnte es, der Chef hat mich gefragt.«

»Warum machst du nicht etwas ganz anderes?«

»Was denn? So üppig gesät sind die Arbeitsplätze nun auch wieder nicht.«

»Du könntest noch mal studieren.«

»Paul! Ich bitte dich! Ich und noch einmal studieren.«

»Na klar, in Berlin, der Zug geht jede Stunde und das Auto hast du doch auch. Grafik zum Beispiel oder sogar Architektur, wäre das nicht wunderbar?«

»Ich weiß nicht. Da käme ich mir doch alt vor.«

Sie lächelte, als er ihr sagte, wie jung sie aussehe, sie schien ernsthaft darüber nachzudenken. Er hätte es dabei bewenden lassen sollen. Stattdessen redete er sich um Kopf und Kragen: »Erkundige dich doch erst einmal. Markus ist groß, du musst deswegen aber nicht mehr Wochenstunden arbeiten, wenn du es nicht willst. Wir können es uns doch leisten. Ich bringe ja genug Geld nach Hause.«

Den letzten Satz hätte er nicht sagen dürfen. Nachher war es ihm klar, aber da war es zu spät. Böse hatte Birgit gelacht, so böse wie noch nie. »Genug? Was weißt du denn, was genug ist?«

Seine Selbstgefälligkeit sei das Schlimmste überhaupt. Ob ihm nie der Gedanke gekommen sei, wie sie das hasste? Es klang, als hasste sie ihn. Die gesamte Woche über sprachen sie nicht miteinander. Am Wochenende verschwand sie zu ihren Eltern. Wenig später gab es anscheinend nur noch Seminare, Weiterbildungen, Betriebsausflüge. Meistens übers Wochenende. Wann wurde es mehr? Er nahm die nächste Zigarette aus der Schachtel. Wann war sie das letzte Mal in seinen Armen eingeschlafen? In Griechenland? Was war anders gewesen in Griechenland? Erinnerungen an spöttische Blicke und Wortfetzen schoben sich in seine Gedanken. Entschuldigung, meine Frau ist zur Weiterbildung. Entschuldigen Sie bitte, meine Frau fühlt sich nicht gut. Sie ist gerade erst aus Bonn zurück. Dieses Zwinkern. Ja, wir verstehen. Warum war das schlagartig so deutlich? Was sollte er anfangen, wenn sie nach Bonn ginge? Sie würde nicht gehen. Schon wegen Markus nicht.

Die Jugendlichen drehten die Musik lauter, während sie in Richtung Stadt loszogen. Paul schreckte hoch. Verstaute die Zigaretten und setzte sich hinters Lenkrad. Die Lampe zum Hof flackerte.

»Hallo«, flüsterte der Schatten im Dunkel.

Paul schlurfte in die Küche. Blieb einen Schritt hinter der Schwelle abrupt stehen.

»Wo warst du?«

Er wollte nicht reden. Der zweite Schatten nahm Markus' Konturen an.

»Was machst du überhaupt zu Hause?«, fuhr Paul ihn an. »Hast du kein Training?«

»Heute ist Dienstag, da hab ich nie Training.«

Paul stützte sich auf dem Küchenschrank ab.

»Hast du getrunken?«

»Quatsch. Wäre vielleicht besser gewesen. ... Hast du nichts zu tun«, herrschte er Markus an, »für die Schule?«

»Ich bleibe bei Mama.«

»Ich hab deiner Mutter noch nie was getan.«

»Es ist auch mein Leben, das du ruinierst! Was meinst du, was heute los war in der Schule?«

»Markus, bitte, beruhige dich«, Birgit strich über seinen Arm.

»Ich will mich aber nicht beruhigen! Ich kann schon gut allein denken. Meinst du, ich hätte mir nie Gedanken darüber gemacht, wie wir uns das alles hier leisten können? Glaubst du wirklich, du kannst auf meinen Namen ein Sparbuch anlegen, ohne dass ich das mitbekomme?«

»Du weißt ...«

»Ja, ich weiß. Und ich will gar nicht wissen, woher du so viel Geld hast, hörst du? Ich will es nicht wissen!« Er rannte hinaus und die Treppe hinauf in sein Zimmer.

»Was hat es mit diesem Sparbuch auf sich?«

»Ich dachte, wenn ich ein Sparbuch für Markus einrichte, ist sein Studium gesichert.«

»Warum weiß ich dann nichts davon?«

»Ach, lass mich! Ich hab das doch für euch gemacht!«

»Für uns?«

Paul winkte ab. »Du kapierst es ja doch nicht.«

Birgit stand auf, blieb kurz stehen, drehte sich um: »Die Spediteure kommen Donnerstagnachmittag. Wochenendtarif.« Sie machte eine Pause. »Ich schlafe bei Markus.«

Paul starrte in die Dunkelheit. Sein Kopf war leer. Er holte die angefangene Zigarettenschachtel hervor und suchte Streichhölzer, schob den Stuhl neben die Spüle und öffnete das Fenster. Er beobachtete das Glühen, lauschte dem Knistern nach, das entstand, wenn er stark an der Zigarette zog.

In der Dunkelheit zeichneten sich langsam Konturen ab. Der Äste des Birnbaumes, den sie verschont hatten beim Bau. Umrisse der riesigen Dostpflanzen, die Birgit trocknete. Die Glut brannte auf seinen Lippen. Er hielt den Stängel mit den Fingerspitzen. Klopfte mit den Fingern der anderen Hand den Takt der Marseillaise, wurde sich dessen bewusst und ballte eine Faust. Übermorgen also würde der Möbelwagen vor der Tür stehen. Mit dem Block sollte er sich danebenstellen. Genau auflisten, was sie raustrug. Dabei war das hier ihr Traum. Er stellte sich vor, wie sie die Möbelpacker befehligen würde. Wie gerade eben erst die Bauarbeiter, die Maler, die Küchenbauer. Wie sie sich anschließend in ihr Cabrio setzen und das Seidentuch um den Hals wickeln würde, wie in einem dieser kitschigen Filme aus den Fünfzigern, die Paul sich nur ihr zuliebe angesehen hatte. Sie würde tatsächlich nach Bonn ziehen. Er durfte nicht da sein. Aber wo sollte er hin? Wahrscheinlich wusste die halbe Stadt, dass sie ausziehen würde. Dabei hatte er doch geglaubt, es nun endlich geschafft zu haben. Endlich ein gemachter Mann zu sein. Birgits Wünsche erfüllen zu können, sie glücklich zu machen. Nein, hierbleiben konnte er nicht. Wenn er wenigstens zu Jürgen gehen könnte. Vielleicht sollte er an die Ostsee fahren? Sich die Villen auf Rügen ansehen. Könnte vielleicht Projekte erstellen. Oder Finanzierungspläne. Ohne Birgit. Dann eben ohne Birgit. Hatte sie ihn nicht immer ermuntert? War sie es nicht gewesen, die ihn anstachelte, es nicht so genau zu nehmen mit der Wahrheit? Paul horchte in die Stille, schlich auf den Flur und lauschte nach oben. Vor seinen Augen verwandelte sich das Treppengeländer in ein eisernes Gitter. Erschrocken wich er zurück, setzte sich wieder. Er faltete die leere Zigarettenschachtel zu einem schmalen Band. Drückte kräftig und falzte die Kanten mit dem Fingernagel. Als er die Schachtel aus der Hand legte, blätterte alles wieder auseinander. Konnte denn nichts bleiben, wie es war? Er fauchte das widerspenstige Papier an, stellte sich ans Fenster. Der Himmel hellte bereits auf. Er schob den Stuhl an den Tisch, nahm die Handvoll Stummel und ging ins Bad. Er wusch sich das Gesicht und rieb die Seife lange zwischen den Fingern. »Lux«, noch immer kaufte Birgit einzig diese Sorte. Inzwischen durften alle sie benutzen. Er öffnete die neue Parfumflasche und träufelte sich etwas auf die Innenseite des Handgelenks. Der Duft schmerzte, er verließ hastig das Bad, stopfte ein paar Sachen in eine Reisetasche und schloss das Küchenfenster. Riss einen Zettel von der Pinnwand und krakelte darauf: »Ich liebe euch.« »Ich liebe euch doch alle«, blitzte der belächelte Ausspruch in ihm auf. Er nahm den Autoschlüssel vom Haken und schlich aus dem Haus. Sollte sie alles mitnehmen. Den Astra hatte er sich inzwischen verdient.

Das Garagentor öffnete er mit einem Sender, startete und fuhr los, ohne sich noch einmal umzublicken. Er hielt am Friedhof, lief durch die Reihen, hatte Mühe, sich zu orientieren. »Hallo Jürgen. Es wird nichts mit dem Seeprojekt. Der Investor ist verschwunden. Das Geld ist weg. Die Fördermittel, die ich befürwortet habe. Was soll ich tun? Die Zwanzigtausend auf Markus' Sparbuch helfen mir auch nicht. Warum gerade ich? Klar, sagst du. Steht ja täglich in der Zeitung, dass nicht nur die Guten aus dem Westen kommen. Weiß ich selbst, dass auch schwarze Schafe dabei sind. Aber bisher hat es doch immer geklappt. Birgit zieht aus. Nach Bonn. Du hattest recht. Ob nun Herr Oberschlau oder ein anderer. Die Geschichte vom Fischer un sin Fru, sagtest du. Sie kapierte nicht, warum ich mich so auf das Seeprojekt stürzte. Dabei waren wir am See immer glücklich gewesen. Ich wollte das retten. Den Havelsee und meine Liebe. ... Warum hast du mich allein gelassen? Nun bin ich wirklich aufgewacht. Und die Welt ist anders. Anders, als du es dir gewünscht hättest. Anders, als ich es mir vorstellte. Mensch, Jürgen. Hätte ich dir doch zugehört.«

Birgit hatte in der Morgendämmerung wach gelegen und auf Markus geschaut, der friedlich schlief, sie wagte nicht, ihn zu berühren, und hätte ihn doch am liebsten an sich gezogen, ein letztes Mal. Abends hatten sie lange geredet, wie zwei Erwachsene.
»Er muss uns ganz schön lieb haben, wenn er das Geld nur deswegen genommen hat. Hast du ihn denn gar nicht mehr gern?« Sie antwortete nicht, Markus nahm ihre Hand, hielt sie fest, als er sagte: »Ich werde nicht mit nach Bonn ziehen, aber ich werde dich oft besuchen.«
Sie hatte es geahnt, er hatte in letzter Zeit oft von einem Mädchen gesprochen. Und natürlich erkannte sie den Grund an, dass er so kurz vor dem Abitur nicht die Schule wechseln wolle. Weh tat es trotzdem. Auch der Bruch mit Paul schmerzte sie mehr, als sie es sich vorgestellt hatte. Mit Holger hatte sie bisher nur Wochenendtage verbracht. Mit Paul fast ihr ganzes Leben, so kam es ihr vor, auch, wenn sie dieses vergangene Leben hasste wie eine löchrige Strumpfhose, ausgewaschen und zu oft getragen. »Dann

lasst ihr euch scheiden?«, hatte Markus gefragt. Sie antwortete nicht. Holger hatte bisher nichts von Hochzeit gesagt. Aber er plante eine Party für das nächste Wochenende, nur für sie, die Einladungen waren gedruckt und verschickt, und sie würde die kommende Woche damit beschäftigt sein, Vorbereitungen zu treffen. Als sie das leise Surren des Garagentors hörte, erhob sie sich und blickte Paul nach. Ein anerkennendes Lächeln huschte über ihr Gesicht. Alle Achtung, soviel Courage hatte sie ihm gar nicht zugetraut. Sie war ihm dankbar dafür, ihr den Abschied erspart zu haben. Sie verharrte einen Moment, blickte auf ihren Sohn und verließ dann Markus' Zimmer. Nicht nur die blonden Locken hast du von deinem Vater, dachte sie.

Ein paar Stunden später griff sie zum Telefonhörer und meldete Paul krank. Die Sekretärin schien nicht erstaunt.

»Wie lange?«, fragte sie nur kurz.

»Das kann ich nicht sagen«, antwortete Birgit wahrheitsgetreu und fügte dann doch hinzu: »Er wird sich sicher bei Ihnen melden.«

11. Thea

Der Mais stand mannshoch. Die Sommergerste war eingefahren, die Stoppeln rochen faulig herüber. Die kurvenreiche Straße verlangte seine Aufmerksamkeit, Pauls Blick fiel auf ein Warnschild. Ob er einem Reh ausweichen könnte? Auf die Begrenzungspfähle zusteuern? Oder auf eine der dicken Eichen? Vielleicht war das die einzige Chance ... was sollte er ohne Birgit? Nie hatte er sie gehen lassen wollen. Alles wollte er tun, um sie zu halten, und nun raste er einfach davon. Wofür lohnte es sich denn überhaupt noch? Paul beschleunigte, der Asphalt war neu, ohne Buckel. Eine lange Gerade, links und rechts Wald, kein Graben dazwischen, nur

die Kante und dann Bäume ... vorn kamen wieder Eichen ... er drückte auf das Gaspedal, das Motorengeräusch wurde lauter und lauter ... Im letzten Moment zog er den Wagen zurück auf die Mitte. Markus! Er musste an Markus denken! Electronic Traction Control, in sechzig Millisekunden sind die blockierten Reifen wieder frei – Paul wollte lachen, konnte nicht einmal das. Jürgen. Ob er versucht hatte, den Wartburg auf die Fahrbahn zurückzuziehen? Vielleicht waren ihm in jenem Moment seine Enkelkinder eingefallen. Paul fuhr mit den Fingern über die Anzeige und atmete tief durch. Ein Westauto mit Knautschzone. Es hätte ihm nicht geholfen. Er schaute auf den Tacho, kniff die Augen zusammen, konzentrieren, durchatmen. Der Wagen beschleunigte, er fuhr weiterhin schnell, aber nicht mehr riskant. Zwei Stunden später bremste er hinter den Dünen. Paul kletterte ein Stück die Steilküste hinauf und schnaufte. Der Wind zerrte an seinen Haaren. Zog die Gedanken nicht heraus. Durch losen Sand stapfte er zurück und fuhr auf holprigem Kopfsteinpflaster durch die Alleen. In einem Ort lockte ein Terrassencafé. Er setzte sich unter einen griechisch anmutenden Himmel und schlürfte einen Mokka. Neben ihm bestellten zwei ältere Damen Cocktails. Paul starrte auf den Rest Wasser und zündete sich eine neue Zigarette an. Was war anders in Griechenland? Die Frage leierte in seinem Kopf. Er wusste nicht einmal, ob es eine Rolle spielte. Für ihn, für die Zukunft. Zukunft. Die junge Kellnerin mit den schwarz lackierten Fingernägeln fragte schon wieder. Er winkte ab. Dreimal hatte er höflich geantwortet. Dabei sah sie doch, dass das Wasserglas noch nicht leer war. Wie alt mochte sie sein? Neunzehn, zwanzig? Markus war fast achtzehn.
»Zahlen, bitte.«
Paul stieg die Treppe zum Zimmer hinauf. Ließ sich quer auf das Doppelbett fallen, hielt sich das noch immer duftende Handge-

lenk an die Nase und schloss die Augen.

Markus steht vor ihm, mit einer Gitarre in der Hand. Er trägt ein weinrotes Hängerkleid, dreht sich und spielt. Dann reißt er an den Saiten, bis Birgit kommt und ihn einschließt in Arme so lang wie Riesenschlangen. Ihr Mund ist ein schmaler Strich. Sie presst ihn auf Markus, der so klein ist wie eine Fliege und verzweifelt mit durchsichtigen Flügeln schlägt. Pauls Sekretärin schlägt mit einer großen Zeitung auf ihn ein. Er sitzt in einem riesigen Ledersessel und kann sich nicht bewegen ... Die Zeitung saust auf die Fliege. Die Sekretärin stolpert über einen von Birgits Schlangenarmen. Angie löst ihre Haarspange. Das Haar ist braun. Der Sessel fährt mit Paul los, in einem irrsinnigen Tempo, knallt gegen die Schrankwand. Tausende Blätter A5 fallen auf ihn, parteiinterne Informationen, die zu Fliegen werden, an ihm herumkrabbeln. Er will schreien, schreckt hoch.
Auf der Fensterscheibe krabbelt ein einzelner fetter Brummer.

Markus. Paul hatte ihn nicht einmal gefragt, ob er bleiben oder mit Birgit ausziehen würde. Er quälte sich aus dem Bett. Stellte sich unter die Dusche, aus Angst vor dem nächsten Traum. Am Morgen fuhr er ans Meer.
Bohlen säumten den Weg; genau so könnte es auch am Havelsee aussehen. Waren bestimmt ABM, die das hier angelegt hatten. Ein Rundweg, eventuell könnte man den sogar weiterführen bis zum Havelarm. Und daran entlang. Wo früher die Angler gestanden hatten. Paul schüttelte den Kopf. Dieses Projekt würde es nicht geben. Dieses nicht und auch kein anderes. Minutenlang starrte er aufs Wasser. Die Wellen waren bis zum Horizont mit Glitzerpunkten bedeckt. Als wäre der nächtliche Himmel ins Meer gefallen.

Politische Macht ist wie eine Welle. Sie treibt dich hinaus aufs Meer. Der Himmel ist blau und sonnig. Die Welt ist doch eine Scheibe, denkst du. Diese Krümmung dahinten … Das kommt doch nur von den Bierrunden nach den Versammlungen. Überhaupt schimmert die Wasseroberfläche wie klimpernde Geldstücke, eine blinkende, glitzernde Münzsammlung. Du schließt die Augen. Was soll das Gerede? Wo soll hier ein Sturm herkommen? Das Meer ist mein Freund. Es trägt mich auf Händen. Ich gehöre endlich dazu. Warum ist der Himmel schwarz? Das Meer bäumt sich auf. Schleudert mich hoch. Der Magen dreht sich. Über dem schwarzen Abgrund. Wo ist die Welle, die mich trägt und beschützt?

Am Abend setzte Paul sich in die Hotelbar, schaute dem Klavierspieler zu, ließ sich vom Kellner einen Rotwein empfehlen. In einer Nische saßen zwei Pärchen, am Tresen eine ältere Dame, sie nickte ein paar Mal herüber. Paul überlegte, ob er sie einladen sollte, da schlenderte sie auf ihn zu.
»Darf ich?«, schon saß sie neben ihm. Die Hand auf seinem Bein … Sie rauchten erst Pauls Zigaretten, die sie betrachtete wie aus einer anderen Welt, dann ihre, »Marlboro light«, und prosteten sich zu. Das Angebot war eindeutig, aber Paul war zu weit weg. Sie fragte behutsam, bis es aus ihm herausbrach: Birgit auf dem Weg nach Bonn, das Projekt geplatzt, er selbst nicht fertig mit dem Nachdenken. Sie schenkte nach und hörte zu, der Kellner reagierte auf ihr bloßes Nicken. Es war bereits Freitagmorgen, als sie ihn stützte und hinauf in ihr Hotelzimmer schob. Sie ließ Wasser in die Wanne, rief ihn. Sie war nicht alt. Vielleicht fünf Jahre älter als er. Vielleicht auch zehn. Schon fünfzig? Was soll's! … Sie seifte Paul ein … Die Wanne lief über. Und der Seidenschal, den sie in ihre Haare gebunden hatte, bekam einen Riss.

Gegen Mittag wachte Paul auf. Thea war nicht da. Keine Nachricht. Er zog um in sein Zimmer. Rasierte sich und strich über die glatte, jung wirkende Haut um den Mund, die dennoch nicht darüber hinwegtäuschen konnte, dass die Jahre ihn gezeichnet hatten. Die neue Tiefe der Furchen dokumentierte die Schwierigkeit, zwischen den Parteien zu verhandeln. Früher hatte er innerhalb einer Partei vermittelt. Ziele waren festgeschrieben. Nachzulesen. Indiskutabel. Jetzt stand nichts mehr fest. Flexibilität als Katalysator für Hautalterung. Er klopfte das Rasierwasser mit den flachen Händen auf Gesicht und Hals, bemühte sich, das Brennen zu ignorieren. Was sollte er anfangen mit diesem Tag? Vielleicht war Thea zurück. Doch die Tür blieb geschlossen. Paul lief die Promenade hinunter. Boutiquen lockten mit Steinen und Muscheln. Vor einem Geschäft flatterten Tücher wie Fahnen im Wind. Er blieb stehen. Ein Seidenschal. Weinrot und blau. Die Farben liefen ineinander.

Thea war abgereist. Paul schaute den Portier ungläubig an. »Hat sie gesagt, wohin?«
»Bedaure, mein Herr.«
Der Mann blinzelte. Die Lippen zu einem unverbindlichen Lächeln geformt, die Nasenflügel zitterten.
»Hat sie etwas für mich hinterlegt?«
Der Portier atmete langsam aus. »Bedaure, mein Herr.« Paul suchte nach Worten, das Telefon klingelte.
»Sie entschuldigen?«
Paul drehte sich dem Ausgang zu, die Helligkeit des frühen Nachmittags blendete ihn. Alle Menschen schienen Termine zu haben. Die Häuser waren voll mit Wärme, spien sie aus auf die vorbeihastenden Menschen, auf ihn, der wie eine Statue dazwischen stand. Sein Kopf wiederholte ständig dieses: »Bedaure,

mein Herr.« Birgit war in Bonn. Das Haus wartete nicht. Die Arbeit auch nicht. Die Leute rollten auf den Bürgersteigen vorbei. Wie ein Film. Schwarz-weiß. Der Schal war bunt. Thea war bunt. Würde er sie wiedersehen? Er blickte sich um, entdeckte weit hinten das Zeichen für eine Bushaltestelle und fuhr ans Meer.
Paul war eingeschlafen, ein paar Meter von den am Ufer leckenden Wellen entfernt, die Haut spannte im Gesicht. Sonnenbrand, und das ihm! Birgit hatte sich immer darüber amüsiert. »Du kommst doch nicht aus Mecklenburg«, pflegte sie dann zu sagen. »Dich haben sie im Krankenhaus vertauscht.« Käsig war er auch früher schon gewesen. Im Vergleich zu John zumindest. Er musste eine Apotheke finden. Hoffentlich gab es das »Panthenol«-Spray noch. Das war das Einzige, das damals geholfen hatte. Gleich neben der Apotheke lockte eine Kneipe. Drinnen saßen nur Einheimische. Paul sog den Klang der Worte auf. Er brauchte nur einen Finger zu heben, dann kam das nächste Glas. Er nahm den Schal aus der Tüte, strich über den kühlen Stoff, meinte, den Duft von Theas Parfum zu spüren. Hielt sich die Hand vor die Nase, Birgits Parfumduft war fort. Wie Birgit selbst, dachte er. Am Stammtisch saßen Männer in Arbeitskleidung. Hatten vielleicht an ihren Häuschen gewerkelt. Paul schaute auf seine Hände. Er hatte sein Haus nicht gebaut. Sein Vater hatte das nicht verstanden. Dabei hatte er selbst immer Handwerker geholt. Bin ein Schreibtischmensch, hatte er dann gesagt. Anweisungen geben, das konnte er. Auch den Kindern. Wahrscheinlich war Paul ihm doch ziemlich ähnlich. Ach, was sollte das jetzt. Er sollte lieber loslaufen. Oder ein Taxi rufen.
Der Portier reichte ihm mit dem Schlüssel einen Umschlag.
»Was ist das?«
»Bedaure, mein Herr, ich habe meinen Dienst erst vor wenigen Stunden begonnen. Da lag der Brief bereits in Ihrem Fach.«

Dieses »Bedaure, mein Herr« musste den Angestellten eingebläut worden sein. Paul verschob das Duschen auf morgen. Der Brief! Eine Visitenkarte. Architekturbüro Soest. Soest – was, wo? Wie sprach man das überhaupt aus? Egal. Er drehte die Karte um: »Warte Samstagabend um sieben an der Weltzeituhr. Thea.«

Der Wind hatte gedreht. Paul bemerkte es erst, als er aus dem Hotel trat und eine Böe in seine Haare fuhr. Zuerst nach Hause fahren, von dort war es nicht weit nach Berlin, mit dem Auto bis zum Zentrum, aber das Zentrum war jetzt nicht mehr der Alex, und überhaupt, wann war ich zuletzt mit dem Auto in Berlin – und mit welchem Auto? Kein Kopfschütteln half, er landete doch nur immer wieder in seiner Vergangenheit. Nicht einmal die Villen hatte er sich angesehen, dabei hatte er doch deswegen nach Rügen gewollt – aber wenn Thea sich für den Havelsee interessierte? Architekturbüro, Geld hat sie bestimmt oder kennt Leute aus den Banken, welche mit gepunkteten Fliegen vielleicht? Er hielt mit der freien Hand seinen Hemdkragen zusammen und ging langsam zum Auto. Ende Juni, der Sommer begann gerade erst, aber es war doch warm gewesen gestern, er öffnete die Tür, stellte seine Reisetasche auf den Rücksitz.
Manchmal hatte Markus sich auf die Rückbank gelegt, die Beine angehockt. Wollte seine Ruhe haben, »seinen Träumen lauschen«, wie er es als kleiner Junge einmal genannt hatte und dann immer wieder. Wenn Paul eine Kassette einlegte, von Grönemeyer oder richtig alte Rockmusik, waren sie sich einig, dann konnte Birgit sich ärgern oder ängstigen, wegen der Musik oder des unkorrekten Anschnallens ihres Sohnes, dann hatte sie keine Chance. Ja, nach Hause.

Auf dem Rückweg hielt er am Haus seiner Eltern. Er ging mit

seiner Mutter in die Küche und sah ihr beim Gemüseputzen zu.
»Du bleibst doch zum Essen?«
Er nickte. Ein Kloß saß in seiner Kehle, den er nicht loswurde. Er wollte sie fragen, wie es ihr ging. Aber die Worte kreisten nur in seinem Kopf. Er hatte sich nicht angemeldet, seine Mutter entschuldigte sich bereits zum zweiten Mal dafür, dass es nur Gemüsesuppe geben würde.
»Ich mag deine Suppe, hab sie doch immer gern gegessen«, versuchte Paul, sie zu beruhigen. Als der Topf auf dem Herd stand und der Geruch von Zwiebeln, Möhren und Bohnen sich ausbreitete, holte seine Mutter Briefe von Eli.
»Lies sie ruhig«, sie schob ihm den Stapel hin, »Vatern ist ganz stolz, wenn er die Marken sieht.«
Eli schrieb viel von den Waisen, die sie betreute. Von jedem einzelnen Kind. Seine Mutter wollte wissen, wie man die Namen ausspricht. Paul war froh, dass sie nicht weiterfragte. Nach seinem Leben, wo sie solchen Anteil an dem von Eli nahm. Eli ist glücklich, las er. Auch zwischen den Zeilen. Zu Weihnachten wolle sie nach Hause kommen.
Seine Mutter hatte ihm den Garten zeigen wollen, erzählte von den neuen Nachbarn, »Russen«, sagte sie, »aber deutsche«, von deren Kindern, die sich über ihre Möhren freuten. In der Gartenlaube hatte Paul auf die Wachstuchdecke geschaut, ausgeblichen wie seine Ehe, hatte er gedacht und schlucken müssen, farblos geworden in all den Jahren, die ihm so lang vorkamen wie sein ganzes Leben. Seine Mutter pflückte Schoten für Markus, zwei Hände voll, zog eine Mohrrübe heraus und einen Kohlrabi, für Birgit, reichte ihm beides mit fragendem Blick. Paul bückte sich, drehte eine rote Erdbeere vom Stiel und steckte sie sich in den Mund.
»Ja, ja, antworte bloß nicht, das konntest du schon immer besser

als Eli.« Sie strich mit Zeige- und Mittelfinger über seine Wange. »Bleibst ja doch mein Bester«, sie seufzte und wandte sich dem Hauseingang zu. »Komm, das Essen wartet. Und Vatern sicher auch.«

Bei Tisch saßen sie schweigend. Erst als seine Mutter den Schokoladenpudding holte, den sie seinetwegen noch gekocht hatte, sah sein Vater auf und fragte nach dem Anlass seines Besuches. Paul berichtete von den Bauprojekten auf Rügen, beschrieb technische Details und ökonomische Berechnungen, bis seine Mutter mit dem Löffel an ihr Glasschälchen klopfte: »Genug jetzt, der Pudding wird sonst kalt.«

Paul atmete auf, sein Vater begann augenblicklich zu essen.

Dann stand Mutter in der Gartentür und wischte sich die Hände umständlich an der Küchenschürze ab. Ein Paket »Kalte Schnauze« hatte sie eingepackt. Für Markus, wenn er es denn nicht selbst wolle. »Wirst du kommen, wenn Eli da ist?«

Es versetzte ihm einen Stich. Er dachte an den langen Brief, den er ihr geschrieben und das Versprechen darin, das er nie eingelöst hatte. Nicht ein einziges Mal hatten sie Weihnachten in Mecklenburg verbracht. Paul nahm seine Mutter in den Arm, beugte sich ein wenig hinunter, um sie an sich ziehen zu können, und schluckte. Er wollte nichts versprechen, aber er war sicher, dieses Jahr Weihnachten bei seinen Eltern zu verbringen, nicht nur wegen Eli. Seine Mutter sagte nichts, doch er sah in ihren Augen, die inmitten tiefer Falten leuchteten wie früher, wie sehr sie es sich wünschte.

Berlin war ein Dschungel. Vielleicht hatte Paul auch nur verlernt, durch Berlin zu fahren. Berlin, Hauptstadt der DDR. Damals hatte es kaum Autos auf den Straßen gegeben. Dafür Verkehrspolizisten, weiße Mäuse; die Dreiseitensperrung hatte er Markus erklärt, als sie einmal den Tierpark besuchten. Vom Fernsehturm aus hatte er ihm am frühen Abend die große Stadt gezeigt, nur von der Aussichtsplattform, Birgit hatte abgewinkt, als sie die Preise für Kaffee und Kuchen im Restaurant sah. Markus war sowieso müde und schlief auf dem Rücksitz des Sapo tief und friedlich, bis sie wieder zu Hause waren; er hatte ihn in die Wohnung getragen und ihn gemeinsam mit Birgit ins Bett gebracht.

Wieder eine rote Ampel; die Stadt schien voll davon zu sein. Rote Ampeln statt roter Sterne, nicht einen sah Paul auf seinem Weg, aber vielleicht täuschte ihn seine Erinnerung und es waren früher gar nicht so viele gewesen. Neben ihm hielt ein LKW in Tarnfarben, Paul fühlte sich fremd in der eigenen Hauptstadt. »Die Welt steht kopf« hatte Birgit gesagt, vor Jahrzehnten, so kam es ihm vor, dabei waren sie in Griechenland gewesen, als die Nachrichten über Nelson Mandelas Wahlsieg in Südafrika berichtet hatten. Das war gerade erst acht Wochen her. Vor mehr als einem Jahrzehnt hatte Birgit Markus geholfen, die Postkarten zu schreiben, für die Freilassung aus dem Gefängnis. Unglaublich. Genauso wie seine heutige Fahrt durch Berlin, zum Treffen mit einer westdeutschen Architektin, ausgerechnet unter der Weltzeituhr. Eine Umleitung ging in die nächste über. Der Stadtplan, den er sich auf den Beifahrersitz gelegt hatte, war hoffnungslos veraltet. Dabei konnte Paul den Fernsehturm schon sehen. Nun fuhr er zum dritten Mal im Kreis die Nebenstraßen ab. War da nicht eine Lücke? Paul parkte vor einem Versicherungsbüro und lief am Brunnen vorbei auf die Weltzeituhr zu. Eine Gruppe Asiaten stand davor und eine Gruppe Jugendlicher. Wie früher. Als ob die Zeit stehen geblieben wäre. Ausgerechnet hier. Wo er mit Jürgen gestanden hatte, nach der Sauftour. »Mein halbes Leben steh ich an der Weltzeituhr.« Die Asiaten liefen weiter. Er

blickte nach oben. Wie spät war es in Wladiwostok?
»Hallo.« Thea stand neben ihm. Paul griff ihre Hand. Küsste sie und kühlte seine Wange.
»Wollen wir essen? Ich habe da vorn ein nettes Restaurant entdeckt.«
Er nickte. Sie drehte sich und entzog ihm ihre Hand. Der Kellner nahm wortkarg ihre Bestellung auf und verschwand im Innern. Ein leichter Wind fegte über den Platz, das Gestell des Sonnenschirms quietschte leise. Paul reichte ihr die Tüte. Sie hob die Brauen, zog den Schal heraus, ließ den Stoff in Zeitlupe durch ihre Finger gleiten. Eine Ewigkeit später schaute sie hoch. Ihre Augen glänzten. »Danke. ... Hängst du sehr an deinem Seeprojekt?«
»Ja, aber ...«
»Erzähl mir mehr davon. Von den wirtschaftlichen Aspekten, ganz sachlich. Soweit dir das möglich ist«, fügte sie hinzu.

Am Sonntagmorgen stand Paul am Küchenfenster. Schaute auf die großen Dostpflanzen im Garten. Sie blühten rosé. Ob Thea Dostblüten mochte? Sie kam, stellte sich zu ihm.
»Frühstück?«
Paul wusste noch immer nicht, ob Markus hiergeblieben war. Er hatte nicht gewagt, in sein Zimmer zu gehen, um nachzusehen. Thea schmiegte sich an ihn. »Bringst du mich nachher nach Berlin?«
Paul konnte nichts sagen.
»Ich bin glücklich verheiratet. Dachte ich, nein – denke ich. Du brauchst mich nicht. Nicht so.« Thea streichelte seinen Hals. Erzählte von ihrem Mann. Davon, wie stark er war. Wie sehr sie das mochte. Sie sagte es leise.
»Ich mach uns was zu essen«, flüsterte sie und schob ihn aus der Küche, »sei so lieb und such die Unterlagen zusammen.«

Sie sagte es bestimmt. Paul fragte nicht, wie sie sich hier zurechtfinden wollte, er ließ sich schieben. War das sein Fehler? Dass er sich herumschubsen ließ?

Später parkten sie vor dem verfallenden Haus. Thea ging herum, begutachtete die bröckelnde Fassade, kletterte über Absperrbänder, stieg über zerbrochene Fensterscheiben hinweg in das Innere der ehemaligen Gaststätte. Fragte nach Eigentumsvorbehalten, Bebauungsplänen, Naturschutz.

»Das wird teuer. Aber mein Interesse ist geweckt.« Paul schaute unsicher.

»Ja!« Sie lachte. »Ich bin dabei.«

Später nahm Paul ihren Arm und führte sie zum See. Mit einer Handbewegung lud er sie ein, sich auf den Baumstumpf zu setzen, und begann zu erzählen. Thea lehnte an seinem Bein. Lauschte. Er war nicht sicher, ob sie seine Worte hörte oder eher die Entenrufe, das Raunen der Blätter, das Summen der Insekten. Paul träumte nicht mehr. Er lebte.

12. Kopfschmerzen

Markus kam am Abend aus Bonn zurück. Er würde bleiben, erst einmal, um die Schule zu beenden, und er wolle seine Freunde nicht im Stich lassen.

»Das verstehst du doch?« Markus' Stimme klang piepsig, Paul nickte ihm aufmunternd zu.

»Ich hau mich hin«, sagte er dann, nahm seine prallgefüllte Sporttasche hoch und drehte sich im Türrahmen noch einmal um, grinste: »Komischer Typ, der.«

Paul begann zu summen, sobald er oben die Tür hörte. »Komischer Typ«, das klang wie eine Liebeserklärung an Paul.

Paul gewöhnte sich an, am Samstagmorgen in der Küche zu stehen und Spiegeleier zu braten. Markus kam herein.
»Mhm. Morgen, Paps.«
Er war gerade erst ein paar Stunden zu Hause. Paul hatte die Tür klappen hören, obwohl Markus sich Mühe gab, ihn nicht zu wecken.
»Wie war die Disko?«
»Laut und stickig. Gute Stimmung. Wir waren nachher noch bei Nele.«
Markus verschwand im Bad. Kam mit nassem Gesicht wieder und setzte sich an den Tisch.
»Ich räum nachher auf, ja?« Er goss Milch in ein großes Glas und hob es hoch. »Auf deinen Tag.«
»Auf deinen. Sehen wir uns abends?«
»Wir wollen nach Berlin.«
Paul nickte. Es war Wochenende. Sollte er es genießen. Paul ging ins Bad und merkte erst bei der zweiten Strophe, dass er ein Kinderlied summte. Markus schlüpfte in die Turnschuhe. »Tschau, Paps.«
Früher hatte er ihn nie »Paps« genannt. Paul fragte nicht, wie er Birgits neuen Partner nannte. Das Einkaufen klappte, nicht jeden Abend aßen sie zusammen, aber immer fand Paul einen Zettel mit einer Nachricht. Er hatte zur Bedingung gemacht, dass Markus von Montag bis Donnerstag um dreiundzwanzig Uhr zu Hause war, Markus hatte stumm genickt und hielt sich daran. Manchmal brachte er Matthias mit, öfter ein junges Mädchen, Nele, dann hörte Paul den Bass noch lauter als sonst. Zwei-, dreimal schauten sie gemeinsam einen Spätfilm, aber auch über die ersten Jahre in Havelfurt und das Seeprojekt sprachen sie an den Abenden und manchmal am Samstagvormittag beim späten Frühstück. Markus konnte sich gut an die Ausflüge dorthin

erinnern; einmal hatte er gesagt: »Ich glaube, ich weiß, was du meinst, für mich waren wir damals auch eine tolle Familie.«
Öfter jedoch sprachen sie über Musik. Paul staunte, welche Gruppen Markus kannte, es war die Musik seiner Zeit, die Markus oft hörte, und es fiel Paul schwer, ihm zu erklären, dass er die »Flower-Power«-Zeit weder erlebt noch vermisst hatte. Gemeinsam durchstöberten sie Pauls Plattensammlung und Markus nahm sich einige LPs mit hinauf. Paul kaufte ihm einen Plattenspieler, passend zu seiner Anlage. Er war froh, dass Markus da war.

Birgit saß vor der Frisierkommode und blickte an all den Flakons vorbei nach draußen. Holger würde nicht vor dem Abendessen zu Hause sein und es war gerade einmal früher Nachmittag. Sie könnte das weinrote Kleid mit der Bolerojacke tragen. Oder das hellblaue anziehen, das ihre leicht gebräunte Haut gut zur Geltung brachte. Alles neu. Ihre Westklamotten, all die Dinge, die sie in riesige Umzugskartons gepackt hatte, lagerten noch immer dort, in einem der Gästezimmer. Nichts brauchte sie aus ihrem alten Leben, außer dem Fahrrad vielleicht, Holger nahm immer den Wagen. Nach Düsseldorf war er mit ihr gefahren, in die Läden für die Reichen und Schönen, alles, alles, kauften sie dort, Seidenunterwäsche, Strumpfhosen von Wolford, dunkelblau, anthrazit, beigefarben, sie trug die Tüten wie Trophäen, nur die mit den Schuhen überreichte sie Holger, küsste ihn, er drückte seine Lippen auf ihre Stirn und schob sie in die nächste Boutique. Oh, es war herrlich, dieses neue Leben! Wie eine Königin fühlte sie sich. Die Köchin, eine ältere Frau, die schon für Holgers Eltern in der Küche gestanden hatte, fragte sie jeden Abend, was sie am nächsten Tag zu essen wünsche. »Wünsche!« Birgit schritt durch den großen Garten und fühlte sich, als trüge sie eine lange Schleppe. Ein junger Bursche knipste die verwelkten

Rosenblüten ab und legte sie behutsam in einen Eimer; sie fragte ihn, wie die Rosen hießen und woher sie ursprünglich kämen. Doch der junge Mann antwortete nur einsilbig, verbeugte sich zwischendurch und bat sie dann leise und mit eingezogenem Kopf, als ducke er sich, ihn seine Arbeit verrichten zu lassen.

»Ich könnte Ihnen helfen«, sagte Birgit und erstarrte, als sie dem Gärtner in die Augen sah.

»Es ist anders als drüben«, mahnte die Köchin, und dass sie bitte niemandem die Arbeit wegnehmen solle. Trotzdem hatte Birgit darauf bestanden, wenigstens am Wochenende das Frühstück für Holger zu servieren und sich zeigen lassen, was er in seinen Kaffee wünschte: Kardamom, Zimt und ein paar Krümel Koriander. Sie probierte es auch, ließ den Zimt weg, Kardamom schmeckte ihr. Holger war erstaunt, freute sich wohl auch, aber am Sonntagabend teilte er ihr mit, dass demnächst wieder die Köchin das Frühstück zubereiten würde.

Birgit hatte lange mit Bärbel telefoniert, es war gut, jemanden zu haben, der sich auskannte, auch wenn Bärbel betonte, dass sie schließlich nie in einem solchen Palast gewohnt habe. Das Haus war perfekt, Holger ein wahrer Gentleman, der Garten eine riesige Parkanlage – alles war genau so, wie sie es sich immer erträumt hatte. Es waren Kleinigkeiten, die sie störten. Wenn sie jetzt hinausginge, würde sie wieder diesen anderen Frauen begegnen und nicht wissen, worüber sie sich mit ihnen unterhalten sollte. Sie hatte sogar überlegt, Holger um einen Hund zu bitten; mit großen, gepflegten Hunden liefen einige der Frauen morgens durch die Siedlung. Aber Hunde waren schmutzig und wild. Sie stand auf und ging hinüber in Holgers Ankleideraum. Mindestens zwanzig Oberhemden hingen da, sie zählte sie nicht, strich stattdessen über den Stoff. Herausnehmbare Kragenstäbchen, Knöpfe aus echtem Perlmutt, akkurater Musterverlauf

und feine, kaum erkennbare kleine Stiche – ein solches Hemd hätte sie nie im »Exquisit« bekommen. Selbst bei den Freizeithemden, die in einem anderen Teil des Raumes hingen, trafen die Musterrapporte an den Taschen exakt aufeinander, sie roch an den Hemden, atmete aus, fühlte sich wohler. Sie gehörte jetzt eben zu diesen Frauen, die nichts Wichtiges zu erledigen hatten; auch von den anderen Damen in der Siedlung ging keine arbeiten, und dennoch schienen sie zufrieden. Zufriedener als sie, und das, obwohl sie gerade einmal acht Wochen hier war und es vorkam, dass sie nachts erwachte, ohne zu wissen, wo sie sich befand. Holger hatte gelächelt, als sie ihn bat, ihr bei der Arbeitssuche behilflich zu sein.
»Das musst du nicht«, hatte er leise geantwortet, »ich verdiene genug für zwei.«
Sie hatte lachen müssen, was er nicht verstand. Dieses Mal stimmte es: So viel Geld wie Holger würde Paul nie zusammenbekommen. Sie ließ nicht locker. Die Köchin, der Gärtner, die Putzhilfe – ob sie nicht wenigstens dafür die Buchhaltung übernehmen könne?
»Aber das läuft doch alles über den Steuerberater, das ist nicht nötig.«
Vom nächsten Tag an brachte Holger ihr Prospekte mit, von Kunstausstellungen, die sie sich anschauen könnte, und von Wohltätigkeitsbasaren.
»Stell dir das nicht so vor wie im DFD«, hatte Bärbel gemahnt, »es geht nicht darum, einen Kuchen zu backen, sondern darum, welchen du mitbringst. Entweder typischen Ost-Kuchen oder Raffiniertes aus einer Frauenzeitschrift. Verspiel deinen Ost-Bonus nicht so schnell!«
Birgit wollte keinen Ost-Bonus, nicht bei diesen Frauen, intelligenten Hausfrauen mit Hochschulabschluss, die ihre Sätze mit

Fremdwörtern schmückten und sich in der Welt auskannten. Ihr fehlten die Blicke der anderen Männer, ihr Lob, weil sie schließlich mitreden konnte. Nicht, wenn es um Ökologie ging, ein Lieblingsthema der Frauen, um die Welthungerhilfe oder die Beschneidung afrikanischer Mädchen, sondern um wirtschaftliche Belange und die große Politik. Aber seit sie bei Holger wohnte, kam sie als Gesprächspartner für seine Freunde nicht mehr infrage. Nur noch als Gastgeberin. Birgit stand auf und probierte die Bolerojacke über dem BH. Zum Kleid hatte nur ein Plaid gehört, aber aus einer unsinnigen Sentimentalität heraus hatte sie unbedingt die Bolerojacke haben wollen. Dabei hatte das Kleid keinerlei Ähnlichkeit mit ihrem Hochzeitsgewand. Sie zog die Jacke aus, schlüpfte in eine weiße Leinenhose und ein knallrotes Top und fuhr mit dem Rad in die Stadt. Sie fühlte sich sicherer auf dem Sattel, größer, und war an den benachbarten Grundstücken schnell vorbei. Vier Stunden vergehen wie im Flug in einer Kunstausstellung, dachte Birgit, dann kommt Holger.

Paul stand im Bad und sortierte die Schmerzmittel. Er hatte nicht gewusst, wie viele verschiedene Sorten Birgit lagerte, aber bisher hatte er auch solche Kopfschmerzen nicht gekannt. »Aspirin« war leer, auch die Tabletten des gleichen Wirkstoffs, die »Acesal« hießen, ebenso »Ibuprofen«, das ihm sein Arzt verschrieben hatte. Im Fach lag noch »Paracetamol«, ob er das versuchen sollte? Er drückte zwei Stück aus dem Blister, ließ Wasser aus dem Hahn in die hohle Hand laufen und verschluckte sich prompt. Er würgte, trank nach, dann rutschten die Tabletten endlich hinunter. Paul setzte sich auf den Wannenrand und wartete. Das Hämmern in seinem Kopf hörte nicht auf. Er nahm die neue Brille ab. Vor seinen Augen verschwammen die Hinweise des Medikamentes, er knüllte das Papier, ging ins Wohnzimmer und legte sich auf die

Couch, die Beine angezogen wie ein kleines Kind. Als sein Atem ruhiger wurde, spürte er ein Knacken in der Halswirbelsäule, dann glaubte er einen Knall wahrzunehmen und einen Schwall Blut, der in die Adern schoss. Ihm wurde warm, es puckerte jetzt nur noch, einen Moment noch liegen, dachte er, einen Moment nur, dann geht es wieder.
Als Markus kam, schreckte er hoch. Draußen dämmerte es bereits, er musste mehrere Stunden geschlafen haben. Sein Arm war taub, aber im Kopf hämmerte nichts mehr.

Birgit tanzte durch die Räume. Auf dem riesigen Bett lagen Blusen, Kleider und Röcke, vor dem Kleiderschrank standen Schuhe und Sandalen, sie sang laut, ohne sich darum zu kümmern, ob die Köchin oder der Gärtner es hörten. Vergessen dieses Unterlegenheitsgefühl, das Belächeltwerden, das Kopfschütteln. Nur, weil sie nach einem Eierschneider gefragt hatte. Woher sollte sie auch wissen, dass es in diesen hypermodernen Küchen so etwas nicht gab? Oder es nur anders genannt wurde. Die Frauen taten so, als spräche sie polnisch rückwärts. Als ob es damit nicht genug gewesen wäre, musste sie sich auch noch über diesen Begriff aufregen. »Plastik.« Es hätte ihr egal sein können, aber sie wollte zeigen, dass sie auch gebildet war, eingebildet war das.
»Die Plastik«, hatte sie auf die Aufforderung, ein Kunststoffschüsselchen zu reichen, erwidert, und in das fragende Gesicht hineindoziert: »aus dem Französischen ‚plastique' oder noch älter: aus dem Griechischen ‚plastikae', das bedeutet ‚formende Kunst' und nicht nur Plaste.«
»Und aus dem Russischen? Plaste ist doch bestimmt nichts Deutsches!«
»Doch.« Birgit hatte schlucken müssen, konnte sich jedoch nicht mehr zurückhalten – und wollte es auch nicht: »Kunststoffarten

sind zum Beispiel Thermoplaste und Duroplaste, also ist Plaste der korrekte Begriff!«

»Möchte hier jemand aus dem Osten lernen? Dann hierher, bitte, aber nicht drängeln, meine Damen!«

Selten hatte Birgit sich dermaßen verhöhnt gefühlt. Hätte sich die ältere Frau nicht schützend vor sie gestellt, wer weiß, wie dieser Abend ausgegangen wäre. Dabei hatte diese ältere Dame mit dem schmalen dunkelroten Samtband um den Hals vorher nicht gerade zu ihren bevorzugten Gesprächspartnerinnen gehört. Anscheinend funktionierte Birgits Menschenkenntnis, auf die sie sich immer hatte verlassen können, hier überhaupt nicht.

»Erklären Sie es mir«, sagte die Dame leise, führte sie zu einem abseits stehenden Tisch und nickte Birgit aufmunternd zu, die das vorher Gesagte wiederholte und leise hinzufügte: »Ich wusste das früher auch nicht. Das hat mir ein Professor an der Uni regelrecht eingebläut.«

»Ich werde es nachschlagen«, antwortete die ältere Dame. »Das Wort ‚Plastik' wird hier benutzt, weil es die Amerikaner mitgebracht haben.«

Birgit nickte, das klang plausibel. Sie wollte gar nicht mehr diskutieren und war froh, als sich eine weitere Frau zu der Dame gesellte und sie in das Gespräch einbezog – auch, wenn es um Rosensorten ging, von denen sie immer noch nicht viel Ahnung hatte. Sie hatte auf das Samtband gestarrt, eng lag es um den Hals der älteren Dame, immer wieder schob sich ein Bild dazwischen von einem dunkelgrünen, das im Wind flatterte. Sie hatte es um die Antenne des Saporoshez geknotet, gegen Pauls Willen, und sie war nicht die Einzige gewesen, die damit »40 Jahre Hoffnung« demonstriert hatte. Aber seit wann dachte sie an Vergangenes? Ein weißes Band, das könnte die Zukunft sein, ein Stück aus dem Hochzeitsschleier, an ihrem Cabriolet oder an Holgers

teurem Wagen. Wien war wichtig, Amsterdam, sie tanzte, sang, an nichts anderes wollte sie denken als daran, dass es am nächsten Montag losgehen sollte.
»Die Weltreise heben wir uns noch auf«, hatte Holger gesagt. »Später«, dachte sie, und dieses Wort kreiste in ihrem Kopf wie eine Schallplatte mit Sprung, »später, später« – aber davon konnte Holger nichts wissen, sie musste sich zusammenreißen. Holger zog einen dicken Brief hervor und überreichte ihn ihr. Sie war ihm um den Hals gefallen. »Raus«, dachte sie, jetzt, nicht später. Städtereise, erst Amsterdam und dann Wien, Fünf-Sterne-Hotels, Grachtenfahrt und Fiaker inklusive.

So schlimm waren die Kopfschmerzen gar nicht. Zuerst jedenfalls. Warum hatte Paul sich auch die Überweisung zum Neurologen aufschwatzen lassen. Gut, er rief dort erst an, nachdem alle Schmerzmittel aufgebraucht waren, sie längst nicht mehr geholfen hatten und der Hausarzt sich weigerte, neue aufzuschreiben. »Sie müssen sich operieren lassen«, hatte der Weißkittel gerade gesagt und auf irgendwelche Punkte gezeigt. Für Paul sah trotz des gelben Hintergrundlichtes alles grau und schwarz aus auf diesem Bild. Was konnte so eine Schwarz-Weiß-Fotografie schon zeigen? Nichts jedenfalls über ihn. Konnte denn nichts bleiben, wie es war? Warum nach Hause fahren? Er konnte genauso gut auf der Stelle umkehren, was sollte er in dem leeren …
»Verdammt!«

»Ist Ihnen was passiert? So stehen Sie doch auf! Bitte, nicht auch noch das!«

Teil 3

1. Sandra

Zaghaft öffnete ich die Augen. Über mich gebeugt stand ein Mann mit ängstlichem Blick. Ich bewegte vorsichtig Arme und Beine, stand langsam auf.

»Geht es, ist Ihnen auch wirklich nichts passiert? Mein Gott, Mädchen, nun sagen Sie doch etwas!«

»Mädchen«. Ich kniff die Lippen zusammen. Mein Knöchel tat weh. Ich humpelte zum Straßenrand und setzte mich auf den Bordstein. Der Mann holte mein Rad von der Straße und stellte es auf den Gehweg.

»Geht es Ihnen auch wirklich gut?«

Ich nickte. Auch das tat weh. Auf der Straße begann ein Hupkonzert, er sprang zu seinem Wagen, fuhr los. Nach wenigen Minuten war er wieder neben mir und fragte, ob er mich irgendwohin bringen könne.

»Nein, danke«, antwortete ich.

Blaugraue Augen hat er, dachte ich, und dass ihm die Angst nicht steht.

Abends war ich doch noch zum Röntgen gefahren, aber der Knöchel war nur geprellt. »Nur.« Mir reichte es. Wie ein Wahnsinniger hatte der Autofahrer die Reifen quietschen lassen, mitten auf der Straße gewendet, ohne auf irgendjemanden zu achten. Ich hatte dennoch keine Lust auf eine Anzeige. Er hatte so hilflos ausgesehen, als er sich über mich beugte. Beim Einschlafen dachte ich noch an seine blaugrauen Augen. Irgendwo hatte ich sie schon einmal gesehen.

Am nächsten Morgen klingelte das Telefon. Es war der Autofahrer. »Wie bitte? Woher haben Sie überhaupt meine Telefonnummer?«

»Entschuldigen Sie, aber wir kennen uns. Ich habe bei Ihren Eltern angerufen.«

Ich stöhnte.
»Geht es Ihnen doch nicht gut?«
»Nein, doch. ‚Bei meinen Eltern angerufen.' Ich habe extra nichts erzählt.«
»Entschuldigen Sie …«
»Schon gut. Und woher wollen Sie mich kennen?«
»Sie haben mich nach Jürgen gefragt. Damals. Als Schülerin.«
Er brauchte nichts weiter zu sagen. Alles war wieder da. Als wäre es gestern gewesen.

»Ich hab nicht mehr viel Zeit. Ein paar Monate vielleicht. Wenn ich Glück habe, noch ein Jahr. Wissen Sie, Sandra«, sagte er, »ich sollte mich darüber freuen. Andere kämpfen täglich mit sich. Mit den Nachbarn von früher. Mit Freunden, die keine mehr sind. Und können doch nicht vergessen, was hinter ihnen liegt. Ich werde vergessen. Und es vielleicht nicht einmal bemerken.«
Ich schaute in seine Augen und versuchte, mir vorzustellen, wie sie aussehen werden ohne Erinnerung. Mich fröstelte, und das kam nicht von dem leichten Septemberwind, der über die Oberfläche des Havelsees strich. Ich nickte zaghaft. Bis gestern hatte ich gezweifelt. War in meiner kleinen Wohnung herumgehumpelt, hatte das Für und Wider abgewogen, einhundert Mal. Das Ergebnis blieb offen. Warum sollte ich Zeit für ihn haben, für seine Geschichte, für die wenigen Erinnerungen, die wir teilten? Ich wusste nicht viel über diese Krankheit, nur, dass sie den Körper auffrisst, von innen, und dass die Haare ausfallen. Bei ihm sollte das anders sein, ein Tumor im Kopf, aber keine Metastasen im Körper. Er denke noch oft an unser Schulprojekt, sagte er, und dass es nicht nur seine Geschichte wäre. Das störte mich. Geschichtsschreibung ist immer subjektiv. Er saß da und schwieg, die Zigarette zwischen Daumen und Zeigefinger. Die

Härchen auf den Fingern leuchteten im Schein der untergehenden Sonne genauso rötlich wie seine blonden Locken. Er hat keine Sommersprossen, obwohl ihm die gut stehen würden, dachte ich. Er schaute mich an. Ob er mich auch beobachtete?

»Damals trugen Sie die Haare kürzer«, sagte er.

Ich war überrascht, dass er sich daran erinnerte, und sagte: »Ja, das streckt den Hals.«

Er zuckte zusammen. »Das hat Birgit auch gesagt. Meine Frau. Sie hat gesagt: ,Ein Kurzhaarschnitt streckt den Hals.'«

»Ich mag meine langen Haare.«

Paul lächelte. »Was studieren Sie? Geschichte?«

»Neuere Geschichte, im Teilgebiet Moderne Geschichte einschließlich Zeitgeschichte. Magisterstudium.«

Paul nickte. »Sie haben das ehrlich gemeint. Als Sie nach Jürgen fragten.«

Ich war in der Zwölften gewesen, als ich Paul kennenlernte. Drei Jahre nach der berühmten Wende. Alles war neu, alles war anders und der Westen war in dieser Stadt noch lange nicht angekommen. Ich war damit beschäftigt, die neue Warenwelt Westberlins zu erkunden, mit Freundinnen und Freunden, wir waren mehr in der Großstadt als zu Hause. Dann wurden meine Eltern arbeitslos, von heute auf morgen – zumindest schien mir das so. Viele hatten plötzlich arbeitslose Väter oder Mütter. Und vorher nichts mitbekommen vor lauter Buntheit in den Geschäften. Meine Eltern wollten nicht darüber reden. »Alte Kamellen«, sagte Vater, »Schwamm drüber«, und »Wir leben heute.« Meine Mutter rannte täglich zum Arbeitsamt. »Du bist jung, du hast alle Chancen, nutze sie«, mahnte sie mich. Ich stand verloren, heimatlos. Wenn meine Eltern mit all dem, was vorher war, abgeschlossen hatten, war das ihre Sache. Meine war es nicht. Menschen starben, sie erhängten sich, sie fielen um oder bekamen

Krankheiten, die innerhalb weniger Wochen zum Tod führten. Dann dieser Autounfall und das Gerede im Block. Ob dieser Jürgen ein Spitzel gewesen sei und deswegen bewusst den Tod gewählt hatte, bevor das aufflog. Und dann zog auch noch Jürgens Frau nach Berlin. Ich beneidete sie. Ich war siebzehn und entschlossen, der Wahrheit, von der ich damals glaubte, dass es sie geben müsste, auf den Grund zu gehen. Und ein Teil dieser Wahrheit war Paul. Er war nicht so cool wie die Jungen, die ich kannte. Das hatte mich auf eine angenehme Art irritiert.

Der September wechselte das Wetter schneller als ich meine Socken. Vater fragte, wie es Herrn Kreisig ginge, er sagte nicht Paul, dabei waren sie früher beide Genossen gewesen. Er mochte es nicht, dass mit Paul ein Stück seiner eigenen Vergangenheit in mein Leben trat, und ich fragte mich, weshalb er ihm dann überhaupt meine Telefonnummer gegeben hatte. Wahrscheinlich fragte er sich das auch.
Vater erzählte von seiner ABM-Tätigkeit in einem Kindergarten, als Hausmeister. Mutter hatte nach der Umschulung einen befristeten Vertrag in einem Autohaus bekommen. »Mädchen für alles«, ich wusste nicht, wie ironisch sie das meinte, es war keine volle Stelle, aber sie sagte, das sei okay. Ich wusste viel zu wenig von ihrem Leben. Warum dachte ich, meine Eltern würden noch ewig da sein? Sie waren gesund, beruhigte ich mich, sie klagten nicht und sie hatten noch keine Tabletten neben dem Essen liegen. Neue Räder hätten sie sich gekauft, erzählte Vater, schaute zur Uhr und begann, auf dem Stuhl herumzurutschen.
»Fußball geht gleich los.«
»Okay«, sagte ich, »ich wollte eh wieder los, oder soll ich noch abwaschen helfen?«
Lauter Protest von beiden, sie hätten jetzt schließlich einen Ge-

schirrspüler. Mutter packte das restliche Gulasch für mich ein und betonte: »Nur, weil du es so gern isst.«
Sie schauten mir vom Balkon nach und ich winkte. Klein sahen sie aus, aber das kam wohl nur davon, dass sie so weit oben wohnten.

Paul lud mich in sein Haus ein. Der Regen ließ uns nicht an den See, so heftig peitschte er. Birgit hätte Innenarchitektin werden können, dachte ich, als Paul mich durch die Räume führte. Er merkte, wie beeindruckt ich war. Wie verunsichert.
»Es hat nicht geholfen, Sandra«, sagte er und berührte meinen Arm. »Es hat alles nichts genützt.«
Er wirkte trauriger hier drinnen.
»Hat Birgit gar nichts mitgenommen?«
»Doch«, sagte er und schaute sich um, als betrachte er seine eigene Wohnung neu, »die Kommode ihrer Großeltern. Die Standuhr nicht, auch nicht die Küche, die sie sich ausgesucht hatte, nur Kleinigkeiten, und ihr neues Fahrrad. ‚Spediteure‘ hat sie gesagt, da dachte ich, sie würde alles hier raustragen. Aber wahrscheinlich braucht sie nun nichts mehr davon.«
Paul setzte die Brille ab. »Ich glaube, es ist besser, Sandra, wenn wir für heute Schluss machen. Meine Augen.«
Er versuchte, aufzustehen, schwankte. Ich sprang hoch, stand vor ihm, reichte ihm meinen Arm. Er zog kräftig, ich hatte Mühe, stehenzubleiben. Dann griff er nach meiner Schulter und stand dicht vor mir. Ich wagte nicht, mich zu rühren. Hörte seinen schweren Atem über mir. Der Pullover roch nach Pulverwaschmittel. Dabei war das Wolle. Paul strich mir über das Haar, ich wäre gern noch eine Weile so stehen geblieben. Doch er hatte sich gefangen.
»Dankeschön.« Er hüstelte. »Sind Sie sicher, Sandra, dass Sie das

aushalten werden?«

Ich kämpfte mit den Tränen. »Ja, ich will«, antwortete ich und schluckte den Kloß in meinem Hals hinunter.

Ich quälte mich mit den Anfangssätzen einer Hausarbeit, als das Telefon klingelte. Es war Markus. Wir hatten uns erst ein paar Mal gesehen, er war jünger als ich, schlaksig, vielleicht so, wie Paul früher ausgesehen hatte. Paul sei in Berlin im Krankenhaus. Sie hätten eine Gewebeprobe entnommen. Ich erschrak.
»Ich sollte dir nur Bescheid sagen«, sprach Markus in mein Schweigen hinein. Seine Stimme klang höher als die von Paul, sachlich und ruhig.

Birgit stieg aus der Wanne, zog den beigefarbenen Bademantel über und setzte sich auf die Couch. Es war viel zu früh, sich jetzt schon anzuziehen, in mehr als einer Stunde erst würde der Chauffeur von Frau von Rosenberg sie abholen. Sie griff nach der Einladungskarte, festes Papier, das Wappen als Hintergrundprägung, sie fuhr mit dem Zeigefinger darüber. Es musste Spaß machen, solche Dinge zu entwerfen. Holger hatte ihr zur Einladung gratuliert, leise, wie es seine Art war. An dieses Leise gewöhnte sie sich schwer, Birgit hatte Holger anders in Erinnerung, aber sie hörte ihm gern zu und unterschied die feinen Nuancen seiner Stimmung. Gestern Abend beispielsweise war er ziemlich nervös gewesen. Zwei Geschäftspartner sollten zum Essen erscheinen, ohne Frauen, und sie, Birgit, würde nichts weiter zu tun haben, als bei Bedarf die Köchin heranzuwinken oder amüsant zu plaudern, hatte Holger gesagt. Die Tafel war gedeckt mit verschiedenen Gläsern und einer Vielzahl von Besteck. Sie hatte die Stirn gerunzelt, sodass Holger ihr zuflüsterte: »Schau einfach, was ich benutze.«

Sie schüttelte leicht den Kopf, was er nicht verstand, aber in dem Moment läutete es bereits. Als das Essen aufgetragen wurde und Holger mit den Herren sprach, hatte Birgit seine Nervosität gespürt. Dabei brauchte er sich nicht zu sorgen – sie hatte schließlich genügend Schmöker gelesen und kitschige Filme geschaut, um zu wissen, wann sie welches Besteck benutzen und in welcher Reihenfolge sie trinken würden. Ihr Unmut hatte allein der Menge des Essens gegolten. Nach dem Abendbrot bat Holger die Herren ins Arbeitszimmer, er selbst kam noch einmal zurück und küsste sie lange. Birgit fuhr sich mit der Zunge über die Lippen. Sie würde sich an das Leise gewöhnen, ganz bestimmt.
Canasta konnte sie, sie schloss die Augen, sah die Karten vor sich, das hatten sie auch zu Hause gespielt, meistens, wenn Tante Gertrud zu Besuch war, nur drei Frauen, und genauso würde es heute sein. Das hätte sie sich nicht träumen lassen, zum Kaffeekränzchen bei einer Frau »von« eingeladen zu werden. Sie würde hier ankommen, wenn sie sich nur Mühe gab, und das wollte sie – es lohnte sich doch.

Drei Prüfungen Anfang Dezember, keine Zeit für Paul.
In der Mensa hatte ich Torsten getroffen. Er folgte mir mit seinem Teller bis zu meinem Lieblingsplatz am Fenster, der unser Lieblingsplatz gewesen war. Erzählte von seinen Kursen. Ich war eher fertig, das war mir früher nicht passiert, ich stand auf und wünschte ihm Glück. Torsten fehlte mir nicht.

»Paul, schau dir doch bitte die Nachrichten an. Wenn das dein Jürgen sehen könnte!«
»Birgit? Was ist passiert?«
»Stefan Heym spricht im Bundestag! Als Alterspräsident eröffnet er ihn! Ist Markus da?«

»Nein, er kommt später heute.«
»Ach Paul, ich glaube, jetzt werde ich wirklich sentimental. Erzählst du Markus vom 4. November? Bitte. Ich weiß nicht, ob er sich erinnert.«
Paul behielt den Hörer in der Hand und schaltete den Fernseher ein. Aber Birgit hatte schon aufgelegt. Markus und sie riefen sich regelmäßig an, mit ihm telefonierte sie sonst nicht. »Sentimental«? Hatte sie das tatsächlich gesagt? Natürlich würde er sich das anschauen und auch mit Markus darüber reden. Weshalb sie nicht später noch einmal anrief? Nicht einmal gefragt hatte sie, wann Markus kommt. Er schüttelte den Kopf, aber schnell lenkten ihn die Nachrichten ab.

Noch sieben Tage bis Weihnachten. Ich radelte durch den Schneeregen zu Pauls Haus. Er umarmte mich, nahm mir den nassen Mantel ab und wies zum Wohnzimmer, wo der Tee stand. Paul sah blass aus. Ich setzte mich neben ihn auf den Teppich. Seine Hand war seltsam kalt. Ich wärmte sie ein wenig zwischen meinen Händen, legte mein Gesicht hinein. Was war Paul für mich?
»Morgen kommt Eli. Wir fahren zusammen nach Mecklenburg.« Er stieß die Worte heraus, als fürchtete er, im nächsten Moment nicht mehr sprechen zu können. Plötzlich schmiss Paul mich raus.
Ich war keine Stunde bei ihm, vielleicht ging es ihm nicht gut, aber er sagte ja nichts. Selbst, wenn er sich an mir festhielt, bedeutete das alles nichts. Ich stand am Ufer der Havel, in der Nähe von Pauls Haus, und heulte mit dem Schneeregen um die Wette. Ich schleuderte kleine Steine ins Wasser, verrenkte mir den Arm bei dem Versuch, das andere Ufer zu treffen, ich schaffte es nicht. Irgendwann fand ich keine passenden Steine mehr und meine

Wut war verraucht. Ich schob mein Fahrrad, bis ich an sein Haus kam. Er war nicht zu sehen. Ich stieg auf und radelte in einem irren Tempo nach Hause, ich wusste nicht, warum, dort wartete niemand und ich hatte nichts vor, aber ich flitzte durch die Stadt, schloss das Rad an und stürzte nach oben. Auf der Treppe saß Paul.

»Es tut mir leid, Sandra«, presste er hervor, ich nickte und merkte, dass er schwankte. Er fiel auf mein Bett, ich zog ihm das Hemd aus und die Schuhe. Paul legte sich auf die Seite, die Beine angezogen. »Es geht gleich wieder«, flüsterte er.

Ich hatte Lust, mich zu ihm zu legen, kuschelte mich an seinen Rücken, streichelte seine nackten Arme, die blonden Locken schimmerten heute weiß. Ich wusste noch immer nicht: Hatte ich nur Angst um einen Bekannten oder war es mehr?

Birgit saß mit der Köchin am großen Esstisch und sprach das Weihnachtsmenu durch. Ihre Eltern würden kommen und bis kurz vor Silvester bleiben. »Vater hat dir das schon immer gewünscht«, so die Mutter am Telefon, »ein sorgenfreies Leben, endlich, ich freu mich für dich«, und sie hatten beide geschluckt, als die Mutter sagte: »Vater hat versprochen, nächstes Jahr richtig Urlaub zu machen, ich kann es noch gar nicht glauben, er will die Bäckerei für zwei Wochen einfach schließen.« Auch Markus kam Weihnachten, würde jedoch am ersten Feiertag wieder abreisen. Er wolle nach Mecklenburg, hatte er am Telefon gesagt und auf ihre Reaktion gewartet.

»Wird Edith auch da sein?«

»Eli? Bestimmt.«

Birgit schwieg und nickte und besann sich dann erst darauf, dass Markus das nicht sehen konnte.

»Ich könnte Donnerstagnachmittag losfahren, über Berlin. Freitag sind schon Ferien.«

»Ja, Markus, das wäre richtig schön. Holger ist am Freitag auch arbeiten«, schob sie hinterher, »da haben wir nur für uns Zeit.« Nun bestellte sie bei der Köchin für Freitag Geschnetzeltes mit Pilzen, Markus' Lieblingsgericht. Es war schon nicht leicht gewesen, der Köchin zu erklären, dass sie an den Tagen, wenn Holger spät – nach einem Geschäftsessen – nach Hause kam, gern Salat essen würde. Nur Salat. Trotz ihres Unverständnisses, aus dem sie keinen Hehl machte, hatte die Köchin sich darauf eingelassen und in den letzten Wochen Obst- und Gemüsesorten gemischt, die Birgit zumindest in der Kombination fremd waren. Wenn Birgit Mozzarella, Schafs- oder Ziegenkäse darin entdeckte, schmunzelte sie nur, es schmeckte zu gut. Nun jedoch »wünschte« Birgit schon wieder etwas anderes, und das auch noch wegen eines Kindes. Birgit amüsierte sich insgeheim und nickte, als die Köchin aufstand: »Wie Sie wünschen.«

Der Zauber war verflogen. Es war eine Floskel, nichts Märchenhaftes. Nur eine Formulierung, an die sie sich langsam gewöhnte.

2. John

»Der Johannes ist hier«, sagte Pauls Mutter am Telefon.

»Wer?«

»Na der, mit dem du um die Häuser gezogen bist, der das grüne Moped hatte.«

John!

»Bist du noch dran? Paul?«

»Ja, Mutter, natürlich. Weißt du denn, wie lange John bleiben wird?«

»Nur bis zum Fest. Hat ja niemanden mehr hier, nicht? Aber gefragt hat er nach dir, vorgestern schon, und du möchtest doch bitte in der ‚Seeperle' anrufen, da wohnt er jetzt. Gut sah er aus, und einen großen Wagen hat er. Rufst du ihn an?«

»Ja, Mutter, das mache ich. Und dich rufe ich dann auch noch mal an. Markus kommt erst nach Heiligabend, er besucht vorher Birgit. Aber dann kommt er nach Breithagen.«

»Ach, Junge, das ist schön. Da freue ich mich.«

»Ja, Mutter, ich weiß.« Paul legte auf, schluckte. Dann ließ er sich von der Auskunft die Nummer der »Seeperle« geben.

»Bisschen zugenommen, was?« John schlug ihm an die Schulter, drückte ihn dann, Paul bekam kaum Luft.

»Du aber auch, oder? Nur deinen Bass hast du behalten.«

Eine junge Frau trat an Johns Seite.

»Das ist Sonja. Den Witz mit der Margarine kennt sie aber schon«, John lachte.

»Gibt's ja auch nicht mehr, die Sorte, oder?«, erwiderte Paul. »Hallo, Sonja.«

»Diese Sorte ist einmalig.« John knuffte Sonja.

»Du bist allein hier? Hat deine Mutter erzählt.«

»Mein Sohn kommt am ersten Feiertag.«

»Siehste, das habe ich nicht zustande gebracht. Wird aber vielleicht noch.«

Er drehte sich zu Sonja, küsste sie. »Aber jetzt lass uns allein, ja? Wir müssen über die alten Zeiten quatschen.« Er küsste sie noch einmal und gab ihr einen Klaps. »Gibt's die ‚Fischerhütte' noch?«

»Das weiß ich gar nicht. So oft bin ich nicht hier.«

»Na, dann lass uns mal nachsehen. Los, Mensch, das wird ein echter Männerabend!«

»Und du warst nie verheiratet?«

»Keine Zeit, kein Geld, Mensch, Paule, man muss doch heute eine Frau nicht gleich heiraten, nur um mal – ach, das kannst du doch nicht vergessen haben, oder? Aber dein Sohn, hast du ein Foto von ihm?«

John betrachtete das Bild, das Paul aus seinem Portemonnaie gezogen hatte, lange.

»Na, vielleicht«, sagte er dann leise, »Sonja will ja Kinder. Hübscher Bengel, hast du gut hinbekommen.« Es sah noch einmal auf das Foto, gab es Paul zurück. »Ich hab immer nur geklotzt. Chices Haus, musst mich mal besuchen kommen. Sonja ist die Erste, die einziehen durfte. Die anderen hab ich morgens wieder losgeschickt.« Er lachte.

»Und was hast du geklotzt?«, fragte Paul.

»Gärtner.«

»Was du immer werden wolltest.«

»Genau, selbstständig. Mir von niemandem sagen lassen, was ich machen soll. Na, ganz so ist das leider nicht, man muss aufpassen, dass man Aufträge bekommt, sonst wird das mit der Selbstständigkeit auch nichts. Aber so in den Achtzigern, da boomte es richtig. Hab mich an früher erinnert.« Er lächelte versonnen. Paul wartete, bis John weitersprach: »SERO, du erinnerst dich? Ich mach das im großen Stil. Bioabfälle einsammeln und kompostieren. Du glaubst gar nicht, wie viele Grüne es im Ruhrpott gibt!«

»Und aus Essensresten machst du Geld? Alle Achtung!«

»Lach du nur. ›Aus Scheiße Bonbon machen‹, hat mein Vater immer gesagt, das ist das, was er in der DDR gelernt hat. Ist gut gefahren damit, auch drüben.«

»Und wie lange bleibt ihr hier?«

»Bis 22., 23. spätestens. Heiligabend sind wir bei ihren Eltern. Ich hatte versprochen, Sonja zu zeigen, wo ich aufgewachsen bin, schon voriges Jahr.« Er lachte wieder los. »Sie hat mir einen Wunschzettel geschrieben für Weihnachten, da konnte ich ihr

das nicht abschlagen.«
»Du hast sie richtig gern, oder?«
»Mhm. Und Kinder will sie. Ach Mensch, Paule, komm, einen schaffen wir noch, und dann reden wir nur noch von früher!«
John und er stützten sich gegenseitig, als sie die »Fischerhütte« verließen. Wenigstens werde ich morgen wissen, wovon ich einen Brummschädel habe, dachte Paul, als er ins Bett fiel.

Nach den Weihnachtsfeiertagen wollte Paul sich melden, doch ich hörte nichts von ihm. Zweimal stand ich vor seinem verschlossenen Haus. Als ich mit meinen Eltern telefonierte, flüsterte Mutter: »Herrn Kreisigs Mutter ist im Krankenhaus, hab's in der Kaufhalle gehört von der Frau Schmidt.«
Paul sah ich erst in den Semesterferien wieder, Ende Februar.
»Wir haben alle zusammen gesessen. Mutter auf ihrem Sessel, die Beine hochgelegt. Hatte sich abgeschindert, gekocht, gebrutzelt. Alle waren da, auch Markus. Eli sah braungebrannt aus, mit Rastalocken. Wir saßen da und erzählten. Vollgefuttert mit Kuchen. Satt, zufrieden. Und Mutter meinte zu Markus: ‚Hilf mir, bitte. Stell mir das hier ein bisschen tiefer. Ich möchte mich ausruhen und ein wenig die Augen schließen. Und du denkst an die Keksschachtel? Bringst sie nachher noch zu den Nachbarn, ja? Die Kinder freuen sich immer so.' Markus versprach es, stellte den Sitz schräger, sodass sie mehr lag als saß. Sie hielt seine Hand und streichelte sie. Vater stand auf. ‚Brauchst du noch was?' Sie winkte ab, wie sie wohl schon tausend Mal abgewinkt hatte. Trotzdem war es irgendwie anders. Vater ging zu ihr und schob ihr mit dem Zeigefinger behutsam eine Strähne aus dem Gesicht hinters Ohr. Eine Strähne weißen Haares, das sonst nie heraushing aus dem Knoten, den sie sich band. Ich hatte vorher nie gesehen, dass meine Eltern sich so berührten. Mutter schloss

die Augen. Eli erzählte von einem kleinen Jungen, der nicht begriff, wie man Fußball spielte. Den Ball immer nahm und mit ihm wegrennen wollte. Vater stand auf und holte eine neue Flasche Wein. Entkorkte sie und füllte die Gläser. Dann fragte er: ‚Mutti, willst du auch ein Glas?' Sie antwortete nicht. Wir dachten, sie würde schlafen. ‚Lass sie doch, sie hat so viel gearbeitet heute. Lass sie sich ausruhen. Es ist doch Weihnachten.' Aber er schüttelte den Kopf. Ging hin und strich ihr über die Wange. Sie stöhnte auf. Dann ging alles schnell, der Notarzt gab ihr eine Infusion, und mit diesen Schläuchen schoben sie Mutti in den Wagen.«

Pauls Gesicht wirkte fahl. Er blickte fragend auf mich.

»Rauchen Sie eine mit mir, Sandra?«

Ich nickte. Er schob mir die Schachtel herüber. »Ich hätte Anfang Januar in die Klinik gemusst. Diese Schmerzen. Manchmal denke ich, es wird schlimmer mit jedem Tag. Ich habe angerufen und es verschoben. Eli wohnt jetzt bei Vater, versucht, ihm zur Seite zu stehen. Mutti ist operiert worden, und gleich darauf wurde sie zu einer Reha geschickt. Wir sind immer abwechselnd zu ihr gefahren. Ihr schwaches Herz … Ich weiß gar nicht, wie Eli das alles verkraftet. Wir sind zum See gefahren und haben versucht, Witze zu machen über die Probleme, die wir als Jugendliche hatten und die doch gar keine waren. Eli hat dann gesagt: ‚Komm her, setz dich hin.' Sie hatte Styroporkissen mit und eine dicke Decke, in die wir uns wickelten. ‚So, und jetzt erzähle.' Ich fing dann an von den Kopfschmerzen. Davon, dass ich zuerst nicht zum Arzt gegangen bin. Bis zur Diagnose: inoperabel, Krebs. Sie hat gefragt: ‚Weiß Mutti?' ‚Nein', hab ich gesagt. Mutter hatte von Georg und Andreas erzählt, meinen Schulkameraden. Beide arbeitslos, seit Jahren, ‚Georg trinkt viel', sie hat mich angesehen. Da hab ich gesagt, sie solle sich keine Sorgen machen um mich.«

Wieder kroch die Stille in den Raum. Paul räusperte sich.
»Sie könnten hierbleiben, Sandra. Zimmer haben wir ja genug. Wir könnten Pizza bestellen. Was meinen Sie?«
Ich wollte gern bleiben, ich musste mich zwingen, ruhig zu antworten. Paul kam mir zuvor.
»Ohne Versprechen«, sagte er, »ich würde mich freuen, Sie in der Nähe zu wissen.«
Ich flitzte in den Flur, um die Rabattkarte des Pizzaservices zu holen. »Welche nehmen wir?« Paul bestellte. Er lehnte sich ans Fenster. »Jürgen kam nicht wieder. Ich habe ihn nicht mehr gesehen. Nicht mehr gesprochen.« Er setzte sich neben meinen Sessel und ich streichelte ihm den Kopf. »Ich habe mich noch nie so einsam gefühlt wie nach seinem Tod.«
Markus war kurz hereingekommen. Ich verschwand im Bad.
»Er fährt noch zu Nele«, sagte Paul, als ich wiederkam. Paul setzte sich in seinen großen Sessel, ich mich neben ihn auf den Boden. »Sind die Schmerzen jetzt stark?«
»Nicht hier, Sandra«, sagte er und fuhr mit seiner Hand vom Kopf zur Brust, »sondern hier.«
Ich erinnerte mich: Damals hatte er genauso zusammengekrümmt gesessen. Im Klassenzimmer.
»Jürgen ist nicht wieder aufgewacht nach dem Unfall. Viel zu jung. Wie Berta, unsere Nachbarin im Neubau. Sie hat oft auf Markus aufgepasst. Immer nur gearbeitet, und als sie endlich in Rente ging, spielte ihr Kopf nicht mehr mit. Altersverwirrtheit, dabei war sie gar nicht alt. Und als der Heimplatz endlich frei war – sie hat das gar nicht mehr erlebt. Ich hoffe, sie hat sich nicht quälen müssen. Auch Jürgen nicht. Niemand soll sich quälen müssen.« Er zog heftig an der Zigarette.
Ich hatte Jürgen nicht oft gesehen. Sein plötzlicher Tod war es, der mich damals interessiert hatte. Er war der Vater der beiden

Mädchen auf dem Hof, er war untersetzt, fast klein, wenn er hinter dem Lenkrad seines Wartburgs saß.
Der Pizzaservice klingelte. Wir aßen schweigend. Paul holte Bier aus dem Kühlschrank und brachte ein Fotoalbum mit.
»Schauen Sie, Sandra«, sagte er, »das war Griechenland.« Paul hatte die Seite mit dem Denkmal aufgeschlagen. Der Satz des Pythagoras war leichter als der Satz des Thales, erinnerte ich mich. Wir blätterten durch die Seiten. Birgit lachte in die Kamera. Paul war selten auf den Fotos, dafür sehr viel Landschaft. Grün. Samos sei eine fruchtbare Insel. Auch die Häuser sahen anders aus, als ich mir Griechenland bisher vorgestellt hatte. Weiß, aber mit roten Dächern. Paul klappte das Album zu und legte es auf den Tisch. »Wollen wir ein Stück laufen?«
Ich hakte mich bei ihm ein. Wir standen am Havelufer, an der Stelle, die ich vor Wochen zertrampelt hatte.
»Soll ich Sie nach Hause bringen, Sandra?« Seine Stimme klang leise und warm.
»Steht das Angebot noch?«
»Natürlich! ... Ich richte Ihnen das Bett im Gästezimmer.«
Ich rollte mich in das Federbett. Paul klopfte an die Tür, dabei hatte ich sie offen gelassen. Er setzte sich auf die Bettkante. »Sie sind ja ganz kalt.«
»Es ist genug Platz für zwei.« Ich vermied das »Sie«, rutschte nach hinten. Paul legte sich im Bademantel auf die vordere Seite, rührte sich nicht. Ich lüftete die Bettdecke und kroch an ihn heran. Er wusste nicht, wohin mit seinen Händen. Ich hatte große Lust, es ihm zu zeigen, schob meine Hand nach vorn und zog den Gürtel auf. Paul stöhnte. Das klang gut. Ich rückte noch dichter an ihn heran. Er trug keinen Schlafanzug. Keinen Slip. Ich kraulte sein Brusthaar und kringelte die Locken um meine Finger. Endlich drehte er sich zu mir. Er streichelte meine Wangen, meine Oh-

ren, meinen Mund. Streichelte die Jahre weg. Die Zeit dehnte sich. Flog einmal durchs Universum und legte sich wie ein weicher Mantel mit dem Morgennebel auf unseren Schlaf.

In einer Galerie stand Birgit lange vor einer riesigen Weltkarte. Neben zahlreiche Orte hatte die Künstlerin Deutschlandfahnen gemalt. Würde sie ihre Reisen auf einer Karte markieren, fielen die Punkte gar nicht auf. Eine Weltkarte brauchte sie dazu auch nicht. Sie seufzte. Aber Holger hatte versprochen, ihr die Welt zu zeigen, endlich, auch wenn er viel arbeiten musste und sie doch am liebsten immer nur weggefahren wäre.
»Gefällt Ihnen das Bild?«
»Mich interessiert, weshalb die Künstlerin diese Städte markiert hat.«
»Das Kunstwerk heißt ‚26 Welten'. Jeder Ortsname beginnt mit einem anderen Buchstaben.«
Birgit verkniff sich die Frage, weshalb alle diese Orte dann die deutsche Flagge trugen. Sie drehte sich zur anderen Seite. An der Wand hing eine Radierung. Ein Paar, Umrisse eher, die Frau lag auf dem Rücken, der Mann beugte sich über sie. Bedrohlich wirkte das, nicht nur wegen der dunklen Farben. Sie dachte an »Das Paar«, bunt vor den Wellen der Ostsee, in dem sehnsuchtsvollen Blick des blondgelockten Jungen hatte sie früher Paul erkannt. Paul. An Holger wollte sie denken, sie blickte zur Uhr. Zur Post wollte sie noch, keine »Am Strand«-Briefmarken kaufen, sondern welche mit Schlössern und Burgen und tiefblauen Flüssen, zu denen Holger sie führen würde.

Paul ist operiert worden. Er habe Glück, sagte er zu mir, dass sie überhaupt den Versuch wagten. Ich lief die letzten Meter bis zur Klinik, sah die Freude in Pauls Gesicht. Ich sah auch, wie gelb es war. Ich nahm seine Hand, streichelte über die grünblauen Flecken. Das Fenster stand offen, es roch nach frischer Erde. Das lenkte wohltuend von dem Krankenhausgeruch ab.

»Vor dem Sterben selbst habe ich gar keine Angst, Sandra«, sagte Paul, »aber es muss doch nicht jetzt schon sein.« Eli sei auf Bäume geklettert, erzählte er, und er wollte das eben auch. Immer noch ein Stückchen höher, aber dann war er abgerutscht. »Ich habe unter dem Baum gelegen und keine Luft mehr bekommen. Eli hat geweint und geschrien. Ich war ganz ruhig. Ich weiß genau, dass keine einzige Wolke am Himmel war. Es war ein wunderschönes Gefühl. Erst, als ich wieder nach Luft schnappen konnte, kam die Angst. Eli weinte immer noch und schrie mich gleichzeitig an. Ich musste erst die Arme bewegen, danach die Beine, erst dann durfte ich mit ihrer Hilfe aufstehen. Ich habe Eli gefragt, ob sie sich daran erinnern konnte. Als wir am See saßen. Die Schmerzen waren schrecklich beim Aufstehen, aber dieses Gefühl! Als der Himmel so blau und weit über mir war. Diese Ruhe, das habe ich nie vergessen.«

Ich drückte ihn und sehnte mich nach seinem lockigen Haar, das unter einem turbanähnlichen Verband verborgen war. Eine Schwester kam herein, sah mich an und drehte sich um, als störe ich.

»Da siehst du es«, Paul nickte in Richtung Tür, »diese Gesichter, die nichts sagen. Nur vorbeihuschen. Als sei das ansteckend, was wir haben. Ich habe vielleicht die besten Chancen überhaupt. Mit dieser Sorte ... ohne Metastasen. Vielleicht. Wer weiß das schon. Trotzdem macht mich dieses Zimmer fertig. Die lateinischen Begriffe, die sich die Assistenzärzte zuwerfen, während der Visite, die selten länger als fünf Minuten dauert. ...« Er rieb sich die Augen, schaute mich unsicher an: »Birgit war hier. Sie hat zugenommen, das steht ihr. Sie hadert damit, dass sie gerade jetzt weggegangen ist. Dabei sprach sie immerzu nur von dem großen Haus. Ich gönne es ihr. Ich habe immer nur gewollt, dass sie glücklich ist. Sie roch gut. Nach den Düften des Westens. Vielleicht ist sie endlich angekommen in ihrer Traumwelt. Ich habe ihr gesagt, dass jemand da ist und dass mir das gut tut.« Paul schwieg, er nahm meine Hand, streichelte sie. Es tat mir gut, ihn zu spüren.

Birgit fuhr von Berlin aus nach Havelfurt. Markus kam ihr entgegen, immer noch schlaksig und viel selbstbewusster, als es Paul je gewesen war. Sie erinnerte sich daran, wie Paul auf dem Bahnhof gewartet hatte in Großburgstein und wie unsicher er geschaut, sich bewegt und gesprochen hatte. Markus stieg ein, sie fuhren in eines der umliegenden Dörfer und aßen, ohne viel zu reden. Erst als Markus sich zwei Kugeln Eis bestellte und ihr Cappuccino kam, erzählte er von Problemen mit seiner Freundin Nele, davon, wie wenig er früher von seinem Vater gewusst hatte und wie gut er jetzt mit ihm zurechtkam. Birgit hörte den Vorwurf, aber sie reagierte nicht. Markus war erwachsen, er hatte sich entschieden, in Havelfurt zu bleiben, er liebte sie, das sah sie und hörte sie heraus, und er hatte ihr gesagt – damals, als er den Möbelwagen begleitete, was ihr vorkam, als sei es vor Jahren gewesen – dass er ihre Entscheidung akzeptiere.
»Und dein Holger?«, fragte er dann doch.
»Es ist okay«, antwortete Birgit. Paul hätte sie von den Reisen nach Amsterdam und Wien erzählt, ihm eventuell das Foto aus dem Wachsfigurenkabinett gezeigt, auf dem sie neben Helmut Kohl stand. Oder das vor dem berühmten »Goldhelm«-Gemälde im Rijksmuseum oder sogar das eine, das wie ein Hochzeitsfoto wirkte: sie neben Holger im Fiaker und im Hintergrund der Stephansdom. Bei Markus funktionierte das nicht.

»Nur okay«, fragte Markus nach, aber das Fragezeichen war kaum zu hören.
»Nur okay. Wie im richtigen Leben«, Birgit zwinkerte ihm zu, »manchmal ist es traumhaft und manchmal nur okay.«
Markus nickte.
»Und sonst so? In der Schule läuft alles?«
»Alles im grünen Bereich. Am Wochenende wollen wir wieder nach Berlin. Ich könnte mir vorstellen, da später zu leben. Oder an der Ostsee.«
»Und in den Ferien?«
»Weiß ich noch nicht. Kommt darauf an, wie es mit Nele weitergeht … ach, egal. Und du? Verreist du jetzt oft?«
»Ich würde da sein«, erwiderte sie und spürte an Markus' Blick, dass er verstand, was sie sagen wollte. Markus fühlte sich bei Holger nicht wohl, und das hatte nichts damit zu tun, dass Holger nicht Paul war, oder doch. Holger besaß einen riesigen Fernseher mit Standbildfunktion; er hatte sich Mühe gegeben, all die technischen Details erläutert, er war auf Markus' Fragen eingegangen, sie dachte, die beiden hätten ein Thema gefunden. Aber als Markus es ausprobieren wollte, nahm Holger ihm die Fernbedienung aus der Hand. »Ich bin keine fünf mehr«, hatte Markus protestiert und sie angeschaut. Und sie hatte nichts gesagt.

Paul war wieder zu Hause. Auf der Couch lagen Fotoalben. Ich setzte mich auf den Teppich neben seinen Sessel und lehnte mich an seine Beine.
»Ich bekomme Kortison, Sandra. Gegen das Ödem, das sich neben dem Tumor gebildet hat. Es ist kleiner geworden. Ob der Tumor wieder wächst, können mir die Ärzte nicht sagen. Noch nicht.«
Er strich mir übers Haar und ich war froh, dass er das Wasser in

meinen Augen nicht sehen konnte.

»Dabei geht es mir gut«, fuhr er fort, »so gut wie lange nicht. Ich würde gern wieder zum See fahren. Im Sommer. Mit dir, Sandra. Und nach Afrika. Zu Eli. ‚Richtig helfen, etwas aufbauen‘, so hat sie das genannt. Vielleicht wäre das auch eine Möglichkeit für mich. Noch einmal neu zu beginnen.« Seine Finger streichelten immer in eine Richtung, ich wagte nicht, mich zu rühren. Paul hatte mich geduzt, zum ersten Mal zu Hause; im Krankenhaus hatte ich noch gedacht, er täte es wegen der anderen, ich hatte sehnsüchtig darauf gewartet, und jetzt spürte ich gar nichts dabei. »Zusammen mit dir, Sandra«, Paul schwieg einen Moment, als horche er seinen eigenen Worten nach, »zusammen mit dir würde ich es schaffen.«

Paul stand am Fenster und sah Sandra hinterher. War er zu weit gegangen? Sie war kurz zusammengezuckt, er hatte es deutlich gespürt. Sie könnte seine Tochter sein. Aber er würde Sandra vielleicht sogar für das Havelseeprojekt begeistern können. Ja, den Stab weiterreichen, obwohl, er war doch überhaupt noch nicht alt. Diese verdammten Kopfschmerzen, sie machten alles kaputt.

Ich wollte das Material für eine Belegarbeit zusammenstellen, aber ich konnte mich nicht konzentrieren. Ich vertrödelte die Zeit, putzte Fenster, kletterte auf die Wanne, um die dicken Rohre zu säubern. Das hier war meins, ein Raum nur, noch nicht rekonstruiert, dafür war die Miete niedrig. Paul hatte gestutzt, als er die weinroten Türrahmen zur Küche gesehen hatte, die Fensterrahmen in der gleichen Farbe, und von Eli erzählt. Paul. Ein Leben mit Paul? Wollte ich das? Ich grübelte noch, als ich mit dem Rad zu ihm fuhr.

»Ich möchte dir von Thea erzählen.«
Er holte Stapel beschriebenen Papiers aus der Schrankwand, Bauzeichnungen, Berechnungen, reichte mir die Visitenkarte. Ich wagte nicht zu fragen und kannte doch die Antwort. Es musste der Arzttermin gewesen sein, an dem man ihm sagte, dass er einen Tumor im Kopf hat. Als man ihn bat, in die Klinik zu fahren. Wo ihm alles erklärt werden würde. Erklären. Wie konnte man so etwas erklären?
»Es war ein Montag, Sandra.« Paul lachte bitter. »Montage sind eben nicht mein Ding. Am Wochenende hatte Thea angerufen. Sie hatte eine Baubetreuung in den Niederlanden angenommen. Ich sagte, dass ich noch nicht so weit sei mit dem Projekt. Sie meinte: ,Lass dir Zeit. Ich melde mich, sobald ich zurück bin.' Ich habe ihr nichts erzählt von den Kopfschmerzen.«
Ich versuchte zu rechnen.
»Sie müsste noch bei ihrem Projekt sein«, sagte Paul.
Dann schwieg er und begann, mich zu streicheln, langsam und zärtlich.

Später, als die Sonne ihren Zenit überschritten hatte und ich aus dem Bad in die Küche kam, setzte Paul Teewasser auf. Das Telefon klingelte. Der Wasserkocher machte solch einen Lärm, dass ich nichts von dem Gespräch mitbekam. Ich stellte die Gläser aufs Tablett und trug sie zu Paul ins Wohnzimmer. Er hing im Sessel und schaute auf seine Hände. Reagierte überhaupt nicht auf mich. Ich begann zu zittern. Was war das für ein Anruf gewesen? Birgit? Eli? Seine Eltern? Ich stand am Tisch, traute mich kaum, zu atmen. Paul sagte noch immer nichts. Das Telefon lag auf seinem Schoß. Dann schaute er mich unsicher an. »Heute ist doch gar nicht Montag.«
»Heute ist Dienstag«, sagte ich. Mein Hals kratzte.

»Eben.« Er legte das Telefon auf den Tisch, griff nach meiner Hand und zog mich zu sich herunter.
»Wollen wir morgen zusammen frühstücken?«
»Gern. Ich könnte frische Brötchen mitbringen.«
Er hielt mich weiter fest und ich spürte, wie meine Kopfhaut feucht wurde.
»Paul?«
»Schon gut. Es geht schon wieder. Ich hab dich lieb, Sandra, weißt du das?«
Er nahm mein Gesicht in seine Hände. Ich nickte zaghaft und konnte doch nur daran denken, dass er »Ich hab dich lieb« gesagt hatte statt »Ich liebe dich«. Er presste mich an sich. Ich roch das Waschpulver und dachte zum ersten Mal daran, dass es derselbe Geruch war, den Birgit kannte. Und daran, ob er zu ihr auch gesagt hatte, dass er sie lieb habe.
»Morgen gegen zehn, Sandra?«, fragte Paul und nickte mir aufmunternd zu. »Und die Brötchen holst du.«

3. Schwarz-Weiß-Foto

»Frühling, Frühling!«, tschilpten die Spatzen und Birgit verteilte den Rest des Toastbrotes auf dem Rasen. Es war wärmer als im Garten der Schwiegereltern, damals, in einem anderen Leben, frisch getraut, und nicht Pauls Schwester, sondern die Köchin servierte. Keinen Frankfurter Kranz auf gläsernen Tellern, dafür Mangos, Kapstachelbeeren und Kiwis. Gestern Abend war Holger spät nach Hause gekommen, sie hatte sich eine der Talksendungen angeschaut, lustlos, war eingenickt und hochgeschreckt, als sie seine Schritte hörte. Er kredenzte eine Flasche Rotwein, Birgit erkannte die Marke, doch sie sagte nichts. Holger genoss diese Minuten der schweigenden Vorfreude, ganz anders als Paul, dem sie immer schon Tage vorher angesehen hatte, wenn er etwas plante. Sie zog die Stirn kraus, gerade an Paul wollte sie jetzt nicht denken. Das Logo des Reisebüros hatte sie sofort erkannt, umarmte und küsste Holger, bevor sie den Umschlag öffnete. Als sie die Route las, schluckte sie, Holger hatte ihr zugehört, es war eine Ostseerundfahrt. Nicht, dass sie die Ostsee plötzlich mochte, sie hatte sich bereits beim Erzählen unsicher gefühlt, die Ostsee verband sie immer mit Paul, aber irgendwann, im Kreise der vielen Männer, lange, bevor Holger – oder der Wein – sie zusammengebracht hatte, hatte sie die Geschichte erzählt, die alle hören wollten. Wahrscheinlich gab es Dutzende ähnlicher Beschreibungen, jeder, der einmal auf Rügen gewesen war, musste sehnsüchtig auf die Fähre geschaut haben. Die Schwedenfähre zu sehen und zu wissen, dass man niemals damit hinüberfahren würde, galt ihr als das Trauma des DDR-Bürgers schlechthin. Holger hatte es sich gemerkt. Sie würden zuerst nach Riga fliegen, dort ein paar Tage bleiben und dann einschiffen. Holger würde in Riga Geschäftspartner treffen – »ein oder zwei Essen«, sagte er, »derweil kannst du einkaufen oder dir etwas anschauen« – und danach habe er nur noch für sie Zeit. Zwei Wochen, ein richtiger Urlaub. Birgit tupfte sich die Lippen mit der Stoffserviette ab, stand auf und ging hinein. Sie ertappte sich dabei, dass sie ein russisches Volkslied summte, Vokabeln hervorkramte, die sie längst eingemottet glaubte, und schalt sich selbst. Lettland war schließlich unabhängig und Russisch längst nicht mehr Amtssprache. Trotzdem, sie sang vom »Äpfelchen«, vom »Birkenbaum am grünen Rai-hai-ne«, lachte sich im Spiegel zu, als sie den Vers aus der fünften Klasse aufsagte: »Tina, Tina, tam kartina«, und prustete los. Dann drehte sie sich wieder, tanzte zum Fernseher und suchte im Videotext den Wetterbericht.

Der Morgen in Havelfurt war hell und laut. Die Sonne stand wie ein weißer Ball über den Bäumen. Der Himmel trug ein verwaschenes T-Shirt, hellblau. Ich legte die Haare locker in eine Spange. Steckte sie nicht hoch. Paul mochte meine langen Haare.

Bei Paul lief Musik. Laute Musik. Irgendetwas Altes. Er huschte zur Anlage, nachdem er mir die Tür geöffnet hatte, drehte sie leiser. Er roch frisch geduscht, seine Locken kringelten sich nass. Die Narbe am Kopf war kaum zu sehen. Nur wenn ich mit den Fingerspitzen darüberfuhr, spürte ich die Stoppeln. Er nahm mich in den Arm, küsste mich lange. Er hatte den Tisch in der Küche gedeckt, sogar eine Kerze angezündet. Wir schäkerten herum. Als ich das Geschirr abräumte, griff er von hinten um meine Hüften, schob mit seinem Kinn den Kragen der Bluse beiseite. Ich spürte seinen Atem weich und warm. Meine Finger krabbelten unter seinen Pullover, ich zerrte die Hose von seinen Hüften, knöpfte zwischendurch meine Jeans auf. Wir küssten und streichelten uns und schoben uns ineinander, ohne Luft zu holen. Wir blieben so liegen, ein Knäuel, dösten vor uns hin. Paul streichelte mich weiter, fuhr jedes Stück Haut meines Körpers mit seinen Fingern entlang. Dann mit seinem Mund. Ich streichelte seinen Rücken, seine Schultern, sein Haar. Fühlte die kleinen Kuhlen des Schlüsselbeins, die behaarte Brust. Zeit. Wir hatten unendlich viel Zeit, liebten uns ganz langsam. Dann schlief ich ein, meinen Kopf in seine Armbeuge gebettet. Als ich erwachte, saß Paul auf dem Teppich im Wohnzimmer, winkte mich zu sich, legte mir den Zeigefinger auf den Mund.
»Und ich habe keine Zeit mehr, ich nehm' den Handschuh auf, ich laufe um mein Leben und gegen den Lebenslauf«, hörte ich. Dann ein schluchzendes Saxophon. Es trieb mir die Tränen in die Augen.

»Das ist Gundermann«, sagte er, als das Lied zu Ende war, »der, bei dem ich mit Jürgen war.« Er zeigte mir die CD. »Frühstück für immer«, stand auf dem Cover. Ich heulte los.
»Hei, nicht weinen, Sandra. Bitte nicht weinen.«
Paul versuchte, meine Tränen wegzuwischen, doch es kamen immer neue. »Ich wollte es dir nicht vorher sagen.«
Ich heulte noch lauter, in seinen Pullover, seine Haare. Dann küssten wir uns. Ich wurde ruhiger. Paul wiegte mich in seinen Armen. Wir lagen so, bis die CD zu Ende war, und noch ein bisschen länger. Die Sonne flutete den Raum. Es wurde wärmer, jeden Tag ein bisschen mehr. Warum konnte nichts so bleiben, wie es war? Paul legte eine neue CD ein.
»Ich mache meinen Frieden, … ich nehm', was du mir bieten kannst, Leben oder Tod. … und wer mich angeschissen hat, will ich auch nicht mehr wissen …« Paul drehte die Musik leiser.
»‚In jedem Block einer' hat es geheißen nach der Wende. Das kennst du sicher, oder?«
Ich nickte zaghaft. Was wollte er mir sagen?
»Birgit hatte ihre Akte angefordert. Wir haben uns gezankt wie selten in dieser Schärfe. Ich wollte meine Unterlagen nicht sehen. Sie verstand das nicht. Natürlich hatte ich Angst davor, einen vertrauten Namen zu finden. Ich weiß nicht, ob ich damit hätte umgehen können. Andererseits, uns war nichts passiert. Das war mein Hauptargument. Jeder aus unserem Freundeskreis wusste, dass Birgit über ihre Eltern regelmäßig Westklamotten erhielt. Sie ist zum ‚Neuen Forum' gerannt. Nichts passierte. Ich habe an den Montagen in der Kneipe laut diskutiert. Nichts. Wozu Akten anfordern von einem Geheimdienst, der mir nichts getan hatte? Birgit sah das ganz anders. Sie wolle endlich die Wahrheit wissen. Als ob es die geben könnte nach so einer Einsichtnahme. Jürgen stand nicht in ihrer Akte. Das sagte sie mir an einem

Abend in Griechenland. Wie lange sie ihre Unterlagen da schon kannte, weiß ich nicht. Vielleicht wollte sie das klarstellen, bevor sie mich verließ. Der Auszug war ja nur ein paar Wochen später. Obwohl ich in Griechenland auf Wolken schwebte. Dachte, wir würden den Rest des Lebens gemeinsam verbringen. Den Rest des Lebens. Da wusste ich auch noch nicht, wie kurz das sein kann … Ja, jedenfalls stünde Jürgen nicht in ihrer Akte. Aber Gisela, eine Arbeitskollegin. Mehr erzählte Birgit nicht. Als ich nachhakte, unterbrach sie mich. ‚Du kannst ja selbst einen Antrag stellen.' Damit war das Thema erledigt. Sie wusste, ich würde nicht mehr fragen.«

Paul hielt mir die Zigarettenschachtel hin. Ich schaute auf.

»Ich muss in die Klinik, Sandra«, sagte er, sehr langsam, »nächste Woche. Sie wollen noch einmal operieren. Sie sagen, nach den neuen Aufnahmen können sie den Tumor vielleicht vollständig entfernen. Das Ödem ist beinahe verschwunden. Vielleicht habe ich ja doch noch Zeit?«

Paul sah mich fragend an. Ängstlich. »Kein Abschied für immer?« Ich wagte nicht, es auszusprechen. Paul hörte es trotzdem. »Ach, du.« Er nahm meinen Kopf in seine Hände. »Ich beginne doch gerade wieder, zu leben. Und da soll ich gehen?« Er hatte nichts von unserem Leben gesagt, aber das bedeutete gar nichts. Er nahm die Zigarette wieder auf, drehte sie in seinen Fingern. »Wenn ich wieder gesund werde, höre ich auf.«

Ich holte meine Jacke, Paul gab mir eine CD. »Möchtest du sie hören, Sandra? Kannst sie mir zurückgeben, wenn ich wieder hier bin.«

Mir fiel ein, dass meine Oma immer über die Schulter spuckte, wenn sie mir Glück wünschte, vor einer Klassenarbeit. Ich stellte mich auf die Zehenspitzen. »Toi, toi, toi.«

Für Freitag hatte Paul einen Tisch bei Luigi reserviert. Er betrat die Gaststätte, Luigi winkte ihm zu, langsam setzte Paul einen Schritt vor den anderen. Niemand verließ das Lokal. Luigi führte ihn in eine Nische. Paul registrierte nun doch verstohlene Blicke, ein Kopfnicken hier, sogar eine erhobene Hand in seine Richtung, doch niemand, der zu ihm an den Tisch kam. Was soll's, dachte Paul, wenigstens wurde er nicht geschnitten, und was er hätte reden sollen, wusste er nicht. Seine Sekretärin kam, begrüßte ihn herzlich und setzte sich.
»Gratuliere«, sagte sie als Erstes, »hab gestern erst erfahren, dass das Verfahren eingestellt werden soll. Wegen unzureichender Beweislage.« Sie dehnte die Worte und verzog das Gesicht dabei.
»Danke«, sagte Paul, »ich weiß, was Sie für mich getan haben.«
»Es ist nur die Wahrheit – oder wussten Sie doch von der Flucht?« Paul schüttelte den Kopf und sie lehnte sich sichtlich erleichtert zurück. Vielleicht hatten andere die Unterschlagung der Fördermittel geahnt, befürchtet, vorhergesehen. Er jedenfalls nicht. Selbst in den langen Wochen des Grübelns war er nicht darauf gekommen, wann und was er hätte bemerken können.
»Die Vorsitzende der Stadtverordnetenversammlung hat sich übrigens danach erkundigt, wie es Ihnen geht«, fuhr die Sekretärin fort, »sie schien ehrlich schockiert zu sein, hatte wohl zu Anfang etwas anderes vermutet als eine ‚richtige' Krankheit.« Sie betonte das Wort »richtig«.
»Ich weiß nicht, ob die nächste Operation Erfolg haben wird«, sagte Paul und wunderte sich darüber, wie ruhig er über diesen Eingriff sprechen konnte, »aber es ist eine Chance. Eine mit etlichen Risiken. Nächste Woche.«
Luigi brachte die Pasta, sie aßen schweigend.
»Und danach?«, fragte die Sekretärin leise und tupfte sich mit der Serviette umständlich die Lippen. Paul grinste. »Sie haben doch

sicher auch gehört, dass der Rechtsanwalt mich weiter berät.«
Sie schob den Teller ein Stück zurück und winkte Luigi.
»Espresso?«
»Für mich einen Cappuccino, danke, Luigi.«
»Ich hätte das allein nicht hinbekommen«, wandte sich Paul ihr zu, »und Sie wissen auch, dass ich hier keine Aufstiegschancen mehr habe. Obwohl mich die Leute wieder grüßen.« Paul lehnte sich zurück und blickte in den Raum, »grüßen, nicht mehr, aber auch nicht weniger.«
»Es dauert, bis sie vergessen. Havelfurt ist eben ein Dorf.«
»Genau, es wird Gras über die Sache wachsen und dann kommt ein Kamel und frisst es weg.«
Luigi brachte die Getränke.
»Ich werde weggehen«, sagte Paul, »haben Sie von Dieter Zange gehört?«
»Nur das, was alle zu wissen glauben. Dass er schon in seiner Heimatstadt Schulden hatte, eventuell auf Rügen sein soll, mit einem neuen Geschäftsführer und einer neuen GmbH. Es gibt ausreichend Gesetzeslücken, wenn man sie nur kennt.«
Paul lachte so laut, dass die Gespräche an den Nachbartischen für einen Moment abbrachen: »›Wir müssen hier noch viel lernen‹, sagte Herr Schulz von der Deutschen Bank, und er hat, verdammt noch mal, recht.«
»Es ist wenig zu tun im Büro ohne Sie.«
»Kein Nachfolger?«
»Nicht, solange Sie krank sind.«
»Wenn ich weiß, dass es weitergeht, spreche ich mit dem Anwalt. Ein Aufhebungsvertrag wäre mir am liebsten.«
»Dachte ich mir, dann werde ich Sie also weiterhin vermissen.«
Paul sah die Frau an, die jahrelang in seinem Vorzimmer gesessen hatte. Zum ersten Mal fiel ihm auf, wie hübsch sie war. Zum

Abschied drückte sie ihn und wünschte ihm viel Glück. Er küsste ihre Wange. »Vielen Dank, das Glück werde ich brauchen.«

Birgit hatte sich, so gut das angeschnallt ging, zum Fenster gedreht und konnte sich nicht sattsehen. Die Autos – sofern überhaupt zu erkennen – wirkten eingefroren oder wie ein Standbild auf Holgers Fernseher. Kaliningrad versteckte sich im Gegenlicht, das Ufer verschwamm. Die Kurische Nehrung ein silberner Streifen vor horizontalen Wolken, der Himmel ein verwässertes Blau. Holger starrte konzentriert auf die Blätter in seiner Hand, Birgit sah nur kurz hinüber und dann wieder hinaus. Wieder dachte sie an Paul, an ihren gemeinsamen Flug nach Samos. Paul hatte ihre Hand gehalten, nur während des Essens losgelassen und sich zu ihr herübergebeugt, um sich alles zeigen zu lassen. Auch Holger hatte ihr den Fensterplatz angeboten, aber reden konnte sie mit ihm nicht.

Der Flughafen lag außerhalb von Riga. Holger winkte einem Taxifahrer, nannte ihm die Adresse des Hotels und zeigte auf das Gepäck.
»Ganz in der Nähe ist die berühmte Albertstraße«, sagte Holger, als sie aus dem Taxi stiegen. »Du magst doch Jugendstil?«
Sie nickte, sah zu, wie er den Taxifahrer mit einer Handbewegung anwies, das Gepäck hineinzutragen. In der Suite holte Holger einen Piccolo-Sekt aus der Bar und stieß mit ihr an. Ruhe strahlte er jedoch nicht aus. Er schaute immer wieder auf die Armbanduhr.
»Das Geschäft geht vor.«
Birgit stellte das Glas ab und begleitete Holger zur Tür.
»Gegen sieben werde ich zurück sein, mich frisch machen. Ich wüsste gern, dass du dann hier bist.«

»Natürlich.« Sie hob ihr Gesicht seinem entgegen, sein Kuss berührte ihre Lippen nur kurz, dann war Holger fort.
Die Prospekte des Reisebüros enthielten den Stadtplan und eine Auflistung der Sehenswürdigkeiten. Der Wochenmarkt, war dort zu lesen, sei der größte in Europa. Birgit hängte ein paar Blusen in den Schrank, schminkte sich nach, dezent, wobei sie ihr Spiegelbild angrinste und sich vorzustellen versuchte, wie sie mit knallrotem Lippenstift aussähe, sprühte frischen Haarlack auf und verließ das Hotel. In der Markthalle erblickte sie als Erstes einen Abakus. Jürgen, ausgerechnet Jürgen, hatte ihr eines Abends erklärt, dass schon die Römer diese Rechenmaschine benutzt hätten. Sie hatte ihn gefragt, weshalb sich selbst in der DDR die Taschenrechner durchgesetzt hätten, nur im Land des Großen Bruders nicht, aber er hatte nur erwidert, dass kein Mensch die Zahlen auf einem Taschenrechner so schnell eintippen könne. Im »Russenmagazin« hatte auch sie fasziniert beobachtet, wie schnell die Frauen die hölzernen Kugeln hin und her schoben, nicht einmal hatten sie sich dabei verrechnet. Birgit lauschte dem unvergleichlichen Singsang jener Sprache nach, die ihre erste Fremdsprache gewesen war, und wunderte sich, wie viel sie noch verstand. Sie begann, die Namen der Straßen laut zu lesen, sie wusste nicht, ob die Betonung stimmte, aber russisch klang es, dabei waren das gar keine kyrillischen Buchstaben. Die Dame an der Rezeption hatte ihr ein Faltblatt angeboten. Sie hatte aus irgendeinem Grund nicht widerstehen können und ein russisches Exemplar genommen. Eine himmelblaue Straßenbahn kam, Birgit bezahlte beim Fahrer. Holger hatte ihr die Scheine auf den Tisch gelegt, sie hatte sie eingesteckt, jetzt begann sie zu rechnen. So preiswert wie früher, dachte sie. Vor einer Neubausiedlung stieg sie aus. Die Straße war breit, ein Prospekt, sie ignorierte die neue Gänsehaut und sah die vorbeifahrenden Autos: Mercedes,

Audi, VW, Schiguli. Zwei Straßen weiter fand Birgit sich zwischen heruntergekommenen Neubauten der Sechziger und Siebziger wieder, Ghettos wie in Großburgstein, dachte sie. Auf alten Bänken saßen genauso viele alte und junge Leute wie auf den frisch gestrichenen zwischen den rekonstruierten Gebäuden, die sie vorher gesehen hatte. Alte Frauen stellten Einkaufsbeutel ab oder ruckelten am Kinderwagen. Junge Männer tollten mit kleinen Jungen auf dem Rasen, ältere Herren hoben Enkelkinder hoch. Sie alle erzählten, lachten, saßen zusammen wie große Familien. Birgit blieb stehen und schaute auf dieses bunte Bild, das ihr vorkam wie ein Schwarz-Weiß-Foto. Sie starrte auf die Menschen, wartete, etwas musste passieren, der Film würde reißen oder sie aufwachen. Stattdessen fielen ihr plötzlich russische Pionierlieder ein, auch ein kämpferisches: »Ich kenne kein anderes Land, wo der Mensch so frei atmet«, »ja drugoj takoj stranyj nje snaju gdje tak wolno dyjschit tschelowjek!«, dabei hatte sie das nie gern gesungen. Sie eilte zurück zur Straßenbahnhaltestelle, knüllte das Faltblatt zusammen, bereit, es im nächstbesten Papierkorb zu entsorgen, so viel Sentimentalität konnte sie Holger nicht erklären. In der Suite angekommen, ließ sie sich als Erstes ein Bad ein. Doch sie konnte die aufsteigenden Bilder nicht im wohlriechenden Schaum ertränken. Die grauen Neubaufassaden, das abblätternde Holz, die russischen Vokabeln – all das fügte sich zu einer vergessen geglaubten Kindheitsmelodie zusammen. Sie weinte, das war ihr seit Ewigkeiten nicht passiert. Ein Partisanenlied ging ihr nicht mehr aus dem Kopf, das sie gehasst hatte wegen der hohen Töne, die ihr das Wasser damals schon in die Augen getrieben hatten, dieses hymnische »I snjeg i wjetjer«, dabei war Frühling, ohne Schnee. Sie konnte das Schniefen nicht stoppen, drehte den Hahn mit dem blauen Punkt auf, hielt die Brause auf ihre Brust, bis die Kälte ihr die Luft nahm und sie sich allmählich beruhigte. Sie stieg aus der Wanne, sah auf die Uhr und hielt das brennende Gesicht immer wieder unter kaltes Wasser, bis sie glaubte, alle Spuren beseitigt zu haben. Neben der abgepackten Seife auf dem Waschbecken lag ein Etui mit Proben, sie öffnete es neugierig, erwartete einen Miniflakon Maiglöckchenparfum und stutzte. Drei Miniaturlippenstifte, einer knallroter als der andere. Sie probierte alle drei, lächelte entspannt in den Spiegel, malte sich Indianerstriemen auf die Wangen, feixte, verrieb die Striche zu Rouge und holte ihre Schminksachen von der Kommode. Sie zeichnete die Brauen nach, zog einen Kajalstrich und kleidete sich an. So »angemalt« hatte sie sich zuletzt als Jugendliche, aber da hatte sie es noch nicht besser gekonnt. Sie suchte die Kosmetikpads, um sich abzuschminken, als das Zimmertelefon klingelte. Birgit schlüpfte in ihre Schuhe und eilte hinunter in die Halle, verwirrt und erfreut zugleich, Holger so früh zu sehen. Sie hatte nicht noch einmal in den Spiegel geschaut, auch das war ihr seit Ewigkeiten nicht mehr passiert. Sie bemerkte es erst an Holgers Blick. Für einen winzigen Moment weiteten sich seine Pupillen, sie sah es, noch Meter entfernt. Er schien sie zu mustern, von oben bis unten, sie ging schneller, er drehte sich fort und schaute einer jungen Frau nach, die in einem luftigen Satinkleid so graziös durch den Raum schwebte, als habe sie ihr gesamtes Leben in dieser Garderobe verbracht. Holger begrüßte sie flüchtig, sein Kuss streifte ihre Wange, er stellte den neben ihm stehenden Geschäftspartner vor, der verbarg sein Grinsen nicht. Birgit versuchte einen Witz, sprach von den Lippenstiftproben, Holger sah zur Uhr. Der Geschäftspartner verabschiedete sich mit einem Zwinkern von ihr, sie hätte sich nicht gewundert, wenn er ihr jovial auf die Schulter geklopft hätte. Es war demütigend. Sie versuchte durch das Betupfen ihrer Lippen die Farbe abzuwischen, fuhr sich über die Wangen, um das Rot wegzureiben, ärgerte sich darüber, und als Holger sie, ohne ihr sein Gesicht zuzuwenden, fragte, was sie gekauft habe, sagte sie: »Nichts.«

Holger trank sein Glas aus, schaute wieder auf die Uhr. »Ich werde mich umziehen, kommst du?«

Da war ein Zittern in seiner Stimme. Oben im Zimmer musterte er sie noch einmal von oben bis unten und schüttelte den Kopf. Sie wiederholte die Geschichte mit den Proben, wollte sie ihm zeigen, stampfte mit dem Fuß auf, denn wofür, bitte, sollte sie sich rechtfertigen? Er warf sein Hemd aufs Bett und ging wortlos ins Bad. Sie stellte sich in die Badezimmertür. »Diese Stadt macht mich fertig«, sagte sie lauter als sonst, »es ist alles so wie früher, verstehst du das nicht? Ich weiß doch selbst nicht, was los ist. Nichts von all dem, was mich Jahrzehnte umgeben hat, hat mir gefallen. Die Offiziersfrauen rochen zu aufdringlich mit ihrem Maiglöckchenparfum und kauften einem alles weg. Milch wurde nach drei Tagen selbst im Kühlschrank sauer, Apfelsinen gab es nur zu Weihnachten und wenn man keine Beziehungen hatte, nützte einem Geld überhaupt nichts.«

Holger trocknete sich schweigend ab.

»Und das alles ist jetzt wieder da, damit komme ich nicht klar«, begann sie erneut, »Holger! Hörst du mir überhaupt zu?«

»Es kann spät werden«, sagte er. Erneut hörte sie das Zittern in seiner Stimme, es klang sehr deutlich nach, während er sich ein frisches Hemd und die Schuhe anzog und ihr dann die Arme entgegenstreckte. Sie fädelte ihm schweigend die goldenen Manschettenknöpfe ein.

»Vielleicht denkst du inzwischen darüber nach, ob es nicht besser für dich wäre, die Reise abzubrechen.« Er presste die Worte leise zwischen fast geschlossenen Lippen hervor. Sie schaute ihn erschrocken an und sprudelte dann los von russischen Mütterchen,

Freundeskreisen und Gemeinschaft, bis er sie spöttisch ansah und sie verstummte.

»Alles passt zusammen«, sagte er, und seine Stimme war jetzt klar und kaum lauter als sonst, obwohl sie in ihren Ohren dröhnte, »die Geschäfte, die Altstadt, die maroden Hinterlassenschaften der Russen – nur du scheinst nicht zu wissen, wohin du gehörst.«

4. Blühende Landschaften

Am Mittwoch wurde Paul operiert. Es war so warm wie an einem Sommertag. Ich hörte mir die CD an. Von den »Vögelchen« sang Gundermann, von der Unbeschwertheit der Kinder, ich dachte an Paul und daran, dass er mich vielleicht gerade deswegen mochte. Weil ich staunend zuhörte, wenn er von diesem Staat erzählte, den es nicht mehr gab. »Hier bin ich geboren«, sang Gundermann weiter und ich nahm mir vor, meine Eltern zu fragen und keine Ausreden mehr gelten zu lassen. Die Angst war verschwunden, ich spürte nur noch Neugierde auf die Wahrheit, die es doch geben musste. Kurz nach elf klingelte das Telefon. Es war Markus.
Paul ginge es gut, den Umständen entsprechend, genauso sagte Markus das, mit einer piepsigen Stimme. »Meine Mutter will herkommen«, fügte er leiser hinzu, »übermorgen wahrscheinlich. Sie bleibt vielleicht länger, es gab Krach mit ihrem Typen.« Das Fragezeichen hing im Hörer, unterbrochen nur von seinem Atem. »Hast du heute Nachmittag Zeit? Ich muss etwas mit dir besprechen, wegen Paps. Es geht um sein Havelsee-Projekt.«

Als Paul erwachte, saß Birgit neben ihm. Er brauchte einen Tag und einen halben, um zu begreifen, dass an diesem Bild irgendetwas nicht stimmte. Erst als eine junge Krankenschwester sich über ihn beugte und er »Sabine« flüsterte, den Namen, der auf ihrem Schild stand, kam eine blasse Erinnerung an Sandra. Die Tür ging auf, Birgit kam herein und er wusste nicht, was real war und was ein Traum, schloss die Augen und sackte wieder weg.

Ich saß in Pauls Wohnzimmer, um mich herum stapelte sich das Papier. Ich erinnerte mich an seine Erläuterungen, die Logik des Abheftens in den Ordnern, drehte die Visitenkarte von Theas Büro in Soest in der Hand hin und her. Dann stieg ich über die Akten zum Telefon und wählte ihre Nummer. »Paul ist operiert worden«, sagte ich, als ich ihre Stimme hörte.
»Was? Wie ... und wann?«
»Vorgestern.«
Sie atmete heftig und ich wusste nicht mehr, was ich sagen wollte.
»Sie sind eine Freundin von Markus?«
»Ich wollte Sie fragen, ob Sie herkommen können? Es geht um das Seeprojekt. Ich habe in den Unterlagen Ihre Karte gefunden.«
»Ihr wollt es durchziehen?«
»Wenn Sie uns helfen?«
»Natürlich. Sie wissen, wer ich bin?«
»Paul hat es mir erzählt.«
»Alles?« Ihre Stimme klang eine Spur unsicher.
»Dass Sie ihm helfen wollten bei dem Projekt.«
»Gut. Ich komme.«

Markus war dabei, alles zu organisieren. Wenn ich Rauch in den blauen Himmel blies, hoffte ich, dass Paul an mich dachte. Und an sein Projekt. Es gab viele handschriftliche Notizen in Pauls Unterlagen. Er hatte sich wie wild in die Arbeit gestürzt, während seiner Krankschreibung. Und dann war er wirklich krank geworden.

Paul spürte den Verband um seinen Kopf wie eine Stahlmanschette. Seine Schläfrigkeit ließ nach, das Denken jedoch strengte ihn ungeheuer an. Birgit war da, wenn er aufwachte, sie hielt seine Hand, wenn er wegdämmerte, sie sprach nicht und manches Mal war Paul sich nicht einmal sicher, sie tatsächlich gespürt zu haben.

Ich kaufte eine Schachtel »Cabinet« und fuhr zum See. Saß auf dem Baumstumpf, der noch immer vorwitzig ins Wasser ragte, wühlte mit den Zehen im Schlamm, rauchte und heulte und vermisste Paul. Ich sagte mir, dass er auch hätte sterben können, ein Blutgerinnsel und aus, und erschrak, weil ich glaubte, mich dann besser zu fühlen als jetzt, wo Birgit bei ihm war. Ich verstand mich nicht. Es waren schöne Tage gewesen, aber ich hatte wenig Lust, seine Krankenschwester zu sein. Trotzdem. Er hätte wenigstens anrufen können. Nur von Markus wusste ich, dass Birgit sich darum kümmerte, dass er gleich vom Krankenhaus zur Reha fahren konnte. Und dass sie mit ihm kommen wollte. Kein Wort mehr von Bonn. Ich sehnte mich nach Pauls weichen Händen, nach seiner Kuhle am Schlüsselbein und konnte mir seinen Mund, seine Augen schon nicht mehr vorstellen. Ich wollte zu ihm fahren und eine Entscheidung erzwingen. Aber dazu hätte ich mir meiner selbst sicher sein müssen. Und das war ich nicht. Ich erzählte dem Schilf von meiner Traurigkeit und schaute hinüber zu den dunkelgrünen Kronen am anderen Ufer. Ein breiter Kondensstreifen zerfranste am blauen Himmel. Ich drückte die Zigarette aus, holte mein Sparbuch und buchte einen Flug nach Griechenland.

Birgit hatte sich in einer kleinen Pension am Berliner Nordrand eingemietet. Sie kam nur zum Schlafen in das karg möblierte

Zimmer, sie wollte sich nicht eingestehen, dass ihr die Weite von Holgers Haus fehlte. »Wer zu viel will, bekommt gar nichts«, hatte Paul lachend gesagt, als sie den Becher des Pythagoras kauften, in Karlovassi. Wie lange war das her? Sie setzte sich auf eine Bank und hielt ihr Gesicht in die Sonne. Es war nicht fair, was Holger getan hatte, sie kämpfte mit den Tränen. Ein Streit, der keiner war. Holger war nicht laut geworden, kaum, dass er die Stimme gehoben hatte, doch sie ahnte, noch bevor sie begann, sich zu rechtfertigen, dass sie verloren hatte. Aber seit wann überhaupt rechtfertigte sie sich?

»Ich werde noch zu dem DDR-Bürger, der ich nie war«, hatte sie zu Bärbel gesagt, erschrocken über ihre eigenen Gedanken. Sie waren zusammen durch die bunte Warenwelt Berlins geschlendert, Bärbel hatte große zwei Tüten eingekauft, Birgit nicht einmal ein Stück Wäsche.

Bärbel hatte nur leise geseufzt und gefragt, ob sie klarkäme. Ja, sie würde damit klarkommen. In den letzten Tagen waren ihr wieder Texte von »Silly« eingefallen, es waren wenigstens keine russischen Pionierlieder mehr, aber die Texte taten genauso weh. »Sie schwebte verwirrt in Düften, in Lichtern bunt und grell«, ja, das war es, was sie empfunden hatte, in den ersten Tagen in Holgers Palast, »und wenn es ihr zu eng wird im sündhaft teuren Kleid, sagt er, sei still und schäm dich für deine Vergangenheit.«

»Liebe – was ist das schon gegen ein gutes Leben« – wie oft hatte sie sich erinnert an diesen Satz und gehofft, dass es ihr reichen würde. Hatte es ja auch, es war schön, in den ersten Wochen zumindest, die Canasta-Abende, der Fiaker, die Grachtenfahrt. Schließlich hatte sie sich auch ehrgeizig bemüht, alles zu lernen, um Holgers Ansprüchen zu genügen. Dabei wollte sie nie ein Schmollmündchen aufsetzen, sie war klug und stolz, sie wollte sich nie so demütigen lassen wie all die Schönen in den Heftchenromanen, die bis zur vorletzten Seite warten mussten, um erlöst zu werden. Rusalka, die tschechische Undine, weshalb fiel sie ihr jetzt wieder ein? Die Seejungfrau, das kühle Wasserwesen, das sie sein wollte, stumm, so kam es ihr vor, oder auch nur Holgers Sprache nicht mächtig. Was war nur los mit ihr? Bei Paul war sie es gewesen, die ihn biegen wollte. Wenn er nur nicht so wenig Ehrgeiz besessen hätte! So wenig Geld, um überall dorthin zu fahren, wohin es sie doch trieb. Aber warum grübelte sie jetzt. Jetzt erst! Wenigstens war der aggressive Sound in ihrem Innern verschwunden, stattdessen stieg ein melodischer in ihr hoch, den sie Paul gern vorgesungen hätte: »Kann sein, ich werd' im Süden auch nicht richtig warm, kann sein, mir fehlt dein Mantel und das Nest in deinem Arm«, Parka, dachte sie, nicht Mantel, aber sonst stimmte es. Sie stand auf, die Sonne war hinter den Dächern verschwunden, sie fröstelte und wusste, dass das nicht an den Temperaturen lag. Wie ein Kloß lagen ihr die vergangenen Wochen im Magen, sie ging in ihr Zimmer, streifte die Schuhe ab und legte sich angekleidet aufs Bett.

Samos empfing mich mit strahlendem Sonnenschein und 27 Grad um zehn Uhr vormittags. Noch eine der zahlreichen Kurven, dann ein Ausblick wie im Film – eine Bucht, umrahmt von weißen Häuschen – Samos-Stadt. Ich wollte Paul nah sein und suchte den Weg hinauf zur Mühle. Im Gipfelwind zündete ich mir eine Zigarette an und schickte den Rauch über das Meer.
Ich fuhr nach Kokari. Hier war Paul gewesen, vor einem Jahr. Hier hatte er die Hoffnung gehabt, dass alles gut werden würde. Ein Kellner setzte sich zu mir. Sein lockiges Haar umrahmte sein schmales Gesicht wie bei einer der griechischen Statuen. Er sprach fließend Englisch, wir alberten herum.
»Andrós = Mann«, sagte er und wies dabei auf sich, dann »aléxo«,

und fuchtelte dabei mit einem imaginären Schwert in der Luft, »Alexandra, Sandra.«
»Nein, nein«, antwortete ich, »Sandra ist die italienische Kurzform«, doch er verbeugte sich und wiederholte das Spiel, bis ich verstand und die Frage in seinen Augen las, als er erklärte, ich würde die Männer abwehren.
»Du hast keinen Freund? Habt ihr euch gestritten? In Griechenland«, sagte er und senkte dabei die Stimme, »kann man sich am besten wieder aussöhnen.«
Mir stiegen die Tränen in die Augen, ich begann von Paul zu erzählen. Davon, dass er hier gewesen war, mit seiner Frau, die ihn danach verlassen hatte, und von seiner Krankheit. Davon, dass seine Frau jetzt wieder bei ihm war und ich ihn vermisste.
Die Urlauber füllten das Lokal zum frühen Abendbrot. Stephano verabschiedete sich, leider, wie er betonte, und fragte, ob ich Zeit hätte, er würde mich mit der Vespa ins Hotel fahren, wenn ich hier wartete.
»Ich werde spazieren gehen«, sagte ich, »vielleicht komme ich nachher wieder her.«
Er strich mir flüchtig eine Haarsträhne aus dem Gesicht und ging.

»Und es ist Sonntagmorgen auf der ganzen Welt« – der samiotische empfing mich voller Sonnenschein. Stephano hatte Zeit, viel Zeit, und er zeigte mir Kapellen und kleine Bergdörfer inmitten von Olivenhainen, zu denen wir in halsbrecherischem Tempo die Serpentinen hinauffuhren, Stephano immer mit einem Fuß knapp über dem Boden. Nach Pythagorion wollte ich allein.
»Ich kann dich fahren, bitte.«
Ich schüttelte den Kopf. »Ich will Abschied nehmen.«
Stephano zog mich zu sich heran. »Sehen wir uns abends?«

»Vielleicht.«
»Du bist schön«, erwiderte er und küsste mich.

In Pythagorion setzte ich mich an den Hafenrand und schaute lange zum Denkmal hinüber. Eine hohe, massive Hypotenuse, die ein Loch in die Wolken pieken könnte, wenn die nahe genug herunterkämen.

Stephano kam angerannt, als er mich sah. Er fragte, was ich unbedingt noch sehen wolle, und ich antwortete: Alles. Er küsste mich, dann fuhren wir zu einem kleinen Hügel, kullerten durch das Gras, bis er sagte: »Jetzt, schau!«, und wir setzten uns auf und hielten uns fest und sahen schweigend dem rot werdenden Ball zu, der langsam im Meer versank. Stephano zog seinen Pullover aus und legte ihn mir um die Schultern.
»Ich werde dir morgen alles zeigen«, versprach er flüsternd, als könne uns hier oben irgendjemand hören.
Am späten Vormittag suchten wir einen neuen Weg durch Samos in die Berge. Ich schaute auf »Pauls« Mühle und dachte plötzlich, dass es auch »Birgits« Mühle gewesen war. Es tat nicht mehr weh. Stephano beugte sich über mich und berührte mit den Fingerspitzen jede Stelle meines Körpers so zärtlich wie der warme Wind, der über uns hinwegstrich.
»Wirst du wiederkommen?«
»Vielleicht«, sagte ich.
»Du bist schön«, erwiderte Stephano und küsste mich.

Die griechischen Temperaturen nahm ich mit. Ich schwitzte in Hörsälen, in Seminarräumen und zu Hause. Ich musste lernen, die Prüfungen dauerten bis Ende Juli, dann hatte ich endlich frei.

Markus und ich radelten nebeneinander auf dem Fußweg. Der Kran überragte die Wipfel der hohen Kiefern am See. Betonmischer surrten, ein Radio dudelte. Der Bauleiter stellte mir den neuen Gastwirt vor. Er sprach einen fremden Dialekt und war gut vorbereitet. Ich hatte es nicht anders erwartet, er kam von Thea, kannte alle Berechnungen, war schon beim Bürgermeister gewesen und hatte sich den Fragen der Stadtverordneten gestellt. Der Osten reize ihn, seit er nach der Wende das erste Mal hier gewesen war. »Mit einem Westberliner Studienfreund«, zwinkerte er mir zu, »Sie wissen schon, wegen dem Bund. Ist abgehauen damals.« Der hätte ihn ins Märkische entführt, und er hätte sich sofort verliebt. »Wäre doch gelacht«, meinte er, »wenn wir das nicht hinkriegen mit den blühenden Landschaften, wenigstens hier. Die Architektin hat gesagt, Paul wäre ein Träumer, aber ein solider. Ich vertraue ihr. Wenn sie ihr Geld hier investiert, wird es gut. Sie hat einen Namen bei uns, wissen Sie?«
Wir setzten uns auf den gemauerten Sims der großen Terrasse. Ich bot ihm eine Zigarette an.
»Was ist das für eine Sorte?«
»,Cabinet'. Hat Paul immer geraucht.«
Er griff zu, zog daran. »Schmeckt nicht schlechter als unser Kraut. Könnt ich mich dran gewöhnen.«
Ich reichte ich ihm die angefangene Schachtel: »Behalten Sie sie. Ich wollte eh aufhören.«
»Danke. Was meinen Sie, wann wird das Projekt abgeschlossen?«
»Wann Sie eröffnen können?« Ich schaute Markus an. »Im kommenden Frühjahr, hoffe ich, spätestens im Mai.«
Wir liefen zu dritt am Seeufer entlang.
»Morgen kommt Paps«, sagte Markus leise und blieb stehen.
»Und übermorgen Thea.« Ich nickte ihm zu. Er atmete auf.

Am Morgen war von der Sonne gerade ein orangefarbener Streifen zu sehen. Ich nahm die Fotos von Samos aus dem dicken Umschlag und begann, sie einzukleben. Den Bildern war nicht anzusehen, dass ich wegen Paul dort gewesen war. Stephano lachte in die Kamera und ich wünschte, er wäre jetzt bei mir. Ich hatte ihm nicht einmal gesagt, wie schön die Stunden mit ihm gewesen waren. In Agios Konstantinus hatte ich ein kleines Haus fotografiert. Ich klebte das Foto auf einen weißen Bogen Papier und begann einen Brief an Stephano. Wenn du willst, schrieb ich, komme ich Anfang September, dann habe ich noch vier Wochen Semesterferien.

Ich saß auf dem vorwitzig ins Wasser ragenden Baumstumpf, als Paul leise meinen Namen rief. Ich erhob mich, wischte mir umständlich die Borke von der Hose.
»Hallo Sandra.«
»Hallo Paul.«
Wir standen uns gegenüber, zu nah, als dass ich den Waschpulvergeruch seines T-Shirts hätte ignorieren können, und für einen Moment spürte ich das Verlangen, mich an ihn zu kuscheln.
»Paul, ich habe jemanden kennengelernt.«
Er atmete tief durch und nahm mich in seine Arme. »Sandra, ich … habe dich sehr gebraucht. Es … war wundervoll. … Aber es wäre nicht gut. Ich will anders leben, erst einmal allein.« Er holte tief Luft, streckte mir seine Hand entgegen: »Kommst du mit nach vorn? Es ist jetzt auch dein Projekt.«

Am Maschendrahtzaun schloss Markus gerade sein Rad an. Der Gastwirt fragte nach dem kürzesten Weg zum Baubüro und ob wir wüssten, wo er hier ein Häuschen kaufen könnte.
»Was schwebt Ihnen denn vor?«

»Ob Sie es glauben oder nicht«, er wackelte ein wenig mit dem Kopf, »am liebsten ein Stück weg von der Arbeit und trotzdem am Wasser – und auch noch in der Stadt.«
Paul antwortete: »Besuchen Sie mich. Ich will das Haus verkaufen. Vielleicht gefällt es Ihnen.«
Er sah uns ungläubig an. »Sie wollen Ihr Haus verkaufen? Wollen Sie weg? Und Sie bleiben auch nicht?«
»Nein«, sagte Markus und ich erschrak, seine Stimme klang so tief, wie ich sie noch nicht gehört hatte, »wenn das Projekt abgeschlossen ist, gehe ich nach Rostock zum Studium. Mecklenburg ist Paps' wirkliche Heimat. Ich will Medizin studieren.«
Paul schlug in die Hand des Gastwirtes ein. »Am Sonntag? So gegen elf?«

»Holger hat mir in Berlin eine Stelle in einem Grafikbüro vermittelt.« Birgit lächelte unsicher. »Ich habe mich erkundigt. An der FU kann ich mich als Gasthörer eintragen, in das Büro gehe ich drei Tage die Woche. Ich werde mir in Berlin eine kleine Wohnung nehmen. Eine, in der ich selbst kochen und putzen muss.«
Paul dachte sich, dass diese Bemerkung mit Bonn zusammenhing.
»Und du?«, fragte Birgit. »Was wirst du nun anfangen?«
»Ich bleibe in Havelfurt wohnen, bis Markus sein Abi in der Tasche hat. Bis dahin sollte auch die Gaststätte am Havelsee eröffnet sein.«
Birgit nickte, Markus hatte ihr alles erzählt, auch, dass er glaubte, dass Thea nicht nur irgendeine Architektin war.
»Ich werde das Haus verkaufen«, sagte Paul.
»Das ist gut.«
»Keine Einwände?«
»Nein, ich brauche jetzt etwas Überschaubares. Vielleicht kommst

du mich in Berlin besuchen?«
Paul schwieg. Birgit war da, sie kümmerte sich um ihn, aber es war anders als vorher. Er sehnte die Vergangenheit nicht mehr herbei, vielleicht war tatsächlich etwas durcheinander geraten in seinem Kopf – oder endlich geradegerückt worden. Er wollte nach Rügen, sich die Projekte ansehen, schauen, ob er helfen konnte, etwas wachsen sehen, das kein Geschwür war. Er würde Birgit nicht noch einmal fragen, ob sie mit ihm an die Ostsee käme.

»Hallo, mein Geheimnis«, hatte Thea ihn begrüßt und wie zufällig sein Ohr geküsst. Markus stand in der Nähe, Paul wurde heiß, er hoffte inständig, Markus möge das nicht sehen. Gleichzeitig schalt er sich. Es war nach Birgits Auszug gewesen und außerdem hatte er sich vor seinem Sohn nie gerechtfertigt. Wahrscheinlich war sein Kopf doch noch nicht wieder ganz in Ordnung.
Sandra hatte eine Karte aus Samos geschrieben, Paul heftete das Bild eines Kieselstrandes an den Flurspiegel. Markus' neue Freundin färbte sich die Haare schwarz, mit einer einzelnen grünen Strähne, die vor den Augen baumelte und Paul nervös machte, aber oft sah er sie nicht, hörte nur die Musik aus dem Zimmer, weniger Bass, eher melodisch.

Zur Wahl im Oktober gingen sie gemeinsam, Paul neckte Birgit: »Was hast du angekreuzt?«
»Die Grünen«, sagte sie und lachte, »alles andere hat mir kein Glück gebracht.«
»Und du?«
Markus grinste: »Wahlgeheimnis.« Er blieb stehen, wies nach links. »Ich geh dann mal. Wir sehen uns abends.«
Er nickte Paul zu, drückte Birgit und eilte davon. Birgit schaute ihm nach.

»Wie geht es dir sonst?«, fragte Paul.
»Ganz gut, danke.«
Stark sein, das wolltest du ja schon immer, dachte er, nur keinem zeigen, dass du verletzlich bist, aber mir könntest du doch wenigstens – ach nein, rief er sich ins Gedächtnis, das war ja das, was er nicht mehr wollte.

Mit Ablauf des Jahres hatte die Treuhandanstalt ihre Arbeit beendet; inzwischen waren beinahe alle volkseigenen Betriebe in Privateigentum überführt worden, von »blühenden Landschaften« war allerdings nichts zu sehen. Aber die Gaststätte sah gut aus, Paul war schon einige Male nachts aufgewacht, weil er von der Bimmelbahn mit den Urlaubern aus Berlin träumte, die er doch nie kennengelernt hatte. Deutschland und Vietnam vereinbarten die Rückführung ehemaliger Vertragsarbeiter. Paul dachte an Vingh und sah sie vor sich, wie sie sanft den Pinsel in die weiße Bohrmilch tauchte. Er setzte Teewasser auf. Die Chaosnachrichten der vergangenen Wochen wegen verschwendeter Fördermittel in den neuen Bundesländern hatten ihn nicht mehr berührt. Das neue Wohngebiet am Stadtrand von Havelfurt wuchs, er war dort vorbeigelaufen. Das war auch sein Verdienst. Die Wettermeldungen hörte er nur nebenbei: Sturmwarnungen für Deutschland, immer wieder, Frühlingsstürme, Paul horchte auf. Herbststürme, das wäre etwas, vielleicht würde er dieses Mal handeln. Er legte sich die Unterlagen für die nächsten Tage bereit. Nachkontrolle in Berlin, die Ärzte waren bisher zufrieden, geheilt, das sagte niemand, aber die Kopfschmerzen waren verschwunden. Grundbuchamt, Parteiversammlung, die letzte vorerst. Sein Mandat hatte er zurückgegeben, er würde sich ordnungsgemäß abmelden, danach mit ein oder zwei Genossen noch auf ein Bier zu Luigi gehen. Nächste Woche würde er dann fahren, zuerst nach Breithagen. Sein Vater wollte den Garten bestellen wie immer, dabei war doch nichts mehr wie immer. Paul würde die Nachbarn besuchen, die »deutschen Russen«, wie seine Mutter sie nannte, und fragen, ob sie den Garten nutzen wollten. Seine Eltern konnten ihn nicht mehr allein bewirtschaften. Eine Familie mit drei Kindern, die freuten sich bestimmt. Der Mann gräbt um, die Frau deckt den Campingtisch vor der alten Laube und die Kinder spielen auf dem Rasen, ja, das konnte er sich gut vorstellen. Vielleicht, sehr vielleicht, Paul wusste nicht, ob sein Wunsch utopisch war oder naheliegend, würde er auch mit seinem Vater reden können. Schließlich waren sie sich ähnlicher, als er früher zugegeben hätte. Und dann ginge es endlich nach Rügen. Dieter Zange war nicht mehr dort, aber eine Firma von Einheimischen, die sich gerade so über Wasser hielt, wie der Chef am Telefon gesagt hatte und worüber sie gemeinsam lachen mussten – so hoch über dem Wasser lag Rügen ja nun nicht. Mit jemandem lachen zu können, dachte Paul, ist ein guter Anfang. Und im nächsten Jahr, im Februar, würde er mit Markus zu Eli fliegen, nach Afrika.

»Dann ist es nicht ganz so heiß«, hatte Eli am Telefon gesagt, »und ‚Panthenol'-Spray hab ich da.«

Bahnhof Lichtenberg, früher Freitagabend. Eine Frau stand, ans Geländer gelehnt, als wäre sie damit verwachsen. Der Sommerwind, den der Gegenzug vor sich her unters Dach drückte, fuhr ihr in die kurzen dunklen Haare, ihr Gesicht war dezent geschminkt. Eine Computerstimme kündigte den Interregio aus Sassnitz an, Weiterfahrt nach Frankfurt/Main, sie hatte sich noch nicht an die neue Schreibweise gewöhnt und zweimal lesen müssen, ehe sie darin Saßnitz erkannte. Sie beugte sich ein wenig nach vorn, blickte vom ersten Waggon bis zum letzten und wieder zurück, kniff die Augen zusammen. Sei es, weil sie eine Brille brauchte, oder aus Angst, jemanden zu verpassen. Sie schaute auf das Fensterband des IR in Fernblau und die pastellblauen Zierstreifen darunter, mintgrün die Sitze, das passte. Der Dozent an der FU hatte wiederholt ihre Arbeiten gelobt, auch ihr Chef im Grafikbüro war zufrieden, vielleicht würde sie sogar aufsteigen, Karriere machen. Birgit schüttelte den Kopf, aber ein Lächeln hing um ihren Mund. Möglich war vieles. So, wie Weihnachten auf den Kanaren zu verbringen. Ihre Eltern hatten tatsächlich die Bäckerei aufgegeben. Undenkbar noch vor einem Jahr, aber ihre Mutter hatte am Telefon gesagt, Vater hätte sich bereits daran gewöhnt, morgens länger zu schlafen, und Birgit hatte gedacht, ja, an alles gewöhnt man sich irgendwann. Sie lehnte sich wieder zurück. Das Geländer bot Schutz, davor, weggezogen zu werden, hingeschoben zu den Rolltreppen, die hinunter führten, durch die zugige Bahnhofshalle hinüber zur U- oder S-Bahn. Auf dem Hinweg hatte sie das immer noch existierende Wandgemälde bestaunt, es war unglaublich, dass ein Bild zum Befreiungskampf des nicaraguanischen Dorfes Monimbo gegen die Somoza-Diktatur den Gesellschaftsumschwung unbeschadet überlebt hatte. Sie dachte an Planungen für den neuen Hauptbahnhof, in einer Sand- und Staubwüste mitten in Berlin. Jetzt hielt der Interregio, wie von Geisterhand wurden die Türen geöffnet, sie reckte den Kopf, wippte auf den Zehenspitzen und konnte doch nicht über die Menge hinwegschauen, die jetzt aus den Öffnungen quoll. Wie der süße Brei, dachte sie, es hörte gar nicht wieder auf. Er lief langsam auf die Rolltreppe zu, keine zehn Meter von ihr entfernt. Sie stieß sich vom Geländer ab, strich den Rock glatt und holte tief Luft. Dann ging sie Paul entgegen.

Glossar

»Aktuelle Kamera«
Hauptnachrichtensendung im ersten Programm des Fernsehens der DDR, tägliche Ausstrahlung von 19:30 bis 20:00 Uhr. Wiederholung im zweiten Programm um 21:30 Uhr.

DFD
Demokratischer Frauenbund Deutschlands

EOS
Erweiterte Oberschule, ähnlich dem heutigen Gymnasium. Abschluss mit klassischem Abitur nach dem Ende der 12. Klasse.

MfS
Ministerium für Staatssicherheit der DDR

ND
»Neues Deutschland«
Größte überregionale Tageszeitung in der DDR, Organ des Zentralkomitees der SED.

»Neues Forum«
Bürgerbewegung in der DDR, gegründet im September 1989. Mit ihrem „Aufruf '89" appellierte sie an die Bürger der DDR, sich an der politischen Umgestaltung des Landes zu beteiligen.

Glossar

Neuererwesen
Werktätige in der DDR konnten und sollten Vorschläge zur Verbesserung von Produkten und zur Rationalisierung von Betriebsabläufen entwickeln. Diese umfassten Optimierungen des Arbeitsablaufes, von Maschinen und Anlagen sowie Material-, Energie- und Arbeitsmittel-Einsparungen. Wurde ein Neuerervorschlag (= Verbesserungsvorschlag) umgesetzt, erhielt der Neuerer eine Prämie.

NSW
Nichtsozialistisches Wirtschaftsgebiet

»Stabü«
Staatsbürgerkunde
Unterrichtsfach, beinhaltete u. a. den Staatsaufbau der DDR und Grundlagen des Marxismus-Leninismus.

Wasserstrahler
Perlator, Strahlregler. Gummischlauch mit regelbarem Strahler als Endstück. Konsumgüterproduktion.

Danksagung

Mein wichtigster Dank gilt meinen beiden Männern, weil sie immer an mich glaubten.
So wie meine Freunde und Freundinnen von Rostock über Düsseldorf, Berlin, Leipzig bis Landin und die Dozenten der Bundesakademie für Kulturelle Bildung Wolfenbüttel, die mich zudem mit konstruktiver Kritik begleiteten.
Besonders danken möchte ich all jenen, die mich bei der Recherche unterstützten und mit Unterlagen und Erfahrungsberichten aus den „Rathenower Optischen Werken" die Vorlage schufen für einen fiktiven Betrieb in einer brandenburgischen Kleinstadt.
Im Jahr 2004 erhielt ich für die Romankonzeption eine Zuwendung der Hans Habe Stiftung in der Schweiz. Ich freue mich sehr, diesen Vertrauensvorschuss dank des Lauinger Verlages und der guten Zusammenarbeit mit der Lektorin Martina Leiber nun einlösen zu können.

Rot ist schön
von Rita König

ISBN: 978-3-7650-9108-7

300 Seiten

14,90€

»*Natascha hatte ihr erklärt, dass die Farbe Rot und das Wort schön im Russischen den gleichen Wortstamm haben. Rot ist schön.*«

1985. Silke ist 15, als die Mutter die Familie mitsamt dem jüngeren Bruder verlässt, erst Brandenburg, später Deutschland den Rücken kehrt. Silke bleibt beim Vater zurück – ohnmächtig, die entstandene Lücke zu schließen. Fortan ist sie auf der Suche: Nach sich selbst, nach einer, ihrer Familie, nach Stabilität, deren Fehlen auch durch den Zusammenbruch der DDR omnipräsent wird. Und liebt dabei so radikal, wie sich das Land um sie herum verändert.

Jetzt, zehn Jahre später, findet Silke den Mut, ihre Suche zu beenden. Die Bahn bringt sie zur Mutter nach Holland – weg von allem Vergangenen – und ebnet so Kilometer für Kilometer den Weg in Silkes Zukunft.

»Rot ist schön« – ein Roman über persönliche und gesellschaftliche Umbrüche und der immerwährenden Suche nach Zugehörigkeit.

www.rita-koenig.de
www.lauinger-verlag.de
www.derkleinebuchverlag.de